Auf dem Marktplatz neben der Kirche wird ein Mann aufgefunden – nackt, von Kopf bis Fuß in Asche eingerieben und mit einer Ziffer auf der Stirn. Im Krankenhaus wird bei dem bekannten Restaurantkritiker eine extreme Unterernährung festgestellt. Kriminalkommissarin Hannah Meyer, die gerade erst aus dem hohen Norden in die Alpen versetzt wurde, vermutet einen Zusammenhang zwischen der Tat und den religiösen Praktiken der Fastenzeit. Als weitere Personen aus der Gastronomieszene verschwinden, beginnt ein Wettlauf gegen die Zeit. Denn die Fastenzeit dauert noch drei Wochen – und das ist zu lang, um ohne Nahrung zu überleben …

Ulrike Gerold und *Wolfram Hänel* waren lange am Theater, bevor sie zu schreiben begannen. Inzwischen haben sie über 150 Bücher veröffentlicht, die in insgesamt 30 Sprachen übersetzt wurden. Bei den S. Fischer Verlagen erschienen zuletzt die Thriller »Rauhnächte« und »Fastenzeit«. Beide Autoren leben und arbeiten zusammen in Hannover und Berlin und sind Mitglieder im PEN Berlin.

Weitere Informationen finden Sie auf www.fischerverlage.de

Ulrike Gerold Wolfram Hänel

FASTENZEIT.

40 Tage Rache

Thriller

FISCHER Taschenbuch

Aus Verantwortung für die Umwelt hat sich der S. Fischer Verlag zu einer nachhaltigen Buchproduktion verpflichtet. Der bewusste Umgang mit unseren Ressourcen, der Schutz unseres Klimas und der Natur gehören zu unseren obersten Unternehmenszielen.

Gemeinsam mit unseren Partnern und Lieferanten setzen wir uns für eine klimaneutrale Buchproduktion ein, die den Erwerb von Klimazertifikaten zur Kompensation des CO_2-Ausstoßes einschließt.

Weitere Informationen finden Sie unter:
www.klimaneutralerverlag.de

FSC
www.fsc.org
MIX
Papier | Fördert gute Waldnutzung
FSC® C083411

Originalausgabe

Erschienen bei FISCHER Taschenbuch
Frankfurt am Main, Dezember 2023

Das Werk wurde durch die Literarische Agentur Thomas Schlück GmbH, 30161 Hannover, vermittelt.

Redaktion: Ruggero Leò
Satz: Fotosatz Amann, Memmingen
Druck und Bindung: CPI books GmbH, Leck
Printed in Germany
ISBN 978-3-596-70870-3

Es gibt nicht die eine ganze Wahrheit. Es gibt immer nur verschiedene Facetten, hinter denen sich neue Türen verbergen, die womöglich für immer verschlossen bleiben.

VORSPIEL

Er weiß nicht, wo er ist. Aber er muss weiter. Seine Beine tragen ihn nicht mehr. Er kriecht jetzt auf allen vieren. Und er spürt, wie er mit jeder Minute schwächer wird. Seine Muskeln weigern sich, ihm zu gehorchen.

Er braucht Hilfe. Alleine hat er keine Chance, und dann war alles vergebens. Aber da ist niemand. Nur der Schnee. Der Schnee und die Kälte.

Die Kälte ist nicht gut für ihn! Sein Körper schafft es nicht länger, gegen das Absinken der Temperatur anzukämpfen. Er hat nicht mehr genügend Energie, schon lange nicht mehr. Zwei Wochen sind es jetzt. Über zwei Wochen, siebzehn Tage, wenn er richtig gerechnet hat. Siebzehn Tage ohne Nahrung. Nur diese eine Tasse Kräutertee, die sein Peiniger ihm morgens neben die Pritsche in der engen Zelle gestellt hat. Manchmal hat er es auch vergessen. Mit Absicht, da ist er sich sicher!

In den ersten Tagen war es am schlimmsten. Als sein Gehirn an nichts anderes denken konnte als an Essen. Laut geschrien hat er vor Hunger. Die stechenden Schmerzen im Bauch waren unerträglich. Die Trockenheit im Mund, und dann die Kopfschmerzen, das Schwindelgefühl, die zunehmende Schwäche. Die Panik, als er gemerkt hat, wie sein Herz das Blut immer langsamer durch die Adern pumpte.

Die Krämpfe, die Erschöpfung, die Verzweiflung. Und das Wissen, dass ab vierzig Prozent Gewichtsverlust der Todeskampf beginnt. Dass Dicke nicht langsamer verhungern als Menschen, die immer Maß gehalten haben. Das Wissen, wie das Ende sein wird.

Beim Fasten gibt es eine Zeit der Euphorie. Aber wenn du verhungerst, ist da nichts als Verwirrung, Angst, Depression. Dann kommen die Spasmen, die unkontrollierten Muskelzuckungen, wenn der Körper auf die letzten Energiereserven zurückgreift. Der Blutzuckerspiegel sinkt bis zum Koma ab. Die Organe versagen. Aber noch arbeitet dein Gehirn. Du bist eine lebendige Leiche, bis endlich alles in einem weißen Nebel versinkt und du erlöst wirst.

Er hat schon nicht mehr zu hoffen gewagt. Er hatte sich abgefunden mit seinem Schicksal. Er wollte nur noch, dass es endlich vorbei war. Selbst als sich ihm die unerwartete Chance zur Flucht bot, hat er noch gezögert. Als wollte er es nicht glauben. Als würde sein Gehirn ihm einen bösen Streich spielen, ihm einen Ausweg vorgaukeln, den es in Wirklichkeit nicht gab. Aber er hat allen Willen zusammengenommen, es war eine fast unmenschliche Anstrengung, an die er sich nur bruchstückhaft erinnert. Fetzen wirrer Bilder. Die Angst, dass er es doch nicht schafft. Dass die Zeit nicht reicht, dass er nicht schnell genug ist. Dass alle Anstrengung vergeblich war. Alle Angst und alle Schmerzen.

Aber er hat es geschafft. Da ist jemand, der ihm helfen wird. Ein Mann mit einer Geige. Und der Mann spielt nur für ihn ganz allein. Er kann die Melodie nicht hören, weil das Blut in seinen Ohren zu sehr rauscht, aber das ist nicht schlimm, er ist frei! Da ist es endlich, das alles verschluckende Weiß, das jede Farbe für immer auslöscht. Es gibt keinen Schmerz mehr für ihn und keine Angst. Nur noch das Gefühl der Gnade.

1. BUCH

OPFER

Nachdem Jesus vierzig Tage und Nächte lang gefastet hatte, war er am Ende sehr hungrig.

(Matthäus)

1. KAPITEL

Sie waren zu dritt. Drei Frauen, die aus der Disco kamen. Aus dem »Aufreißer-Club«, wie die Leute im Ort das *Paradiso* nannten. Blinkende Palmen über der Tür, hämmernde Beats und schummrige Beleuchtung. Was zumindest darüber hinwegtäuschte, dass die Sitzgruppen aus rotem Samt schon deutlich bessere Tage gesehen hatten. Ebenso der von Brandflecken übersäte Linoleumboden, mit dem der heiße, stickige Raum ausgelegt war. Heiß und stickig und so laut, dass man brüllen musste, um sich zu verständigen.

Aber zum Reden ging ohnehin niemand ins *Paradiso*. Weder die Touristen noch die Einheimischen, von den Gebirgsjägern aus der nahegelegenen Kaserne ganz zu schweigen. Im Gegensatz zu den Touristen kamen die Gebirgsjäger normalerweise auch recht schnell zur Sache, ein, zwei Enzian-Shots, und ihre Hände schienen sich selbständig zu machen, egal ob mitten auf der Tanzfläche oder eng aneinander gequetscht auf den roten Samtpolstern der Sofas. Und spätestens ab 22.00 Uhr war der Gang hinter den Toiletten dann mindestens ebenso frequentiert wie die Tanzfläche. Statt der blitzenden Discokugel sorgte hier das grünlich leuchtende »Notausgang«-Schild dafür, dass die nicht immer ganz den Erwartungen entsprechenden Gesichtszüge der jeweiligen Partner gnädig im Ungewissen blieben. So ähnlich wie bei der Photoshop-Retusche eines eher misslungenen Bildes.

Wobei Miriam diesmal Glück gehabt hatte, zumindest was das Aussehen des Gebirgsjägers anging. Nur dass dann etwas nicht ganz so lief, wie er und sie sich das vorgestellt hatten. Eine Art »Ladehemmung«, wie man es wohl in der Kaserne nennen würde.

Bei Kathi war es genau das Gegenteil gewesen. »Schnellfeuergewehr, wenn du verstehst, was ich meine«, vertraute sie Miriam vor dem Spiegel über dem Waschbecken an. Dann half sie Cora wieder dabei, das weit ausgeschnittene Pailletten-T-Shirt von den Spuren des kleinen Missgeschicks zu säubern, das der Freundin ausgerechnet in dem Moment passiert war, als ihr Typ sich auf dem Barhocker vorgebeugt hatte, um sie zu küssen.

Alles in allem war es jedenfalls bislang kein allzu gelungener Abend gewesen. Und die drei Frauen hatten entschieden, ins Hotel am Markt hinüberzuwechseln, wo wie jeden Samstag eine Band spielte – nicht ganz das Niveau von Andrea Berg, aber immerhin mit einer Sängerin, die in den Sommermonaten auf Ibiza und Mallorca für Stimmung sorgte.

Die Frauen holten ihre Jacken von der Garderobe und traten auf die Gasse, als ein neuer Schneeschauer über die Dächer fegte und die Lüftlmalereien an den Häuserfassaden hinter einem Schleier verbarg.

Miriam zog frierend die Schultern hoch. »Und wenn wir gleich heimgehen?«

»Nix da«, erwiderte Kathi prompt, »ich will die Band sehen. Und außerdem ist vielleicht der Sascha da.«

»Wer ist Sascha?« Miriam kramte vergeblich in ihrem Gedächtnis nach einem Sascha aus der Namensliste verflossener oder aktueller Bekanntschaften von Kathi. »Kennen wir ihn?«

»Noch nicht. Aber ihr werdet begeistert sein! Nur gleich mal als kleine Vorwarnung: Finger weg, hört ihr? Ihr rührt ihn mir nicht an, ich will ihn ganz für mich allein.«

»Ist ja gut, komm wieder runter.« Cora klang deutlich genervt, sie schien wenig gewillt, sich auf Kathis Geheimniskrämerei einzulassen. Sie war auch immer noch bleich, Miriam sah, dass sie Mühe hatte, das Gleichgewicht zu halten, und hakte sie unter. »Und wer ist er nun?«, stellte sie die Frage, auf die Kathi eindeutig wartete.

»Der neue Sternekoch, der den Gasthof am Moosgries übernommen hat. Zwei Sterne hat er, davon gibt's nicht viele. Aber das müsst ihr doch wissen, es stand in der Zeitung, ein langes Interview mit ihm, warum er ausgerechnet hier bei uns sein Restaurant aufmachen will. Und im Fernsehen war er auch!«

»Ein Koch«, stöhnte Cora. »Ich glaub, mir wird gleich wieder schlecht …«

»Untersteh dich, du! Noch mal wisch ich dich heute nicht ab, das kannst du vergessen!«

»Und woher kennst du ihn?«, fragte Miriam noch mal.

»Hab ihn beim Schlachter getroffen, beim Max Bichler. Wie er grad Nierchen und Kutteln eingekauft hat. So ein Netter! So gar kein Angeber, sondern …«

»Jetzt wird mir wirklich gleich schlecht«, kam es von Cora. Wobei offenblieb, ob sich ihre Reaktion auf den Schlachter und die Kutteln oder auf Kathis Schwärmerei bezog. Miriam tippte auf Ersteres, auch sie musste bei dem Gedanken an irgendwelche Innereien unwillkürlich schlucken.

»Ihr seid doch nur neidisch«, erklärte Kathi beleidigt. »Ich geh jedenfalls noch zum Hotel, damit ihr's nur wisst. Ist vielleicht ohnehin besser, wenn ich allein da auftauche statt mit zwei solchen Spaßbremsen wie euch, die immer nur … Hey, spinnst du, du damischer Volltrottel?«

Kathi konnte gerade noch zurückspringen, als ein schwarzes SUV auf dem Schneematsch schlingernd von der Hauptstraße in die Gasse einbog. Auch Miriam und Cora mussten sich dicht an die Hauswand drücken, trotzdem waren nur wenige Zentimeter zwischen ihnen und dem Außenspiegel, als der Wagen mit aufheulendem Motor vorbeischoss.

»Idiot!«, rief Kathi noch einmal empört, um sich gleich darauf zu ihren Freundinnen umzudrehen: »Habt ihr das Nummernschild gesehen? War das einer von hier?«

»Ich glaube nicht«, erwiderte Miriam. »Aber ich kann's nicht sagen, er war zu schnell. Ein BMW war's, da bin ich sicher.«

»München«, ergänzte Cora. »Ich habe das M gesehen.

Aber es war ein Mercedes! Da war ein Stern hinten dran, nicht dieses blau-weiße Dingsda.«

»Ein Tourist jedenfalls«, fasste Kathi zusammen. »Wahrscheinlich betrunken. Und deshalb so schnell! Hat keine Ahnung, wie man bei solchem Wetter Auto fährt.«

Wie aufs Stichwort wurde das Schneetreiben stärker, die Flocken fielen jetzt als dichter, weißer Vorhang, so dass die drei Frauen das Ende der Gasse kaum noch ausmachen konnten. Eine einsame Straßenlampe spuckte gelbliches Licht in das wirbelnde Chaos, aus dem Haus vor ihnen drang das Rattern von Maschinengewehrschüssen auf die Straße, hinter dem Fenster im ersten Stockwerk zuckten die bunten Lichtblitze eines Fernsehers. Weiter weg bellte ein Hund.

»Kommt, Mädchen, auf ins Hotel«, entschied Miriam. »Packen wir's, damit wir wenigstens noch ein bisschen Spaß haben an diesem Abend!«

»Gucken wir uns diesen Sandro an, ob er der Richtige für unsere Kathi ist.« Cora schien es wieder besser zu gehen, sie brachte sogar so etwas wie ein spöttisches Lächeln zustande, als sich Kathi erwartungsgemäß aufregte.

»Sascha, nicht Sandro! Und untersteh dich, ihn mit falschem Namen anzureden, sonst bist du die längste Zeit meine beste Freundin gewesen ...«

Kichernd hakten sie sich wieder unter und liefen die letzten Meter zur Hauptstraße mit ihren Andenkenläden und dem Trachtengeschäft, der altehrwürdigen Apotheke mit dem einbalsamierten Krokodil im Schaufenster und dem Schlachter, von dem Kathi gesprochen hatte. Auch einen Friseur gab es, kurz vor dem großen Parkplatz am Hotel, mit der Busstation für die Tagesausflüge in die umliegende Bergwelt bis nach Tirol hinüber.

Vom Hotel her waren undeutlich ein paar Lichter zu sehen, der Rest der Straße lag wie ausgestorben da, auch die Fenster der unter dem Schnee auf den Dächern wie hingeduckt wirkenden Häuser waren nicht erleuchtet. Ein plötzlicher Windstoß wehte die Fetzen einer Melodie herüber, die Band war jedenfalls noch auf der Bühne, das Konzert noch nicht beendet. Es gab eine Chance, den Samstag nicht gänzlich aus dem Kalender streichen zu müssen.

Eine Bewegung auf der anderen Straßenseite lenkte die Aufmerksamkeit der Frauen zum Platz mit dem Denkmal für den Geigenbauer, der den Ort berühmt gemacht hatte.

Im Schneegestöber war die Bronzefigur nur schemenhaft zu erkennen, ebenso wie das Tier, das jetzt regungslos verharrte, als könnte es sich nicht entscheiden, ob die Frauen eine Gefahr darstellten.

»Was ist das?«, fragte Kathi. »Ein Hund?«

Cora schüttelte den Kopf. »Eher eine Katze. Eine große Katze!«

»Da, jetzt!«, rief Miriam. »Guckt mal, die langen Ohren!«

»Ein Hase!«, kam es von allen dreien gleichzeitig. »Ein Hase mitten im Dorf.«

»Der Arme, sicher sucht er was zu fressen.« Miriam

beugte sich vor. »Aber da ist noch was anderes, da liegt irgendwas im Schnee! Gleich neben dem Hasen, seht ihr das nicht? Das sieht aus wie ... Das kann jetzt nicht sein, oder? Liegt da jemand?«

»Du hast recht! Direkt bei dem Denkmal mit dem Geigenbauer!« Kathi blickte die beiden anderen Frauen fragend an. »Wir müssen nachschauen, oder?«

»Müssen wir«, bestätigte Miriam. »Und gucken, ob er ansprechbar ist. Sonst rufen wir die Polizei oder einen Rettungswagen. Da liegen bleiben kann er jedenfalls nicht, da erfriert er.«

»Ein Betrunkener wahrscheinlich«, mutmaßte Cora noch, während sie bereits die Straße überquerten.

Als der Hase sie kommen sah, hoppelte er unschlüssig ein paar Meter nach rechts, dann drehte er sich um und ergriff in langen Sprüngen die Flucht durch die dunkle Fußgängergasse zwischen den Häusern.

An den Spuren im Schnee konnten die Frauen erkennen, dass der Hase bereits mehrmals um den reglosen Körper herumgehoppelt sein musste, die typischen Abdrücke mit den langen Hinterläufen waren noch frisch.

Sonst gab es nur noch eine weitere Spur, die schon wieder halb zugeschneit war. Eine Kriechspur, die von der Gasse zum Geigenbauer-Denkmal führte. Als hätte die Person im Schnee mit letzter Kraft versucht, auf allen vieren genau dorthin zu gelangen.

»Ist das ... Ist der etwa ... Ist der Typ nackt?«, stammelte Cora entgeistert.

Dass die Person vor ihnen ein Mann war, stand außer Frage. Und er *war* nackt! Allerdings war sein Körper mit irgendetwas eingeschmiert, die grauschwarze Schicht, die den Schnee in schmutzigen Matsch verwandelte, war deutlich zu sehen.

Der Mann lag mit dem Gesicht nach unten, der nasse Schnee ließ seine Haare wie angeklatscht wirken, am Hinterkopf schimmerte eine kahle Stelle. Arme und Beine waren dicht an den Körper gepresst, als wollte er sich auf diese Weise selbst wärmen.

Miriam beugte sich vor und berührte den Mann zaghaft an der Schulter. »Hallo? Können Sie mich hören? Was ist mit Ihnen?«

Der Nackte gab keine Reaktion von sich.

Miriam zeigte den Freundinnen ihre Finger, an deren Kuppen die graue Schmiere klebte. »Das ist Asche! Er ist mit Asche eingerieben.«

»Ist das widerlich«, erklärte Cora. »Irgendein Ritual oder was? Bei dem sie sich erst volllaufen lassen und dann ...«

»Atmet er?«, unterbrach Kathi sie. »Wir müssen ihn umdrehen! Los, helft mir mal!«

Der Mann war schwer, sicherlich stark übergewichtig, sie hatten Mühe, ihn mit der Ascheschicht auf dem Körper zu fassen zu bekommen. Erst als Miriam ihn unter den Achseln packte, ging es besser.

»Und rum!«, kommandierte Kathi.

Als sie den schlaffen Körper über die Schulter auf den

Rücken rollten, kippte der Kopf zur Seite und blieb in einem unnatürlichen Winkel liegen.

Kathi stieß einen spitzen Schrei aus und sprang entsetzt zurück. Miriam musste sich zwingen, nicht ebenfalls laut aufzuschreien. Sie hatte das Gefühl, dass ihr Herzschlag für eine Sekunde aussetzte. Neben ihr schlug sich Cora die Hand vor den Mund und stürzte gleich darauf zum Denkmal, um sich auf die derben, bronzenen Schuhe des Geigenbauers zu übergeben.

Das Gesicht des Mannes wirkte wie eine starre Maske, die Haut unter der Ascheschicht war bläulich weiß und wächsern – aber das Schlimmste war die blutige Ziffer, die ihm in die Stirn geritzt war! Eine Neun, die vom Haaransatz bis zu den Augenbrauen reichte und deren Wundränder aufgequollen und entzündet waren.

»Er ist tot, oder?«, fragte Kathi.

Im gleichen Moment drang ein röchelnder Laut aus der Kehle des Mannes, seine Augenlider flatterten, seine rechte Hand zuckte, als wollte er nach Kathis Arm greifen, um sich festzuklammern.

Mit zittrigen Fingern zog Miriam ihr Handy aus der Tasche und tippte die Notrufnummer. Sie hatte kaum den Ort genannt, als sie von der Zentralen Leitstelle direkt mit der Polizei in Felchensee verbunden wurde.

»Polizeiinspektion Felchensee, Sie sprechen mit Kriminalkommissarin Hannah Meyer. Womit kann ich Ihnen helfen?«

»Hier ... hier liegt ... ein nackter Mann im Schnee, und

der ist mit Asche eingerieben und auf seiner Stirn ist eine blutige Wunde und ich glaube, er stirbt gleich. Können Sie jemanden schicken? Ganz schnell? Einen Krankenwagen? Wir sind am Platz mit dem Geigenbauer-Denkmal, gleich an der Hauptstraße.«

†

Manchmal will er das alles nicht mehr. Hat keine Lust mehr. Als wäre es nicht länger wichtig, sondern aus und vorbei. Etwas, das jede Bedeutung verloren hat.

Neun Jahre! Das ist eine verdammt lange Zeit. Neun lange Jahre. Und er ist seinem Ziel keinen Schritt näher gekommen. Nicht, nachdem jetzt alles schiefgegangen ist. Durch einen dummen Zufall, weil er für einen Moment vom Plan abgewichen ist.

Aber so darf er nicht denken. Damit würde er alles verraten, woran er glaubt. Immer noch. Ohne zu zweifeln.

Es stimmt auch nicht. Natürlich hat er etwas erreicht! Und er wird nicht aufgeben. Es ist eine Prüfung, mehr nicht. Deshalb ist er überhaupt hier. Deshalb muss er das durchstehen. Bis zum bitteren Ende. Aber das wird nicht sein Ende sein. Sondern das Ende für die, die es nicht anders verdient haben.

2. KAPITEL

Eigentlich wäre es ihr erster freier Abend gewesen, seit sie vor knapp drei Wochen ihre neue Stelle im Kommissariat von Felchensee angetreten hatte. Kriminalkommissarin Hannah Meyer. Hannah mit zwei h, Meyer mit y. Sechsunddreißig Jahre alt, frisch geschieden und nach einem verdammt langen Weg von ihrer kleinen Nordseeinsel zum Ende des Winters mitten in den Alpen gelandet. Sozusagen als größter anzunehmender Unfall. Vor allem für jemanden, der das Meer ebenso nötig brauchte wie die Luft zum Atmen! Und erst recht für die Mutter eines siebenjährigen Jungen, um dessen Sorgerecht sie sich mit ihrem Ex erbittert stritt. Ausgang äußerst ungewiss.

Vielleicht war es ein Fehler gewesen, so viel Abstand wie möglich zwischen sich und ihr bisheriges Leben bringen zu wollen. Ganz bestimmt war es ein Fehler gewesen! Und sie konnte niemandem die Schuld daran geben als sich selbst.

Aber sie hatte auch nicht ahnen können, was sie in Felchensee erwartete! Jetzt war es nicht das erste Mal, dass sie ernsthaft darüber nachdachte, mit welcher Begründung sie eine Versetzung beantragen könnte. Obwohl eine solche Entscheidung nach gerade mal drei

Wochen sehr nach Flucht aussehen würde. Panik. Typisch Frau, war ja klar, kommt nicht damit zurecht, dass die Dinge hier ein bisschen anders laufen, als sie das von den Fischköppen bei sich zu Hause kennt. Macht sich sofort ins Hemd. Zieht gleich den Schwanz wieder ein, den sie nicht hat …

Sie meinte förmlich, die vor Zynismus triefende Stimme ihres Kollegen zu hören. Derselbe, der sie gerade eben erst gebeten hatte, für ihn einzuspringen, weil er dringend einer »persönlichen Verpflichtung« nachkommen musste.

»Jetzt kommen Sie schon, tun Sie mir den Gefallen! Schauen Sie, Sie kennen doch ohnehin noch niemanden hier, was wollen Sie da an einem Samstagabend in diesem Kaff denn überhaupt groß anfangen? Und wir sind nun mal verpflichtet, bis Mitternacht jemandem auf dem Posten zu haben, falls das Telefon klingelt. Eine Frauenstimme macht sich da im Übrigen auch viel besser! Das ist hier eben keine große Dienststelle in der Stadt, hier helfen wir uns gegenseitig, wenn Not am Mann ist.«

O-Ton Hauptkommissar Ignaz Huber. Nicht mehr ganz jung und schon auf den ersten Blick alles andere als sympathisch. Zu groß, zu hager, zu wenig charmant und ohne jeden Witz, vor allem aber viel zu überzeugt von sich selbst. Und ganz sicher niemand, der Frauen sonderlich schätzte, zumindest nicht als Kolleginnen.

Aber er war ihr Vorgesetzter. Sie war jetzt schon mehrfach mit ihm aneinandergeraten! Erst gestern hatte sie sich am Telefon bei ihrem Vater ausgeweint. Seine Antwort war unmissverständlich gewesen: »Du weißt doch, wie es ist. Du musst dir seinen Respekt erst verdienen. Noch hält er dich einfach nur für die Neue, die er nach Belieben herumkommandieren kann. Mach eine Weile gute Miene zum bösen Spiel und komm dann aus der Deckung, wenn er am wenigsten damit rechnet. Nur so wird es funktionieren.«

Oder auch nicht, Papa, hatte sie noch gedacht, aber seinen Rat dennoch befolgt und dem Huber mit einem Achselzucken zugestimmt, auch diesen Samstagabend auf der Dienststelle zu verbringen.

»Ihr kriegt mich nicht klein«, sagte sie laut in die Stille des Büros hinein. »So leicht mache ich es euch nicht, weder dir, Huber, noch irgendeinem von den anderen. Aber ab sofort lernt ihr mal eine ganz neue Hannah kennen. Wenn euch das nicht passt, bitte, dann könnt *ihr* ja meine Versetzung beantragen. Allerdings solltet ihr euch eure Begründung besser zweimal überlegen, sonst erzähle ich nämlich noch ein bisschen davon, wie ihr euren Job hier macht. Und dass euch euer Stammtisch in der Hubertus-Klause allemal wichtiger ist, als Freund und Helfer für Menschen in Not zu sein! Ich bin weder blind noch taub. Ich weiß schon jetzt so einiges über euch, das ihr ganz sicher lieber unter Verschluss halten möchtet.«

Es war eine kleine Dienststelle, von Huber hartnäckig als »Posten« bezeichnet. Gerade mal zehn Leute, von denen einer im Urlaub und einer krankgeschrieben war, Hauptkommissar Huber war der Dienststellenleiter,

Hannah als Kommissarin seine Stellvertreterin und gemeinsam mit ihm zuständig für den Ermittlungsdienst.

Die Sekretärin wurde von allen nur »Schmidtchen« genannt und organisierte den täglichen Ablauf. Die einzige weitere Frau im Team war eine Tatjana Fischer, Kommissaranwärterin mit einem offensichtlichen Faible für knappe Miniröcke und tief ausgeschnittene Dekolletés. Außerdem gab es noch die beiden Sepps, Sepp Eins und Sepp Zwei, einen langen Dürren, Alois Gruber, mit dem Spitznamen »Falco«, sowie einen Obermayr Franz, der keinen Hehl daraus machte, dass er Hannah nicht mochte, und ihren Vornamen gleich am ersten Tag mit dem äußerst intelligenten Spruch kommentierte: »Hannah mit zwei ›h‹? Also von vorne wie von hinten ganz egal, was?«

Ein Kommentar, den Hannah allerdings schon häufiger von männlichen Kollegen zu hören bekommen hatte.

Die Sepps und der Obermayr bildeten den festen Kern der Stammtischrunde in der Hubertus-Klause, die Frauen waren ohnehin nicht eingeladen.

Hannah beschloss, die Zeit bis Dienstschluss darauf zu verwenden, endlich mal das Büro auszumisten. Etwas, was sie schon längst hatte tun wollen!

Die sechzehn Quadratmeter am Ende des Flurs, die man ihr zugewiesen hatte, sahen aus, als wäre die Zeit stehengeblieben. Irgendwann in den Fünfzigern, inklusive des dunkelgrünen Schnapprollos vorm Fenster sowie des typischen Büroschreibtischs und des entsprechenden Aktenschranks, sogar eine mechanische Olympia-Schreibmaschine gab es noch und – unglaublich, aber wahr – ein Telefon mit Wählscheibe. Das allerdings war nicht stilecht, kein schwarzes Bakelit-Monster, sondern ein rot-weiß marmoriertes Teil aus den Achtzigern, kurz bevor irgendein findiger Kopf die Tastentelefone erfunden hatte.

Das Fahndungsplakat mit den gesuchten Terroristen auf der Innenseite der Tür stammte offensichtlich aus der gleichen Zeit. Ebenso wie das gerahmte Foto von Franz Josef Strauß an der Wand!

Hannah griff sich einen Edding und malte in ordentlichen Großbuchstaben die Wörter RECHTSKRÄFTIG VERURTEILTER VERBRECHER quer über das Bild. Woraufhin sie sich schon minimal besser fühlte. Als Nächstes verbannte sie die Olympia auf den Flur hinaus, sollte sich jemand anders darum kümmern oder ihretwegen auch über das Ding stolpern und sich die Beine brechen.

Die vertrocknete Graslilie fand ihren Platz ebenfalls auf dem Flur, zusammen mit diversen Utensilien aus dem Aktenschrank, unter anderem einer halbvollen Flasche Enzianschnaps sowie einer beachtlichen Sammlung an Jerry-Cotton-Heften.

Nach kurzem Überlegen verzichtete Hannah darauf, auch das Schild an der Klotür zu entfernen, obwohl ihr die Aufschrift gewaltig auf die Nerven ging. »Wenn's Arscherl brummt, ist's Herzl gsund« traf so ganz und gar nicht ihren Humor.

Sie wollte eben das Terrorismus-Plakat von ihrer Tür reißen, als das Telefon klingelte.

Die Leitzentrale stellte einen Notruf durch. Die junge Frau am anderen Ende war völlig aufgelöst, aber der Sachverhalt war klar. Ein nackter Mann neben dem Geigenbauer-Denkmal, nicht ansprechbar und mit einer blutenden Wunde auf der Stirn.

»Ich schicke einen Rettungswagen. Und ich bin in ... zehn Minuten bei Ihnen.«

»Ich glaube, jetzt ist er ... tot«, stammelte die Anruferin. »Grad eben.«

»Können Sie einen Puls fühlen?«, fragte Hannah, während sie gleichzeitig auf ihrem Handy die 112 wählte. »Am Handgelenk oder an der Halsschlagader!«

»Ich mag den nicht anfassen ...« Die junge Frau schluchzte laut auf. »Aber meine Freundin macht's, die Kathi. Nein, da ist nichts, sie schüttelt den Kopf. Was sollen wir ...«

»Ich bin schon unterwegs, warten Sie bitte auf mich! Und lassen Sie alles so, wie es ist!«

Der Diensthabende bei der Feuerwehr sprach mit so starkem Dialekt, dass Hannah ihn kaum verstand. Sie hoffte, dass es umgekehrt besser lief und seine gebellte Antwort bedeutete, dass er auf ihre kurzen Angaben hin die entsprechenden Schritte einleiten würde.

»Wir sind noch nicht fertig miteinander«, drohte sie dem Fünfziger-Jahre-Museum, während sie nach ihrem gefütterten Parka griff und aus dem Büro stürmte. Sie verzichtete darauf, Huber zu informieren, beorderte aber über Funk einen der uniformierten Kollegen zur Dienststelle. »Und zwar jetzt, sofort, egal, wo Sie gerade sind oder was Sie machen.«

Tatsächlich traf der Rettungswagen der Feuerwehr dann zeitgleich mit Hannah am Geigenbauer-Denkmal ein. Auch ein Notarzt war dabei, der ihr nach einer kurzen Untersuchung des nackten Mannes im Schnee zurief: »Puls kaum spürbar, aber er atmet noch! Er muss so schnell wie möglich ins Krankenhaus.«

Hannah nickte nur.

Während die Sanitäter den Mann auf eine Trage hoben, eine Rettungsdecke über ihn legten und ihn in den Wagen hievten, versuchte sie, ihre ersten Eindrücke zu rekapitulieren: Der Mann war nackt, stark übergewichtig, Alter aufgrund der Asche, die auch sein Gesicht bedeckte, schwierig zu bestimmen, sie tippte aber auf fünfzig plus, jünger sicher nicht. Und jemand hatte ihm eine Neun in die Stirn geritzt, vor kurzem erst, die Wundränder waren rot und aufgequollen.

»Zwei, drei Stunden alt«, bestätigte der Notarzt ihre Einschätzung. »Und sein Gesamtzustand deutet auf eine starke Unterernährung hin, ja, gucken Sie nicht so entgeistert, ich weiß, dass er gut und gerne seine hundertzwanzig, hundertdreißig Kilo wiegt, aber ich bin mir sicher, dass ich mich nicht irre. Genaueres, wenn wir ihn notversorgt haben, eine Befragung können Sie aber für die nächsten vierundzwanzig Stunden vergessen, die Frage ist vielmehr, ob wir ihn überhaupt durchbringen, ich würde jedenfalls nicht darauf wetten.«

Als der Rettungswagen mit Blaulicht und gellender Sirene auf die Hauptstraße einbog, wandte sich Hannah an das verfrorene Grüppchen der Frauen, die sich in den windgeschützten Torbogen eines Hauses drängten.

Sie rechnete damit, dass sie kaum etwas Brauchbares von den Frauen zu hören bekommen würde. Das Entsetzen der drei Disco-Grazien schien sich jedoch in Grenzen zu halten, offensichtlich hatten sie den ersten Schock bereits recht gut verkraftet und waren sich der Wichtigkeit ihrer Aussagen sehr wohl bewusst.

Bereitwillig gaben sie zunächst Namen und Adressen an, um dann den Vorfall so zu schildern, wie sie ihn erlebt hatten. Wobei sie die Rolle, die der Hase gespielt hatte, deutlich überbewerteten, zumindest die Frau, die sich als Cora vorgestellt hatte, verstieg sich zu der Behauptung: »Den hat der Herrgott persönlich geschickt, um uns aufmerksam zu machen. Sonst hätten wir den Typen doch gar nicht entdeckt. Dann würde der immer noch da liegen und wäre schon steif gefroren, nackicht wie er war.«

Die Anruferin, Miriam, war es dann, die sich an das SUV erinnerte, das sie kurz zuvor in der Seitengasse fast überfahren hätte. »Vielleicht hatte das Auto ja etwas damit zu tun. So schnell wie die gefahren sind, war es, als wären sie auf der Flucht.«

»Sie sagen ›die‹. Haben Sie sehen können, wie viele Leute im Wagen waren? Ob es nur Männer waren oder ein Mann und eine Frau …«

»Es ging zu schnell. Und hinten waren getönte Scheiben. Aber es war ein Mercedes. Ich dachte erst ein BMW, aber …«

»Es war ein Stern hinten dran, nicht dieses blau-weiße Dingsda, bei dem man nicht weiß, was es sein soll«, erklärte Cora.

»Ein Propeller«, sagte Hannah. »BMW hat früher Flugzeugmotoren gebaut, deshalb. Das Kennzeichen haben Sie nicht erkannt?«

»Zu schnell«, wiederholte Miriam. »Aber Cora hat gesehen, dass der erste Buchstabe ein M war.«

»Stimmt, München, da bin ich mir sicher«, bestätigte Cora.

»Gut, danke, das ist doch schon mal was. Und jetzt noch mal zu dem Mann im Schnee. Natürlich war sein Gesicht durch die Asche und die blutige Wunde völlig verunstaltet, aber hat er sie vielleicht trotzdem an jemanden erinnert, den Sie kennen oder schon mal gesehen haben?«

Die drei Frauen schüttelten die Köpfe.

»Schade«, sagte Hannah. »Aber das wäre wohl auch zu einfach gewesen.«

»Zeig noch mal das Foto«, verlangte Cora von Kathi und setzte gleich als Erklärung für die Kommissarin hinzu: »Die Kathi hat ein Foto gemacht. Ein Selfie mit ihm neben ihr.«

Kathi zückte ihr Handy und hielt es Hannah hin. »Ist ein bisschen unscharf, tut mir leid. Aber ich hab auch noch nie ein Bild gemacht mit einem … der halbtot ist und so, meine ich.«

Hannah spürte, wie ihr ein Schauer über den Rücken jagte. Vorhin, als der Notarzt ihn untersucht hatte, war ihr das Gesicht nicht bekannt vorgekommen. Aber jetzt, aus der Perspektive dieses dämlichen Selfies, auf dem Augen und Mund wie schwarze Löcher wirkten und die Kinnpartie ohne Konturen in den massigen Hals überzugehen schien, mit den fleischigen Ohren, die wirkten, als wären sie viel zu groß für den Kopf – jetzt war sich Hannah sicher, dass sie den Mann kannte! Sie zweifelte nicht eine Sekunde daran, so wenig überzeugend ihr Namensgedächtnis auch war, ein Gesicht, das sie schon mal irgendwo gesehen hatte, vergaß sie normalerweise nicht wieder.

»Was ist?«, fragten die drei Frauen und beugten sich neugierig vor. »Kennst *du* ihn?«

Das darf ich nicht sagen, das ist eine laufende Ermittlung, hätte als Antwort den Regeln entsprochen, stattdessen nickte Hannah nur und schüttelte gleich darauf den Kopf: »Nein, ich weiß nicht, wer er ist oder wie er heißt, aber er hat im Moosgries am Nachbartisch gesessen.« Ihre Gedanken rasten, sie war sich absolut sicher, sie hatte den Mann den ganzen Abend beobachtet, er war ihr aufgefallen, weil er immer nur einen Bissen von jedem Gang gegessen hatte ...

»Waaas?«, rief Kathi. »Du warst beim Sascha in seinem Restaurant? Ihr scheint's ja Geld zu haben bei der Polizei. Unsereins kann sich das nicht leisten.«

Im selben Moment wusste Hannah, dass sie den Mann

nicht nur beim Essen gesehen hatte, als sie in dieses sündhaft teure Restaurant eingeladen worden war. Von jemandem, von dem sie im Übrigen nie wieder eine Einladung annehmen würde ... Aber da war ein oder zwei Tage später ein Artikel in der Zeitung gewesen. Dass das neue Sternerestaurant Besuch von einem der bekanntesten Restaurantkritiker Deutschlands gehabt hatte. Und dass Sascha Kallmann vielleicht auf einen weiteren Stern hoffen durfte ...

»Schulze«, murmelte Hannah vor sich hin. »Schulz, Schulze, irgend so was. Aber noch was dazu, ein Doppelname. Und ... Volker? – Sorry«. Sie wandte sich den drei Frauen zu und versuchte, ihren Fehler zu korrigieren. »Vergesst das Ganze schnell wieder. Ich darf euch wirklich nichts sagen, ihr habt nichts gehört, okay?« Sie holte tief Luft. »Und jetzt ruf ich die Spurensicherung an. Ich danke euch für eure Hilfe, wenn noch etwas ist, melde ich mich. Und umgekehrt genauso bitte, ja? Falls euch noch etwas einfällt und so weiter, ihr wisst schon.« Sie nestelte drei Visitenkarten aus ihrer Tasche. »Hier steht alles drauf, auch meine Handynummer. Habt noch eine gute Nacht! Ach ja, lösch das Selfie bitte, ja?« Sie zögerte kurz. »Und meldet euch unbedingt sofort, falls ihr psychologische Hilfe braucht, ich kann das arrangieren, ich kümmere mich darum. Okay?«

Die Frauen nickten.

»Gut. Ihr wisst Bescheid.« Hannah drehte sich um und entfernte sich ein paar Schritte, bevor sie ihr Handy aus der Tasche zog. Noch während sie die Nummer des LKA aufrief, sagte sie laut: »Volkhardt, jetzt weiß ich's wieder. Volkhardt Schulze-Raab, das war der Name.«

†

Die Béchamelsauce, in der die Flusskrebse schwimmen, läuft unaufhörlich über den Rand des Tellers, ohne dass er etwas dagegen tun kann. Tropft vom Tisch auf seine Hose und rinnt an seinem rechten Bein hinab, über den Schuh und bis auf den Boden.

Die peinliche Pfütze wird schnell größer, es sieht aus, als wäre er eben dabei, sich unfreiwillig zu erleichtern. Verzweifelt versucht er, die Schmiere mit dem Schuh zu verreiben, aber die Mühe ist vergeblich. Die arrogante Alte rechts von ihm blickt schon ganz indigniert und rückt scheinbar zufällig ein Stück von ihm ab. Er kennt sie, aber ihm will beim besten Willen nicht einfallen, woher. Doch, jetzt erinnert er sich. Eine Journalistin, die ihm schon mehr als einmal auf den Wecker gegangen ist. Ihm und den Kollegen.

Er weiß nicht, ob er die Leute alle eingeladen hat. Ist er wirklich der Gastgeber heute Abend? Nein, das kann nicht sein. Es muss ein Traum sein! Ein verdammter Traum, aus dem er sich nicht befreien kann.

Aber der Tisch, von dem die Sauce Nantua tropft, ist real, er kann das jahrhundertealte Eichenholz mit den Händen berühren, mit den Fingern darüberstreichen. Ein Refektoriumstisch, der kein Tuch braucht, um die schrundige Ober-

fläche zu verstecken, der sich selbst genügt, Versprechen und Erfüllung zugleich. Und darauf das schwere Silber, die Damast-Servietten, die Messerbänke und die kristallenen Fingerschalen. Das ist alles da, das bildet er sich nicht nur ein. Ebenso wenig wie den Schwan auf dem matt glänzenden Tablett, das hingestreckte Reh, den Keilerkopf mit den tiefroten Trauben zwischen den furchteinflößenden Hauern. Die Täubchen. Die Wachteln auf ihrem Nest voller gesprenkelter Eier. Die Hummer, deren Scheren sich öffnen und schließen, als könnten sie so dem Angriff der silbernen Zange entkommen.

Was nicht passen will, sind die beinlosen Froschleiber, die sich zuckend auf den Tellern drängen. Und das Blut überall, auch in den Weinkelchen, das ist kein Mouton Rothschild, kein Château Lafitte, kein Barolo Monfortino, das ist … Schweineblut!

Er möchte schreien, bringt aber keinen Laut über die trockenen Lippen. Es ist ein Albtraum! Er will das alles nicht mehr sehen. Er will nur noch weg hier, doch er kann sich nicht bewegen, er ist wie gelähmt.

3. KAPITEL

Die Antwort des Kollegen vom LKA war so knapp wie unbefriedigend gewesen. Die Abteilung für Spurensicherung war aufgrund krankheitsbedingter Ausfälle zurzeit nicht einsatzfähig, und Schulze-Raab war ja nicht tot, die wenigen Indizien sprachen auch nicht deutlich genug für einen Mordversuch: »Da müsst ihr erst mal sehen, wie weit ihr mit eigenen Mitteln kommt, wir sind nur zuständig, wenn ihr mit der Spurensicherung überfordert seid. Aber selbst dann – im Moment geht gar nichts, wie ich ja schon erklärt habe.«

Ganz kurz hatte Hannah überlegt, ob Huber vielleicht eine andere Antwort erhalten hätte. Dann hatte sie mit ihrem Handy die schon wieder halb zugeschneiten Spuren im Schnee fotografiert. Woher die Kriechspur des Opfers gekommen war, ließ sich nicht mehr eindeutig feststellen, Hannah tippte auf die schmale Gasse, die zur Kirche hinüberführte. Aber inzwischen waren zu viele neugierige Anwohner aus ihren Häusern gekommen, der Schnee war hoffnungslos zertrampelt.

Gesehen oder gehört hatte niemand etwas, im Fernsehen hatte es einen Actionfilm mit Vin Diesel und auf dem anderen Programm die Unterhaltungssendung »Verstehen Sie Spaß?« gegeben.

Hannah war noch bis zur Kirche gelaufen – und schließlich ohne irgendein brauchbares Ergebnis ins Krankenhaus gefahren. Nur um dann über drei Stunden und mehrere Becher bitter schmeckenden Kaffees lang darauf zu warten, dass ihr ein mindestens ebenso übermüdeter Arzt wie sie selbst endlich mitteilte: »Wir haben ihn in ein künstliches Koma versetzt. Ich würde gerne behaupten, dass sein Zustand stabil ist, aber das wäre gelogen. Wir können uns keinen Reim darauf machen, was passiert ist. Ich schätze, dass er mindestens zwei Wochen lang keine feste Nahrung zu sich genommen und auch kaum getrunken hat. Er ist im Hungerdelirium. Wenn er nicht gefunden worden wäre, hätte er die Nacht nicht überlebt. Konkret kann ich Ihnen im Moment nur sagen, dass es keine Anzeichen äußerlicher Gewalt gibt, einige Hautabschürfungen an den Händen, aber nichts Eindeutiges. Und natürlich diese Wunde auf der Stirn, die hat er sich ganz sicher nicht selbst zugefügt. Ansonsten war der Mann stark übergewichtig, er muss vor kurzen noch um die hundertzwanzig Kilo auf die Waage gebracht haben, und das über viele Jahre, seine Organe sind entsprechend belastet, von Füßen und Knien will ich gar nicht erst anfangen. Sie wissen nicht, was er von Beruf gewesen sein könnte, oder?«

»Sagen Sie es mir«, erwiderte Hannah ausweichend.

Der Arzt zuckte mit den Schultern und rieb sich mit der Faust über die unrasierten Wangen, als müsste er sich erst ein wenig Leben einhauchen, bevor er antworten konnte. »Auf den Jahrmärkten gab es früher mal sogenannte Abnormitäten-Kabinetts«, setzte er dann an, »Buden, in denen Liliputaner oder Siamesische Zwillinge zur Schau gestellt wurden. Oder eben ... der größte Mann der Welt, der Mann, der über zwei Zentner wiegt, die bärtige Frau und solche vorgeblichen Attraktionen. Meine Großmutter hat mir gerne davon erzählt, dass sie in Innsbruck mal ›Die Dame ohne Unterleib‹ gesehen hat. Aber zurück zu unserem Mann auf der Intensivstation und seinem möglichen Beruf – heute würde ich sagen, Fernsehen, Jury-Mitglied in irgendeiner Kochshow vielleicht. Falls das als Beruf zählt, keine Ahnung.«

Hannah verschwieg dem Arzt, dass er nur knapp danebenlag. Sie hatte die Wartezeit genutzt, um sich auf der Suche nach Volkmar Schulze-Raab durchs Netz zu scrollen. Er hieß Volkmar, nicht Volkhardt, aber er war der Mann aus dem Sterne-Restaurant, über den dann in der Zeitung berichtet worden war. Und er gehörte zu den »Top-Five«-Gastrokritikern in Deutschland. In dem Zeitungsbericht war noch erwähnt, dass sich Schulze-Raab mit einem Kollegen der Kritiker-Elite schon mehrfach öffentlich äußerst aggressive Wortgefechte geliefert hatte, die stets in Beleidigungen gipfelten.

Hannah hatte sich eilig ein paar Notizen gemacht, Fragen, die sie am nächsten Tag weiterverfolgen wollte. Und natürlich musste sie gleich als Erstes die Adresse von Schulze-Raab in Erfahrung bringen! Falls es eine Ehefrau gab, einen Lebenspartner, Eltern, Kinder, irgendjemand, der darüber informiert werden musste, was passiert war.

Und der womöglich auch einige ihrer Fragen beantworten konnte.

Der Gastrokritiker hatte wohl auch kaum aus freien Stücken über zwei Wochen lang gehungert. Irgendjemand musste ihn dazu gezwungen haben. Wahrscheinlich dieselbe Person, die ihm auch die Neun in die Stirn geritzt hatte.

Vielleicht war Schulze-Raab entführt worden. Und womöglich auch schon längst als vermisst gemeldet. Mit ziemlicher Sicherheit sogar.

Wer hatte ihn wann und wo zuletzt gesehen? Und was war dann passiert? Fragen, auf die Hannah dringend eine Antwort brauchte. Da der Restaurant-Kritiker selber zurzeit nicht vernehmungsfähig war, musste sie auf anderem Weg versuchen, etwas über diese merkwürdige Geschichte herauszufinden. Aber sie war fest entschlossen, den Fall zu *ihrem* zu machen, kein Ignaz Huber würde ihr da hineinreden. Das hatte er sich selbst zuzuschreiben. Sie hatte nicht darum gebeten, ihren freien Abend auf dem Revier zu verbringen. Weder auf dem Revier noch auf dem nächtlichen Platz mit dem Denkmal oder den unbequemen Plastikstühlen im Wartebereich des Krankenhauses. Es *war* jetzt *ihr* Fall!

Nachdem der Arzt ihr zugesichert hatte, sie zu jeder Tages- oder Nachtzeit zu informieren, falls sich der Zustand des Patienten änderte, wollte sie nur noch in ihr Bett.

Aber dann kam ihr auf dem Krankenhaus-Parkplatz eine junge Frau entgegen. Schon nach den ersten Worten war klar, dass sie auf Hannah gewartet hatte. Eine Journalistin, ungefähr in ihrem Alter, und der Aussprache nach nicht aus dem Ort, was sie Hannah trotz ihrer lähmenden Müdigkeit augenblicklich sympathisch machte.

Mal ganz davon abgesehen, dass hier offensichtlich jemand vor ihr stand, deren Job ebenfalls keine geregelten Arbeitszeiten kannte. Und die auch keine Probleme damit hatte, auf einem kalten und zugigen Parkplatz auszuharren, um sich einen Vorsprung vor ihren Kollegen zu sichern. Blieb allerdings die Frage, woher sie – noch dazu als »Fremde« – überhaupt wusste, dass der nackte Mann vom Geigenbauer-Denkmal ins St.-Josef-Krankenhaus gebracht worden war. Hannah tippte auf eine der drei Disco-Grazien als Informantin, wahrscheinlich die, die auch das Handyfoto gemacht hatte. Oder die Journalistin hatte einen Kontakt zur Leitstelle, vielleicht kannte sie den Mann, der die Anruferin mit Hannah verbunden hatte …

Hannah fragte nicht weiter nach, es spielte keine Rolle. Aber sie ließ sich den Namen der Journalistin geben. Es konnte sicher nicht verkehrt sein, eine Redakteurin der örtlichen Tageszeitung als Verbündete zu haben. Und Hannah hatte auch richtig gelegen mit ihrer Vermutung: Lilly Sorst kam aus München und hatte dort für ein Hochglanz-Magazin gearbeitet.

Sie beantwortete Lillys Fragen so vage, wie es eben noch möglich war, ohne allzu abweisend zu wirken. Ein Mann. Künstliches Koma. Nicht vernehmungsfähig. Und natürlich gab sie auch seine Identität nicht preis, von der sie nach ihrer kurzen Netz-Recherche überzeugt war. Dazu war es noch zu früh. Ebenso wenig sagte sie etwas von der blutigen Neun auf seiner Stirn. Stattdessen nur: »Die Ermittlungen laufen, und wir suchen nach Zeugen, die gegen 22.00 Uhr im Bereich der Hauptstraße ein schwarzes SUV mit Münchner Kennzeichen gesehen haben. Möglicherweise ein Mercedes.«

Danach fuhr sie endlich zurück zu dem Gästehaus, in dem sie immer noch das winzige Apartment unter dem Dach bewohnte, da sich bislang nichts Passenderes gefunden hatte. Aber das Apartment war okay, zurzeit waren auch kaum andere Gäste im Haus, ein noch sehr junges Paar aus Holland, ein Ornithologe mit einem gewaltigen Teleobjektiv an seiner Kamera, drei Mountainbiker, die morgens meist schon vor Hannah das Haus verließen und manchmal abends trotz der Kälte noch lange auf ihrem Balkon saßen und sehr laut redeten. Um drei in der Nacht schliefen allerdings auch die Mountainbiker.

Hannah duschte heiß und fiel wie ein Stein ins Bett. Nur um sich dann in einen wirren Traum zu verstricken, in dem immer wieder eine Frau auftauchte, die eindeutig Lilly Sorst war, wenn sie jetzt auch mit ausgeprägt bayerischem Dialekt redete und sich darüber lustig machte, dass Hannah kaum ein Wort verstand.

Bis schließlich um kurz nach acht ein aufgebrachter Hauptkommissar Huber vor ihrer Tür stand und ihr sein Handy entgegenstreckte.

Hannah hatte nicht gewusst, dass es sonntags eine Online-Ausgabe des »Felchensee-Anzeigers« gab – und noch viel weniger damit gerechnet, sich selbst gleich auf der Titelseite wiederzufinden. Wie immer Lilly Sorst es geschafft hatte, die Meldung rechtzeitig als Aufmacher zu formulieren, auf jeden Fall prangte da in fetten Buchstaben die Schlagzeile POLIZEI SUCHT DRINGEND ZEUGEN. Und kleiner darunter: *Unbekannter Mann am Geigenbauer-Denkmal aufgefunden.*

Der Artikel gab nicht viel her, in etwa waren es die Sätze, die Hannah auf dem Parkplatz gesagt hatte, einschließlich des Zeugenaufrufs. Und dazu gab es ein Bild von ihr, ein leicht unscharfer Schnappschuss, wie sie gerade in ihr Auto stieg. Mit der Unterschrift: *Kriminalkommissarin Hannah Meyer ermittelt.*

Natürlich passte es Huber nicht, dass sie mit der Presse gesprochen hatte. *Das* hätte der Herr Hauptkommissar dann doch lieber selbst getan, wenn auch wahrscheinlich nur, um den eigenen Namen in der Zeitung zu lesen.

»Was haben Sie sich dabei gedacht?«, tobte Ignaz Huber. »Sie hätten mich noch in der Nacht informieren müssen! Sie können nicht einfach zur Presse marschieren und irgendwelche Stellungnahmen abgeben. Ich bin immer noch Ihr Vorgesetzter, und wer hier ermittelt, entscheide ganz alleine ich!«

»Oh Verzeihung«, rutschte es Hannah heraus. »Ich hatte Sie bei Ihrer Stammtischrunde in der Hubertus-Klause nicht stören wollen …«

»Was ... was soll das? Ich war nicht in der Hubertus-Klause. Ich war mit meiner Frau ...« Er winkte unwirsch ab. »Das geht Sie gar nichts an.«

Hannah brachte ein kurzes Lachen zustande, das genauso verächtlich klang, wie sie es beabsichtigte. Sie war immer noch todmüde, sie hatte keine Lust auf irgendwelche dämlichen Vorhaltungen, sie war ... sauer.

»Das geht mich nichts an? Also im Swingerclub, ja? Oder doch nur im neuen Sternerestaurant? Was gab es denn? Ich hatte beim letzten Mal Steinpilze.«

»Was ... was ... solche Unterstellungen lasse ich mir nicht bieten, ich werde ...«

»Und blablabla, ja, alles klar. Es wird mir noch leidtun, mein Verhalten hat Konsequenzen, Sie lassen sich nicht auf der Nase rumtanzen, von Frauen sowieso nicht und von mir noch viel weniger, ich hab's kapiert. Danke, Ihnen auch einen schönen Sonntag.«

Hannah war kurz davor, einfach die Tür zuzuschlagen, als ihre Vermieterin die Treppe hinaufgestürmt kam.

»Was ist das denn hier für eine Schreierei? Untersteht's ihr euch mal, so aufeinander loszugehen! Dafür ist der Tag doch viel zu schön. Ich hab gerade frischen Kaffee aufgesetzt, und die Brötchen sind noch warm, eine gute Johannisbeermarmelade hab ich auch, das ist eine kleine Sünde, die der Herrgott trotz der Fastenzeit sicher verzeihen wird. Aber Hauptsache, ihr hört auf, euch hier zu streiten, bitte, ja! Nicht in meinem Haus, und am Sonntag zu ganz und gar unchristlicher Zeit schon mal gar nicht, habt's das verstanden? Ja, fein, dann kommt mit runter in meine Küche und vertragt euch gefälligst wieder!«

Hannah mochte die unkomplizierte Frau, die ihr gleich am ersten Tag das Du angeboten und sie schon mehrmals am Abend auf ein Glas Wein in ihre Küche eingeladen hatte. Sie hatten über Gott und die Welt geredet, als würden sie sich bereits seit Ewigkeiten kennen, Hannah hatte bald schon das Gefühl, in der nur ein paar Jahre älteren Uta eine Freundin gefunden zu haben.

Allerdings war ihr aufgefallen, dass Uta offensichtlich nicht gerne über sich selbst sprach. Alles, was Hannah bislang wusste, war, dass Uta das Haus neben dem Kurpark von ihrem Erbe gekauft hatte, als ihre Eltern gestorben waren.

»Ein Schnäppchen«, hatte sie mal erzählt, »aber frag nicht nach Sonnenschein! Damals gab es noch ein Schild vorne am Zaun, auf dem stand ›Fremdenzimmer mit fließend warm und kalt Wasser‹. Und das Klo war natürlich auf dem Gang, eine Dusche hatten wir gar nicht, nur ein Badezimmer mit Wanne, hier unten, wo ich jetzt die Sauna hab.«

Was Utas Beruf war, ob sie vielleicht in München oder anderswo studiert oder Felchensee nie verlassen hatte, ob sie jemals verheiratet gewesen war oder zurzeit einen heimlichen Freund hatte, das alles wusste Hannah nicht. Noch nicht mal, ob Uta überhaupt aus Felchensee kam. Uta war ihren Fragen jedes Mal geschickt ausgewichen.

Hannah mutmaßte, dass es da irgendetwas aus der Vergangenheit gab, worüber Uta nicht sprechen wollte.

Aber das spielte keine Rolle, Hannah fühlte sich wohl in Utas Gesellschaft und redete ausufernd über ihr eigenes Zuhause, über ihre Insel, die Nordsee, das ständige Rauschen der Brandung, das sie umso mehr vermisste, je weiter entfernt sie davon war. Und über ihren Vater, den »alten Inselbullen«, wie er sich selber bezeichnete, wenn er sich mit seiner Dienstmütze auf dem Kopf aufs Fahrrad schwang, um eine Runde auf der Strandpromenade zu drehen und einen oder zwei Touristen zu verwarnen, die ihre leeren Bierdosen nicht in den Abfalleimer warfen.

Einmal hatte sich Hannah sogar dazu hinreißen lassen, von Rio zu erzählen, vielleicht war es der Wein gewesen, der sie ein bisschen gefühlsduselig werden ließ. Sie hatte ihren Fehler gerade noch rechtzeitig bemerkt und sich selber die Rolle einer »Tante« angedichtet, niemand hier musste wissen, dass sie Mutter eines siebenjährigen Jungen war. Noch nicht.

Aber wie auch immer, es blieb dabei, dass Uta eine gute Zuhörerin war – und ihre eher beiläufigen Kommentare trafen fast immer ins Schwarze. Hannah wusste auch den leicht spöttischen Humor der hochgewachsenen blonden Frau mit der Figur eines Models sehr zu schätzen, wenn sie sich über alles und jeden lustig machte. Auch die Kollegen auf Hannahs Revier waren schon mehrmals Ziel ihres Spotts gewesen, einzig Ignaz Huber war unbeschadet davongekommen. Im Gegenteil! »Hab Geduld mit dem Ignaz, er hat auch sein Packerl zu tragen.« Mehr hatte sie bislang nicht sagen wollen.

Und jetzt schien es wieder so, als hätte Uta fast so was wie Mitleid mit dem Hauptkommissar. Sie fasste ihn behutsam am Ellbogen und zog ihn mit sich zur Treppe. Mit den Augen gab sie Hannah ein kurzes Zeichen: Lass gut sein, bitte, mir zuliebe!

Wie willenlos ließ sich Ignaz Huber die Treppe hinabführen. Hannah folgte ein paar Stufen, bevor sie umdrehte und in ihr Apartment zurückeilte, um sich wenigstens schnell die Zähne zu putzen und das alte T-Shirt, das sie nachts trug, gegen Jeans und Hoodie zu tauschen.

Als sie dann in Utas Küche trat, war Ignaz Huber verschwunden.

»Ich hab versucht, ihn zu überreden«, informierte Uta sie, »aber er wollte nicht mit uns frühstücken. Noch nicht mal eine Tasse Kaffee im Stehen. Typisch Mannsbild, wenn ihr Stolz gekränkt ist, benehmen sie sich wie die dümmste Wutz im Wald.«

Bei der Formulierung musste Hannah unwillkürlich lachen. Aber gleich darauf sagte sie: »Ist vielleicht besser so, ohne ihn, meine ich. Ich habe nämlich null Interesse daran, hier die Reumütige zu spielen! Warum soll ich mich entschuldigen, wofür? Ich habe nichts getan, was falsch war. Er ist derjenige, der besser nicht ganz vergessen sollte, was es bedeutet, Polizist zu sein. Da sag ich nämlich nicht einfach: ›Ach, heute Abend hab ich keine rechte Lust, da hab ich noch was Besseres vor!‹ Das verträgt sich nicht mit dem Beruf.«

»Geh nicht zu hart mit ihm ins Gericht, es steht dir nicht, wenn du so … böse bist. Komm, setz dich, schmier dir eine Semmel und erzähl, was letzte Nacht los war. Du bist erst lange nach Mitternacht zurückgekommen, fast drei Uhr schon, ich hab die Haustür unten klappen hören. Geht es um diesen Fall, in dem du jetzt ermittelst, wie in der Meldung stand, über die sich der Ignaz so aufgeregt hat?«

»Ja, darum geht es«, bestätigte Hannah, während sie sich die selbstgemachte Johannisbeermarmelade fast fingerdick aufs Brötchen schmierte. »Wir haben einen Mann im Schnee gefunden, aber mehr darf ich dir nicht sagen. Er ist im St.-Josef-Krankenhaus, sein Zustand ist … nicht gut, sie haben ihn ins künstliche Koma versetzt. Mit anderen Worten: Ich kann ihn leider nicht fragen, was passiert ist.«

»Und jetzt sucht ihr nach Zeugen, die vielleicht einen BMW aus München gesehen haben? Was ist mit dem Wagen?«

»Es ist ein Mercedes. Wie kommst du auf BMW?«

»Die meisten SUVs, die hier rumfahren, sind BMWs, vielleicht deshalb. Mercedes ist selten. Aber es gibt also jemanden, der euch das mit dem Mercedes erzählt hat. Und dass er aus München ist, sonst wüsstet ihr das ja nicht.«

Hannah nickte. »Der Wagen war, kurz bevor der Mann gefunden worden ist, in der Nähe vom Platz mit dem Denkmal. Es ist viel zu vage, um daraus einen Zusammenhang abzuleiten, aber etwas anderes haben wir im Moment nicht.«

Utas nächste Frage kam zögernd, als hätte sie Sorge, sich zu weit vorzuwagen. »Aber der euch das mit dem Auto erzählt hat, der muss doch gesehen haben, ob ein Mann am Steuer saß oder eine Frau, oder wie viele Leute überhaupt im Auto waren ...«

»Hat er nicht, nein. Wir haben zurzeit wirklich nichts in der Hand, wir greifen also nach jedem Strohhalm, deshalb auch die Zeitungsmeldung, dass wir Zeugen suchen. Hast du noch eine andere Idee?«

Uta schien einen Moment zu überlegen. »Ich bin froh, dass ich nicht deinen Beruf habe«, erwiderte sie dann anstelle einer Antwort. »Das muss wenig befriedigend sein, so im Dunkeln zu tappen. Wisst ihr denn eigentlich, wer er ist? Der Mann im Krankenhaus, meine ich.«

Hannah zuckte mit den Schultern. »Ich habe eine Idee, ja. Aber ich muss das erst noch ... genauer überprüfen, bevor ich es offiziell machen kann.«

Uta goss ihr Kaffee nach und schob ihr das Kännchen mit der schaumig geschlagenen Milch über den Tisch. »Versteh schon, und vorher wirst du es mir auch nicht sagen, richtig?« Ohne Hannahs Antwort abzuwarten, setzte sie schnell hinzu: »Es ist ein Kreuz, da hat man schon mal eine leibhaftige Polizistin im Haus und erfährt doch nicht mehr als jeder andere im Ort.« Ihr Lachen klang wie eine Entschuldigung, dass sie überhaupt gefragt hatte. Und gleichzeitig ein wenig verletzt, fast schon verärgert, dachte Hannah.

»Du weißt, wie es ist, Uta. Aber du erzählst mir ja auch nicht alles. Zum Beispiel über einen gewissen Kollegen von meiner Dienststelle, der zu allem Überfluss auch noch mein Vorgesetzter ist. Und du weißt etwas über ihn, sagst es mir aber nicht.«

»Du wirst es früh genug erfahren. Und dann besser von ihm selbst als von mir oder jemand anderem. Aber jetzt erzähl: Es ist Sonntag, was hast du heute vor?«

»Ich werde noch ein bisschen weitergraben, egal ob nun Sonntag ist oder nicht. Wie du schon ganz richtig sagst: Sei froh, dass du nicht meinen Beruf hast. Aber vielleicht kann ich die Arbeit mit dem Angenehmen verbinden. Ich geh mal eine Runde joggen.« Hannah blickte auf ihre Uhr – die kleine Mido, die ihr Vater ihr bei der Ernennung zur Kommissarin geschenkt hatte. »Eine größere Runde. Hoch zum See und hinten über den Ziehweg runter zum Ort, zum Moosgries. Ich hab neulich gesehen, dass sie da in dem neuen Restaurant am Sonntagmittag immer etwas draußen kochen, auf dem Gehweg, mit Feuerschalen. Steckerlfisch und solche Sachen. Das ist das Angenehme, von dem ich sprach. Und ich hab ohnehin ein paar Fragen an den Koch da, das ist dann die Arbeit. Was ist? Warum siehst du auf einmal so missmutig aus?«

»Es hat nichts mit dir zu tun. Ich bin nur der Meinung, dass man solche Typen wie diesen Sternekoch nicht auch noch unterstützen muss. Wir brauchen hier kein Angeber-Restaurant, das lockt nur die falschen Leute her – und die brauchen wir schon mal gar nicht! Und dass der da jetzt im Moosgries ausgerechnet zur Fastenzeit jeden Abend dieses besondere Menü mit den zig Gängen serviert, um auf seinen Laden aufmerksam zu machen, ist eine Frechheit. Vor allem wenn er das dann tatsächlich auch noch ›Das große Fastenessen‹ nennt, da könnte er auch gleich ›Das große Fressen‹ sagen! Das ist nicht witzig, man macht keine Späße über Leute, denen es ernst ist mit ihrer Religion und ihrem Glauben. Wer da in dieser Zeit im Wirtshaus die Sünde der Völlerei begeht, der fordert den Teufel heraus – und er muss sich nicht wundern, wenn er am Ende den Kürzeren zieht.«

Für einen Moment hatte Hannah das Gefühl, dass ihre Vermieterin noch etwas hinzusetzen wollte, gleichzeitig schoss ihr der Gedanke durch den Kopf, ob Uta eigentlich wusste, dass sie selber ja auch in der Fastenzeit im Moosgries gegessen hatte. Sie konnte sich nicht erinnern, dass sie darüber gesprochen hatten, nicht nach dem abrupten Ende, den dieser Abend dann genommen hatte. Aber das wollte nichts heißen, in einem Ort wie Felchensee gab es viele Augen und Ohren, denen nichts entging und die es nur zu gerne weitertrugen.

Uta schien sich im letzten Moment besonnen zu haben und stand jetzt brüsk auf. »Denk mal darüber nach, was ich gesagt habe, während du läufst. Und dann überleg dir, ob du ihm deine Fragen nicht auch bei einer Tasse Tee stellen kannst, mehr habe ich dazu nicht zu sagen.«

Plötzlich war ihr spöttisches Lächeln wieder da. »Aber ich schätze mal, der Tee kostet bei ihm ungefähr so viel wie ein anständiges Essen in einem ganz normalen Wirtshaus. Dafür sind es dann wahrscheinlich auch handgepflückte Kräuter von der peruanischen Hochebene, und natürlich nur Wasser, das im bio-zertifizierten Eichenfass mindestens zweimal den Äquator überquert hat. Nimm also auf jeden Fall genug Geld mit.«

Das war jetzt wieder die schnippische Uta, wie Hannah sie kannte. Aber ihr Wutausbruch von vorhin ging Hannah nicht aus dem Kopf. So hatte sie ihre Vermieterin noch nie erlebt. Die einzige Erklärung, die ihr einfallen wollte, während sie ihre Joggingsachen zusammensuchte, war, dass Uta eben nun mal aus Felchensee kam. Und vielleicht tatsächlich nie woanders gewesen war. Dass sie gar nicht so weltoffen war, wie Hannah immer angenommen hatte, auch wenn sie ganz anders wirkte. Und dass ihr also alles, was sich nicht ohne weiteres mit Tradition und Brauchtum vertrug, suspekt war. Wie eine unklare Bedrohung ihrer Werte, ihrer Überzeugungen, ihres Selbst. Hinzu kam, dass der Sternekoch ein Fremder war, der nicht hierhergehörte. Und wahrscheinlich spielte auch der katholische Glauben noch eine Rolle!

Hannah hatte Uta bislang nicht als sonderlich religiös eingeschätzt, aber natürlich hing in jeder der Ferienwohnungen ein Kruzifix, und auf dem Sims am Hauseingang brannte ein ewiges Licht vor einer gerahmten Reproduktion von Jesus mit der Dornenkrone. Das war hier eben so in den Alpen, die Kirche war fester Bestandteil des Alltags, weiter hatte Hannah nicht darüber nachgedacht.

Und sie wusste zu wenig über ein »gottgefälliges Leben«, sie war zwar getauft und konfirmiert, das letzte Mal aber zu Weihnachten in der Kirche gewesen. Mit ihrem Sohn. Weil Rio das unbedingt so gewollt hatte. Weihnachten vor drei Jahren! Vielleicht auch vier.

Vom Katholizismus hatte Hannah noch viel weniger Ahnung, sie erinnerte sich nur vage an ein Plakat an der Tür zur katholischen Inselkirche, auf dem so was gestanden hatte wie: »Da trat Jesus zu ihnen und sagte: Lasst euch anfassen und habt keine Angst.« Was Hannah als Werbung für die Kirche im Zusammenhang mit den Missbrauchsfällen eher kontraproduktiv erschienen war.

Gerade als sie ihre Laufschuhe angezogen hatte und Uta unten in der Küche zur Radiomusik laut mitsingen hörte, schoss ihr eine Erinnerung durch den Kopf. Doch, Uta war schon einmal so … merkwürdig gewesen! In einem ganz anderen Zusammenhang allerdings: als dieses Auto bei ihr in der Einfahrt gestanden hatte und der Fahrer ausgestiegen war und …

Hannah wusste bis heute nicht, was genau da eigentlich gewesen war. Ob der Wagen verbotenerweise über Nacht in der Einfahrt geparkt hatte und der Besitzer eben wegfahren wollte. Oder ob er zufällig gerade in dem Moment, in dem Hannah aus dem Haus kam, nur kurz zurückgesetzt hatte, um zu wenden. Oder ob er von der Straße abgebogen war, als er Hannah gesehen hatte, auch das war möglich und würde ohne weiteres zu dem Typen passen. Eine spontane Entscheidung, aus einer Laune heraus. Nein, falsch. Eher eine zwanghafte Entscheidung, so viel war ihr inzwischen klar. Wie bei einem Spieler, der mit jedem Einsatz am Roulettetisch sein Glück aufs Neue versucht – und je wahrscheinlicher das Risiko ist, dass es schiefgeht, um so größer ist für ihn der Kitzel, sein Schicksal ein weiteres Mal herauszufordern.

Sie hatte noch seine Worte im Ohr: »Wunderschöne Unbekannte, darf ich Ihnen einen – zugegeben gewagten – Vorschlag machen, um diesen herrlichen blauen Tag so angemessen zu beginnen, wie er es verdient?«

Und dann hatte er sich tatsächlich hingekniet! Aber noch bevor Hannah eher belustigt als irritiert oder verärgert reagieren konnte, war bereits ihre Vermieterin aus dem Haus gestürmt gekommen. Im ersten Moment hatte Hannah geglaubt, sie würde den Mann kennen, aber das hatte Uta hinterher weit von sich gewiesen. Ebenso wie sie keine Erklärung dafür geben wollte, warum sie mit der Schneeschaufel auf den Mann losgegangen war und ihm unter wüsten Beschimpfungen den Teufel an den Hals gewünscht hatte. So dass er sich gerade noch mit heiler Haut in sein Auto retten und mit Vollgas davonbrausen konnte. Ein schwarzes SUV übrigens, aber irgendein Japaner, kein Mercedes. Dafür allerdings ein Münchner Kennzeichen. Aber so gut wie jeder zweite Wochenend-Tourist kam aus München, das war also in keiner Weise auffällig. Und hatte schon mal gar nichts mit dem Wagen aus der letzten Nacht zu tun, nach dem sie gerade suchten …

†

Natürlich weiß er, dass das alles nur ein Trugbild seiner Phantasie sein kann. Ein dummer Traum, der ihn schwitzen und nach Luft schnappen lässt. Er sitzt an keinem eingedeckten Tisch, auch die anderen Gäste sind nicht wirklich da, und die Frau schon mal gar nicht.

Jetzt erst schweift sein Blick zu dem Gast auf der gegenüberliegenden Tischseite, auf der Suche nach einer Bestätigung, dass etwas nicht stimmt.

Er erkennt den Mann sofort. Das ist einer der ganz Wichtigen, die über Leben und Tod des Restaurants entscheiden können. Er dachte, es gäbe ihn längst nicht mehr, der Mann hätte sich für immer verabschiedet. Sich davongemacht. Aber jetzt sitzt er da und trägt eine unmögliche Krawatte, quergestreift, viel zu breit, mit einem Hannoveraner- oder Grand-Chester-Knoten, wie in den fünfziger Jahren.

Aber es ist noch schlimmer, viel schlimmer. Unter der Krawatte sind seine Rippen, sein fleischloser Brustkorb, durch den man hindurchsehen kann wie durch ein Gitterwerk aus bleichen Knochen, mit der freiliegenden Wirbelsäule, auf der viel zu weit oben der Schädel thront, der zahnlose Mund und die Augenhöhlen wie schwarze Löcher …

Er wagt es kaum, jetzt noch nach links und rechts zu blicken. Er sitzt mit lauter Skeletten zu Tisch. Aber er kennt sie alle, sie sind alle gekommen. Sie sind seine Gäste. Er hat jeden Einzelnen von ihnen persönlich ausgewählt.

4. KAPITEL

Drei Wochen vorher

Das nächste Treffen war weitaus weniger spektakulär verlaufen. Als das schwarze SUV neben Hannah hielt, dachte sie im ersten Moment, jemand wollte sie nach dem Weg fragen. Sie hatte ihre Antwort schon auf den Lippen: »Tut mir leid, ich bin selber noch neu hier, ich kenne mich nicht aus.« Erst als sie sich zu dem geöffneten Fenster beugte, erkannte sie den Fahrer.

»Ich muss mich entschuldigen, es war nicht meine Absicht, Ihren Hausdrachen zu provozieren.« Er lachte. »Das war doch Ihre Vermieterin, oder? Nein, sagen Sie jetzt bitte nicht, Sie hätten eine Anstandsdame, die auf Sie aufpassen soll! Oder sprechen wir sogar von Ihrer Frau Mutter? Aber das kann nicht sein, dann wären Sie ja gerade mal ... zwanzig! Ich will Ihnen nicht zu nahe treten, aber wie ein alberner Backfisch wirken Sie nun wirklich nicht auf mich ...«

»Jetzt hören Sie mal wieder auf«, unterbrach Hannah ihn lachend. »Es wird ja immer schlimmer statt besser.«

»Mein Schicksal«, erwiderte er. »Wie ich's mache, ist es falsch.« Er hob bedauernd die Hände, bevor er hinzusetzte: »Darf ich Sie heute Abend zum Essen einladen? Sagen Sie einfach ja, ganz spontan, gar nicht erst lange darüber nachdenken! Also, 19.00 Uhr? Im Moosgries, das ist das neue Sternerestaurant, das hier gerade erst eröffnet hat. Abgemacht? Komm schon, give me five!« Er streckte ihr die Hand entgegen.

Hannah zog die Augenbrauen zusammen. »Ich habe ja schon viele Anmachen erlebt, aber hatten Sie mit so was jemals Erfolg? Ganz ehrlich, gerade kommt es mir so vor, als hätten Sie mich mit einem Lastwagen überrollt! Und Ihre Show heute Morgen, ich meine ...« Jetzt musste sie doch lachen. »Ist Ihre Hose an den Knien wieder trocken?«

Sie wusste nicht, warum sie dann doch ihre Meinung änderte, aber es schien ihr plötzlich vollkommen einleuchtend, sich auf diese Verabredung einzulassen. Vielleicht war es die Tatsache, dass noch nie ein Mann vor ihr gekniet hatte – und schon gar nicht im Schneematsch! Vielleicht war es seine Hartnäckigkeit, seine eher plumpe Überrumpelungstaktik, die aber durchaus auch einen Reiz hatte. Oder so was wie ein schlechtes Gewissen, als müsste sie sich dafür entschuldigen, dass ihre Vermieterin mit der Schneeschaufel auf den unbekannten Verehrer losgegangen war.

Außerdem sah er nicht schlecht aus. Im Gegenteil. Ein bisschen verwegen, mit dem leichten Bartschatten und den ein wenig zu langen Haaren, wie ein Schauspieler in einem alten Piratenfilm. Oder eher noch wie der ausgefuchste Trickbetrüger, der sich als Kunstdieb einen Namen gemacht hat und hinter dem die Polizei schon seit Jahren vergeblich herjagt.

Vielleicht war es aber auch nur ihr Gefühl von Verlorenheit, sie war erst seit ein paar Tagen in Felchensee, der Ort lag wie eingekesselt zwischen den hohen Bergen. Hannah fand es schwierig, jeden Morgen mit dem Blick auf die steil aufragenden grauen Felswände wach zu werden. Sie war sich nicht sicher, ob sie sich geborgen oder eingesperrt fühlen sollte. Mal ganz zu schweigen von ihrem Vorgesetzten und den anderen Kollegen auf der Dienststelle, die ihr den Start an ihrem neuen Arbeitsplatz nicht gerade leicht machten. Mit anderen Worten: Hannah war einsam und hatte Heimweh.

Aber eine letzte Hürde würde sie dem Mann im Auto noch zu meistern geben, bevor sie sich auf dieses kleine Abenteuer einließ: »Ich bin Polizistin«, teilte sie ihm mit, »Kriminalkommissarin«, als wäre es eine unerlässliche Pflicht, ihn rechtzeitig darüber zu informieren. Ungefähr so wie die Mitteilung: »Ich habe übrigens Aids.« Was nach ihren bisherigen Erfahrungen unterm Strich offensichtlich so ziemlich auf dasselbe rauskam, die Information über ihren Beruf ließ bei den meisten Männern augenblicklich eine Art Verunsicherung erkennen. Nur bei Psychologinnen sollte es noch schlimmer sein, hatte sie mal irgendwo gelesen. Jedenfalls gingen Männer bei beiden Berufen sofort in eine Art Verteidigungsstellung, als hätten sie etwas zu verbergen.

Umso verblüffender war die Reaktion, die sie jetzt hier am offenen Autofenster bekam: »Cool. Dann können wir ja in aller Ruhe darüber reden, wie ich die Leiche loswerden kann, die seit ein paar Wochen in meiner Tiefkühltruhe liegt.«

Der Witz war nicht sonderlich originell und ließ Hannah schon wieder zögern. Aber seine Entschuldigung folgte prompt und machte alles wieder gut: »Sorry, war ein blöder Spruch, ich weiß. Aber mir ist gerade nichts anderes eingefallen. Und ich wollte unbedingt vermeiden, dass Sie vielleicht glauben, ich hätte irgendeine Aversion gegen Ihren Beruf, irgendein dämliches Vorurteil. Das Gegenteil ist der Fall, ich find's wirklich cool!«

Das war der Moment, in dem Hannah sein »Give me five« erwiderte. Und bis zum Abend unablässig darüber nachgrübelte, was sie bewogen hatte, die Einladung eines wildfremden Mannes zum Essen anzunehmen. Noch dazu in ein Sternerestaurant! Sie hatte keine Ahnung, was sie anziehen sollte, sie war noch nie in einem Sternerestaurant gewesen. Allerdings stellte sie es sich ein bisschen so vor wie den Speisesaal im mondänen »Strandhotel« auf ihrer Insel, einschließlich der schweren Silberbestecke auf den Tischen und der funkelnden Kristalllüster an der stuckverzierten Decke.

Schließlich entschied sie sich für hochhackige Stiefel und ein schlichtes schwarzes Kleid, enganliegend und mit einem etwas gewagten Dekolleté.

Für den Weg ins Moosgries wählte sie den gefütterten

Parka mit dem Kunstpelzrand an der großen Kapuze, den sie auch bei der Arbeit trug. Aber schließlich war es Winter, und sie wollte die paar Meter durch den Ort zu Fuß gehen, alles andere wäre albern gewesen. Ganz davon abgesehen, dass sie durchaus vorhatte, etwas zu trinken, was mehr als die Nullkommanull Prozent eines »Radlers« enthielt. »Es muss gar nicht unbedingt Champagner sein«, murmelte sie kichernd vor sich hin, während sie einen letzten Blick in den Spiegel warf, »ein guter Crémant würde mir auch genügen.«

Ein bisschen nervös war sie schon, und sie war froh, als sie dann an der Garderobe ihren Parka abgegeben hatte und feststellte, dass sie mit den Stiefeln und dem schwarzen Kleid keinesfalls aus dem Rahmen fiel. Sie war weder under- noch overdressed, auch die dezente Bernsteinkette passte. Zwar trugen einige Frauen im Raum deutlich üppigeren Schmuck und elegante Kostüme, aber das eine oder andere Dirndl war zu sehen, ebenso wie schlichte Jeans und sogar eine junge Frau im Hoodie.

Bei den Herren war es ähnlich, Dinnerjackets waren eher in der Minderheit, ein paar ganz forsche Gäste waren mit Trachtenwesten und hirschledernen Kniebundhosen erschienen, fehlten nur noch die Seppelhüte mit den Gamsbärten und dem Edelweiß am Hutband, wie beim Stammtisch in der Hubertus-Klause. Aber das trauten sie sich dann wohl doch nicht, dachte Hannah, und es wäre auch eindeutig ein bisschen viel der »kulturellen Aneignung«.

Zu Hannahs Erleichterung hatte sich ihr Gastgeber mit einem schwarzen Jackett und einem weißen Hemd mit Button-down-Kragen begnügt. Als ein Kellner sie zum Tisch führte, stand er eilig auf und schob ihr den Stuhl zurecht.

Erst mit dem schlichten Holztisch vor sich wurde Hannah bewusst, dass die Einrichtung ganz anders war als erwartet. Quadratische Wirtshaustische für jeweils zwei Personen, schwere, dunkle Refektoriumstische für größere Gruppen, geölte Holzdielen auf dem Boden, viel Holz und ein paar obligatorische Geweihe an den Wänden, kunstvolles Schnitzwerk an der Decke, kupferne Hängelampen, ein prasselnder Kamin und ein überdimensionales Ölgemälde an der Stirnseite des Raumes – eine Alpenlandschaft mit tosendem Wasserfall und schneebedeckten Gipfeln im Hintergrund.

»Ich hatte mir das ganz anders vorgestellt«, sagte Hannah. »Aber es gefällt mir, der Raum hat eine schöne Atmosphäre.«

»Ich freue mich!«, begrüßte er sie jetzt mit einer leichten Verbeugung. »Ich war mir nicht ganz sicher, ob du wirklich kommen würdest.«

»Ich bin da – aber wir haben uns ja noch nicht mal vorgestellt, ich heiße Hannah, Hannah …«

»Meyer, ich weiß. Ich hab dich gegoogelt.«

Das kam überraschend, ebenso wie der plötzliche Wechsel zum Du im Satz davor.

»Ich war übrigens auch schon mal auf der Insel, von der

du kommst«, redete er hastig weiter. »Aber egal ...« Er winkte ab und streckte ihr die Hand hin: »Stephan. Mit ›ph‹, das ist wichtig.« Er versuchte, wieder einen möglichst leichten Ton anzuschlagen. Als wäre ihm selber nicht ganz wohl bei seinem Geständnis, ihren Namen durch die Suchmaschine geschickt zu haben. »Ich bin kein Stalker, ganz ehrlich. Ich schwöre, das ist das erste Mal, dass ich so was getan habe.«

»Wenn kein Stalker, was ... dann?«, wollte Hannah wissen.

»Langweilig. IT-Kram. Ein Algorithmen-Fuzzi, wenn du so willst.«

»Das finde ich nun wiederum interessant. Ich hatte mir IT-Nerds immer eher mit Brille und Stirnglatze vorgestellt. Typen, die aussehen, als hätten sie seit Wochen nicht mehr das abgedunkelte Zimmer mit den flimmernden Monitoren verlassen! Aber ich freue mich, dass das auf dich nicht zutrifft.«

»Das beruhigt mich. Und ich nehme es mal als Kompliment. Im Übrigen würde ich an dieser Stelle gerne erwidern, dass auch du nicht unbedingt meinem Bild von einer strengen Polizistin entsprichst, schon gar nicht in diesem Kleid, das dich eindeutig zur schönsten Frau im ganzen Raum macht. Das war jetzt mein Kompliment an dich. Und ich meine es verdammt ernst!«

Das Gespräch plätscherte ein paar Minuten so vor sich hin. Smalltalk, dachte Hannah. Und ein bisschen fast schon zu eindeutige Flirterei, aber was habe ich eigentlich erwartet? Ich weiß ja selbst nicht, worüber ich mit ihm reden soll, das ist ein Problem, IT-Nerds interessieren mich nicht wirklich, noch nicht mal, wenn sie aussehen wie der Hauptdarsteller im Piratenfilm. Aber im Grunde geht es um was ganz anderes – ich habe keine Ahnung, warum ich mich überhaupt auf seine Einladung eingelassen habe. Doch, ich weiß es, aber ich habe mir selber etwas vorgemacht, in Wirklichkeit habe ich gar keine Lust. Nicht mehr. Es passt nicht! Und irgendwas stimmt hier auch nicht. Es sind seine Augen, er lügt, er ist nicht der, für den er sich ausgibt.

Sie kannte dieses Gefühl, wenn plötzlich alle Alarmglocken schrillten. War das heute Morgen wirklich ein Zufall gewesen, als er mit seinem Auto in der Einfahrt stand? Beobachtete er sie vielleicht schon länger? War er doch so was wie ein Stalker? Und was waren seine Absichten? Er wollte sie ins Bett kriegen, klar, aber war das wirklich alles? War das nicht viel zu viel ... Aufwand für einen One-Night-Stand?

Ein Kellner in einem weitgeschnittenen weißen Hemd und kurzen, glänzenden Lederhosen zu derben Bergstiefeln brachte einen Gin Tonic als Aperitif.

»Navy strength, 58 Prozent«, erläuterte der junge Mann, »eine Destille am Kochelsee, sie produzieren nur für einen ausgewählten Kreis an Restaurants.«

Die Tattoos auf dem Handgelenk des Kellners ähnelten den handschriftlichen Ziffern, mit denen das Abfülldatum auf dem Etikett der Flasche vermerkt war.

»Best before?«, witzelte Stephan und wies auf die verschnörkelte Neun vor dem Schrägstrich und den zwei Nullen dahinter. »Schon ein bisschen drüber, was?«

Der Kellner nickte freundlich lächelnd, als hätte Stephan ihm gerade ein Kompliment gemacht.

Das Tonic Water kam aus Schweden.

»Elchpisse«, flüsterte Stephan Hannah verschwörerisch zu und grinste wie jemand, der jetzt auf Beifall für seinen Witz wartete.

Im selben Moment nahm ein neuer Gast am Nachbartisch Platz. Groß und schwer, mit einem teigigen, aufgedunsenen Gesicht, das keinen Zweifel daran ließ, welchem Laster der Mann verfallen war. Zu viel Wein und zu viel Essen, dachte Hannah unwillkürlich, während sie gleichzeitig fast eine Art Mitleid für ihn empfand. Er war allein, es gab niemanden, mit dem er den Abend verbrachte, es konnte unmöglich ein Vergnügen sein, hier ohne Gesellschaft zu sitzen. Als der einsame Gast ihr grüßend zunickte, war sie fast versucht, ihn an ihren Tisch zu bitten.

Stephan hingegen bemühte sich nicht, seine Ablehnung zu verbergen. »Guck ihn dir an«, flüsterte er. »Solche Typen sind doch einfach nur widerlich! Da vergeht mir jeglicher Appetit ...«

Abrupt schob er den Teller mit dem noch warmen Bauernbrot zurück, ohne auch nur einen Tropfen des goldgelben Olivenöls dazu probiert zu haben.

Aus den Augenwinkeln sah Hannah, wie der Mann am

Nachbartisch das Olivenöl mit dem Finger auftippte und gleich darauf etwas in einem kleinen Heft notierte, das in der Brusttasche seines Jacketts gesteckt hatte. Auch Stephan hatte es beobachtet, er musterte den Mann erneut mit bösen Blicken.

Auf Stephans Vorschlag hin wählten sie das »große Fastenessen für zwei«, der erste Gang war eine deftige Wurstplatte, von der Hannah nur die Pâté-Würfel probierte, um Stephan dann entschuldigend zu beichten, dass sie eigentlich schon länger kaum noch Fleisch aß.

Stephan zuckte nur mit den Achseln. Für einen Moment dachte Hannah, dass sie ihm nichts Neues erzählt hatte.

In belehrendem Tonfall erklärte er ihr, dass die Platte eine Anspielung auf das »Zürcher Wurstessen« war: »1522 an Invokavit, eine reine Provokation, eine Auflehnung gegen die überlieferten Speiseregeln der Fastenzeit.«

Als ihm klar wurde, dass sie so gar keine Ahnung hatte, wovon er sprach, winkte er ab: »Vergiss es, wen interessieren noch irgendwelche Regeln oder Traditionen? Ein wirkliches ›Fastenessen‹ ist etwas ganz anderes, das macht man, um sich solidarisch mit Hilfsprojekten für Afrika oder ähnliche Krisengebiete zu zeigen, in denen Menschen hungern. Verhungern! Da wird ein einfaches landestypisches Gericht gereicht, gegen eine Spende. Das hat nichts mit der Völlerei hier zu tun, gar nichts! Aber den Leuten hier geht es doch nur noch um sich selbst, sie können den Hals nicht voll genug kriegen, es muss immer ›mehrmehrmehr‹ sein. Guck sie dir doch an, nimm nur dieses arrogante Pärchen da drüben am Fenster. Ich kenne solche Leute. Sie sind schuld daran, dass nichts mehr so ist, wie es sein sollte. Nichts, aber auch gar nichts!«

Er war bei seinen Sätzen so laut geworden, dass sich einige Gäste zu ihnen umdrehten, auch der einsame Esser am Nachbartisch zog irritiert die Augenbrauen zusammen, bevor er kopfschüttelnd dem Kellner winkte und den nächsten Gang verlangte. Von seiner Wurstplatte hatte er von jeder Sorte nur einen Bissen probiert.

Hannah hatte zunehmend Mühe, die verschiedenen Speisen, die rasch hintereinander serviert wurden, gebührend zu würdigen. Sie konnte Stephans Verhalten immer weniger einschätzen. So, wie er die Dinge offensichtlich sah, stand das in krassem Widerspruch zu seiner Einladung, noch dazu in dieses Sternerestaurant. Aber gleichzeitig schlang er jeden Gang gierig hinunter, kaum dass der nächste Teller vor ihm stand. Und Hannah war aufrichtig froh, als er ihr vor dem Dessert eher brüsk mitteilte, dass er draußen vor der Tür eine Zigarette rauchen wollte.

»Andere brauchen einen Schnaps, ich eine Kippe.«

»Okay«, erwiderte Hannah. »Ich suche solange mal die Toilette und mache mich ein wenig frisch.«

Ihr Entschluss war gefasst. Sie nahm an, dass es irgendwo bei den Toiletten auch einen Seitenausgang gab.

Sie würde nur kurz pinkeln, dann ihren Parka holen und die Gelegenheit nutzen, um heimlich zu verschwinden.

Der Toilettenraum war mehr als großzügig, ebenso die Kabinen. Die Fliesen an den Wänden zeigten recht eindeutige Szenen, wie sich Bauer und Bäuerin auf der Alm miteinander vergnügen. Beim Käsemachen, im Kuhstall, im Heuschober und auf dem Küchentisch.

Als Hannah fertig war, trat sie an die lange Reihe der Waschbecken. Sie brauchte eine Sekunde, bis sie die Hände in die richtige Position gebracht hatte, damit die Sensoren das Wasser sprudeln ließen. Dann beugte sie sich zum Spiegel, um sich selber die Zunge rauszustrecken. Der Abend war ein Reinfall, auch wenn das Essen vorzüglich gewesen war, und es war höchste Zeit, diese Farce zu beenden.

Als sie die Tür zum Waschraum hörte, gab sie schnell vor, sich nur die Lippen nachziehen zu wollen.

Dass die Schritte nicht auf die Kabinen zusteuerten, sondern sich ihr näherten, begriff sie erst, als es schon zu spät war.

Er packte sie brutal von hinten und schnürte ihr mit beiden Händen die Luft ab. Seine Finger lagen genau auf ihrem Kehlkopf. Als sie nach ihm trat, drückte er stärker zu, sie spürte, wie ihr schwindlig wurde. Vor ihren Augen explodierten farbige Lichtkreise, vergeblich schnappte sie nach Luft, während er sie rückwärts in eine der Kabinen zerrte und mit dem Fuß die Tür zuwarf.

Dann rammte er ihren Kopf mit der Stirn gegen die

Wandfliesen und drehte ihr den Arm auf den Rücken. Als sie vor Schmerzen aufschrie, hörte sie nur sein Keuchen als Antwort.

»Jetzt haben wir mal richtig Spaß, wir beide! Das wolltest du doch die ganze Zeit, oder? Deshalb bist du mitgekommen, du brauchst es, du kleine Bullenschlampe. Und ich besorg's dir gleich hier, macht dich das nicht an? Guck auf die Kacheln, so wie der Bauer mit der Bäuerin ...«

Seine freie Hand zerrte ihr Kleid nach oben.

Aber jetzt funktionierten ihre Reflexe wieder. Wie willenlos ließ sie sich nach vorne sacken, im selben Moment, in dem er ihren Arm für eine Sekunde freigab, rammte sie den Absatz ihres Stiefels auf die Zehen in seinem Schuh. Gleichzeitig griff sie nach der Klobürste aus glänzendem Metall und packte sie so, dass das Ende des Stils frei lag, um sich in einer einzigen Bewegung herumzuwerfen und ihn mit der improvisierten Waffe zu treffen. Egal wo, zwischen den Beinen, im Bauch, besser noch im Gesicht.

Doch sie hatte ihn unterschätzt. Er reagierte schneller, als sie erwartet hatte. Und er war brutaler als jeder andere, gegen den sie jemals im Training gekämpft hatte.

†

Manchmal sieht er seine Mutter vor sich, wie sie am Küchentisch die Fleischklopse zwischen ihren spülwasserrauen Händen formt und die Butter in die Pfanne gibt. Die heißen, fettigen Buletten in die eine Glasschüssel, die harten Eier in die andere legt. Die Gurken dazu. Und mit dem vollbeladenen Tablett die steile Stiege nach unten geht, von wo der Vater mit zornbebender Stimme fragt, ob die Gäste vielleicht bis zum St. Nimmerleinstag auf Nachschub warten sollen.

Er würde gerne wieder kochen. Aber er darf nicht. Er hat es sich geschworen. Nie wieder!

Gerade jetzt wünscht er sich den Traum der letzten Nacht zurück. Als er mit seinen Gästen zu Tisch saß. Mit den Auserwählten, wie er sie gerne nennt. Mit den Büßern. Und er selber war einer von ihnen! Ebenfalls ein Skelett. Ein Knochenmann. Ein Toter, jeder Fetzen Haut längst verwest und die Knochen von Würmern und Käfern sauber abgenagt. Oder ausgekocht, wie für eine kräftige Bouillon.

Vielleicht war der Traum gar nicht so schrecklich. Vielleicht sollte es ein Zeichen sein. Dass er stolz darauf sein kann, zu ihnen zu gehören. Dass sie ihn akzeptieren. Weil sie verstanden haben, dass es richtig war, was er mit ihnen gemacht hat.

5. KAPITEL

Das Joggen tat ihr gut. Nach dem ersten anstrengenden Stück vom Kurpark bis auf den Kapellenberg ging ihr Atem jetzt wieder gleichmäßig. Ihr Kopf war vollkommen klar, der dumpfe Schmerz vom Morgen war einer Art Leichtigkeit gewichen, die ihr die Welt nicht mehr nur böse und verdorben erscheinen ließ.

Es war ein Frühlingstag, wie er schöner kaum sein konnte, bis auf den frisch gefallenen Schnee erinnerte nichts mehr an die plötzliche Rückkehr des Winters in der Nacht zuvor. Der eisige Wind war verschwunden, es war deutlich wärmer, fast schon zu mild, wahrscheinlich würde es Föhnwetter geben.

Aber noch war der Tag einfach nur wie ein ... unerwarteter Lichtblick, dachte Hannah. Sie hatte das Gefühl, alle Farben, alle Eindrücke um sie herum viel intensiver wahrzunehmen: das stählerne Frühlingsblau des Himmels, den Geruch nach feuchtem Holz und Moos, das veränderte Geräusch, das ihre Laufschuhe machten, wenn der Kies des Fahrwegs für ein paar Meter wieder von Schnee bedeckt war.

Als ein Fuchs dicht vor ihr über den Weg schnürte, stoppte sie abrupt und folgte ihm mit den Augen, bis er unter den tiefhängenden Zweigen der Tannen verschwunden war. Der Anflug von Heimweh kam so plötzlich, dass sie selber irritiert war – auch auf ihrer Insel gab es Füchse, Kaninchen, Fasane. Erst im letzten Sommer, als sie sich für einige Tage bei ihrem Vater verkrochen hatte, war jeden Abend um dieselbe Zeit eine Fähe mit ihren zwei Welpen an der Hintertür zur Küche aufgetaucht, um sich ihren Anteil am Abendessen zu erbetteln. Am liebsten hatte sie Kartoffelstampf mit paniertem Fisch gemocht und ihre Kinder angeknurrt, wenn sie ihr gar zu dreist die besten Brocken wegschnappen wollten. Als sie dann eines Tages nicht mehr kam, war Hannahs Vater losmarschiert, um sie zu suchen. Aber das Einzige, was er in den Tälern der grünen Dünen fand, waren ein paar Fellreste, die bereits viel zu lange im Gras gelegen hatten, um von der Fähe zu stammen. Weder sie noch ihre Welpen waren jemals wieder irgendwo gesehen worden, geschweige denn an der Küchentür aufgetaucht. Es war ein Rätsel, das ungelöst blieb.

»Pass gut auf dich auf«, rief Hannah halblaut hinter dem Fuchs her. Und fast meinte sie, im Halbschatten der Bäume für einen Moment noch einmal den Kopf mit den gespitzten Ohren zu sehen, aber dann war es nur der von Moos und Flechten überwucherte Stamm einer umgestürzten Kiefer.

Sie musste Rio heute Abend von dem Fuchs erzählen, er liebte Füchse. Füchse und Wölfe und Dinosaurier.

Nach einem Blick auf die Uhr verzichtete Hannah auf

eine zweite Laufrunde um den See, dessen Oberfläche im Sonnenlicht glitzerte wie zersplittertes Glas. Das Ausflugslokal am gegenüberliegenden Ufer hatte noch geschlossen, die einzigen Gäste auf der Terrasse waren ein paar Enten und Schwäne, die vergeblich nach Essensresten suchten.

Für den Rückweg zum Ort wählte Hannah den schmalen Kletterpfad, der dicht neben dem tosenden Gebirgsbach nach unten führte. Kein Weg zum Joggen, aber sie hatte für heute auch genug getan, um sich fit zu halten. Und sie mochte diesen Bachlauf mit seinem ständigen Gurgeln und Glucksen, wenn sich das eiskalte Wasser zwischen den rund geschliffenen Steinen hindurchzwängte, um dann unvermittelt in einer Gischtwolke mehrere Meter in den Abgrund zu stürzen, wo das Tosen von den Felswänden als Echo zurückgeworfen wurde.

Kurz vorm Ort traf sie den Ornithologen aus ihrem Gästehaus, er hatte die Kamera auf einen Baum gerichtet und hielt sich den Zeigefinger vor die Lippen, als Hannah näher kam.

»Schwarzspecht«, flüsterte er. »Sehr selten!«

Hinter einem Heuschober wechselte Hannah ihre Laufsachen gegen die Kleidung, die sie in einem kleinen Rucksack mitgenommen hatte. Jeans und Pullover zu ihrer pinkfarbenen Laufjacke, das war zusammen mit den Sneakern vollkommen ausreichend für ihren Besuch im Moosgries. Sie wollte ja auch nur mit dem Wirt reden, diesem Sascha, der hier mit seinem Sternerestaurant wahrscheinlich nicht nur bei Hannahs Vermieterin für einige Aufregung sorgte. Wobei sich Hannah für eine Sekunde fragte, ob »Wirt« bei einem Sternerestaurant eigentlich der richtige Ausdruck war. Aber »Koch« alleine wurde der Sache auch nicht gerecht …

»Egal«, murmelte sie vor sich hin. »Sascha Kallmann.« Sascha! Was sich die Eltern wohl dabei gedacht hatten, ihrem Sohn ausgerechnet den Namen eines Popsängers zu geben? Aber vielleicht hatten sie ja auch an einen ganz anderen Sascha gedacht, den vom »Traumschiff« zum Beispiel. Und sicher war der Name besser als René oder gar Kevin, wenn auch nur geringfügig.

Sie hatte schon einmal mit ihm gesprochen. Er kannte sie also und würde hoffentlich ebenso entgegenkommend reagieren wie beim letzten Mal, als sie ihn nach ihrer Begleitung gefragt hatte. Nach ihrem Tischherren, an diesem unseligen Abend mit dem Typen, dessen Nachnamen sie noch nicht einmal kannte. Wahrscheinlich hieß er auch gar nicht Stephan! Überhaupt war sie sich schon vor ihrem Gespräch mit dem Sternekoch sicher gewesen, dass nichts von dem stimmte, was der angebliche IT-Experte ihr erzählt hatte. Bevor er ihr dann auf die Toilette gefolgt war, sie halb bewusstlos geschlagen und versucht hatte, sie zu vergewaltigen.

Es hatte nicht viel gefehlt, und es wäre ihm auch gelungen. Trotz ihrer Gegenwehr, mit der er nicht gerechnet hatte. Für einige Sekunden war sie sogar im Vorteil gewesen. Als sie ihm den Stiel der Klobürste mit aller Kraft ins

Gesicht stieß, schrie er vor Schmerzen auf wie ein verletztes Tier, das in die Enge getrieben ist. Ein Schwall Blut spritzte ihr entgegen, sein Nasenflügel war bis zum Auge hinauf eingerissen, die Haut hing in Fetzen und klaffte weit auseinander. Hannah riss das Knie hoch, um ihn zwischen den Beinen zu treffen ...

Aber dann war sie auf den glatten Fliesen weggerutscht, und er hatte sich rasend vor Wut auf sie gestürzt. Wieder und wieder ihren Kopf gegen die Kabinenwand und den Spülkasten geschlagen, ihre Haare im Nacken gepackt und sie brutal nach vorne gedrückt, ohne dass sie eine Chance gehabt hatte, sich zu befreien.

Und dann hatte jemand gebrüllt. Ein Mann. Nicht ihr Angreifer. Jemand anders.

Für einige Sekunden fehlte Hannah jegliche Erinnerung. Als sie es endlich schaffte, sich aufzurichten und aus der Kabine zu wanken, war ihr Angreifer verschwunden. Ebenso wie der andere Mann.

Hannah hatte sich zum Waschbecken geschleppt, eine Frau hatte ihr wenig später geholfen, sich das Blut abzuwaschen und ihre Kleidung in Ordnung zu bringen.

Sie hatte niemandem erzählt, was passiert war. Und sich am nächsten Morgen einen dünnen Schal umgebunden, um die Würgemale am Hals zu verdecken. Ihre Recherchen im Netz nach einem IT-Spezialisten, der mit Vornamen Stephan hieß und aus München kam, blieben ohne jedes Ergebnis. Und auch der Sternekoch hatte ihr nicht mehr sagen können, als dass er ihren Tischherren noch nie zuvor gesehen hatte. Der Name in der Reservierungsliste war ohnehin falsch, Josef Griener war der Geigenbauer, der dem Ort vor vierhundert Jahren zu unverhofftem Ruhm verholfen hatte. Der Kellner, der den Namen notiert hatte, kam aus Dresden, Geigen interessierten ihn nicht, der berühmte Geigenbauer aus Felchensee noch viel weniger, also hatte er sich auch nichts weiter bei der telefonischen Reservierung gedacht. Die Rückrufnummer stammte von einem Prepaid-Handy, bezahlt hatte der Gast in bar. Und im Voraus! Mit einem beachtlichen Puffer, falls weitere Getränke den veranschlagten Rahmen sprengen sollten.

Es hatte auch niemand gesehen, wie er das Moosgries verließ. Er musste den Notausgang bei den Toiletten benutzt haben. Die Blutspuren auf der Damentoilette waren noch am Abend – nach der Beschwerde eines weiblichen Gastes – eilig weggewischt worden, am nächsten Morgen war dann alles gründlich gereinigt worden.

Hannah hatte keine Anzeige erstattet. Obwohl sie genau wusste, dass sie damit womöglich andere Frauen in Gefahr brachte. Aber es war ihr zu peinlich gewesen, vor allem gegenüber ihren Kollegen. Ihrem Vorgesetzten, der Sekretärin, den uniformierten Beamten des Reviers. Es war doch klar, was das Thema am Stammtisch in der Hubertus-Klause sein würde: Die junge Trulla aus dem Norden, die es ordentlich gejuckt hatte. Und die nur bekommen hatte, was »so eine« verdiente.

Sie hatte sich einzureden versucht, dass dieser Stephan

alias Josef Griener tatsächlich ein Stalker war, der es nur auf sie abgesehen hatte. Allerdings fehlte ihr jedes Motiv, jeder Hintergrund für diese Theorie.

Ihre Nachfrage im Krankenhaus und bei den beiden Arztpraxen im Ort hatte keinerlei Ergebnis gebracht, wo immer »Stephan« mit diesen Verletzungen im Gesicht ärztliche Hilfe gesucht hatte, es war offensichtlich nicht im Ort gewesen. Und er war wie vom Erdboden verschluckt.

Natürlich hätte der Einsatz des Polizeiapparates größere Chancen auf Erfolg gezeigt, auch darüber war sich Hannah im Klaren. Aber ihre Scham war zu groß, es war ihr peinlich, sie wollte sich auf keinen Fall die Blöße geben, gleich in der ersten Woche einen solchen Fauxpas begangen zu haben. Damit wäre sie ein für alle Mal gebrandmarkt. Wenn die Gerüchteküche der Polizei einmal in Gang gekommen war, gab es kein Entrinnen mehr, das wusste sie nur zu gut aus eigener Erfahrung.

So hatte sie also nur sorgsam darauf geachtet, in den nächsten Tagen keine allzu abgelegenen Laufstrecken zu wählen und nie ohne Pfefferspray und den EKA-Teleskop-Schlagstock von der Polizei zu joggen. Und sie würde nicht zögern, beides einzusetzen.

Aber er war nicht wieder aufgetaucht. Und von Tag zu Tag gelang es ihr mehr, die ganze Geschichte zu verdrängen. Allerdings war da immer auch der Gedanke, dass sie ihn sich eines Tages noch schnappen würde, dieses Dreckschwein von einem Kerl. Und dann würde sie besser vorbereitet sein.

Als Hannah jetzt den Platz vorm Moosgries erreichte, musste sie sich zwingen, sich wieder auf ihren Fall zu konzentrieren. Den nackten Mann im Schnee. Den halbverhungerten Restaurantkritiker, der nach wie vor im Koma lag, wie ihr die Stationsschwester eben am Handy noch mal bestätigt hatte.

Der Restaurantkritiker, der am gleichen Abend im Moosgries gewesen war, als sie am Nachbartisch …

Nein, das eine hatte nichts mit dem anderen zu tun. Sie musste jetzt einzig und allein die Fragen stellen, die für den Fall aus der vergangenen Nacht relevant waren. Ihren Fall. Wobei sich sofort wieder das Denkmal für den berühmten Geigenbauer in ihre Gedanken schlich. Josef Griener, der Name von der Reservierungsliste.

»Sei nicht albern«, schalt sie sich selbst, »hör endlich auf damit, die Dinge zu vermischen. Sonst wirst du noch irgendetwas übersehen, was vielleicht wichtig ist, weil du viel zu viele lose Enden in der Hand hältst, die sich nicht verknüpfen lassen …«

Vor dem Grill hatte sich eine kleine Menschentraube gebildet. Mit den bläulichen Rauchschwaden zog der Duft nach heißem Steckerl-Fisch und harzigem Holz über den Platz, Köche in der traditionellen Tracht bayerischer Fischbauern – wie Hannah zumindest annahm – schoben die frischen Portionen in Tüten aus dickem Papier, auf denen ein springender Fisch aufgedruckt war, vielleicht eine Forelle. Mit Süßwasser-Fischen kannte sich Hannah nicht sonderlich aus.

Als sie näher trat, sah sie eben noch Sascha Kallmann auf eine Seitentür des Restaurants zueilen.

»Hallo! Herr Kallmann! Moment, ganz kurz nur ...«

Sie bahnte sich ihren Weg durch die ausgestreckten Hände, die nach ihrer Portion Fisch verlangten. Er hatte sie gehört und blickte ihr stirnrunzelnd entgegen, mit der Hand bereits auf der Klinke, als wollte er jeden Moment die Flucht ergreifen.

Als er sie erkannte, winkte er eilig mit dem Kopf. »Kommen Sie, schnell, hier herein!« Er stieß die Tür auf und zog sie mit sich. »Ich hab keine Lust, dass sonst gleich wieder die ganze Bande da draußen hinter mir her ist. Ein bisschen berühmt ist ja ganz schön, aber manchmal nervt es auch. Und es sind immer dieselben Fragen, ich kann es langsam nicht mehr hören: Womit braten Sie Ihr Fleisch an? Nehmen Sie gesalzene Butter? Oder Butterschmalz? Oder wie oder was? Mensch, ich nehme gar keine Butter! Wenn überhaupt, dann Öl! Und zwar Erdnuss, niemals Olive oder gar Sonnenblume, aber das ist meine persönliche Note, kein Gesetz, das kann man auch anders machen ...«

Während er redete, drückte er die Tür hinter sich ins Schloss und drehte den Schlüssel. Als Hannah sich umblickte, begriff sie, dass sie mitten in der Restaurantküche standen: Da war die lange Reihe der Herde und Backöfen, dazu die glänzenden Pfannen und Töpfe an den Haken, die Löffel und Kellen, die Mixer, die magnetischen Messerbretter, die Stapel von sorgsam gefalteten Handtüchern an den Arbeitsplätzen. Neben der auf Hochglanz polierten Spüle wartete ein großer Berg Gemüse darauf, geputzt und geschnitten zu werden. Über allem lag das beständige Brummen der Kühlschränke, das nur von den Stimmen unterbrochen wurde, die durch ein halbgeöffnetes Fenster hereindrangen.

Ein krummbeiniger Dackel kam schwanzwedelnd auf Hannah zu, sein Körbchen und sein Fressnapf standen dicht neben einer Stahltür, hinter deren kreisrunder Scheibe undeutlich eine Schweinehälfte zu erkennen war, die an einem Haken von der Decke hing.

»Wildschwein«, erklärte Sascha Kallmann. »Ein Keiler, gestern ist er noch grunzend durchs Unterholz gerannt – und dann dem Jäger genau vor die Flinte.«

Hannah nickte, wusste aber nicht so recht, was sie erwidern sollte. Als sie sich bückte, um den Dackel zu streicheln, hob Kallmann resigniert die Hände. »Jetzt haben Sie gesehen, was eigentlich keiner sehen soll, und wenn das Amt das mitbekommt, kriegen sie mich dran.«

Diesmal sprach er von dem Dackel, der in einer Restaurantküche ganz sicher nichts zu suchen hatte, das war klar.

»Ich sag nichts, ich hab auch nichts gesehen«, versicherte Hannah schnell.

»Das wollte ich Ihnen auch geraten haben«, erklärte der Koch. »Sonst ...« Er fuhr sich grinsend mit der flachen Hand über die Kehle. »Nein, war natürlich nur ein Witz, Entschuldigung, aber Willi ist alt! Der Dackel. Fünfzehn.

Und er hört kaum noch und ist so gut wie blind, aber wenn ich ihn allein lasse, habe ich jedes Mal das Gefühl, es bricht ihm das kleine Hundeherz. Sentimentaler Quatsch, ich weiß, aber so ist es nun mal. Womit kann ich helfen?«, wechselte er eilig das Thema, als hätte er schon viel zu viel von sich verraten.

Hannah kraulte den Dackel noch einmal im Nacken, dann richtete sie sich wieder auf. »An dem Abend, als ich bei Ihnen im Restaurant war, hat am Nebentisch ein einzelner Herr gesessen, ohne Begleitung. Ich habe in der Zeitung gelesen, wer das war. Ein ...«

»Volkmar Schulze-Raab, ein Gastrokritiker«, brachte der Sternekoch ihren Satz zu Ende. »Vielleicht zur Zeit sogar *der* Restaurantkritiker schlechthin, der Wolfram Siebeck von heute. Ich habe ihm meinen ersten Stern zu verdanken, damals noch im Altmühltal, wo alles anfing.«

»Und wissen Sie mehr über ihn? Also, ich meine, haben Sie sich mal persönlich unterhalten, etwas zusammen getrunken vielleicht oder ...«

»So stellen Sie sich das vor?« Er warf ihr einen raschen Blick zu, den sie nicht deuten konnte.

»Na ja, ich könnte mir vorstellen, dass ein ... Restaurantkritiker doch wahrscheinlich auch ganz bestimmte Fragen hat, zur Zubereitung, zu den verschiedenen Gewürzen oder wo die Sachen herkommen, und dass darüber vielleicht auch mal so etwas wie eine private Ebene entsteht? Liege ich da völlig falsch? Ist das ... ein Unding, etwas, das sich nicht mit dem Berufsethos verträgt?«

Kallmann zögerte einen Moment, als müsste er noch überlegen, wie er es ihr am besten erklären sollte.

»Wissen Sie, wie man einen guten Risotto zubereitet?«, fragte er dann unvermittelt.

»Was? Nein, aber ... ich dachte auch, es heißt ›das‹ Risotto«, stammelte Hannah irritiert.

»*Das* Reis?«, fragte er mit deutlich spöttischem Unterton zurück. »Komm!«, wechselte er zum ›Du‹ und zog Hannah zu einem der Herde. »Ich mache dir einen Risotto, jetzt, hier auf der Stelle. Die Brühe köchelt jetzt ohnehin schon vierzig, fünfundvierzig Minuten, das passt. Es ist eine kleine Mahlzeit für meine Leute und mich, für später, wenn sie mit dem Fisch draußen fertig sind. Aber wir können dir da ruhig schon mal eine kleine Portion vorab genehmigen, denke ich, nicht nur mit meiner persönlichen Erlaubnis, sondern quasi als dringliche Empfehlung, die kein ›Nein‹ akzeptiert.«

Er wies auf einen Topf auf der Herdplatte und blickte auf die Uhr. »Noch mal zehn Minuten, dann ist es gut. Und du passt gut auf, damit du zu Hause alles genauso wiederholst, wie du es jetzt siehst.«

»Aber ... ich bin nicht hungrig, ich ...«

Er schüttelte unwillig den Kopf. »Essen hat nichts mit Hunger zu tun. Und mein Risotto ist perfekt, das hat auch Schulze-Raab bestätigt. Er hat es *geliebt*, hat er behauptet. Und wir haben jetzt März, da nehmen wir Schwarzkohl zum Reis, als warmes Pesto.« Während er die Zutaten zusammensuchte, redete er immer weiter. »Ich habe es von einer Freundin in Italien gelernt, von einer guten Freundin, oder um genau zu sein, von ihrer Mutter, Mamma Raphaela! Sie hat mir beigebracht, was du für einen guten Risotto brauchst. Ein bisschen Geduld und ein bisschen Mut. Mut, um früh genug aufzuhören, verstehst du? Bissbissbiss! ›Anima cruda‹ sagen sie in Italien, die rohe Seele. Und es gibt drei Fehler, die du machen kannst, aber natürlich nicht machen darfst! Bei der Brühe ist vor allem wichtig, was du *nicht* hineintust, hörst du? Kein Fleisch! Keine Paprika, keine Auberginen, aber vor allem kein Fleisch, sonst schmeckt alles nur danach. Stattdessen Lauch, Zwiebel, Karotte, Sellerie, ein Lorbeerblatt, la barba del finocchio, den Bart vom Fenchel, also das Grüne. Kein Salz an die Brühe, ganz wichtig. Eine Stunde köcheln, habe ich ja schon gesagt.«

Er griff nach einer Kasserolle mit geradem Rand und langem Stiel. »Der Topf für den Reis sollte flach sein, möglichst breit. Olivenöl, ein Esslöffel pro Person. Dann gleich den Reis. Ich schwöre auf Carnaroli als Sorte, perfekt fürs Restaurant, den kriegst du praktisch nicht verkocht. So, und jetzt: Dabeibleiben! Du rührst dich nicht mehr weg vom Herd, fünfzehn Minuten lang.«

Aufmerksam beugte er sich über den Topf, gab eine Prise Salz dazu, wartete kurz und löschte den Reis dann mit der Brühe aus dem anderen Topf ab.

»Natürlich kannst du auch Wein nehmen, mache ich aber nicht, hinterlässt mir zu viel Säure. Jetzt muss der Reis immer gerade so bedeckt sein, immer köcheln, er darf auf keinen Fall trocken werden und schon gar nicht ansetzen, immer schön Brühe nachgießen …«

Er drückte ihr den Löffel in die Hand. »Und rühren!«

»Ich?«

»Wer sonst? Oder willst du das Schwarzkohl-Pesto machen?«

Schon bei ihrem ersten Gespräch mit ihm waren Hannah seine Hände aufgefallen, die alten und neuen Wunden, die roten, entzündeten Striemen, das grauenhafte Muster aus Schwielen und Narben von Brandblasen und Messerschnitten.

»Eine Küche ist ein gefährlicher Ort«, sagte er wie nebenbei, als er Hannahs Blicke bemerkte. »Du kannst dich jederzeit verletzen, verbrennen, verstümmeln. Ein falscher Griff zur falschen Zeit, und das war's. Und deine Reflexe sind im ständigen Wettstreit mit dem Druck, wenn die Bestellungen schneller reinkommen, als du die Zettel lesen kannst. Mal ganz abgesehen von der Hitze und dem unguten Cocktail aus Stress und Testosteron, der das ganze Team nervös macht, bei mir angefangen über den Sous-Chef bis zum Mann am Spültisch.«

Ohne eine Erwiderung abzuwarten, begann er, die Kohlblätter zu blanchieren, und gab sie mit Mandeln, Olivenöl, getrockneten Tomaten und geriebenem Parmesan in den Blender. »Nach sieben Minuten rühren wir drei Löffel vom Pesto in den Reis und lassen es in die Körner einziehen. Warten. Noch mal mit Brühe bedecken. Deckel drauf. Eine Minute Ruhe für den Risotto. Und dann bloß nicht zu spät fetten, nicht erst auf dem Teller. Zwei Esslöffel Butter, zwei Esslöffel geriebener Parmesan, beides unbedingt kalt, das erhöht die Cremigkeit, einrühren, weiterrühren, noch zwanzig Sekunden, Schluss, aus, fertig!«

Er drehte das Gas ab. »Noch mal Luft an den Reis, lass ihn im Topf vor- und zurückrutschen, wie die Wellen im Meer, so, siehst du? Und zwei flache Teller und – dein Risotto! Na los, probier es!«

Es schmeckte unglaublich. Himmlisch, war der einzig passende Ausdruck, der Hannah einfallen wollte. Cremig, mit Schmelz und trotzdem diesem »Bissbissbiss«, von dem Kallmann zu Anfang gesprochen hatte.

»So werde ich das nie hinkriegen«, murmelte sie andächtig mit vollem Mund.

Er zog die Augenbrauen zusammen und schob abrupt seinen Teller zurück, obwohl er gerade erst zwei oder drei Gabeln voll gegessen hatte. Als hätte Hannah ihm eben sein Stichwort geliefert. »Doch, wirst du. Und du wirst mir auch dieses Schwein drankriegen, das hier schon wieder versucht, meinen Ruf kaputtzumachen. Dein Job, Frau Kommissarin! Ich verlasse mich auf dich.«

»Wie bitte?« Jetzt legte auch Hannah die Gabel zur Seite. »Ich verstehe nicht, wovon reden Sie ... redest du, reden wir?«

»Ich bin nicht dumm, und ich kann eins und eins zusammenzählen. Wir reden von Schulze-Raab, richtig? Ich habe den Artikel über dich heute in der Online-Ausgabe gelesen. Der Mann, den ihr im Schnee am Marktplatz gefunden habt und der jetzt im Koma liegt, das ist er, oder? Schulze-Raab!«

»Wie … wie kommst du darauf?«

»Er war bei mir essen. Es stand in der Zeitung. Und danach war er verschwunden. Ich weiß es, weil ich versucht habe, ihn anzurufen.«

»Moment, nicht so schnell«, hakte Hannah ein. Sie zog ihr Handy aus der Tasche und rief das Foto von Schulze-Raabs Gesicht auf, das sie in der Nacht vom Samstag gemacht hatte. »Ist er das?«

Kallmann sog scharf die Luft ein. »Da mochte ihn wohl einer nicht. Aber ja, das ist er.« Er nickte mehrmals, als wollte er seine Aussage noch mal bestätigen.

»Warum haben Sie versucht, ihn anzurufen?«, fragte Hannah.

»Was?«

»Sie haben gerade gesagt …«

»Ach so, ja. Ich wollte ihm erklären, dass ich … dass da eine Sache schiefgelaufen ist bei dem Essen, das er hatte. Es war nicht ganz so, wie es sein sollte. Ich wollte das nur klarstellen, dass ich den Fehler selber bemerkt habe. Aber er war nicht zu erreichen. Und das hatten wir schon mal! Ungefähr ein Jahr nach meinem ersten Stern war ich mit meinem Restaurant im Altmühltal, nicht weit von Eichstätt, mit der katholischen Uni, falls dir das etwas sagt. Ein Kritiker kommt zu mir zum Essen, nicht Schulze-Raab, sie wechseln ja, damit nicht das passiert, was du vorhin wissen wolltest, ein persönliches Verhältnis, also niemals zweimal hintereinander derselbe Kritiker ... Lächerlich! Könnten sie sich auch schenken, die Mühe, und auch die Verkleidungen, mit denen sie manchmal auftauchen, damit sie bloß keine Vorzugsbehandlung kriegen, Perücken, falsche Schnauzbärte und Brillen mit Fensterglas. Aber wir erkennen sie immer, jedes Restaurant hat einen Angestellten, der genau weiß, worauf er achten muss. Und dann gibt's die Vorzugsbehandlung trotzdem, und zwar für alle anderen Gäste an dem Abend auch, damit es nicht auffällt!«

Kallmann grinste für eine Sekunde, als hätte er Hannah gerade ein Geheimnis anvertraut.

»Und Eichstätt?«, erinnerte sie ihn. »Was war da mit dem Kritiker?« Sie sah, wie er schluckte, bevor er unwillig den Kopf schüttelte.

»Ist auch verschwunden. Dieser Kritiker, der da war. Weg! Und nie wieder aufgetaucht, soweit ich weiß! Bis heute nicht. Kannst du gerne überprüfen. Aber verstehst du, wenn sich das rumspricht, und das geht ganz schnell heute über TikTok oder Twitter. Ich meine, immer, wenn einer von ihnen bei mir im Restaurant war, ist er danach ...« Er hob die Hände in derselben Geste wie zu Anfang. »Dann bin ich geliefert. Und ich glaube, genau darauf hat es irgendjemand abgesehen. Da will mir einer den Hahn zudrehen.«

†

Es war ein dummer Zufall, klar. Eine Imponderabilität, mit der er nicht hatte rechnen können.

Natürlich hat er sofort erkannt, was für einen Beruf der Dicke hatte. Diese Typen kapieren es einfach nicht, dass sie sich schon durch die Art verraten, in der sie ihre Bestellung aufgeben. Und dann immer nur probieren, statt zu essen. Und sich auch noch ungeniert Notizen machen, so dass selbst der dämlichste Kellner kapieren muss, was läuft …

Und ja, die Vorstellung, sich den Typen zu schnappen, hat ihn gelockt. Obwohl er dann doch entschied, sich an den ursprünglichen Plan zu halten und den Mann davonkommen zu lassen. Irgendwie tat er ihm schon fast leid. Er hätte wetten können, dass ihm der Beruf schon lange keinen Spaß mehr machte. Die Zeit war vorbei, in der er sich etwas eingebildet hatte auf die Macht, die er über Gedeih und Verderb eines Restaurants hatte. Über den Eigentümer, den Koch, die Mitarbeiter in der Küche. Bis hin zu den Leuten vom Service. Aber das ist irgendwann alles … unwichtig geworden.

Es war ja ohnehin immer dasselbe. Die Gerüche, die Geräusche, der Geschmack, der schließlich nur noch fade war. Zu viel von allem. Und wahrscheinlich hat es ihn angekotzt. Die lächerlichen Namen für Gerichte, die schon seine Großmutter gekocht hat. Das ganze wichtige Getue. Dieses »wir sind etwas ganz Besonderes, wir sind anders als alle anderen«! Alles Quatsch. Nichts als Schaumschlägerei. Letztlich geht es immer nur darum, sich selbst in Szene zu setzen. Und ein Publikum zu beeindrucken, das nicht mehr zu beeindrucken ist, weil es längst alles gesehen hat. Dass vor lauter Überdruss nicht mehr unterscheiden kann zwischen herz-

haft und versalzen, kross und verbrannt, al dente und roh. Aber in ihrer Selbstgefälligkeit wollen sie immer noch mehr: ein »Event«, das ultimative Erlebnis.

Wenn es nicht verboten wäre, würden sie auch hier lebendigen Affen die Schädeldecke aufsägen und das noch warme und zuckende Gehirn schlürfen, davon ist er überzeugt. Das ist genau die Richtung, in die es geht – Austern aus der Bretagne oder Kaviar vom Stör aus Irkutsk, das war gestern, heute muss es schon etwas Ausgefalleneres sein ...

Er ist sich sicher, dass sie an dem Punkt einer Meinung gewesen wären. Nur dass die meisten Kritiker gar nicht kapieren, was sie da anrichten mit ihrer Zeilenschmiererei. Dass sie nämlich dazu beitragen, wenn ein Koch alles verrät, was ihm eigentlich heilig ist. Weil er gezwungen wird, sich selbst zu verleugnen, seine Ehre, seine ... moralischen Werte, seine ethischen Grundsätze. Weil er gefallen muss, damit das Publikum ihn weiter zu den ganz Großen zählt.

Er erinnert sich, wie der Kellner am Nachbartisch von »regionalen Produkten« geschwafelt hat. Biologischer Anbau, alles zertifizierte Betriebe. Kurze Lieferwege. »Nur die Trüffel nicht, die kommen aus dem Piemont. Ist ein Freund vom Chef, er fährt da tatsächlich selber hin, um die kostbaren Knollen zu holen. Das überlässt er keinem anderen, egal ob hier die Hütte brennt oder nicht.«

Wer weiß, wie oft der Kritiker solche Sätze schon gehört hatte. Solche oder ähnliche Sätze. Während er wahrscheinlich an nichts anderes denken konnte, als dass sein Magen und das Sodbrennen ihn nachher im Hotel ohne die drei-

fache Dosis Säureblocker keine Minute mehr schlafen lassen würden.

Wie gesagt, er hatte fast so was wie Mitleid mit dem Mann. Aber die Polizistenschlampe hat alles von einem Moment auf den nächsten verändert. Als sie dem Kritiker zugelächelt hat. Als wollte sie ihm zu verstehen geben, dass er in seinem ganzen Elend nicht alleine war.

Und natürlich hat der Mann das vollkommen falsch aufgefasst. Damit war schon vorbestimmt, was geschehen würde. Die Polizistin hat Schuld, niemand sonst.

6. KAPITEL

Hannah war bereits seit kurz vor sieben im Büro. Nachdem sie aus einem wirren Traum hochgeschreckt war und nicht wieder einschlafen konnte, hatte sie eine Weile im viel zu grellen Licht der Deckenlampe auf ihr Handy gestarrt. Sie wusste genau, dass es ihr nicht guttat, sich wieder und wieder dieselben Fotos anzusehen, vor allem nicht mitten in der Nacht am Küchentisch, während die Kälte durch jede Ritze in den Raum kroch.

Wie schon so oft in den letzten Wochen dachte sie auch heute wieder, wie trügerisch das Glück gewesen war, das sie über all die Jahre für selbstverständlich gehalten hatte. Dieser Zettel mit den ungelenken Großbuchstaben an der Kühlschranktür im Haus auf der Insel fasste alles zusammen, was nie hätte enden dürfen:

ZUHAUSE RIECHT ALLES NACH GLÜCK.

Und doch war es anders gekommen. Selber schuld, hatten ihr mehr als genug Leute mit auf den Weg gegeben, als sie sich in das Unausweichliche fügen musste und gegangen war.

»Why must things change?«, hatte sie auch an diesem

Morgen in endloser Wiederholung vor sich hingemurmelt. Wie ein Mantra, mit dem sie beschwören wollte, dass das kommende Wochenende ganz ihr gehören würde, das Wochenende und der Montag noch dazu. Der letzte Zug in Richtung Norden fuhr am Freitag um 21.00 Uhr, umsteigen in den Nachtzug eine Stunde später in München. Und am nächsten Morgen würde sie Rio in die Arme schließen können. Sowie die Luft hell wurde, wie er es mal genannt hatte! Dann hatten sie zwei ganze Tag für sich. Und zwei Nächte und noch einen halben Tag.

Den Urlaubsantrag hatte sie mit einer Reißzwecke gut sichtbar an die Tapete über ihrem Sofa geheftet. Von ihr selbst als stellvertretender Dienststellenleiterin bewilligt und unterschrieben. Und bis dahin würde sie versuchen, an nichts anderes als ihren Fall zu denken.

Der unerwartete Hinweis des Sternekochs gestern war gut gewesen. Auch wenn sie im ersten Moment gedacht hatte, Sascha Kallmann würde sich doch allzu wichtig nehmen, indem er das Verschwinden der beiden Restaurantkritiker auf sich bezog. Diese Idee, dass ihm jemand schaden wollte und zwei ihm wohlgesinnte Kritiker aus dem Weg räumte, bevor sie lobend über ihn berichten konnten, klang schon sehr nach einer Art von Verfolgungswahn, zumindest jedoch nach einem deutlich übersteigerten Selbstwertgefühl. Und irgendetwas an Kallmann kam ihr auch komisch vor, sie konnte ihn nicht einschätzen. Diese schnellen Stimmungswechsel, eben noch war er zuvorkommend und geradezu freundschaftlich, als würden sie sich bereits seit langem kennen, und dann von einer Sekunde zur nächsten wieder ganz anders. Unwirsch. Abweisend. Auch ging ihr nicht aus dem Kopf, was er über seinen Beruf gesagt hatte: »Stress und Testosteron« – konnte dieser Satz den Koch selbst belasten?

Sie mussten herausfinden, wann genau Schulze-Raab das letzte Mal gesehen worden war, um zu überprüfen, ob Kallmann für diesen Zeitpunkt ein Alibi hatte. Und wieso hatte er Schulze-Raabs Telefonnummer gehabt? Wieso war Schulze-Raab überhaupt ein zweites Mal in einem Restaurant von Kallmann gewesen?

Jedenfalls ließ sich nicht daran rütteln, dass beide Kritiker tatsächlich verschwunden waren, nachdem sie bei Sascha Kallmann gegessen hatten. Der erste war bis heute nicht wieder aufgetaucht, das hatte Hannahs Recherche über das Suchregister der Polizei gerade eben bestätigt. Schulze-Raab hingegen *war* wieder aufgetaucht, wenn auch in einem Zustand, der den Verdacht nahelegte, dass da irgendetwas ganz und gar nicht stimmte. Er hatte sich mit Sicherheit nicht selber fast zu Tode gehungert. Und wieso war er nackt gewesen? Wieso mit Asche eingerieben? Wieso hatte er diese blutige Neun auf der Stirn?

Die Liste der Fragen auf ihrem Block wurde immer länger. Wie war er auf den Platz am Denkmal gelangt? Von wo war er gekommen? Und wie? War er die ganze Zeit schon auf allen vieren gekrochen, nackt, im Schneetreiben, mitten durch den Ort? Das konnte kaum möglich sein. Aber wenigstens die Häuser um den Platz herum mussten sie überprüfen. Vielleicht hatte ja doch einer der Anwohner etwas bemerkt. Und sie hatte ja auch Kriechspuren gesehen – vom Geigenbauer-Denkmal in die Gasse hinüber. In umgekehrter Richtung natürlich. Er war also wahrscheinlich von der Gasse mit letzter Kraft quer über den Platz gekrochen, bevor er am Denkmal liegen geblieben war.

War er vorher ganz bewusst irgendwo abgelegt worden? Auf der anderen Seite der Gasse vielleicht, bei der Kirche? Sollte er dort gefunden werden, gab es da einen Zusammenhang? War das irgendeine perverse Botschaft?

Das Auto! Hannah landete immer wieder bei diesem SUV, das die drei Disco-Grazien gesehen hatten. War Schulze-Raab mit diesem Auto zum Kirchplatz gebracht worden? War das der Grund, warum der Fahrer dann viel zu schnell durch die Seitenstraßen gerast war? Weil er vermeiden wollte, von irgendjemandem gesehen zu werden?

Hannah versuchte, sich das Ganze bildlich vorzustellen. Das SUV mit dem nackten und bereits so gut wie toten Restaurantkritiker auf der Rückbank. Von Kopf bis Fuß mit Asche eingerieben und mit dieser Neun auf der Stirn.

Es ist nach 22.00 Uhr. Schneetreiben und eiskalter Wind. Kein Wetter, um draußen rumzulaufen. Selbst die Hauptstraße ist wie leergefegt, obwohl es Samstag ist. Wer sich am früheren Abend rausgewagt hat, ist jetzt in der Disco. Oder beim Auftritt der Band im Hotel am Busparkplatz. Oder in der Hubertus-Klause.

Ein, zwei Stunden später werden sich die Ersten wieder auf den Heimweg machen. Quer durch den Ort, auch an der Kirche vorbei. Deshalb ist das genau der richtige Ort, um Schulze-Raab in den Schnee zu legen. Kurz anhalten, noch einen schnellen Blick zu den Fenstern der umliegenden Häuser werfen, ob auch niemand da ist, der die Szene zufällig beobachten könnte, dann Schulze-Raab von der Rückbank und auf den Fußweg zerren. Und wieder weg. So schnell wie möglich, durch die schmalen, verwinkelten Gassen, die hinterm Bahnhof auf die Hauptstraße zurückführen. Und von da auf die Ortsumgehung. Die Landstraße, die von Bayern nach Österreich führt. Nach Tirol.

Blöd mit den drei Frauen, die da plötzlich in der Gasse bei der Disco auftauchen. Damit hat keiner rechnen können. Aber es ist egal, wichtig ist allein, dass der Mann jetzt genau da liegt, wo ihn früher oder später irgendjemand finden wird. Das ist der Plan. Und es spielt keine Rolle, ob der Mann dann noch am Leben ist oder längst erfroren! Die Botschaft bleibt die gleiche ...

»Aber was für eine Botschaft soll das sein?« Hannah ballte die Hände zu Fäusten. Eine unbewusste Geste, die sie immer machte, wenn sie nicht weiterwusste.

Gleich nachdem sie ihren Entschluss gefasst hatte, ihren ganzen Kummer mit Arbeit zu verdrängen, war sie zum Revier gejoggt. Noch bevor es richtig hell wurde. Bei ihrer Vermieterin hatte bereits Licht hinter dem Küchenfenster gebrannt, ebenso wie in den meisten Häusern am Kurpark. Es war Montagmorgen, auch wenn die wenigen

Feriengäste noch schliefen, mussten normale Bürger natürlich zur Arbeit. Sogar die Müllabfuhr war schon unterwegs gewesen, und hier und da ein Hausbesitzer, der den Gehweg mit Split streute. Es hatte in der Nacht wieder Frost gegeben, zusammen mit dem angetauten Schnee vom Vortag war das keine gute Kombination.

Im Büro hatte Hannah dann als Erstes alle Heizkörper bis zum Anschlag aufgedreht. Und während sie nacheinander mit den drei Disco-Grazien telefoniert hatte, war sie mit Parka und Mütze in ihrem Büro auf und ab gelaufen, immer fünf Schritte von der Tür bis zum Fenster und wieder zurück. Keiner der drei Frauen war noch etwas eingefallen, was sie nicht schon berichtet hatten. Allerdings hatte Cora sich zu der Aussage verstiegen, dass der Hase »sehr groß« gewesen sei: »Unnatürlich groß, vielleicht war es gar kein Hase!«

»Was dann?«, hatte Hannah irritiert gefragt.

»Ein Mensch! Der sich als Hase verkleidet hat, damit ihn niemand erkennt. So ein Hasenkostüm vom Fasching, ist ja noch nicht so lange her, das könnte doch sein, oder?«

»Wir haben die Spuren im Schnee gesehen«, erinnerte Hannah sie. »Die waren eindeutig von einem echten Hasen.«

»Ach so. Na ja, dann war er wohl doch nicht so groß. Ich dachte ja auch nur ...« Cora klang ein wenig enttäuscht, als sie das Gespräch beendeten.

Es war immer noch so kalt, dass Hannah Mühe hatte, mit ihren klammen Fingern die Buchstaben auf der Tastatur zu treffen. Und ihre eiskalte Nase fühlte sich an wie ein Fremdkörper, der nicht zu ihrem Gesicht gehörte.

Hannah gab die Stichworte »Fastentage« und »Asche« in die Suchmaschine ein. Das Ergebnis poppte sofort auf: Asche als Zeichen der Buße. Deshalb auch »Aschermittwoch«, wenn die zügellose Zeit vorbei ist und bis Ostern gefastet und Buße getan werden soll. Einer der frühen Päpste hatte um 1000 nach Christus allen Kirchen empfohlen, die »Auferlegung der Asche« in die Liturgie des Aschermittwochs aufzunehmen.

»Asche auf mein Haupt«, murmelte Hannah. Sie hatte nie über die Herkunft dieses Satzes nachgedacht, jetzt war es klar. Ihr Vater hatte das gerne im Spaß gesagt, wenn er sich für etwas entschuldigen wollte. Als Kind hatte sie sich immer vorgestellt, wie er sich den Aschekasten aus dem großen Kachelofen mit den Delfter Fliesen über den schon damals fast kahlen Schädel kippen würde.

Und so falsch war das Bild gar nicht, wenn sie daran dachte, wie sie Schulze-Raab in der Samstagnacht vorgefunden hatte.

Asche also als Symbol für Buße, auch für die Askese in der Fastenzeit, wie Hannah jetzt erfuhr, als sie sich weiter durch die Einträge im Netz arbeitete. Wobei ihr schon nach kurzer Zeit der Kopf schwirrte von den vielen Erklärungen, deren religiöser Hintergrund ihr so vollkommen fremd war.

Und je mehr sie las, umso komplizierter wollte ihr alles erscheinen und umso verworrener wirkten vor allem die verschiedenen Unterpunkte: »biblische Motive und Symbolik, Fasten während der Fastenzeit, Fasten außerhalb der Fastenzeit, Fastenzeit in der katholischen Kirche, Fastenzeit in der evangelischen Kirche, Fastenzeit in der orthodoxen Kirche, Entwicklung in der Westkirche« – was um alles in der Welt war das nun wieder?

Zumindest aber schien es zwei Fastenzeiten zu geben, von Aschermittwoch bis einschließlich Karfreitag und Karsamstag sowie die adventliche Fastenzeit, die am 11. November, dem Martinstag, begann. Beide Fastenzeiten dauerten vierzig Tage. Und die Zahl vierzig stand als Symbol für das vierzigtägige Fasten von Jesus in der Wüste, für die vierzig Tage der Sintflut, die vierzig Tage, die Moses auf dem Berg Sinai in der Gegenwart Gottes verbrachte, die vierzig Tage, die der Prophet Jona der Stadt Ninive als Frist verkündete, um Gott durch Fasten und Büßen zu bewegen, den Untergang von ihr abzuwenden, schließlich auch für die vierzig Jahre, die das Volk Israel durch die Wüste zog. Immer wieder also die Vierzig. Aber keine Hinweise auf die Neun. Und doch war sich Hannah sicher, dass diese Neun auf der Stirn des Restaurantkritikers nicht zufällig gewählt war, sondern ebenfalls als Symbol für etwas stand.

Sie wollte eben unter dem Suchbegriff »Neun als Symbol« weiter das Netz durchforsten, als ihr Kollege ins Revier kam. Hauptkommissar Ignaz Huber. Mit verkniffenen Lippen und einem Ausdruck, als hätte er bereits vor dem Frühstück der ganzen Welt den Krieg erklärt. Oder die ganze Welt ihm, was bezogen auf seine Stimmung keinen Unterschied machte.

Wie üblich begnügte er sich mit einem flüchtigen Nicken in ihre Richtung, als er an ihrem Büro vorübereilte. Dann hörte sie ihn telefonieren. Schon nach drei oder vier Sätzen tauchte er mit dem Telefon am Ohr wieder auf und schloss die Tür zu ihrem Raum.

Hannah tippte sich unwillkürlich an die Stirn, bevor sie weiterlas. *Die Neun als Zahl der Vollkommenheit, da sie dreimal die in vielen Kulturen als ›göttlich‹ angesehene Zahl Drei enthält …*

Aber ergab das irgendeinen Sinn im Zusammenhang mit der in die Stirn des Opfers geritzten Ziffer?

Hannah zog ihren Block zu sich.

Durch Buße = Asche zur Vollkommenheit = Neun?

Sie hatte kaum das Fragezeichen geschrieben, als sie die Zeile schon wieder durchstrich.

Sie tappte vollkommen im Dunkeln. Und solange Schulze-Raab nicht vernehmungsfähig war, sah sie kaum eine Chance, mit seinem Fall weiterzukommen. Blieb noch die Sache mit dem anderen Gastrokritiker, von dem Kallmann gesprochen hatte und der bis heute nicht wieder aufgetaucht war.

Sie musste einen Gedanken überprüfen, den sie bislang bewusst verdrängt hatte! Wieder griff sie nach Stift und Notizblock. Schon auf ihrer früheren Dienststelle hatten sich die Kollegen darüber amüsiert, dass sie ihre Notizen nicht ins Handy sprach oder wenigstens in den Computer tippte. Aber Hannah benutzte noch immer Stift und Papier, genau so, wie sie es schon als Kind bei ihrem Vater gesehen hatte. Obwohl es da schlimmstenfalls um irgendwelche Diebstähle unter Touristen gegangen war. Und einmal um eine Schlägerei, in die auch ein paar Jugendliche von der Insel verwickelt waren. Ein anderes Mal hatte ein Feriengast ein Fahrrad gestohlen und mit der Fähre aufs Festland geschmuggelt. Ein ziemlich teures Rennrad. Das allerdings hatte der Kapitän erkannt und noch während der Überfahrt die Polizei im Sielhafen informiert, die den Dieb dann in Empfang nahm.

Mord und Totschlag hatte es nie gegeben. Und die einzige vermisste Person, an die sich Hannah erinnern konnte, war aus Liebeskummer ins Wasser gegangen und bereits am nächsten Tag von der Flut wieder angespült worden.

Vermisstenanzeigen überprüfen, schrieb Hannah als Notiz. *Noch weitere Restaurantkritiker? Oder auch Köche? Spitzenköche?*, setzte sie dann noch hinzu. Falls Kallmann mit seinem Verdacht doch richtig lag, konnte es durchaus sein, dass auch ein Koch zum Opfer würde! Vielleicht ging es überhaupt um einen Konflikt zwischen Gourmetkritikern und Spitzenköchen, überlegte sie als Nächstes. Das Verhältnis zwischen diesen beiden Berufen war doch sicher ... schwierig. Kompliziert. Nicht unbedingt von gegenseitiger Zuneigung geprägt.

Ihr Computer meldete eine Nachricht von der Leitstelle. Hannah ignorierte das leise Ping, sollten sich doch die anderen darum kümmern, die inzwischen alle eingetrudelt waren. Hannah hatte einen Fall, der sie genug beschäftigte!

Keine zwei Minuten später flog ihre Tür auf und krachte gegen den Aktenschrank. Huber hatte bereits seinen Mantel an.

»Der Streifenwagen fährt eben vom Hof, aber wir müssen da auch hin. Jetzt machen Sie schon, kommen Sie! Und egal, ob es da irgendeinen Zusammenhang gibt, aber das ist jetzt mein Fall. *Ich* führe die Ermittlungen, ich hoffe, das ist klar.«

Ohne eine Erwiderung abzuwarten, lief er mit schweren Schritten vor Hannah her zum rückwärtigen Ausgang, wo der Dienstwagen geparkt war.

Sie hatte keine Zeit mehr, die Nachricht im Computer aufzurufen. Als sie dann schon neben Huber im BMW saß und er ganz offensichtlich nicht bereit war, mit genaueren Informationen herauszurücken, suchte sie die entsprechende Meldung in ihrem Handy.

Fahrerflucht mit Todesfolge. Ortsumgehung Felchensee in Richtung Grenze, bei Kilometer 8,7. Opfer ist männlich, Identität laut Ausweis ein Max Uhl, wohnhaft Mühlbachweg, Felchensee. Rettungswagen ist noch vor Ort und versorgt den Zeugen, der das Opfer gefunden hat.

»Max Uhl«, wiederholte Hannah, während sie dem Streifenwagen folgten. »Sagt Ihnen der Name etwas?«

»Natürlich! Jedem hier im Ort. Ist unser Champion im

Langlauf, hat bei der letzten Olympiade Silber geholt. Sie interessieren sich nicht für Sport, was?« Ein flüchtiger Seitenblick begleitete den verächtlichen Tonfall, in dem er die Frage stellte. »Aber war ja kaum anders zu erwarten.«

»Fragen Sie mich nach den Olympiasiegern im Offshore-Segeln! Einhandjolle, Zweihand, Mehrrümpfer, Kielboote. Was genau wollen Sie wissen?«

»War nur mal auf dem Ammersee zum Segeln«, nuschelte er undeutlich vor sich hin.

Hannah war überrascht – das kam ja schon fast einem Gespräch gleich.

»Und ich nur im Harz zum Skilaufen«, erwiderte sie. »Mit dreizehn oder vierzehn!«

Huber nickte, als hätten sie sich damit alles anvertraut, was es zu sagen gab. Erst auf der Umgehungsstraße fügte er noch hinzu: »Der Uhl ist von der Festwiesen am Mühlbachweg gekommen und wollte rüber auf die andere Seite, wo die gespurte Loipe ist. Wetten?«

»Woher wissen Sie das?«

»Weil er es immer so gemacht hat. Er hat nie die Unterführung für die Fußgänger genommen, ist immer oben über die Straße, wenn er zum Trainieren wollte. Da sind wir!« Er bremste und lenkte den BMW hinter dem Rettungswagen und dem Auto der uniformierten Kollegen an den Straßenrand. »Wie ich gesagt habe. Genau die Stelle, an der er immer rüber ist. Dort hat er gewohnt!« Er beugte sich an Hannah vorbei und wies zum Seitenfenster hinaus. »Das Haus mit dem Skiläufer da auf der Wand. Hat er sich extra malen lassen! Es kommt kein Qualm aus dem Schornstein, also ist er nicht erst heute Morgen los. Bin gespannt, was der Notarzt meint, wie lange er schon hier gelegen hat.«

»Und er hat keine Frau oder Familie?«

»Die Frau hat ihn verlassen, Kinder haben sie nicht gehabt. Sie ist mit einem Skispringer weg, aus Tirol.«

Huber schlug den Mantelkragen hoch und stieg aus. Hannah beeilte sich, ihm zu folgen. Immerhin schien er ja doch etwas von seiner Arbeit zu verstehen, dachte sie. Die Schlussfolgerung daraus, dass der Schornstein nicht qualmte, war schnell und präzise gewesen.

Der Notarzt trat zu ihnen, als sie sich über das Unfallopfer beugten. Selbst im grauen Licht der Morgendämmerung war deutlich zu sehen, dass der Mann übel zugerichtet war. Sein Gesicht war kaum mehr als eine blutige Masse, der Mund wie zu einem stummen Schrei geöffnet. Die Beine lagen in einem unnatürlichen Winkel zur Seite gedreht, in Höhe des Ellbogens stach ein Knochen aus der enganliegenden Skikleidung.

Der Arzt war derselbe, der auch in der Samstagnacht am Geigenbauer-Denkmal gewesen war. Und er schien es selbstverständlich zu finden, dass er seine kurzen Ausführungen zunächst an Hannah richtete. Bis Huber bellte: »Moment mal! Berichten Sie bitte mir, ja? Die Kollegin begleitet mich nur, ich leite die Ermittlung.«

»Ah, das habe ich nicht gewusst. Ich dachte, weil … also

Sie suchen doch nach Zeugen, die dieses SUV gesehen haben?«, wandte er sich wieder an Hannah.

»Ja, wieso?«

»Ich hab den Zeugen vielleicht im Rettungswagen sitzen. Na ja, nicht direkt, aber zumindest könnte es einen Zusammenhang geben. Nach meiner ersten Untersuchung ist das Unfallopfer bestimmt schon ... länger als vierundzwanzig Stunden tot, plusminus. Gestern der warme Tag und dann wieder der Frost heute Nacht machen eine genauere Angabe schwierig, aber ...«

»Sie meinen, er könnte schon in der Nacht von Samstag auf Sonntag überfahren worden sein?«, unterbrach ihn Hannah.

»Mit ziemlicher Sicherheit sogar!«

»Was noch lange keinen Hinweis auf das gesuchte SUV ergibt, oder?«, blaffte Huber ihn an. »Reine Spekulation! Und Theorien sind *unsere* Aufgabe, nicht Ihre.«

»Kommen Sie mal mit zum Rettungswagen. Ich habe dem Mann etwas zur Beruhigung gegeben, er war ... sehr aufgeregt, Blutdruck von über zweihundert zu hundertzehn. Aber ich denke, er erzählt Ihnen am besten selber, was er mir gesagt hat.«

»Das denke ich auch! Im Übrigen müssen Sie mir nicht meine Arbeit erklären, dass ich mit dem Mann rede, versteht sich ja wohl von selbst.«

Als Huber zum Rettungswagen stürmte, sah Hannah, wie der Notarzt die Augen verdrehte. Sie zuckte mit den Schultern. »Tut mir leid, ich entschuldige mich für ihn.«

»Nicht Ihre Schuld. Aber kommen Sie auch mal mit, es ist interessant, was der Förster gesagt hat.«

»Der Förster?«

»Werden Sie gleich sehen …«

Vor dem Rettungswagen war ein Jagdhund angebunden, der eine der beiden Streifenpolizisten streichelte ihn. Sepp Eins. Sepp Zwei, sein Kollege, stand ein Stück abseits und redete mit den beiden Sanitätern.

Der Hund knurrte, als Huber in den Wagen stieg.

Hannah streckte den Finger aus und gab das zischende Geräusch von sich, das ihr Vater von einem Ausbilder der Polizeihunde-Abteilung gelernt hatte. Für den Fall, dass er es mit einem allzu aggressiven Touristenhund zu tun bekäme. Hannah hatte lange geübt, bis sie es ebenfalls beherrschte. Und meistens funktionierte es tatsächlich. Vor allem bei Hunden, die auf Obedience trainiert waren. Befehl und Gehorsam.

Auch der Jagdhund duckte sich sofort winselnd und legte sich platt auf den Boden.

»Nicht schlecht«, meinte der Notarzt. »Respekt.«

Im Wageninneren war es warm, die Standheizung fauchte, der Förster hatte dennoch eine Rettungsdecke um sich gewickelt, die er vor der Brust zusammenhielt.

»So, du bist's also«, sagte Huber. »Na, dann mal los. Erzähl! Du hast ihn gefunden?«

Hannah stand in dem engen Wagen so dicht an den Notarzt gedrängt, dass sich ihre Arme berührten. Er warf ihr einen kurzen Blick zu, der etwas … Fürsorgliches hatte.

Als wollte er ihr signalisieren, dass er im Notfall auch für sie noch ein paar Pillen und eine Rettungsdecke hätte.

Sie schloss für eine Sekunde die Augen. »Danke.« Dann konzentrierte sie sich ganz auf den Förster. Sie schätzte, dass er ungefähr im gleichen Alter wie Huber war, Anfang, Mitte fünfzig. Und man sah ihm an, dass er sich viel an der frischen Luft bewegte, auch wenn er jetzt kreidebleich war. Seine Hände zitterten, ab und zu zögerte er, als würde er nach dem richtigen Wort suchen.

Huber hörte zu, ohne ihn zu unterbrechen, legte dem Förster aber die Hand auf das Knie, als wollte er ihm Mut machen. Hannah war überrascht, eine ihr völlig unbekannte Seite von Huber zu erleben, die sie nicht erwartet hatte! Und es schien zu helfen, der Förster wurde merklich ruhiger.

»Ich hab den Anruf gekriegt, aber anonym. Und erst heute in der Früh. Dass jemand gesehen hat, wie Samstagnacht ein Auto hier gehalten und der Fahrer etwas weggeschleppt hat. So groß wie ein Reh oder Hirsch. Ein Wildunfall, verstehst du? Deshalb bin ich mit dem Franzl her, um das Wild zu suchen. Bevor hier noch irgendwelche Urlauber über den Kadaver stolpern. War aber kein Hirsch! Und der Franzl hat das auch gleich erkannt und so gewinselt, wie er es sonst nie tut.«

Der Franzl war der Hund, das war klar. Aber Hannah wollte noch etwas anderes wissen: »Was für ein Auto war das?«, platzte sie heraus. »Hat der Anrufer etwas darüber gesagt?«

Der Blick, den Huber ihr zuwarf, hätte töten können.

Aber die Antwort des Försters war klar und deutlich. »Ein SUV, hat er gesagt. Mercedes GLS oder GLB, schwarz. Mit Münchner Kennzeichen.«

Er wollte nur mit ihr reden. In aller Ruhe. Er liebt es zu diskutieren. Das ist seine ganz persönliche Art von Vorspiel, ehe dann das passiert, was ohnehin unausweichlich ist.

Aber sie wollte nicht. Noch nicht mal, als er die Wurstplatte fast alleine gegessen hat, hat sie etwas gesagt. Und dann hat sie sogar die Pâté probiert! Nur um ihm zu gefallen. Dabei hat er ja längst gewusst, dass sie Vegetarierin ist. Er wollte sie nur provozieren, damit sie miteinander darüber reden können, was falsch läuft.

Er wollte ihr doch so viel erzählen. Vielleicht sogar von seinem Traum mit den Froschleibern auf den Tellern. Die Frösche wären ein gutes Beispiel gewesen für alles, was er sagen wollte. Allein in Frankreich werden jedes Jahr über 4.000 Tonnen Froschschenkel verspeist. 4.000 Tonnen, das sind achtzig schwere LKW, nur mit den Beinen von Tieren, die er als Junge noch im Teich gefangen und mit Fliegen gefüttert hat. Aber die ungehemmte Gier der Feinschmecker in Europa führt dazu, dass die Frösche jetzt aus Indonesien und Vietnam importiert werden müssen. Weil noch nicht mal mehr die großen Froschfarmen in Südfrankreich die ständig steigende Nachfrage bedienen können.

Darüber wollte er mit ihr sprechen. Er wollte ihr die Wahrheit sagen, die so einfach ist, dass sie jeder begreifen muss. Es ist die Maßlosigkeit, die Zügellosigkeit, die Abkehr von allem, was den Menschen wert sein sollte. Die Verhöhnung eines gottgefälligen Lebens. Und wer das nicht sieht, der muss bestraft werden.

DAS wollte er ihr alles sagen. Aber er hat in ihren Augen gesehen, wie sie plötzlich misstrauisch wurde. Als würde sie ernsthaft überlegen, was mit ihm nicht stimmt. Und das hat ihn wütend gemacht. Sehr wütend sogar.

Und er ist immer noch wütend. Weil er einen Fehler gemacht hat, als er von seinem ursprünglichen Plan abgewichen ist. Und weil es jetzt zu spät ist, um noch irgendetwas rückgängig zu machen.

Außerdem ist der Kritiker immer noch am Leben, und das ist nicht gut. Gar nicht gut.

7. KAPITEL

Noch auf der Fahrt zurück zum Revier hatte Huber Hannah aufgefordert, endlich ihren Bericht zu schreiben.

»Welchen Bericht meinen Sie?«

»Diese Geschichte da vom Samstag, mit dem halbtoten Mann im Schnee! Schon vergessen, dass Sie das ja zu Ihrem Fall erklärt hatten?«

»Ach, die Sache meinen Sie. Samstagabend, als ich unbedingt Ihren Dienst mitübernehmen sollte, weil sie etwas Besseres vorhatten.«

»Fangen Sie schon wieder damit an?« Huber schaltete wütend zurück und überholte mit gellender Hupe einen Lieferwagen, der bereits den Blinker gesetzt hatte, um links abzubiegen. Der Fahrer konnte im letzten Moment stoppen. Als sie schlingernd an ihm vorbeirasten, wedelte er mit der gespreizten Hand vor dem Gesicht hin und her.

»Scheibenwischer-Geste, gilt als Beleidigung«, kommentierte Huber. »Kann ihn bis zu 1.000 Euro kosten. – Also, was ist jetzt? Bekomme ich den Bericht?«

»Liegt schon auf Ihrem Schreibtisch.« Hannah entspannte sich ein wenig und nahm die Füße zurück, mit denen sie sich bei Hubers Überholmanöver unwillkürlich gegen das Bodenblech gestemmt hatte.

Erst kurz vor der Gasse, die zum Revier führte, murmelte er etwas, das Hannah mit Mühe als »Entschuldigung, ist alles ein bisschen viel im Moment« interpretierte.

Sie wartete, ob noch eine Erklärung folgen würde, aber Huber sagte nichts mehr.

»Heißt das, Sie sehen jetzt zumindest auch einen möglichen Zusammenhang zwischen dem Mann im Schnee und dem Wagen, der den Skifahrer überfahren hat?«, fragte Hannah. Um gleich noch hinzuzusetzen: »Von der Zeitspanne her, die der Arzt für den Todeszeitpunkt angegeben hat, würde es passen. Wenn mir auch nicht ganz einleuchtet, was der Skifahrer da nachts auf der Loipe wollte. Haben Sie dafür eine Erklärung?«

Huber parkte auf dem für ihn reservierten Stellplatz am Hintereingang. Bevor er Anstalten machte auszusteigen, warf er Hannah einen raschen Blick zu, den sie nicht deuten konnte. Sie sah, wie er sich auf die Lippen biss, dann sagte er: »Passt schon. Die Loipe ist samstagnachts beleuchtet, für die Touristen. Egal was für ein Wetter ist. Wird dem Max Uhl gerade recht gekommen sein für sein Training, ein ordentlicher Sturm. Und dagegen anzukämpfen, ist gut für die Ausdauer. Schlechte Sicht zwar, aber dafür auch die Spur ganz für sich allein. Passt«, wiederholte er. »Und zu Hause gab's ja keine Frau mehr, die auf ihn gewartet hätte. Haben Sie schon was zu dem Mann im Schnee? Eine Identität?«

»Steht alles in meinem Bericht«, konnte Hannah sich

die Antwort nicht verkneifen. Das ist albern jetzt, dachte sie gleich darauf, sag es ihm! »Ich muss das noch verifizieren, ich habe bislang nur jemanden, der ihn auf einem Foto wiedererkannt hat. Aber ich denke, ja, das Opfer ist ein gewisser Volkmar Schulze-Raab. Ein ...«

»Ein Restaurantkritiker, ich erinnere mich an den Namen. Er war hier im Moosgries bei diesem Sternekoch, ich habe am nächsten Tag in der Zeitung davon gelesen.«

»Und es könnte sein, dass er seit diesem Abend im Restaurant verschwunden war und erst jetzt am Samstag wieder aufgetaucht ist.«

»Was? Dann ist der Sternekoch ein Verdächtiger?«

Wenn er will, arbeitet sein Polizisten-Gehirn ohne Probleme, dachte Hannah, schüttelte aber gleichzeitig den Kopf: »Ich habe mit ihm geredet. Er hat ein Alibi. Zumindest für den fraglichen Abend und den folgenden Tag. Bis um kurz vor halb zwei war er im Restaurant, danach dann mit einem Bedienmädchen ...«

»Hat sie das bestätigt? Steht alles im Bericht, ich weiß, aber ich will es jetzt hören!«

»Hat sie, ja. Ich habe sie gefragt, bevor Kallmann mit ihr reden konnte. Der Koch, Sascha Kallmann. Sie sagt, er sei bis zum späten Vormittag bei ihr gewesen. Und danach wieder im Moosgries beim Steckerl-Fisch-Feuer, das sie da immer sonntagmittags machen. Auch dafür gibt es Zeugen. Aber wir wissen noch nicht, ab wann genau der Kritiker verschwunden ist ...«

»Ich will selber noch mal mit dem Koch reden«, unterbrach Huber sie, »bestellen Sie ihn her. Heute ist Montag, da ist sein Laden geschlossen, richtig? Also hat er keine Ausreden. Diesmal werden wir ihn beide befragen. Und wir erklären ihm von Anfang an, dass er tatverdächtig ist. Bei einer möglichen Mordanklage ist schon so mancher weichgeworden, der sich vorher absolut sicher glaubte. Und …«

»Ja?«

»Sie klemmen sich dahinter, mehr über diesen Kritiker rauszufinden, ja?«

Das klingt ja fast schon wie eine Zusammenarbeit, dachte Hannah, sagte aber nichts. Sie verzichtete sogar auf die Frage, was der Herr Hauptkommissar selber jetzt eigentlich zu tun gedachte.

Sie erreichte Sascha Kallmann im Auto. Die Fahrgeräusche waren deutlich zu hören. Was für einen Wagen fährt er überhaupt, schoss es Hannah durch den Kopf, wieso habe ich noch nicht danach gefragt?

»Ah, die Kommissarin! Überraschung!« Für einen kurzen Moment klang Kallmanns Stimme indifferent, als wäre er sich noch nicht sicher, ob ihm ihr Anruf gelegen kam.

»Wo sind Sie gerade?«

»Ups! Waren wir nicht schon beim Du? Ich dachte, aber … dann ist es wohl ernst jetzt. Ich bin unterwegs zum Kloster Andechs am Ammersee, ich will deren Bier bei mir im Restaurant haben! Sollte sie eigentlich freuen, immerhin gibt es in Bayern fast sechshundert Brauereien, die Konkurrenz ist also groß, aber der Kallmann Sascha vom Moosgries will das Klosterbräu aus Andechs! Schon mal probiert, Frau Kommissarin?«

Hannah konnte hören, wie er den Blinker setzte, gleich darauf verstummten die Fahrgeräusche, der Motor lief gleichmäßig auf niedriger Tourenzahl.

»So, jetzt können wir in Ruhe reden, nicht, dass ich noch eine Anzeige fürs Telefonieren mit dem Handy beim Fahren bekomme.« Er lachte. »Also, womit kann ich dienen?«

»Wir hätten Sie gerne hier auf dem Revier. Und zwar heute noch, wenn es möglich ist. Hauptkommissar Huber möchte persönlich mit Ihnen reden.«

»Stehe ich unter Verdacht? Sie haben doch meine Alibis! Und ich habe Ihnen gesagt, dass mir wahrscheinlich jemand schaden will. Es geht um mich, also bin ich das Opfer und nicht ...«

»Erzählen Sie das dem Hauptkommissar selber noch mal, ja? Er ist derjenige, der Ihnen glauben muss.«

Hannah wollte den Mann, der ihr das beste Risotto ihres Lebens gekocht hatte, nicht unnötig verprellen. *Den* besten Risotto natürlich! Aber natürlich war sie sich vollkommen darüber im Klaren, dass ein guter Risotto den Koch noch lange nicht von jedem Verdacht freisprach. Und auch ein auf den ersten Blick überzeugendes Alibi konnte falsch sein.

»Ich bin um 14.00 Uhr im Kloster verabredet«, kam es

von Kallmann. »Wie lange das dauert, kann ich noch nicht einschätzen – 17.00 Uhr, ist das in Ordnung oder haben Sie da schon Ihren wohlverdienten Feierabend?«

»17.00 Uhr ist in Ordnung«, erwiderte Hannah, ohne auf seine kleine Spitze einzugehen. »Eine Frage eben noch: Was für ein Auto fahren Sie?«

Es gab eine kurze Pause, bevor er antwortete: »Kommen Sie, das ist jetzt nicht Ihr Ernst!« Diesmal klang Kallmanns Lachen alles andere als amüsiert. »Muss ich darauf antworten?«

»Ich kann es ebenso gut über die Zulassungsstelle abfragen. Aber wo ist das Problem, es mir einfach zu sagen?«

»BMW X4.«

Hannah versuchte, sich das Modell ins Gedächtnis zu rufen. Ein SUV, das war klar. Wenn sie sich nicht irrte, allerdings eins von den Dingern, die weniger an einen Geländewagen als vielmehr einen aerodynamisch gestylten Kampfpanzer erinnerten.

»Hellgrau«, kam es von Kallmann, »Farbe konnte ich mir nicht aussuchen, das haben sie bei BMW so entschieden.«

»Wie? Ich verstehe nicht.«

»Ist doch ganz einfach – ich hab den Wagen von BMW zur Verfügung gestellt bekommen, ich zahle nur Steuern und Versicherung. Nachdem ich meinen zweiten Stern hatte, gab es diesen Anruf aus der Zentrale in München: ›Herr Kallmann, Sie sind sehr präsent in der Öffentlichkeit, damit kommen Sie für einen X4 in Frage. Wir würden uns freuen, wenn Sie das Angebot erwägen.‹ Ich hab's erst für einen Witz gehalten, aber abends habe ich's dann einem Gast erzählt, den ich ein bisschen näher kenne, bekannter Fernsehschauspieler, und der lacht nur und meint: ›Ja, Sascha, was glaubst du denn, woher ich meinen XM habe?‹ Alles klar, so sieht das nämlich aus. Dem haben sie einen XM angeboten, für mich war nur der X4 drin. Aber hat schon mein Vater immer gesagt: Haste was, dann kriegste was.«

Es war deutlich zu spüren, dass sich hinter Kallmanns Versuch, ironisch zu klingen, eine gehörige Portion Stolz verbarg.

»Ein anderes Auto haben Sie nicht?«, fragte Hannah, obwohl sie die Antwort schon ahnte.

»Nein, habe ich nicht. Und glauben Sie mir ruhig, ich würde mir ganz sicher auch kein schwarzes Auto kaufen. Und falls doch, dann bestimmt kein SUV von Mercedes. Beruhigt Sie das, können wir wieder Freunde sein?«

»Wenn Sie um 17.00 Uhr auf dem Revier sind, überlege ich es mir«, ging Hannah auf seinen versöhnlicheren Ton ein. »Und viel Glück mit den Mönchen.«

»Wie gesagt, eigentlich wollen die ja was von mir, das muss ich ihnen jetzt nur noch klarmachen.«

Auch eine Haltung, um eine Verhandlung zu führen, dachte Hannah. Und wahrscheinlich nicht die schlechteste, immer vorausgesetzt, man brachte die notwendige Chuzpe mit, um überzeugend zu wirken. Sie zweifelte keinen Augenblick daran, dass der Sternekoch sein Ziel erreichen würde – im Zweifelsfall, indem er mal eben in der Klosterküche ein Risotto für die Mönche zauberte. Einen Risotto.

Sie war gespannt, wie Sascha Kallmann und Huber miteinander zurechtkommen würden. Aber wenn sie sich nicht sehr täuschte, würde es wohl noch nicht mal für eine Facebook-Freundschaft reichen.

Ihr nächster Anruf galt der Nachbarin von Schulze-Raab. Eine Ehefrau schien es nicht zu geben, auch keine Ex-Frau. Er war offensichtlich nie verheiratet gewesen, das bestätigte auch der Eintrag im Melderegister. Ob es eine Freundin oder einen Freund gab, hatte Hannah nicht herausfinden können.

Schulze-Raab wohnte im Haus der schon länger verstorbenen Eltern in Haunstetten, einem als »gehobene Wohngegend« bekannten Stadtteil von Augsburg.

Nach seinem Besuch im Moosgries hatte er in der »Alten Post« in Felchensee übernachtet und war nach Aussage der Nachbarin am nächsten Tag auch gegen Mittag wieder zu Hause gewesen, dann allerdings zwei oder drei Stunden später erneut weggefahren. Wohin wusste sie nicht.

»Er hat nie gesagt, wohin er fährt oder wie lange er wegbleibt. Ich habe es nur daran gemerkt, dass dann sein Auto nicht vor dem Haus stand. Jetzt war es aber schon arg lang, dass ich ihn nicht gesehen hab, da macht man sich ja doch so seine Gedanken.«

»Aber Sie waren deshalb nicht bei der Polizei?«

»Ich? Nein, Gott bewahre! Ich hab nur immer mal die Reklame aus seinem Briefkasten genommen, wenn die Klappe schon nicht mehr zuging. Sie wissen ja, wegen der Einbrecher, die nach so was Ausschau halten. Aber ich hab alles aufgehoben für ihn!«

»Sie haben gerade gesagt, Sie hätten sich so Ihre Gedanken gemacht«, kam Hannah auf den Satz davor zurück. »Was haben Sie denn gedacht, was los sein könnte?«

»Na, dass er sich bestimmt irgendwo vergnügt! Man ist ja nicht schlau aus ihm geworden, weil er auch mit niemandem viel geredet hat, aber ich bin nicht die Einzige hier in der Straße, die glaubt, dass er ... Na, Sie wissen schon!« Die nächsten Worte flüsterte sie in den Hörer: »Dass er ein 175er ist!«

Hannah hatte die Bezeichnung so lange nicht mehr gehört, dass sie eine Sekunde brauchte, bevor sie verstand.

»Sie meinen, Ihr Nachbar ist vielleicht homosexuell?«

»Ja, schon! Das haben Sie jetzt aber nicht von mir, hören Sie? Ich habe nichts gesagt.«

»Er hatte einen Unfall«, erklärte Hannah brüsk. »Er liegt schwer verletzt hier im Krankenhaus. Und nein, Sie können ganz unbesorgt sein, es war bestimmt kein eifersüchtiger Liebhaber, der ihm das angetan hat.«

Noch bevor die Nachbarin reagieren konnte, hatte Hannah bereits das Gespräch beendet.

Fast zeitgleich kam die Meldung, dass man Schulze-Raabs Auto gefunden hatte. Hannah hatte eine entsprechende Suchmeldung an die Dienststellen der Polizei in

Bayern geschickt, ein Streifenwagen in Augsburg hatte den roten Skoda auf dem Parkplatz am Bahnhof entdeckt – mit einem Stapel Tickets hinter dem Scheibenwischer wegen des Überschreitens der Parkzeit.

Schulze-Raab war also womöglich – entgegen seiner sonstigen Gewohnheit – mit der Bahn irgendwohin gefahren. Aus welchem Grund auch immer. »Und zwei Wochen später ist er so gut wie verhungert in Felchensee aufgetaucht …«, murmelte Hannah. »Wo war er in der Zeit dazwischen?«

Die nächste Stunde verbrachte sie damit, das Netz nach weiteren vermissten Personen zu durchforsten. Dazu hatte sie sich eine Liste der maßgeblichen Restaurantkritiker ausgedruckt, um die Namen mit den Vermisstenmeldungen zu vergleichen. Sie hatte dreizehn namhafte Kritiker gefunden, die für Zeitungen wie die ZEIT, die Süddeutsche, die NZZ oder irgendwelche Food-Hochglanz-Magazine schrieben. Keiner von ihnen galt als vermisst. Auch als sie die Suche um die neue Sparte der »Food-Blogger« erweiterte, blieb das Ergebnis unverändert.

Schon während der letzten halben Stunde hatte Hannah das Gefühl gehabt, dass es immer kälter im Büro würde. Als sie jetzt fröstelnd an den Heizkörper trat, waren die Rippen eiskalt, obwohl der Regler auf der höchsten Stufe stand. Sie wollte eben einen Kollegen fragen, ob es in den anderen Büros genauso war, als ihr auf dem Gang der Hausmeister des Gebäudes entgegenkam, in dessen Erdgeschoss die Polizeiwache untergebracht war.

Mit einiger Mühe interpretierte sie sein genervtes Gebell als »Heizung ist ausgefallen, im ganzen Haus!«

»Und ... das wird wie lange dauern?«

»Bis zu die Osderdoge wann's heraußen wiada woarm wird.«

»Also heute nicht mehr?«, vergewisserte sich Hannah noch mal für den Fall, dass sie den Satz nicht ganz richtig verstanden hatte.

»Naa.«

Der Mann verschwand ohne ein weiteres Wort im Treppenhaus.

Hannah blickte auf die Uhr. Bis der Sternekoch um fünf bei ihnen erscheinen würde, konnte sie auf keinen Fall in der Kälte ihres Büros hocken, ohne sich nicht mindestens eine fiese Erkältung einzuhandeln. Sie brauchte wenigstens ihre Skiunterwäsche, die sie sich wohlweislich noch in Oldenburg gekauft hatte. Und vielleicht auch den kleinen Heizlüfter, den sie vor einigen Tagen im Putzschrank ihrer Wohnung entdeckt hatte.

Kurz entschlossen schnappte sie sich ihren Parka und erklärte Schmidtchen, die am Dienstplan für die kommende Woche schrieb: »Ich lauf nur schnell nach Hause und hol mir was Warmes zum Anziehen.«

»Bringst mir einen heißen Punsch vom Stand am Busparkplatz mit? Den für die Kinder, wo kein Alkohol drin ist, ja?«

»Mach ich«, versprach Hannah und winkte ab, als die Kollegin ihre Geldbörse zückte. »Lass mal, alles okay.«

»Dank dir. Du hast was gut bei mir.«

Schmidtchen war die Einzige auf der Dienststelle, die Hannah von Anfang an geduzt hatte. Mit einer Selbstverständlichkeit, die Hannah mittlerweile sehr zu schätzen wusste, wenngleich sie zunächst noch gedacht hatte, dass Schmidtchen damit eigentlich nur die Rollen klarmachen wollte: Stell dich gut mit mir. Denk immer daran, dass ohne mich hier gar nichts geht.

Während Hannah dann im Laufschritt durch den Ort in Richtung Kurpark eilte, nahm sie sich fest vor, Schmidtchen bei nächster Gelegenheit auf ein Glas Wein am Abend einzuladen. Schmidtchen und vielleicht auch gleich die junge Kommissarsanwärterin. Tatjana. Tatjana Fischer aus Wasserburg. Es konnte nicht schaden, wenn sie sich mal ein bisschen mehr um die Kollegen bemühte. Vielleicht sollte sie noch mal »zurück auf Anfang« gehen und sich und den anderen eine zweite Chance geben. Erst mal mit den beiden Frauen im Team. Die Typen konnten ruhig noch ein wenig warten.

Als Hannah die Einfahrt zum Haus erreicht hatte, warf sie wie immer einen kurzen Blick zu ihrem Auto hinüber, das neben dem Pick-up der Vermieterin geparkt war.

Natürlich war Utas Auto sorgfältig von Schnee und Eis befreit, Uta benutzte ihn ja täglich. Auch der Wagen des jüngeren Ehepaars, das jeden Morgen zu einer Wandertour aufbrach, war schneefrei. Hannahs kleiner roter Fiat hingegen – ihre »Knutschkugel«, wie sie ihn liebevoll nannte – war unter einer dicken Schneehaube verborgen.

Der Parkplatz lag im Schatten des Hauses, da hatte auch die Sonne vom Tag zuvor nichts ausrichten können. Aber etwas war anders als noch am Morgen. Jemand hatte etwas in den Schnee auf der Kühlerhaube gemalt. Und das sah aus wie ... Hannah trat näher. Ihr Herzschlag beschleunigte sich, als sie die beiden Ziffern im Schnee erkannte. Es war kein Zweifel möglich, sie täuschte sich nicht.

Die Zahl stammte von einem Erwachsenen, keinem Kind. Ein Erwachsener, der Handschuhe getragen hatte. Über dem linken Scheinwerfer war ein Abdruck, wo er sich mit der zweiten Hand aufgestützt hatte.

Die Ränder der Ziffern wirkten ähnlich unscharf wie die Wundränder auf Schulze-Raabs Stirn. Nur dass es hier keine »9« war, sondern eine »10«.

✝

Klar war es blöd von ihm, erst noch in die Kirche zu gehen. Aber er wollte nichts weiter, als den Herrgott im Himmel um Unterstützung zu bitten. Eine Opferkerze anzünden. Ein schnelles Gebet sprechen. Einen kleinen Moment der Zwiesprache, nur der himmlische Vater und er. Um zu erklären, was er vorhatte. Eine Botschaft, damit die Leute es endlich verstehen würden. Die Asche, die Zahl auf seiner Stirn, der Ort, an dem er aufgefunden werden sollte ...

Er weiß bis heute nicht, wie der Gastrokritiker es geschafft hat, sich aus dem Auto zu befreien und zu entkommen. Noch dazu in seinem Zustand, so geschwächt, wie er war, und vollkommen nackt!

Er kapiert es nicht, aber es ist dem Mann gelungen. Das Auto war leer, als er aus der Kirche zurückkam. Die hintere Tür offen und der Mann verschwunden.

Und es war zu gefährlich gewesen, seiner Spur im Schnee zu folgen. Das Risiko, dass ihn jemand sah, hatte er nicht eingehen wollen. Wie recht er damit hatte, zeigt ja die Geschichte mit den Frauen, die ihm in der schmalen Gasse fast ins Auto gerannt sind. Und dann ist ohnehin alles aus dem Ruder gelaufen. Dieser dämliche Skiläufer, der plötzlich aus dem Schneetreiben aufgetaucht ist. Auf einer vierspurigen Straße!

Aber er hätte ihn da nicht liegen lassen dürfen, das war schon wieder ein Fehler gewesen. Er hätte ihn dahin schaffen müssen, wo auch die anderen waren. Und wo auch die Polizistin landen würde, wenn sie ihm noch näher kam. Unauffindbar. Für immer.

8. KAPITEL

»Kinder«, sagte Uta nur schulterzuckend, nachdem Hannah sie mit nach draußen geschleppt und ihr die Zahl auf der Kühlerhaube gezeigt hatte. Hannah war so nervös, dass es Uta kaum entgangen sein konnte, gleichzeitig aber hatte sie das Gefühl, dass auch ihre Vermieterin sich bei dem Abdruck im Schnee erschrocken hatte. Und dass ihre Erklärung mit den Kindern viel zu hastig kam, als wäre sie sich selbst nicht ganz sicher.

»Sie kommen hier manchmal auf dem Heimweg von der Schule entlang und machen irgendeinen Blödsinn, das ist alles. Aber was hast du denn? Du bist ja ganz bleich vor Schreck!«

Hannah schüttelte den Kopf. »Nein, Uta, das waren keine Kinder. Guck hier, der Abdruck über dem Scheinwerfer, das ist die Größe einer Männerhand.«

Uta zuckte mit den Schultern. »Dann war es halt ein Feriengast, der sich einen Spaß gemacht hat! Was meinst du, wie oft sie mir schon etwas in den Schnee auf der Scheibe gemalt haben, und das war nicht lustig! Solche Sauereien, wie nur Männer sie im Kopf haben, wenn sie zu viel Schnaps hatten, weißt du? Sei froh, dass es bei dir nur die Zehn da ist, wisch es halt weg, warte, ich helf' dir!«

Uta beugte sich vor und wollte den Schnee mit dem Ärmel von der Haube fegen.

»Nein, nicht! Ich will erst noch ein Foto machen!« Hannah zückte ihr Handy.

»Jetzt spinnst du aber ein wenig, gell?« Uta tippte sich an die Stirn. »Was machst du denn da für ein Getöse wegen nichts?«

»Das ist nicht nichts, sorry, Uta, aber ... Ich glaube, das ist kein Zufall. Das gilt mir.« Hannah machte das Bild und schob das Handy zurück in die Tasche.

Uta musterte sie mit einem Blick, der jetzt etwas Lauerndes hatte. Wie ein wildes Tier, das gerade die Witterung einer Beute aufgenommen hat, dachte Hannah irritiert.

»Es hat etwas mit dem Fall zu tun, an dem du arbeitest, richtig?«, fragte Uta.

»Hat es, ja. Du bist dir sicher, dass du niemanden gesehen hast, der ... hier bei den Autos war?«

»Der Postbote war hier, sonst keiner. Können wir jetzt wieder reingehen? Du verrätst mir ja ohnehin nicht, was los ist, oder?«

»Nein, Uta, ich erkläre es dir alles später, versprochen. Im Moment weiß ich ja selber noch nichts. Ich habe nur ein paar lose Fäden, die sich nicht verknüpfen lassen. Ich muss auch zurück zum Revier, ich wollte nur schnell meine Skiunterwäsche anziehen, bei uns ist die Heizung ausgefallen. Du glaubst gar nicht, wie kalt das da im Büro ist. Und wir haben am späten Nachmittag noch einen wichtigen Termin. Hoffentlich bin ich bis dahin nicht längst erfroren.«

»Verhört ihr einen Verdächtigen?«

»Was? Wie meinst du das?«

»Na, weil ihr doch nach dem Auto sucht! Habt ihr den Fahrer, der den Max Uhl auf dem Gewissen hat? So eine unglaubliche Sauerei, einen Menschen umzufahren und dann einfach zu verschwinden und ihn da liegen zu lassen. Hat er noch gelebt, als das Dreckschwein abgehauen ist?«

»Das wissen wir erst nach der Obduktion. Die Leiche ist noch im Gerichtsmedizinischen Institut in München.«

»Ich wünsch euch, dass ihr ihn kriegt. So einer darf nicht frei rumlaufen!« Uta legte Hannah die Hand auf den Arm. »Ihr glaubt, dass es dasselbe Auto war, das ihr schon wegen dem anderen Mann sucht, oder? Wegen dem, der jetzt im Krankenhaus liegt? Aber der lebt noch, oder? Hat er schon was gesagt, könnt ihr ihn vernehmen? Ach komm, ich weiß ja, dass du nichts sagen darfst, aber soll ich dir nicht wenigstens noch rasch eine Suppe warm machen, bevor du wieder losmusst?«

»Danke, Uta, aber dafür reicht die Zeit wirklich nicht.«

»Übertreib's nicht mit dem Fasten, hörst du!«

Uta drehte sich abrupt um und verschwand im Haus.

Hannah wurde nicht so recht schlau aus dem letzten Satz der Vermieterin, manchmal konnte sie nur schwer entscheiden, ob Uta etwas ironisch meinte – oder ob es ihr bitterer Ernst war!

Während sie sich umzog, grübelte sie weiter über die »10« im Schnee nach. Es hatte etwas mit Schulze-Raab zu tun, davon war sie überzeugt.

Die »10« war eine Botschaft! War Schulze-Raab womöglich das neunte Opfer gewesen? Hatte er deshalb die blutige »9« auf seiner Stirn gehabt? Das wäre ein neuer Ansatz, dann müsste es noch sieben weitere Vermisstenfälle geben, acht, wenn sie den ersten Gastro-Kritiker mitzählte. Sieben Namen, die sie ausfindig machen musste.

Aber wer war dann die Nummer »10«? Oder … Für eine Sekunde stockte ihr Atem. Sollte sie selber vielleicht die »10« sein, war das Ganze eine Warnung?

»Lächerlich«, stieß sie zwischen den Zähnen hervor. Ganz sicher war sie sich nicht. Noch einmal warf sie einen Blick auf das Handy-Foto, dann eilte sie die Treppe hinunter und war gerade aus der Tür, als sie Uta bemerkte.

Uta, die mit dem Besen dabei war, den Schnee von Hannahs Auto zu fegen. Die Haube leuchtete bereits wieder rot, auch die Windschutzscheibe war frei. Nur auf dem Dach lag noch eine weiße Schicht.

»Was tust du da?«

»Wonach sieht's denn aus?« Uta schob den Schnee vom Dach, ohne sich zu Hannah umzuwenden. »Ich kümmer mich darum, dass nicht noch mehr Deppen auf die Idee kommen, ihre kleinen Kunstwerke hier zu hinterlassen. So, fertig, Fall erledigt.«

Sie lehnte den Besen an die Hauswand.

»Das war nicht nötig, Uta!«, sagte Hannah. Sie merkte

selber, wie verärgert sie klang. Aber sie *war* verärgert! »Du hättest mich vielleicht erst fragen sollen, du hast doch gemerkt, dass ich das nicht für einen dummen ... Zufall gehalten habe.«

»Du hast ja noch dein Foto zur Erinnerung, alles gut, oder? Ich wollte dir nur einen Gefallen tun.«

Als sich Uta brüsk umdrehte und im Haus verschwand, überlegte Hannah für einen Moment, ob sie ihr nachlaufen und sich entschuldigen sollte. Uta hatte es ja nur gut gemeint – und sie selber war so dünnhäutig, dass sie einfach überreagierte.

Aber sie hatte keine Lust, jetzt noch mal mit Uta zu reden. Sie würde ihr heute Abend eine Kleinigkeit aus dem Ort mitbringen, das war besser. Sie wusste sogar schon, was! Dann konnte sie auch gleich noch die Spielzeug-Pistenraupe für Rio kaufen, die sie ihm am Wochenende mitbringen wollte. Das Ding würde gut zu seiner Sammlung von Bulldozern und Baustellenlastern passen. Und wie sie ihren Sohn kannte, würde der Pistenbully dann die nächsten Tage über jeden Morgen das Frühstück auf dem Tisch hin und her schieben – und Rios Vater zur Verzweiflung treiben!

Erst als Hannah schon an der Straßenecke war, merkte sie, dass sie automatisch in ihren Jogginglaufschritt verfallen war. Als würde das gleichmäßige Tempo ihr helfen, das Chaos in ihrem Kopf wenigstens ansatzweise zu ordnen.

Die Zehn, diese verdammte »10« auf ihrem Auto – was

hatte das zu bedeuten? War es vielleicht doch nur ein Zufall, ein Feriengast, der seiner Frau zum zehnten Jahrestag gratulieren wollte, weshalb er jetzt beim Spaziergang die Welt mit in den Schnee gemalten Zehnen beglückte?

Hannah wusste, dass sie sich etwas vormachte, nur um sich selbst zu beruhigen. Doch das funktionierte ohnehin nicht. Die »10« auf ihrem Auto war eine Botschaft, so viel war sicher. Sie beschloss, die Idee mit der Warnung zu ignorieren. Damit blieb nur die Botschaft. Jemand wollte ihr mitteilen, dass es über kurz oder lang ein zehntes Opfer geben würde. Aber wer war dieser Jemand? Der Täter? Der, der Schulze-Raab entführt hatte? Konnte das sein? Warum sollte er ihr eine Botschaft schicken? Spielte er ein Spiel mit ihr, wollte er sie herausfordern, wie bei einer Wette? Ich bin schlauer als du, du kriegst mich nicht. Ich bin dir immer einen Schritt voraus ...

Es würde zu ihrer Theorie passen, dass bereits die »9« auf Schulze-Raabs Stirn eine Botschaft gewesen sein könnte, ebenso die Asche, mit der er eingerieben worden war. Dass er genau so gefunden werden sollte. Und wer auch immer dahintersteckte, wusste jetzt, dass Hannah den Fall übernommen hatte. Mehr noch, er wusste, wo sie wohnte, welches Auto sie fuhr ...

Es gab jemanden, der sie kannte und der sie beobachtete. Und er war ihr tatsächlich einen Schritt voraus. Noch. Aber Hannah war fest entschlossen, das zu ändern.

Der nächste Gedanke ließ sie unwillkürlich das Lauftempo erhöhen. Konnte es sein, dass das zehnte Opfer bereits in der Gewalt des Täters war? Und dass es jetzt an ihr war, die vermisste Person rechtzeitig zu finden? Bevor … bevor was?

Hannah konnte im letzten Augenblick stoppen, als ihr an der Ecke zum Kurpark plötzlich ein Rollstuhl den Weg versperrte. Die Frau im Rollstuhl starrte sie ausdruckslos an, ohne jede Regung, als wäre sie weit weg, in einer anderen Welt. Hannah kannte diesen Ausdruck nur zu gut, ihr Großvater hatte die letzten beiden Jahre seines Lebens regungslos in seinem Pflegebett gelegen, ohne seine Frau, seine Kinder, seine Enkelkinder zu erkennen. Das einzige Wort, das noch über seine Lippen kam, war das verzweifelte »Haaallo«, das Hannah schon hören konnte, wenn sie noch auf dem Gang vor seinem Zimmer war. Die Oma war noch vor dem Großvater gestorben, »Herzschmerz« hatte der Arzt gesagt, der den Totenschein ausstellte, sie hatte es nicht verkraftet, ihren Mann Tag für Tag so zu sehen. Eine Woche danach hatte sich dann auch der Großvater mit einer Lungenentzündung für immer verabschiedet, eine häufige Todesursache bei Alzheimer.

»'tschuldigung«, murmelte Hannah, »ich wollte Sie nicht erschrecken, ich war in Gedanken ganz woanders …«

Erst jetzt blickte sie von der Frau hoch zu dem Mann, der den Rollstuhl schob. »Oh, Sie …?«

»Alles gut«, sagte Huber, »ist ja nichts passiert.«

»Ich …«, stammelte Hannah. »Ich wollte eben …«

»Zurück zum Revier, schon klar. Es ist gut, dass ich Sie

gerade treffe, ich habe Ihnen eine Nachricht auf den Tisch gelegt, die eine Sache betrifft ... In unserem Fall gibt es etwas Neues. Und das andere kann ich Ihnen jetzt auch gleich persönlich sagen. Sie müssen diesen Koch nachher alleine vernehmen, Sie wissen ja, worum es geht. Ich habe mir für den restlichen Tag freigenommen. Ich denke, Sie müssen mich nicht mehr fragen, ob ich meinen Abend am Stammtisch in der Hubertus-Klause verbringen werde – oder gar im Swingerclub, wie Sie ja beim letzten Mal gemutmaßt haben.«

»Aber ... Es tut mir so leid, ich konnte doch nicht wissen ...«

»Merken Sie sich's für die Zukunft, es ist nicht immer alles so, wie es scheint.«

Mit einem kurzen Nicken setzte er den Rollstuhl wieder in Bewegung. Sein Gang hatte etwas Schlurfendes, was Hannah auf der Dienststelle bislang nicht aufgefallen war, er lief weit nach vorne gebeugt. Hannah hätte wetten können, dass sein Blick sich gerade nicht allzu sehr von dem seiner Frau unterschied.

Ganz kurz hatte sie wieder das Bild ihres abgehärmten Großvaters vor Augen.

Hannah wollte eben zum Busparkplatz vor dem Hotel abbiegen, um den Becher Punsch für die Kollegin zu holen, als ihr Handy klingelte. Kallmann!

»Es tut mir leid, Frau Kommissarin, aber ich muss unser Treffen absagen. Diese Mönche haben es faustdick hinter den Ohren, die haben mich glatt besoffen gemacht mit ihrem Klosterbräu, ich kann unmöglich noch Auto fahren.« Er lachte. Tatsächlich klang seine Stimme ein wenig verwaschen, als hätte er Mühe, die Konsonanten sauber voneinander zu trennen.

Hannah war sich nicht sicher, ob ihr seine Absage nicht sogar gelegen kam. Im Gegensatz zu Huber hielt sie den Koch ja ohnehin nicht für verdächtig. Andererseits hatte sich die Lage seit ihrem kurzen Abstecher nach Hause deutlich verändert – es gab jemanden, der wusste, wo sie wohnte. Und genau das hatte sie Kallmann auch erzählt. Dass sie im Haus »Bergblick« wohnen würde. Bei ihrem ersten Gespräch, am Tag nach dem … Zwischenfall in seinem Restaurant, als sie mit dem Fiat zu ihm gefahren war, weil es in Strömen geregnet hatte … Er kannte also auch ihr Auto!

»Sind Sie gerade wirklich noch im Kloster am Ammersee?«, fragte sie in einem vertraulichen Ton, der signalisieren sollte, dass sie ihm nichts Böses wollte, falls sie ihn tatsächlich bei einer kleinen Lüge ertappt hätte.

»Natürlich, glauben Sie mir etwa nicht?«

»Beweisen Sie es!«

»Moment!« Kallmann durchquerte einen Raum, seine Schritte hallten laut auf einem Stein- oder Fliesenboden.

Im Hintergrund meinte Hannah, jetzt auch weitere Stimmen zu hören. Sie nutzte den Augenblick, um sich die Homepage des Klosters aufzurufen.

Gleich darauf meldete sich einer der Klosterbrüder: »Bruder Franz, was kann ich für Sie tun?«

»Kriminalkommissarin Hannah Meyer aus Felchensee. Ich würde gern Ihren Vertriebsleiter sprechen. Ist das möglich?«

»Den Peter oder den Maximilian, welchen wollen Sie? Sind beide da.«

Beide Namen standen auf der Webseite.

»Ach, wissen Sie«, sagte Hannah, »ich hab's mir gerade anders überlegt – geben Sie mir einfach den Herrn Kallmann wieder. Ich danke für Ihre Mühe.«

»Zufrieden?«, meldete sich der Sternekoch.

»Zufrieden, alles gut. Aber übertreiben Sie es nicht mit dem Feiern Ihrer neuen Geschäftsbeziehung, hören Sie? Ich möchte Sie morgen Vormittag auf dem Revier sehen, ohne Ausreden. 10.00 Uhr. Sonst muss ich Sie holen lassen, und das wollen Sie doch ganz sicher nicht, oder?«

»10.00 Uhr ist schlecht, da muss ich eigentlich zu dem Bauern, von dem ich mein Rindfleisch beziehe, ich meine, das brauch ich rechtzeitig in der Küche, sonst ... Schon gut, schon gut, sagen Sie nichts, 10.00 Uhr, ich werde da sein.«

»Wir sehen uns.«

»Alles klar, Kommissarin, pass auf dich auf! Und pfiatdi!«

Was sollte dieses »Pass auf dich auf« jetzt wieder, dachte Hannah. Nein, rief sie sich zur Ordnung, du siehst Gespenster, hör auf damit. Er ist ein wenig betrunken, und er weiß nicht so recht, wie er mit dir umgehen soll. Außerdem flirtet er ganz gerne, und das macht er durchaus charmant, das habe ich schon gemerkt, als er mir sein

Risotto gekocht hat. Seinen Risotto! Eigentlich ist es schade, dass er irgendwie in diesen Fall verwickelt ist, unter anderen Umständen würde ich mich ja glatt noch mal zu einem Risotto von ihm einladen lassen …

Erst als sie schon wieder in der Dienststelle war und Schmidtchen von ihrem Schreibtisch aus fragend zu ihr blickte, fiel Hannah ein, dass sie den Punsch über ihrem Telefonat völlig vergessen hatte.

»Oh, nein!« Sie schlug sich mit der flachen Hand vor die Stirn. »Ich mach's wieder gut, wirklich. Es war nur, weil … Ich bin ein bisschen durcheinander. Erst habe ich den Hauptkommissar getroffen, mit seiner Frau, und …«

»Dann weißt jetzt, was los ist? Glaub mir, vor einem Jahr war er noch ein ganz anderer, ein Pfundskerl, sogar als Vorgesetzter, kein Vergleich mit dem Griesgram von heute. Pech für dich, dass du ihn erst jetzt kennenlernst. Ach so, die Heizung läuft wieder, ist also nicht so schlimm mit dem Punsch. Hole ich mir halt einen Kakao vom Automaten. Willst du auch einen?«

»Noch mal sorry, und ja, gerne! Bringst du mir einen mit? Das wäre klasse! Ich will nur rasch sehen, was für eine Nachricht mir der Huber auf den Schreibtisch gelegt hat, dann komm ich zu dir, und wir reden ein paar Sätze!«

Kaum dass Hannah dann allerdings Hubers Nachricht gelesen hatte, vergaß sie sowohl den Kakao als auch ihren spontanen Vorstoß in Sachen Team-Spirit.

Huber hatte ihr eine Vermisstenmeldung ausgedruckt. Vom selben Tag. Von der Polizeidienststelle in München-

Pasing. Eine Tochter hatte ihre Eltern als vermisst gemeldet. Ein Ehepaar Mitte sechzig, das seit Jahren die Restaurantempfehlungen der Feinschmecker-Magazine abarbeitete und bereits bei nahezu jedem Sternekoch gegessen hatte. Und diesmal waren sie in Felchensee gewesen – im neuen vielgepriesenen Restaurant von Sascha Kallmann!

Die Tochter hatte noch zu Protokoll gegeben, dass die Eltern ihr eine begeisterte Nachricht geschickt hatten: *Für das Essen hier könnte man glatt sterben!* Danach fehlte jede Spur von ihnen.

Laut Aussage ihrer Tochter hatten die beiden noch am Abend zurück nach Pasing fahren wollen, weil ihnen kein Hotel in Felchensee zugesagt hatte: »Meine Eltern legen Wert darauf, ausschließlich in Fünf-Sterne- oder Superior-Hotels abzusteigen, da wäre in der Umgebung nur Schloss Elmau in Frage gekommen, aber da ist gerade irgendeine Konferenz, deshalb ging das nicht. Mein Vater hat sich noch aufgeregt, dass er jetzt mit dem Trinken aufpassen muss, weil sie abends nach Hause fahren.«

Als die Tochter dann am nächsten Morgen wie verabredet zum Frühstück bei ihren Eltern erschien, stand sie vor verschlossenen Türen.

Eine erste Anfrage der Polizei in den Krankenhäusern entlang der mutmaßlichen Fahrstrecke war ohne Ergebnis geblieben, für die Nacht von Sonntag auf Montag waren auch keine Verkehrsunfälle gemeldet worden.

Hastig zog sich Hannah einen Zettel heran. Schulze-

Raab war am Samstagabend gefunden worden, dieses Ehepaar war jetzt seit Sonntagabend verschwunden. Einen Tag später. Sie zweifelte keinen Moment daran, dass sie ihre »10« gefunden hatte – die Gourmets aus Pasing.

Noch während sie erneut Sascha Kallmann anrief, erschien die Kollegin mit dem Kakao in der Tür. Hannah winkte nur dankend mit der Hand, schulterzuckend setzte Schmidtchen den Becher auf ihren Schreibtisch und ging wieder.

Kallmanns Stimme klang jetzt deutlich verwaschen. Und kaum, dass Hannah ihre Frage gestellt hatte, wich auch jede Freundlichkeit aus seinem Ton, er reagierte so unwirsch, dass Hannah fürchtete, er würde jeden Moment die Verbindung unterbrechen.

»Weiß ich nicht. Ich erinnere mich nicht, da sind jeden Abend zig Gäste bei mir, woher soll ich …«

»Ein Ehepaar Mitte sechzig, der Mann mit grauem Vollbart, die Frau weißblond, schulterlange Haare«, gab Hannah die Personenbeschreibung aus der Vermisstenmeldung wieder. »Und sie waren begeistert vom Essen, sie haben ihrer Tochter sogar ein Selfie aus dem Restaurant geschickt – mit dem Koch, mit Ihnen!«

»Ach, die waren das, ja«, gab Kallmann zögernd zu. »Anstrengende Leute, meinen alles zu wissen, nur weil sie von Restaurant zu Restaurant pilgern. Da kommen dann gerne solche Sätze wie ›Also das macht der René Redzepi in Kopenhagen aber anders‹. Habe ich immer mal wieder, solche Leute.«

»Haben Sie denn noch mit dem Ehepaar gesprochen? Haben die Ihnen vielleicht erzählt, wo sie übernachten wollten oder ...«

»Sie hören nicht zu, Kommissarin! Ich hab's doch schon gesagt: Ist mir zu anstrengend, interessiert mich nicht, was das für Leute sind, ich mach das Selfie und kritzel auch ein Autogramm auf die Menükarte, wenn sie wollen, und dann muss ich ganz schnell wieder in meine Küche! Ich kann's auch anders sagen: Es gibt zwei Sorten von Gourmets, die einen genießen wirklich und sagen hinterher einfach ›danke‹, die anderen spreizen sich und nerven. Genau wie Sie gerade – ich muss jetzt aber ganz schnell wieder in die Küche, ich mach nämlich einen Risotto für die Mönche.«

Sie hörte ihn kurz lachen, dann war die Verbindung unterbrochen. Aber vielleicht hatte Kallmann gerade unwissentlich das richtige Stichwort geliefert, dachte Hannah. Womöglich musste sie gar nicht unbedingt nach Gastrokritikern suchen – es kamen auch einfach nur ... passionierte Esser in Frage. Plötzlich schienen ein paar Puzzleteile von ganz alleine an den richtigen Platz zu fallen, es ging gar nicht um Kritiker und Sterneköche und ihr oftmals angespanntes Verhältnis zueinander, sondern um ... Gourmets, um Leute, die im wahrsten Sinne des Wortes für ein gutes Essen sterben würden.

Und offensichtlich hatte es sich jemand zur Aufgabe gemacht, ihnen dabei zu helfen. Blieb noch die Frage nach dem Motiv.

Der nächste Gedanke ließ Hannah mit zittrigen Fingern den Computer hochfahren. Schulze-Raab war mit Asche eingerieben worden. Asche als Zeichen der Buße. Und die Fastentage bis Ostern waren eine Zeit der Buße. Nicht nur Schulze-Raab war während dieser Tage verschwunden – wenn sie sich richtig erinnerte, war der andere Restaurantkritiker im Altmühltal genau im gleichen Zeitraum als vermisst gemeldet worden. Irgendwann im März. Mitten in der Fastenzeit!

Zwanzig Minuten später hatte Hannah eine Liste von vermissten Personen aus den letzten zehn Jahren, die in der Fastenzeit verschwunden waren. Und noch mal eine halbe Stunde danach hatte sie alle Personenangaben auf den jeweils letzten bekannten Ort überprüft, an dem sie vor ihrem Verschwinden gewesen waren.

Übrig blieben sieben Personen, die vorher ein Restaurant besucht hatten. Vier Sternerestaurants, zwei Hotelrestaurants, ein Gourmettempel.

Sieben Personen. Ein pensionierter Schönheitschirurg, eine früh verwitwete Firmeninhaberin, ein bekannter Fernsehschauspieler, ein ehemaliger Nationalspieler mit seiner Freundin, einem zwanzig Jahre jüngeren Model für Unterwäsche.

Hannah entschied, den Fußballspieler und sein holländisches Model als einen Fall zu rechnen. Das ergab sieben Vermisstenfälle. In sieben verschiedenen Jahren. Und alle zur Fastenzeit.

Wenn sie den Kritiker im Altmühltal hinzuzählte, waren es acht Jahre und acht Personen, mit Schulze-Raab neun, mit dem Ehepaar aus Pasing zehn.

Jedes Jahr einer, nur dieses Jahr zwei. Vielleicht, weil Schulze-Raab wieder aufgetaucht war. Von allen anderen fehlte jede Spur.

†

Er muss jetzt schnellstens ein paar Dinge in Ordnung bringen. Es wäre auf jeden Fall besser, wenn der Kritiker nicht mehr aus dem Koma aufwacht. Und vielleicht sollte er sich auch gleich etwas für die Polizistin einfallen lassen. Momo muss ja erst mal nichts davon erfahren. Noch nicht. Erst wenn die Sache erledigt ist. Sonst kommt Momo doch wieder nur mit irgendwelchen Einwänden. Außerdem will er endlich sagen können: Ich hab mich drum gekümmert. Du kannst zufrieden sein mit mir. Unser kleines Problem sind wir jedenfalls los.

2. BUCH

MOTIV

So fasten manche, dass sie sich dennoch vollsaufen und reichlich mit Fischen und anderen Speisen die Mägen sich über alle Maßen füllen.

(Martin Luther)

1. KAPITEL

Hannah war noch beim Frühstück – Müsli mit getrockneten Himbeeren und danach eine noch ofenwarme Kaisersemmel mit Utas selbstgemachtem Pflaumenmus aus den Früchten vom Baum im Garten –, als das Krankenhaus anrief. Schulze-Raab war aufgewacht!

»Er spricht nicht, reagiert aber auf Fragen mit Nicken oder Kopfschütteln«, erklärte die Stationsschwester. »Der Oberarzt meint, Sie können den Versuch machen, mit ihm zu sprechen. Fünf Minuten! Wenn das in Ordnung ist für Sie, dann …«

»Ich komme direkt zu Ihnen, jetzt gleich, noch bevor ich zur Dienststelle fahre.«

Mit Bedauern nahm Hannah schnell einen letzten Bissen von der Semmel, dabei fiel ihr Blick auf die Zeitung, die sie bislang wohlweislich nicht angerührt hatte, um sich nicht gleich morgens schon den Tag zu verderben.

Unter »Nachrichten aus aller Welt« stand eine dpa-Meldung, deren Schlagzeile ihr ins Auge sprang:

PASTOR STIRBT BEIM FASTEN

Der Text bestand nur aus wenigen Zeilen, ein evangelischer Pastor in Mosambik war bei dem Versuch gestorben, die Passage aus dem Matthäus-Evangelium nachzuahmen, laut der Jesus vierzig Tage und vierzig Nächte in der Wüste gefastet hatte. Der Pastor war nach knapp drei Wochen an akuter Schwäche und Herzversagen gestorben.

Fast kam es Hannah vor, als sollte ihr die kurze Zeitungsmeldung etwas sagen, einen Hinweis geben, eine Botschaft, ganz speziell für sie. Sie wusste, dass das Unsinn war, dennoch schien es ihr ein mehr als merkwürdiger Zufall zu sein, ausgerechnet jetzt von jemandem zu lesen, der die selbstauferlegte Fastenzeit nicht überlebt hatte. In einem Tausende von Kilometern entfernten Land in Afrika, aber mit demselben christlichen Hintergrund, mit dem auch sie gerade konfrontiert war.

»Vierzig Tage«, murmelte sie vor sich hin. »Darum geht es! Um diese vierzig Tage, die Jesus angeblich gefastet hat. Nur wer wie Jesus die vierzig Tage überlebt, ist es wert, gerettet zu werden ...« Wer auch immer hier Gott spielt, zwingt seine Opfer, vierzig Tage lang zu fasten, war ihr nächster Gedanke. Es war noch lange kein Motiv, aber ein neuer Ansatzpunkt für ihre Ermittlungen.

Sie suchte jemanden, der ... ja was? Sich zum Richter aufschwang? Zum Wächter über ... Sitte, Anstand, Moral? Den einzig wahren Glauben?

Wer sich der Völlerei schuldig macht, wird bestraft. Und die vierzig Tage sind die Gewähr, dass eine höhere

Instanz die Entscheidung trifft. Die höchste Instanz, die vorstellbar ist – Gott!

Ein religiöser Eiferer also? The Lord's deputy, so was in der Art?

Vielleicht ist es auch eine Sie, dachte Hannah, aber darum ging es gar nicht. Das Ganze erschien ihr so absurd und weit hergeholt, dass sie schon wieder zweifelte, ob sie nicht gerade auf dem besten Weg war, sich vollkommen zu verrennen.

Schließlich wusste sie nur zu gut, dass sie es nicht unbedingt mit einem rational handelnden Mörder zu tun haben musste. Also war womöglich auch das Motiv nicht klar zu erkennen. Vielleicht gab es gar kein *Warum*! Im Moment deutete alles auf einen Serienmörder hin, aber auch ein Serienmörder konnte jemand sein, der seine Opfer rein zufällig auswählte. Ein Verrückter, jemand, dessen Beweggründe kein normaler Mensch nachvollziehen konnte. Und den sie deshalb auch niemals finden würde, wenn sie sich zu sehr auf die *Warum*-Frage konzentrierte.

Einen Schritt nach dem anderen, ermahnte sie sich selbst: Sprich erst mal mit Schulze-Raab, er *muss* irgendwas wissen, das dir weiterhilft. Er ist die beste Option, die du haben kannst!

Hannah griff sich ihre Sachen, überprüfte noch einmal ihr Erscheinungsbild im Spiegel neben der Garderobe und verließ das Apartment.

Auf halber Treppe kam ihr Uta entgegen. »Ich wollte dich gerade holen. Unten an der Haustür ist jemand, der dir etwas sagen möchte. Aber sei bitte freundlich, es sind Nachbarn!«

»Ich habe eigentlich gar keine Zeit, ich muss …«

»Es ist wichtig. Und es wird auch nicht lange dauern.«

»Sind es Zeugen, die etwas gesehen haben?«, stellte Hannah die Frage, die ihr gerade am naheliegendsten erschien. »Das Auto, das wir suchen, oder …«

»Auto trifft es ganz gut«, unterbrach Uta sie erneut. »Aber nicht das, was du meinst. Jetzt komm schon, sie sollen es dir selber sagen!«

Die Nachbarn stellten sich als Vater und Sohn heraus. Hannah erkannte den Vater augenblicklich von den Plakaten, die im ganzen Ort hingen – die Ankündigung eines neuen Theaterstücks der Heimatbühne, das demnächst Premiere hatte. An den Titel erinnerte sie sich nicht, aber das Gesicht des offensichtlichen Hauptdarstellers blickte ihr leicht verlegen entgegen. Ganz anders als der Junge neben ihm, der sie so trotzig musterte, als wollte er sofort klarstellen, dass er nicht freiwillig hier war.

Der Vater streckte die Hand aus und stellte sich vor. Hannah nahm zumindest an, dass die nahezu unverständliche Aneinanderreihung von Silben sein Name war, Hofreiterrüdiger, vielleicht auch Hofmeister. Was auch immer er danach noch sagte, blieb ein Rätsel. Wahrscheinlich wurden die Stücke der Theaterbühne im Dialekt aufgeführt, anders konnte es eigentlich nicht sein, dachte Hannah.

Den Sohn verstand sie besser, zumindest was seine

Aussprache anging. »Ich bin gestern zehn geworden, deshalb haben wir das gemacht. Es tut mir leid. Ich mache das nicht wieder. Aber nächstes Jahr werde ich dann ja auch schon elf.«

»Aha«, sagte Hannah, während sie noch versuchte, aus seinen Sätzen schlau zu werden.

»Sie haben es überall auf den Autos gemacht, auf denen noch Schnee lag«, fühlte sich Uta verpflichtet zu sagen. »Ich hab's dir ja gleich gesagt, dass du Gespenster siehst.«

»Ach, *darum* geht es!« Hannah schüttelte irritiert den Kopf. »Entschuldigung, ich hab nicht gleich reagiert, weil ich …«

»WannsSieaSorgedeswegenhatten, tuatsunsleid«, erklärte der Vater und verpasste seinem Sohn eine Kopfnuss. Was der umgehend mit einem breiten Grinsen beantwortete.

»Ja, gut, danke jedenfalls, dass Sie deshalb extra zu mir gekommen sind. Vielen Dank, wirklich. Und jetzt muss ich aber los, ich bin ohnehin schon zu spät.«

»Ich hab's dir gleich gesagt«, wiederholte Uta. Diesmal klang es fast triumphierend. Als hätte sie Hannah einen unwiderlegbaren Beweis geliefert. Vielleicht hat sie ihre Nachbarn auch nur darum gebeten, mir diese Geschichte aufzutischen, dachte Hannah unwillkürlich. Um mich zu beruhigen oder um recht zu behalten. Oder …

»Hör auf, Hannah, du fängst wirklich an, Gespenster zu sehen,« murmelte sie, während sie ins Auto stieg und

Uta noch mal zuwinkte. »Lass es. Konzentrier dich auf die Fragen, die du Schulze-Raab stellen willst. Dir rennt die Zeit davon, du musst das Ehepaar aus Pasing finden, bevor es zu spät ist!«

Entgegen der telefonischen Mitteilung vom Morgen war Schulze-Raab dann allerdings nicht ansprechbar.

»Irgendwas ist passiert, wir wissen aber nicht, was«, informierte die Stationsschwester sie noch auf dem Flur. »Als ob er etwas gesehen hätte, das ihm Angst gemacht hat. Aber er war die ganze Zeit alleine, nur ich hab immer mal nach ihm geschaut.«

Der Arzt kam mit wehendem Kittel den Gang entlanggeeilt.

»Sorry, dass Sie sich umsonst herbemüht haben. Ich weiß ja, wie wichtig es Ihnen ist, ein paar Antworten zu bekommen, aber ...« Er breitete in einer hilflosen Geste die Hände aus. »Ich musste ihm etwas geben, alles andere hätte ich nicht verantworten können.«

»Das heißt ... er ist gar nicht ansprechbar?«

»Er hat Lorazepam bekommen. Er wird kaum reagieren. Aber Sie können es versuchen. Kommen Sie!« Der Arzt drehte sich zur Tür des Krankenzimmers und winkte Hannah mit dem Kopf, ihm zu folgen. »Ich begleite Sie. Sowie ich es für kritisch halte, brechen wir ab.«

»Okay, danke.«

Schulze-Raab hatte die Augen geschlossen. Auf seiner Stirn prangte ein Wundpflaster, der Bildschirm, der seine Vitalfunktionen anzeigte, piepte im Rhythmus des Herzschlags. Die Haut seines Gesichts wirkte wächsern. Wie bei einem Toten, dachte Hannah.

Der Arzt nickte ihr zu.

Als sie sich vorbeugte und Schulze-Raabs Hand leicht berührte, flackerten seine Augenlider.

»Alles in Ordnung«, flüsterte Hannah. »Ich bin von der Polizei, ich habe nur zwei oder drei Fragen an Sie, danach lasse ich Sie gleich wieder in Ruhe. Es reicht vollkommen, wenn sie nicken oder den Kopf schütteln.«

Sein rechtes Auge öffnete sich, sein linkes blieb halb geschlossen.

Hannah war sich nicht sicher, ob er sie überhaupt sah.

»Können Sie mich verstehen?«

Schulze-Raab nickte fast unmerklich.

»Sie waren im Moosgries essen. Erinnern Sie sich?«

Wieder nickte er.

»Und danach sind Sie entführt worden, ist das richtig?«

Sein offenes Auge schien sie zu durchbohren, als wollte er eine Bestätigung, dass sie real war. Sein Nicken war energischer als bei den beiden Malen davor.

»Sie sind gezwungen worden zu fasten?«

Diesmal zeigte er keine Reaktion.

»Sie haben nichts zu essen bekommen«, versuchte Hannah es erneut. »Sie wären fast verhungert …«

Schulze-Raab flüsterte etwas. Hannah beugte sich vor.

»Ich … kenne Sie. Sie waren im Moosgries. Sie …«

Hannah wagte nicht, ihn zu unterbrechen. Die Maschine hinter ihr piepte schneller. Sie merkte, dass der Arzt unruhig wurde.

Ich brauche Antworten, dachte Hannah. Jetzt! Bevor der Arzt das Ganze beendet!

»Haben Sie gesehen, wer Sie entführt hat? Wissen Sie, wo Sie ... gefangen gehalten wurden?«

»Ich konnte nicht bleiben! Es tut mir leid, aber ... mich durfte niemand sehen, auf der Damentoilette mit Ihnen!« Er stieß seine Sätze so hastig hervor, dass Hannah unwillkürlich die Luft anhielt, um nur ja kein Wort zu überhören. Jetzt rang er röchelnd um Atem. »Der Mann eben ...«

»Ja? Welcher Mann?«

»Der Mann, der mich entführt hat ...« Seine Stimme überschlug sich. »Es war derselbe Mann wie ... wie ...«, brüllte er und bäumte sich auf, während er zur Tür hinter Hannah blickte und wild mit den Armen um sich schlug, als wollte er einen Angriff abwehren.

Der Arzt stieß Hannah beiseite und drückte Schulze-Raab zurück aufs Kissen, während er beruhigend auf ihn einredete. Das Piepen der Maschine war fast in einen Dauerton übergegangen, die gezackte Linie auf dem Monitor war so flach, dass sie jeden Moment zu einem durchgehenden Strich zu werden drohte.

Während eine eilig herbeigeeilte Schwester den Anweisungen des Arztes folgte, schob eine zweite Hannah auf den Flur hinaus: »Warten Sie hier!«

Hannah hockte sich auf einen der hässlichen Besucherstühle und zog ihr Handy hervor, um Schulze-Raabs

Worte zu notieren. *Es war derselbe Mann wie …* Wie wer? *Der Mann eben …?*

Sie wollte gerade zum Getränkeautomaten gehen, um sich einen Kaffee zu holen, als der Arzt aus dem Zimmer kam.

»Noch mal Glück gehabt! Wir haben ihn wieder stabil. Aber ich kann nicht noch mal die Verantwortung für so was übernehmen, das werden Sie verstehen. Wir müssen abwarten.« Er zog sie ein Stück von der Tür weg und fragte vertraulich: »Hat er Ihnen etwas gesagt, das Ihnen weiterhilft?«

»Vielleicht, ich habe nicht alles verstanden. Leider!«

Der Arzt nickte. »Sein Gehirn weigert sich noch, die Erinnerung zuzulassen, die Sie mit Ihren Fragen angestoßen haben. Es versucht, ihn zu schützen. Und an seiner Reaktion am Schluss haben Sie ja selber gesehen, wie dünnhäutig er ist. Was immer da mit ihm passiert ist – er wird viel Zeit zum Verarbeiten brauchen. Und ohne psychologische Hilfe wird er nicht klarkommen. Aber erst mal müssen wir ohnehin zusehen, ihn wieder auf die Beine zu kriegen.«

Er zögerte, als würde er auf eine Erwiderung warten. Oder als wollte er noch mal nachfragen, was mir Schulze-Raab zugeflüstert hat, dachte sie. Meine Reaktion wird ihm nicht entgangen sein, der Moment, in dem ich verstanden habe, dass Schulze-Raab der Mann war, der mich auf der Toilette im Moosgries gerettet hat. Wahrscheinlich bin ich kreidebleich geworden, er ist Arzt, er erkennt solche Anzeichen sofort …

»Ist alles in Ordnung mit Ihnen, Frau Kommissarin?« Sein Blick drückte Besorgnis aus, die unausgesprochene Frage war ihm deutlich an den Augen abzulesen. Als sie nur nickte und mit den Schultern zuckte, drückte er kurz ihren Oberarm. »Ich melde mich bei Ihnen, sobald es etwas Neues gibt.« Dann eilte er über den Gang davon.

Erst jetzt wurde Hannah bewusst, welche Bedeutung die geflüsterten Sätze von Schulze-Raab für sie hatten. Ihr Atem ging keuchend, sie musste sich auf die Lippe beißen, um nicht laut loszuschreien.

Schulze-Raab hatte den Mann wiedererkannt. Den Mann aus dem Moosgries. Der sie eingeladen hatte, der ihr zur Toilette gefolgt war und sie ... Und der identisch war mit dem Kerl, der den Gastrokritiker entführt hatte.

Es war derselbe Mann, hatte Schulze-Raab in einem Zustand höchster Erregung gebrüllt. Und davor hatte er gesagt: »Der Mann eben ...«

Oder hatte sie sich verhört? Nein, sie war sich sicher, er hatte »eben« gesagt.

War doch noch jemand da gewesen? Hatte Schulze-Raab deshalb so panisch zur Zimmertür geblickt? Die Tür hatte ein Fenster. War der Kerl vielleicht nur auf dem Gang gewesen und Schulze-Raab hatte ihn durchs Fenster gesehen? *Der Mann eben. Derselbe Mann wie.* War Schulze-Raabs Entführer tatsächlich im Krankenhaus gewesen? Gerade eben noch ... Schulze-Raabs Entführer. Ihr Vergewaltiger.

Sie war so durcheinander, dass sie im Fahrstuhl den falschen Knopf drückte und dann erst vom »Basement« wieder nach oben in die Eingangshalle fahren musste. Der Pfleger, der vor ihr an der Krankenhaus-Rezeption vorübereilte, fiel ihr auf, weil er zu dem lila Kittelhemd eine ganz normale Jeans und schwere Winterstiefel trug. Vielleicht war es auch seine Haltung, diese Art, wie er den gesenkten Kopf von dem Mann in der gläsernen Loge abwandte, als wollte er sein Gesicht mit der FFP2-Maske verbergen. Als er auf Höhe der Toiletten plötzlich das Hemd über den Kopf streifte und achtlos auf einen Zeitungsständer warf, war Hannah klar, dass er kein Pfleger war. Aber noch etwas anderes ließ sie stutzen, ohne dass sie entscheiden konnte, ob es seine Stiefel waren oder ... vielleicht auch nur sein Gang. Die deutlichen O-Beine!

Sie beschleunigte ihre Schritte, um ihn einzuholen, wurde aber von einem Rollstuhlfahrer aufgehalten, der Schwierigkeiten mit der automatischen Tür am Ausgang hatte. Und als sie dann auf den Parkplatz hinauskam, sah sie gerade noch einen Wagen mit hohem Tempo auf die Rampe zur Ausfahrt einbiegen. Ein schwarzes SUV. Das Kennzeichen konnte sie nicht mehr erkennen, der Wagen war schon zu weit entfernt. Aber sie hätte wetten können, dass es kein Mercedes, kein BMW, kein Audi gewesen war, sondern ein japanisches Modell.

Sie war sich nicht sicher, welches SUV-Modell Stephan gefahren hatte. Sie konnte auch kaum die vielen neuen Marken voneinander unterscheiden, die es mittlerweile aus Korea, Japan oder China gab, aber auf jeden Fall hatte er ein schwarzes SUV gefahren. Made in China, Japan, Korea.

Und Stephan hatte ebenfalls O-Beine gehabt, das war ihr aufgefallen, als er an dem Abend im Moosgries kurz aufgestanden war, um im Vorraum zu telefonieren. Hannah erinnerte sich jetzt deutlich, dass sie seine Beine als einen Minuspunkt registriert hatte – gute Figur, breitschultrig, knackiger Po, aber völlig unmögliche Beine.

Noch während sie über den Parkplatz lief, rief sie im Handy die Nummer der Dienststelle auf. Als Tatjana sich meldete, zögerte sie noch mal eine Sekunde. Bildete sie sich womöglich nur etwas ein? Aber es passte alles. Der Mann eben hatte sich mit ziemlicher Sicherheit nur als Pfleger ausgegeben. Und der einzig mögliche Grund dafür war, dass er im Krankenhaus keinen Verdacht erregen wollte, wenn er ... ja, was? Wenn er Schulze-Raab besuchte, um die Geräte auszuschalten, die den Gastrokritiker am Leben erhielten?

Deshalb die Panikattacke von Schulze-Raab! Deshalb der Satz: »Der Mann eben.« Der Mann aus dem Moosgries. Stephan.

»Frau Kommissarin?« Tatjanas Stimme klang irritiert. »Sie wollten etwas?«

»Wir brauchen Personenschutz für Schulze-Raab«, blieb Hannah bei ihrer Entscheidung. »Den Gastrokritiker im Krankenhaus. Bitte kümmern Sie sich darum, dass einer der Kollegen das übernimmt.«

»Der Obermayr könnte das machen«, erwiderte Tatjana prompt und senkte die Stimme, um vertraulich hinzuzusetzen: »Der tut ohnehin nichts anderes, als Online-Poker auf seinem Computer zu spielen.«

»Dann der Obermayr also, prima. Schicken Sie ihn gleich los. Ach ja, falls Hauptkommissar Huber ... Sagen Sie einfach, ich hätte das Ganze angeordnet und übernehme die volle Verantwortung dafür.«

†

Es kommt ihm vor, als hätte sich alle Welt gegen ihn verschworen. Oder als hätte er den Herrn mit irgendetwas erzürnt. Vielleicht auch nur durch eine kleine Sünde, die ihm selber gar nicht bewusst ist. Möglicherweise hat er zu wenig gebetet. Das könnte gut sein, er hat ja den Kopf voll mit anderen Dingen. Eventuell hat er auch ein Gebot der Fastenzeit nicht genügend beachtet. Er hat Schokolade gegessen! Aber wirklich nur ein winziges Stückchen. Und er hat wieder jeden Abend ferngesehen. Weil er irgendetwas braucht, um abzuschalten. Natürlich weiß er, dass er auf alle Annehmlichkeiten verzichten soll, an die man sich so schnell gewöhnt. Das ist das Mindeste, was man tun kann, wenn man es ernst meint.

Er ist auch zu viel Auto gefahren, das weiß er selber. Aber das hatte nichts mit Bequemlichkeit zu tun, es ging einfach nicht anders.

Irgend so was wird es gewesen sein, worüber sich der Herr geärgert hat. Und deshalb läuft jetzt gerade alles schief, das ist die einzige Erklärung. So wie ja die Mutter immer gesagt hat: »Kleine Sünden straft der liebe Gott sofort.« Wenn der Vater ihn wegen eines Missgeschicks oder einer frechen Antwort mit in den Keller genommen hat, um ihn mit dem Hosengürtel zu schlagen.

Jetzt reicht es dann aber auch mal. Er hat es kapiert! Und schließlich wollte er doch nichts weiter, als einen dummen Fehler korrigieren. Dass der Kritiker schon geschrien hat, bevor er überhaupt an seinem Bett war, hat ihn ja selber in Gefahr gebracht. Damit konnte er nicht rechnen. Und er hat verdammt nochmal Glück gehabt! Er hat es gerade so geschafft, aus dem Zimmer zu kommen, bevor die Schwester da war.

Er hofft nur, dass es ihnen nicht gelungen ist, den alten Sack noch mal wiederzubeleben. Das wäre die eleganteste Lösung.

Allerdings hat er seine Zweifel. Verdammt ärgerlich, dass er es nicht noch mal überprüfen konnte. Aber er wollte das Risiko nicht eingehen, dass ihn jemand fragt, wo er hingehört. Deshalb hat er lieber so lange in dem Kabuff mit den Putzmitteln gewartet, bis er endlich unbemerkt durchs Treppenhaus abhauen konnte. Und er hat keine Ahnung, wieso die Polizistenschlampe ausgerechnet in dem Moment auftauchen musste, als er fast schon unten an der Tür war.

Aber es ist schade, dass er nicht dabei war, als sie die »10« auf ihrer Windschutzscheibe entdeckt hat. Ihr Entsetzen hätte er zu gerne gesehen. Ihre Angst, ihre Panik.

2. KAPITEL

Der Anruf von Huber kam keine zwei Minuten später. Anstelle irgendeiner Form von Begrüßung eröffnete der Hauptkommissar das Gespräch mit den Worten: »Ich bin in der Gerichtsmedizin.«

Und entgegen Hannahs Erwartung hatte sein Anruf nichts mit ihrer Anweisung zu tun, Schulze-Raab unter Personenschutz zu stellen. Aber das, was er ihr zu sagen hatte, ließ Hannah irritiert nachfragen: »Sie meinen, Sie werden ab sofort nicht mehr …?«

»Wie ich gerade gesagt habe«, unterbrach er sie. »Der Bericht des Gerichtsmediziners ist eindeutig, Uhl ist überfahren worden. Genickbruch beim Aufprall auf die Kühlerhaube, so lautet die Hypothese des Pathologen. Damit übergebe ich das Ganze jetzt an Sie. Und es liegt in Ihrem Ermessen, wie Sie weitermachen. Es tut mir leid, wenn es Ihnen so vorkommt, als würde ich Sie im Regen stehen lassen, aber meine Entscheidung ist schon lange überfällig. Meine Frau hat Alzheimer im fortgeschrittenen Stadium. Sie müsste eigentlich ins Pflegeheim, aber ich will versuchen, das so lange wie möglich zu vermeiden. Das heißt, ich werde mich auf unbestimmte Zeit vom Dienst beurlauben lassen, den Antrag habe ich bereits gestellt. Für die nächsten drei Wochen nehme ich erst mal meinen Jahresurlaub und bummel die aufgelaufenen Überstunden ab. Jetzt ist es also an Ihnen, Sie übernehmen ab sofort ganz offiziell die Leitung der Dienststelle. Die Kollegen wissen Bescheid und werden Sie nach Kräften unterstützen.«

Hannah hörte, wie er Luft holte, als müsste er sich erst dazu durchringen, auch die nächsten Sätze zu sagen.

»Ach ja, eine Sache noch, ich entschuldige mich, dass ich mich Ihnen gegenüber in den letzten Wochen nicht immer ganz korrekt verhalten habe. Es tut mir leid, sehen Sie es mir bitte nach, aber ich stehe tatsächlich ziemlich neben mir. Ich weiß, dass das keine Entschuldigung ist, aber vielleicht wenigstens eine Erklärung. Im Übrigen halte ich Sie für eine ausgesprochen fähige Ermittlerin, auch wenn ich das so bislang nicht zum Ausdruck gebracht habe. Aber ich kann Ihnen versichern, dass Sie mein ganzes Vertrauen haben, Sie werden auch diesen Fall lösen, der uns da gerade Kopfzerbrechen macht, davon bin ich überzeugt. Und ... Sie können mich selbstverständlich immer um Rat fragen, jederzeit. Meine Nummer haben sie ja. Aber das ist dann etwas nur unter uns, davon muss niemand erfahren. Offiziell bin ich draußen! Ich wünsche Ihnen viel Glück, Hannah. Sie werden das Boot schon schaukeln, um mal ein Bild von Ihnen da oben an der Küste zu bemühen.«

Huber legte so schnell auf, dass Hannah gar keine Zeit blieb, noch etwas zu erwidern. Aber wahrscheinlich war genau das auch seine Absicht gewesen.

Hannah wusste nicht, ob sie sich freuen sollte. Huber hatte genervt, mit seinen ständigen Sticheleien und der unverhohlenen schlechten Laune, die ihn wie ein muffiger Wollmantel umgab. Sie hatte sich in den vergangenen Wochen mehr als einmal gewünscht, ihn loszuwerden. Er war unfair, arrogant und anmaßend gewesen. Und er hatte sie nicht als Kollegin behandelt, sondern permanent ihre Kompetenz in Frage gestellt. Sie immer wieder abgekanzelt und ihr das Gefühl gegeben, vollkommen fehl am Platz zu sein. Außerdem war sie überzeugt gewesen, dass er hinter ihrem Rücken mit den Kollegen auf der Dienststelle schlecht über sie geredet hatte. Zumindest abwertend. Und wahrscheinlich hatten sie ihren Spaß daran gehabt, wenn Hannah ihren unmöglichen Dialekt nicht verstand oder ahnungslos in eine der vielen Stolperfallen tappte, weil sie die örtlichen Gegebenheiten, die familiären Verflechtungen, die Hierarchien und unausgesprochenen Regeln von Felchensee nicht kannte.

Aber zumindest was Hubers missmutige Attitüde anbelangte, kannte Hannah ja jetzt den Hintergrund. Und sie hatte mehr als nur eine ungefähre Vorstellung davon, was die Diagnose »Alzheimer« für die nächsten Angehörigen bedeutete. Dass da Kummer und Bitterkeit Hand in Hand gingen, war nur zu verständlich.

Gleichzeitig musste sie sich eingestehen, dass ihr ein missmutiger und ewig nörgelnder Huber vielleicht trotz allem noch lieber gewesen wäre, als jetzt allein die gesamte Verantwortung zu tragen. Nicht nur ausgerechnet bei diesem Fall, der immer haarsträubender wurde, sondern vor allem mit den ihr nach wie vor fremden Kollegen. Würde sie das überhaupt schaffen? Und würde sie jetzt all ihre Pläne, was ihr ungeklärtes Privatleben anging, neu überdenken müssen? Würde es wieder mal der kleine Rio mit seinen gerade sieben Jahren sein, der darunter zu leiden hatte, dass seine Mutter zu wenig Zeit für ihn fand?

»Keine Panik, Hannah«, sprach sie sich selber Mut zu. »Du kriegst das hin. Und du bist nicht die erste Frau in so einer Zwickmühle. Aber du bist tough, und wenn du willst, kannst du auch die Zähne zeigen. Also los, es liegt jetzt ganz allein an dir, wie du das bewältigst. Tits up, Hannah!«

Hannah war mehr oder weniger automatisch von der Klinik zurück in den Ort gefahren, während im Autoradio alte Pop-Hits liefen, die sie aus der Plattensammlung ihres Vaters kannte. Es war die Musik ihrer Kindheit, wenn ihr Vater die Dienstmütze an den Haken hängte und sein kleines Mädchen wie ein gutmütiger Bär mit unbeholfenen Tanzschritten durch das Zimmer schaukelte, während er seine Lieblingsplatten abspielte – die Beatles, die Doors, »Lola« von den Kinks. Manchmal auch Marius Müller-Westernhagen. Und immer wieder Hannes Wader und seine plattdeutschen Lieder, »Min Jehann«, »Trina, komm mal vor de Doer« oder das Lied vom Hasen, der glücklich und zufrieden auf den Hinterbeinen tanzte, bis der Fuchs kam und ihn totbiss. »Lütt Matten«.

Hannah konnte den ganzen Text noch heute auswendig. Und es war langsam an der Zeit, die Lieder auch bald mal mit Rio zu hören!

Als sie das Kino passierte, sah sie schon die rot-weißen Absperrbaken und dahinter den LKW der Stadtwerke mit dem gelben Blinklicht auf dem Führerhaus. Ein Rohrbruch, die Straße stand kniehoch unter Wasser, die Durchfahrt zur Ortsmitte war gesperrt – und damit auch der kürzeste Weg zur Dienststelle.

Hannah versuchte, sich den Ortsplan zu vergegenwärtigen, links war der Bahnhof mit dem Gleisdamm, der Felchensee wie mit dem Lineal gezogen durchtrennte. Der einzige Übergang lag jenseits des Bahnhofs und war damit unerreichbar. Also blieb Hannah nur der Umweg an der Kirche und am Moosgries vorbei und weiter am Kurpark entlang, um vom entgegengesetzten Ende der Hauptstraße in den Ort zu gelangen.

Leise fluchend wendete sie den Fiat, bestimmt gab es irgendeinen Schleichweg, den sie nicht kannte, aber sie wollte auch nicht riskieren, nach ein paar Metern erneut festzusitzen, weil sie in einer Sackgasse gelandet war. Oder sich plötzlich auf der Kuhweide eines Bäuerchens wiederzufinden!

Als sie am Moosgries vorüberkam, registrierte sie aus den Augenwinkeln, dass Kallmann von seinem Ausflug zum Kloster zurück war, sein hellgrauer X4 stand vor dem Restaurant. Sie hatte ihm zwischendurch eine kurze Textnachricht geschickt, dass ihr etwas dazwischengekommen war und sie ihn später noch mal aufsuchen würde.

Hannah wollte lieber in seiner Küche mit ihm sprechen als auf dem Revier – wenn er sich in seiner vertrauten Umgebung befand, würde er weniger vorsichtig sein. Auf diese Weise war es ihr schon öfter gelungen, einen Verdächtigen aufs Glatteis zu führen, getreu dem Motto ihres Vaters: »Wieg sie in Sicherheit, trink ein oder zwei Schnäpse mit ihnen, hör ihnen zu und warte auf den richtigen Zeitpunkt für die richtige Frage.« Und sie war ja jetzt diejenige, die ganz allein entscheiden konnte, wie sie die Dinge anging. Wobei sie sich nichts vormachte: Sie *wollte* Kallmann noch mal in seiner Küche treffen! Das letzte Mal hatte ihr durchaus gefallen, und sie freute sich auf eine Wiederholung. Im Übrigen wollte sie auch lieber an seine Unschuld glauben und ihn von der Liste der Verdächtigen streichen.

»Sehr professionell, Hannah, wirklich«, schimpfte sie vor sich hin, während sie sich ihren Weg durch den Wirrwarr der Pensionshäuser am Kurpark suchte.

Sie ärgerte sich jetzt, dass sie den Fiat nicht einfach am Kino hatte stehen lassen und die paar hundert Meter bis zur Dienststelle zu Fuß gelaufen war. Dann wäre sie längst da, statt an jeder kleinen Seitenstraße abbremsen zu müssen, falls tatsächlich jemand von rechts kommen sollte. Aber da war nur die Briefträgerin mit ihrem Fahrrad, die ihr freundlich zunickte. Und weiter vorne ein Auto, das erst noch links blinkte, um auf ihre Straße einzubiegen, aber dann unvermittelt die Richtung wechselte und nach rechts davonschoss. Als Hannah den Wagentyp erkannte, kroch ihr ein kalter Schauer über den Rücken – ein Toyota! Ein schwarzer Toyota-Geländewagen!

Hannah gab so heftig Gas, dass die Vorderräder durchdrehten und der kleine Fiat auf den losen Splittsteinchen vom Winterstreudienst ins Schlingern geriet. Hastig schaltete sie einen Gang höher und nahm die Verfolgung auf.

Der Toyota hatte links abbiegen wollen. Dann hatte er den Fiat bemerkt und war in die andere Richtung davongefahren. »Er ist im selben Moment abgehauen, als er den Fiat gesehen hat«, murmelte Hannah, während sie das schwarze SUV, das gut fünfzig Meter vor ihr war, nicht aus den Augen ließ. »Er hatte Angst, dass ich ihn erkenne. Oder zumindest seinen Wagen, mit dem er am Krankenhaus war.«

Der nächste Gedanke ließ sie erneut frösteln. Wenn er nur vor ihr geflohen wäre, weil sie ihn im Krankenhaus zufällig beobachtet hatte, als er den Pflegerkittel abstreifte, dann …

Dann würde er noch lange nicht wissen, was für ein Auto ich fahre. Also kennt er mich! Wenn ich noch irgendeinen Beweis brauchte, so habe ich ihn jetzt – er ist es.

»Das kann nicht sein, Hannah!«, meldete sich eine leicht panische Stimme in ihrem Kopf. »Hör auf mit dem Unsinn! Es gibt sicher eine ganz andere Erklärung …«

»Aber denk an die Worte von Schulze-Raab«, erwiderte eine zweite Stimme. »Der Mann, den er auf der Restauranttoilette davon abgehalten hat, dich zu vergewaltigen, war derselbe Mann, der ihn dann entführt und gezwungen hat, sich fast zu Tode zu hungern. Und du weißt, wer er ist!«

Der Toyota war jetzt an der Einmündung zur alten Bundesstraße, die über den Kapellenberg nach Österreich führte. Hannah sah die Bremslichter aufleuchten, als ein roter Tanklastzug mit dröhnender Hupe seine Vorfahrt geltend machte. Das war ihre Chance!

Sie gab noch einmal Gas, musste aber gleich wieder bremsen, weil plötzlich eine Kindergartengruppe vor ihr auftauchte, die von einem schmalen Pfad zwischen den Pensionshäusern kam und lärmend und lachend den Fahrweg für sich beanspruchte.

Hannah musste tatenlos zusehen, wie das SUV auf die Bundesstraße einbog. Als sie jetzt ebenfalls hupte und ungeduldig aufs Lenkrad hieb, rief ihr die Erzieherin empört zu: »Die eine Minute werden Sie ja wohl haben! Wir sind gleich weg, wir wollen nur zum Laden da vorne!«

Der Zeitschriftenladen an der Ecke, bei dem sich Hannah schon mehrmals gefragt hatte, ob ihn wohl in den letzten Jahren überhaupt irgendein Kunde betreten hatte. Das Schaufenster mit den verblichenen Rätselheften und handkolorierten Postkarten wirkte wie ein Relikt aus längst vergangenen Zeiten. Was auch immer die Kindergartengruppe da nun wollte, auf jeden Fall brauchten sie natürlich länger als »die eine Minute«, von der die Erzieherin gesprochen hatte. Und als sie dann endlich die Stufen zum Laden hinaufstürmten, war Hannahs Hoodie unter dem Parka am Rücken nassgeschwitzt, trotzdem war ihr immer noch kalt. Sie musste sich alle Mühe geben, um der Erzieherin nicht zum Abschied den ausgestreckten Mittelfinger zu zeigen.

Natürlich war von dem schwarzen Toyota nichts mehr zu sehen. Auf gut Glück folgte Hannah dem Straßenverlauf bis zur T-Kreuzung am Ortsausgang. In einer Spitzkehre ging es recht steil den Berg hinauf zum alten Grenzübergang, an den nur noch das verwitterte schwarz-rot-gelbe Schilderhäuschen zwischen den krummgewachsenen Kiefern erinnerte.

Links war die neue Bahnunterführung, dahinter kamen die Brücke über den Fluss und die Auffahrt zur Umgehungsstraße, auf der Hannah eben noch den Tanklastzug ausmachen konnte, der sich gerade die enge Kurve hinaufquälte. Der Toyota musste also nach rechts abgebogen sein. Und war im wahrsten Sinne des Wortes über alle Berge. Hannah hatte keine Chance, ihn noch einzuholen. Aber zumindest konnte sie die Kollegen in Österreich informieren und um Hilfe bitten, vielleicht würden sie den Wagen noch irgendwo im nächsten Tal erwischen …

Sie war eben dabei, die Nummer der Dienstelle mit ihrem Handy aufzurufen, als sie aus den Augenwinkeln das Auto bemerkte, das direkt vor ihr den Berg heruntergeschossen kam und mit aufheulendem Motor über die

Kreuzung raste. Und es gab keinen Zweifel, es war der schwarze Toyota!

Hannah ließ das Handy auf den Beifahrersitz fallen und gab Gas. Keine Minute später jagte sie den Fiat durch die Bahnunterführung und über die Brücke, während sie vergeblich zu begreifen versuchte, was gerade passierte. Als hätte er hinter der Kurve am Berg auf mich gewartet, dachte sie. Als *wollte* er, dass ich ihn bemerke und verfolge. Als würde er das Ganze für ein Spiel halten ... Oder er will mich in eine Falle locken!

Ebenso schnell, wie ihr der Gedanke durch den Kopf geschossen war, verwarf sie ihn auch wieder. Es ergab keinen Sinn, niemand würde das Risiko eingehen, so etwas in unmittelbarer Nähe zum Ort zu versuchen, wo sie jederzeit die Kollegen zu Hilfe rufen konnte.

Bei dem Tempo, mit dem sie das SUV vor sich verfolgte, wagte sie es allerdings nicht, nach dem Handy zu greifen, um Verstärkung anzufordern. Das konnte sie erst auf der gut ausgebauten Umgehungsstraße riskieren, auf die der Toyota ja jeden Moment einbiegen musste.

Gleich darauf sah sie, wie er die Auffahrt ignorierte – und eine Sekunde später war ihr klar, wohin er wollte!

Jenseits der vierspurigen Straße gab es nur die fast senkrecht aufragende Felswand der Großkopfspitze – und direkt davor die Talstation der Bergbahn. Aber was sollte das? Soweit sich Hannah an ihren bislang einzigen Ausflug auf den schroffen Gipfel hinauf erinnerte, war da unten nur der Parkplatz. Die Zufahrt war eine Sackgasse, er konnte ihr auf diesem Weg nicht entkommen. Es sei denn, er wollte tatsächlich auf den Berg hinauf …

Noch während Hannah über die Stichstraße auf die Talstation zuraste, hielt das schwarze SUV an und der Fahrer stürmte die Treppe zum Einstieg in die Gondeln hoch.

Reifenquietschend brachte sie den Fiat mit einer halben Drehung zum Stehen und folgte dem Mann.

Die Gondeln waren jeweils für sechs Personen und ratterten in dichter Abfolge über die Zahnräder unter der Hallendecke. Eine Touristengruppe starrte irritiert hinter Hannah her, als sie über die Sperre an der Kartenkontrolle flankte und versuchte, einen freien Blick auf die schaukelnden Gondeln vor der grauen Felswand zu bekommen. Er konnte höchstens vier oder fünf Gondeln vor ihr sein, aber die Kabinen schienen leer zu sein.

»He, geht's noch?« Ein Mitarbeiter der Bergbahn kam auf sie zu. »Ohne Ticket können Sie da nicht …«

Kurzentschlossen trat Hannah einen Schritt auf ihn zu und streckte die Hand zu dem dicken roten Notfallknopf am Pfeiler neben ihr aus. »Entweder *Sie* stoppen die Gondeln jetzt, oder ich tue es!« Mit der anderen Hand nestelte sie ihren Ausweis aus der Tasche. »Polizei! Können Sie die Dinger rückwärtslaufen lassen? Ja, können Sie, oder?«

»Aber … aber …«, stammelte der Angestellte der Bergbahn fassungslos, während er versuchte, das Foto auf dem Ausweis mit ihrem Gesicht zu vergleichen.

»Sie oder ich?«, wiederholte Hannah genervt, um sich

dann zusammenzureißen und ein wenig ruhiger zu erklären. »In einer der letzten Gondeln ist ein Mann, den ich verfolge. Also bitte, jetzt machen Sie es nicht unnötig kompliziert, holen Sie ihn zurück, sonst ...«

»Da ist keiner. Ich hab ja die ganze Zeit hier gestanden. Aber falls sie den Irren meinen, der hier durchgerannt ist, der ist da!« Er fasste Hannah am Arm und zog sie mit sich zur Kante der Betonplatte. »Da, sehen Sie! Komplett bescheuert! Aber ich dachte mir gleich, dass was nicht stimmt mit ihm! Da müssen Sie sich aber sputen, wenn Sie ihn einholen wollen. Kraxeln kann er, sehen Sie nur, wie weit er schon ist! Was ist er denn für einer? Ist er ... Ja, was wird das denn jetzt?«, rief er entsetzt, als Hannah von der Plattform sprang und zwischen zwei Gondeln hindurch über das lose Geröll zum nächsten Pfeiler hetzte. »Nicht, das ist verboten! Das ist kein Aufstieg, da dürfen Sie nicht hoch!«

Hannah kümmerte sich nicht um seine Rufe, sie hatte nur den Mann vor sich im Kopf, der geschickt über die Felsbrocken balancierte und sich an den steilen Stellen auf den nächsten Absatz hochzog.

Er hatte sicherlich gut hundert Meter Vorsprung – und er schien ein geübter Kletterer zu sein, er nutzte jeden Spalt und jede Rinne, um höher zu kommen.

Aber Hannah war nicht umsonst eine Zeitlang Parcours gelaufen, um sich fit zu halten. Allerdings mitten in der Stadt – mit Mauern, Zäunen, Müllcontainern, Garagendächern. Niemals mit losem Geröll, lehmigem Boden,

Schmelzwasserrinnen, Eis und Schneeresten. Aber auch wenn das Terrain ungewohnt für sie war, wusste sie dennoch, wie sie ihre Muskeln einsetzen musste, um möglichst kräfteschonend vorwärtszukommen. Das Wichtigste war, sich immer nur auf den nächsten Schritt, den nächsten Griff zu konzentrieren, jeder Fehltritt würde ein verstauchtes Fußgelenk oder Schlimmeres bedeuten. Und sie durfte den Mann vor sich nicht entkommen lassen. Sie musste wenigstens nah genug an ihn herankommen, um sein Gesicht zu sehen. Sie musste wissen, ob es wirklich Stephan war!

Hannah verfluchte sich jetzt dafür, dass sie ihr Handy im Auto gelassen hatte. Und ihre Dienstwaffe lag sicher verwahrt im Stahlschrank ihres Büros. Aber das musste sie ebenso aus dem Kopf kriegen wie die Tatsache, dass ihre Stiefeletten und der lange Parka gänzlich ungeeignet für die Kletterei waren.

Eine aufgeschreckte Gämse lief mit schlafwandlerischer Sicherheit dicht vor ihr quer über die Felswand, um dann ein paar Meter weiter zu verharren und regungslos wie eine Statue zu ihr zurückzublicken.

Im selben Moment sah Hannah den schmalen Fußsteig, auf dem die Gämse stand und der sich in engen Serpentinen zwischen dem schroffen Gestein emporwand.

Die Gämse setzte jetzt ihre Flucht ebenso abrupt fort, wie sie zuvor stehen geblieben war, als hätte sie nur darauf gewartet, dass Hannah den Klettersteig entdecken würde.

Von weiter oben prasselten Steine herunter, auch der Mann hatte auf den Pfad gewechselt und stieg rasch weiter bergauf, ohne zurückzublicken.

Hannah zwang sich, ihren Atem zu kontrollieren und ihre Schritte der Steigung anzupassen. Es ging besser hier als in der Felsrinne, nach wenigen Metern fand Hannah ihren Rhythmus. Als sie in einer Kehre nach oben sah, schien sich der Vorsprung des Mannes bereits deutlich verringert zu haben. Aber auch er hatte das bemerkt und wechselte vom Pfad auf das Geröllfeld hinüber, um in gerader Linie weiterzusteigen.

Hannah biss die Zähne zusammen und versuchte, ihr Tempo zu erhöhen. In den schattigen Stellen zwischen den Felsen war der Pfad jetzt von vereistem Schnee bedeckt, einmal geriet sie ins Rutschen und konnte sich gerade noch an den Wurzeln einer kaum mannshohen Latschenkiefer festklammern.

Der Blick ins Tal machte ihr Angst, der Ort schien so weit unter ihr zu liegen, dass die engen Gassen und die mit Steinen beschwerten Dächer der alten Bauernhäuser wie eine Spielzeuglandschaft wirkten, ebenso verlockend wie unerreichbar.

Hannah musste mehrmals heftig schlucken, um gegen den Schwindel anzukämpfen, der sie in den Abgrund ziehen wollte. Erst als ein Stein nicht weit von ihr auf die Felsen prallte, gelang es ihr, den Blick abzuwenden und sich wieder auf den Weg zu konzentrieren. Der nächste Stein sprang dichter neben ihr über die Felsen, dann folgten weitere Steine, auch größere Brocken, die loses Geröll mit sich rissen.

Hannah drückte sich mit dem Rücken unter den freiliegenden Wurzelballen einer umgestürzten Kiefer und versuchte, ihren Kopf mit den Armen zu schützen. Als sie einen Blick nach oben riskierte, begriff sie, was den ständigen Steinschlag auslöste: Der Mann befand sich direkt über ihr, vielleicht zwanzig Meter höher – und er nutzte einen starken Ast als Hebel, um immer größere Felsbrocken über die Kante zu wuchten.

Hannah drückte sich noch tiefer zwischen die Wurzeln der Kiefer, mit dem Gesicht so nah an der schlammigen Erde, dass ihr ein abgebrochener Ast die Wange aufriss. Erdklumpen, Steine und morsches Holz prasselten unablässig von oben herab, ein gewaltiger Felsbrocken krachte gegen den Stamm der Kiefer und verfing sich in dem Wurzelballen, unter dem Hannah hockte.

Als die Wurzeln zitternd nachgaben, konnte sie sich im letzten Moment zur Seite werfen. Vergeblich versuchte sie, irgendwo Halt zu finden. Ihre Finger zogen tiefe Furchen durch den Dreck, während sie immer weiter über den steilen Abhang rutschte, direkt auf die Felskante vor dem gähnenden Abgrund zu.

†

Scheiß-Timing. Alles! Auch die Sache am Kurpark. Und dann gleich noch mal am Kapellenberg. Als würde da tat-

sächlich jemand versuchen, ihm immer wieder Steine in den Weg zu legen.

Aber vielleicht hat das Ganze sogar etwas Gutes gehabt. Zumindest was sein Problem mit der Polizistin angeht. Das dürfte sich jetzt wohl erledigt haben.

Er hat nicht gewollt, dass es so kommt. Also kann ihm auch niemand die Schuld geben. Schließlich ist er derjenige, der schon genug ertragen musste, nur weil er sich bemüht hat, den Herrn ein wenig dabei zu unterstützen, dass man seine Gebote nicht missachtet. Daraus kann ihm keiner einen Strick drehen, im Gegenteil.

Momo weiß das. Und Momo sollte endlich aufhören, immer so zu tun, als wäre er alleine nicht in der Lage, auch nur IRGENDWAS hinzubekommen. Aber ohne ihn hätte es schließlich den ganzen Plan nie gegeben.

ER hat sich geweigert, Gottes Gebote zu verlachen. Nur deshalb gibt es jetzt ein paar Sünder weniger. Und er hat genau denjenigen die einzig angemessene Buße auferlegt, die es am schlimmsten getrieben hatten.

Das mit der Polizistin tut ihm leid. Sie gehörte nicht dazu. Aber es war ein Unfall. So was passiert. Und dass sie nicht ins Muster passt, lenkt die anderen Bullen vielleicht von seiner Spur ab. Falls sie überhaupt eine Spur haben.

Er wird nicht zu viel Zeit mit dem Gedanken an die Schlampe verschwenden, es gibt noch genug zu tun, was wichtig ist.

3. KAPITEL

Hannah hatte keine Vorstellung davon, wie lange sie bewusstlos gewesen war. Zwei bis drei Stunden, meinten die Leute von der Bergwacht, die sie schließlich in einem Sulki nach unten brachten.

Touristen hatten sie von der Gondel aus gesehen, angeblich hatte eine Gämse in der Wand genau über der Stelle gestanden, an der Hannah zusammengekrümmt in einer Mulde zwischen den Felsen lag. Abgebrochene Äste hatten ihren Sturz gebremst, aber sie hatte sich den Kopf an einem Stein angeschlagen und das Bewusstsein verloren. Der dicke Parka hatte sie vor einer Unterkühlung bewahrt, und es grenzte an ein Wunder, dass ihr nicht mehr passiert war. Wenige Zentimeter zur Seite, und sie wäre unwiderruflich weiter in die Tiefe gestürzt.

Der Erste-Hilfe-Raum der Talstation war gleich neben dem Parkplatz. Der schwarze Toyota war verschwunden. Noch bevor die Rettungssanitäter Hannah untersuchten, bestand sie darauf, wenigstens kurz mit dem Mitarbeiter der Bergbahn zu reden. Er schwor, den Mann, »der dort hinaufgekraxelt ist«, nicht noch mal gesehen zu haben. »Der ist nicht wieder runtergekommen, das hätte ich bemerkt. Aber wenn Sie sagen, sein Auto ist weg, dann muss er ja doch hier gewesen sein.«

Nur mit Mühe konnte Hannah die Rettungssanitäter davon überzeugen, nicht die Polizei zu rufen. »Ich kümmere mich selbst darum. Ich bin ja die Polizei.«

Nachdem die Sanitäter die Schürfwunde an Hannahs Stirn gereinigt und ihr einen Kopfverband angelegt hatten, ließen sie sie sogar mit ihrem eigenen Auto zurück zum Ort fahren, allerdings nur, weil sie hoch und heilig versprach, sofort das Krankenhaus aufzusuchen. Was sie in derselben Sekunde, in der sie es ihnen versicherte, auch schon wieder vergessen hatte.

Noch vom Parkplatz aus telefonierte Hannah mit der Dienststelle. Sie berichtete in wenigen Sätzen, was passiert war, und ließ den Wagen zur Fahndung ausschreiben. Im Netz hatte sie ein vergleichbares Fahrzeug gefunden, so dass sie sich jetzt auch beim Modell sicher war. »Ein schwarzer Toyota Land Cruiser, ein älteres Modell, eckig, vielleicht ein J7, das könnte sein.«

»Oh, mein Gott, mein Gott«, stammelte Tatjana. »So ein Dreckschwein, ein Arschloch, ein … Aber Sie könnten jetzt tot sein, ist Ihnen das überhaupt klar?« Sie räusperte sich, bevor sie betont sachlich weiterredete. »Okay, Toyota Land Cruiser, älteres Modell, schwarz. Irgendwelche Angaben zum Fahrer?«

»Nein, ein Mann, mittleres Alter, mittlere Statur, dunkle Haare, mehr kann ich nicht sagen«, wich Hannah der Frage aus.

»Okay, in Ordnung, das muss reichen«, erwiderte Tatjana beruhigend. »Und das Kennzeichen? Haben Sie das?«

»Das war so verdreckt, dass ich es nicht erkennen konnte.«

Und unten an der Gondel habe ich nicht daran gedacht, ich blöde Kuh, setzte Hannah im Stillen hinzu, da ging es mir nur darum, so schnell wie möglich dem Mann zu folgen, den ich gerade noch in der Talstation hatte verschwinden sehen.

Was eine Finte gewesen war. Er hatte nie vorgehabt, in eine Gondel zu steigen. Blieb die Frage, ob er überhaupt einen Plan gehabt oder nur improvisiert hatte!

Ohne den empörten Mitarbeiter der Seilbahn hätte sie seine Flucht den Berg hinauf vielleicht gar nicht bemerkt. Andererseits war sich Hannah jetzt im Nachhinein noch nicht mal mehr sicher, ob ihm die Idee mit den Felsbrocken wirklich erst gekommen war, als er merkte, dass sich sein Vorsprung verringerte. Oder ob er es vielleicht doch von Anfang an darauf angelegt hatte, sie in die Wand zu locken und mit einer Gerölllawine für immer aus dem Weg zu räumen.

»Ich verstehe es nicht«, erklärte Tatjana, als könnte sie Hannahs Gedanken lesen. Erst im nächsten Satz wurde klar, dass sie noch etwas anderes meinte. »Warum haben Sie keine Verstärkung gerufen? Dann hätten wir den Kerl!«

»Mein Fehler, ich weiß«, gab Hannah zu. »Es ging alles zu schnell, es ... Ich kann es mir selber nicht erklären.«

»Wir kriegen ihn, ganz bestimmt. Es hat etwas mit dem Fall vom Geigenbauer-Denkmal zu tun, das glauben Sie doch, oder? Deshalb haben Sie ja auch Personenschutz für den Mann im Krankenhaus verlangt, ist ja klar. Soll ich alle zu einer Dienstbesprechung zusammenholen? Der Huber hat uns vorhin informiert, dass Sie hier jetzt das Sagen haben. Und Sie wollen sicher das weitere Vorgehen besprechen, wer was macht und so. So hat der Huber das auch immer gemacht.«

»Jetzt ist es kurz nach vier«, erwiderte Hannah mit einem Blick auf die Uhr am Armaturenbrett. »17.00 Uhr, ist das okay?«

»Geht klar, ich hole alle her. Bis auf den Obermayr im Krankenhaus, richtig?«

»Richtig«, bestätigte Hannah. »Wir informieren ihn, wenn er abgelöst wird. Gibt es etwas Neues zu dem Ehepaar aus Pasing?«, setzte sie dann noch hinzu.

»Nichts. Als hätten sie nie existiert. Aber wir sind dran.«

Eine Weile starrte Hannah durch die Windschutzscheibe auf den Parkplatz, ohne wirklich etwas zu sehen. Es gibt zu viele Ungereimtheiten, dachte sie. Wieso war der Mann, den sie verfolgt hatte, eigentlich das Risiko eingegangen, dass sie ja über das Kennzeichen seines Autos seine Identität in Erfahrung bringen konnten? Das sprach zumindest dagegen, dass das Ganze geplant gewesen war. Immer vorausgesetzt, es war überhaupt sein Auto. Aber er hatte hinter der Kurve am Kapellenberg auf sie gewartet!

Was sollte das? Er hätte einfach abhauen können, sein Vorsprung war groß genug gewesen …

Hannah spürte, wie die Kopfschmerzen stärker wurden. In ihrem Zustand würde sie jedenfalls kaum in der Lage sein, jetzt »ihr« neues Team zu begrüßen und brauchbare Anweisungen für die Suche nach dem vermissten Ehepaar zu geben. Nichts, was die Kollegen nicht ohnehin schon unternommen hatten. Kurz entschlossen rief sie nochmals die Nummer des Reviers auf und verschob die anberaumte Dienstbesprechung auf den nächsten Morgen.

»Ich fühle mich nicht sonderlich gut, ich hoffe, morgen wird es mir besser gehen.«

»Wenn das jetzt wegen diesem Artikel ist«, reagierte Tatjana prompt, »wir haben es auch gerade eben erst gesehen, aber ich finde, das sollten Sie sich nicht so zu Herzen nehmen. Sie schaffen das schon, und hier sind auch alle … Also ich meine, es hat niemand etwas gegen Sie, glauben Sie mir. Auch wenn das Timing jetzt vielleicht echt blöd ist, weil Sie ja heute erst vom Huber übernommen haben, aber wir halten da zu Ihnen, ich auf jeden Fall, und Schmidtchen auch, ganz bestimmt, Frauen müssen zusammenhalten, egal was die Zeitung da schreibt.«

»Moment«, gelang es Hannah endlich, den Redefluss der Kollegin zu stoppen. »Wovon sprechen Sie? Was steht denn in der Zeitung?«

»Ups, dann wissen Sie es noch gar nicht! Aber es ist ja auch nur online, das liest sowieso kaum einer. Tun Sie einfach so, als gäbe es den Artikel nicht.«

Hannah unterbrach das Gespräch und rief die Seite der Zeitung auf. Über dem schon bekannten Foto von ihr prangte in fetten Lettern die Überschrift: IST SIE DIE RICHTIGE?

Hannah überflog die ersten Zeilen, um im nächsten Augenblick fluchend das Handy zur Seite zu werfen und den Motor zu starten.

Sie brauchte einen größeren Bildschirm! Der Versuch, den Artikel im Handy zu lesen, machte ihre Kopfschmerzen nur schlimmer. Und vor allem brauchte sie ihre Ruhe, um sich klar darüber zu werden, welche Konsequenzen dieser Text für sie haben würde. Damit schied der Computer in ihrem Büro definitiv aus, blieb also nur der Laptop bei ihr zu Hause.

Auf der Brücke über den Fluss kam ihr das Auto der Gemeindeverwaltung entgegen, der Kurdirektor selber saß am Steuer. Als Hannah grüßend die Hand hob, hatte sie den Eindruck, dass er im selben Moment, in dem er sie erkannte, auf die Bremse trat, um ihr kopfschüttelnd hinterherzustarren. Der Online-Artikel zeigte also bereits Wirkung, dachte sie. Vielleicht sollte ich ihnen allen einen Gefallen tun, den Fiat einfach anhalten, aussteigen, übers Geländer klettern und mich in den Fluss stürzen.

Aufgrund der Schneeschmelze führte der Fluss Hochwasser, schäumend und gurgelnd umspülte er die Ufersteine, das sonst leuchtende Grün des Wassers war braun und schlammig – schon nach wenigen Metern würden die Wellen über Hannah zusammenschlagen und sie mit sich reißen. An irgendeiner Stromschnelle weiter flussabwärts würde ihr lebloser Körper auf eine Kiesbank gespült werden oder sich im Geäst einer umgestürzten Birke verfangen. Da könnte die Redakteurin der Zeitung dann endlich etwas schreiben, was auch die Süddeutsche und andere große Blätter übernehmen würden: VERZWEIFELTE KOMMISSARIN STÜRZT SICH IN DEN TOD.

Eventuell leistet sie sich noch einen kleinen Schlenker am Schluss und erwähnt, welche Ironie des Schicksals es doch sei, dass ausgerechnet eine Frau von einer Insel mitten in der Nordsee hier bei ihnen ins Wasser geht …

Hannah war selber irritiert über ihre Gedanken. Offenbar machte ihr nicht nur der Fall mit Schulze-Raab und den anderen Gourmets zu schaffen, die höchstwahrscheinlich ermordet worden waren. Sie war erschöpfter, als sie sich eingestehen wollte. Es war das gesamte letzte Jahr, das jetzt seinen Tribut forderte! Die ganzen Monate der Auseinandersetzungen und Kränkungen, der Kampf um ihr Kind, den sie nicht verlieren durfte, der unsägliche Kummer, die Verzweiflung, der Schmerz wegen der Trennung, und dann die Wut, die Empörung, schließlich ihre Flucht in die Berge als letzter Ausweg. So weit weg von allem wie möglich.

Aber jetzt holte die Vergangenheit sie ein. Es war vorhersehbar gewesen, dass das irgendwann passieren würde, nur nicht so schnell. Und nicht ausgerechnet jetzt, nachdem auch noch jemand versucht hatte, sie am helllichten Tag … umzubringen.

Aber sie würde nicht aufgeben. Nicht sie und nicht jetzt.

Uta passte sie im Treppenhaus ab, als sie gerade an ihrer Wohnungstür vorbeieilen wollte.

»Hast du es schon gesehen? Da steht wieder was über dich in der Zeitung!«

»Ich weiß«, war alles, was Hannah erwiderte, während sie merkte, wie ihr die steilen Stufen nach oben zu schaffen machten.

»Was hast du da am Kopf?« Utas Stimme klang aufrichtig besorgt. »Ist dir etwas passiert? So warte doch mal ...«

»Es ist nichts. Nur ein dummer Unfall. Ich erzähle es dir später.«

Hannah lief weiter bis zum Treppenabsatz, erst dann drehte sie sich noch mal um. »Sag mal, hast du einen Nachbarn, der ein schwarzes Toyota-SUV fährt? Einen älteren Toyota Land Cruiser. Sagt dir das was?«

Für eine Sekunde hatte sie den Eindruck, dass sich Utas Haltung veränderte. Als wäre sie plötzlich angespannt, auf der Hut, wie jemand, der sich in die Enge gedrängt fühlt. Meine Frage hat sie nervös gemacht, dachte Hannah, sie weiß etwas!

Aber Uta schien sich schon wieder gefangen zu haben. »Nein«, erwiderte sie. »Nicht das ich wüsste. Wie kommst du darauf?«

»Der Wagen kam aus einer der Seitenstraßen hier. Am Vormittag so gegen zehn.«

»Und wieso interessiert dich das? Ich denke, ihr sucht ein Mercedes-SUV?«

Unwillkürlich registrierte Hannah, wie ihre Vermieterin die Finger zu Fäusten ballte und wieder ausstreckte. Sie *ist* nervös, dachte Hannah.

»Was denn jetzt?«, fragte Uta. »Ich verstehe das nicht, hilf mir. Hat der Fahrer von diesem Toyota irgendetwas getan oder …« Sie beendete den Satz nicht, sondern kam zwei oder drei Stufen auf Hannah zu. »Hat es etwas mit der Verletzung an deinem Kopf zu tun? Jetzt sag schon!«

»Ja, hat es.«

»Hast du die Nummer von dem Auto?«

Die Frage kam so schnell, dass Hannah einen Augenblick brauchte, um zu begreifen, was sie daran irritierte. Wieso hatte Uta nicht zuerst nach der Verletzung gefragt, nach dem … Unfallhergang, was überhaupt passiert war? Was sollte die Frage nach dem Kennzeichen?

»Nein, das Nummernschild war völlig verdreckt.«

»Aha. Ja dann …« Uta zuckte mit den Schultern. »Ärgerlich! Ich meine, so jemand darf doch nicht davonkommen. Hat er dich angefahren? Hattest du einen Unfall? Warst du im Krankenhaus? Ist es sehr schlimm? Musstest du genäht werden oder … Wie kann ich dir helfen?« In Utas Stimme war nichts als Mitgefühl.

»Ist halb so wild«, wiederholte Hannah. »Eine Schürfwunde und eine leichte Gehirnerschütterung. Es wird am besten sein, wenn ich ein bisschen schlafe.«

Uta nickte. »Es wird immer schlimmer mit den Autofahrern. Du kannst gar nicht vorsichtig genug sein. Und dann auch noch Fahrerflucht! Das ist ja jetzt schon das zweite Mal innerhalb weniger Tage. Ich wünsche euch jedenfalls, dass ihr das Schwein ganz schnell findet!« Sie blickte Hannah forschend an, als wollte sie eine Bestätigung dafür, dass es ein Verkehrsunfall gewesen war. Und Hannah offensichtlich nichts weiter wusste als den Wagentyp.

Als Hannah nicht antwortete, streckte Uta die Hand aus und strich ihr über den Arm. »Ein Glück, dass dir nicht mehr passiert ist. Sag einfach, wenn du was von mir brauchst. Ich bin unten, du kannst auch einfach durchrufen, dann komme ich hoch zu dir.«

Eine Amsel saß auf dem Balkon vor Hannahs Wohnküche. Ihr unentwegtes Zwitschern klang, als wollte sie den Frühling beschwören, endlich die Krokusse hervorzuzaubern, die Himmelschlüssel auf den Weiden, die Forsythienblüten in den Büschen am Wegrand.

Als Hannah vorsichtig die Tür öffnete, flog die Amsel nicht weg, sondern legte nur den Kopf schief und sang nach einer kurzen Pause lauthals weiter. Es kam Hannah vor wie eine Prophezeiung – alles würde gut werden!

Wie aufs Stichwort erglühte die Felswand der Großkopfspitze im Licht der untergehenden Sonne in leuchtendem Rot, für wenige Minuten nur, in denen Hannah wie gebannt auf den schneebedeckten Gipfel starrte, bis sie fröstelnd die Arme verschränkte und sich zu der Amsel drehte. »Es ist noch nicht so weit. Merkst du, wie kalt es noch ist? Das bedeutet nichts Gutes, weder für dich noch für mich.«

Die Amsel verstummte abrupt und flog hastig davon. Im selben Moment verschwand die Sonne hinter den Gipfeln der Bergwelt im Westen. Während die ersten Straßenlaternen aufflammten, kroch das bläuliche Licht der Abenddämmerung über den Ort, die Felswand wirkte wieder grau und unwirklich. Es kam Hannah vor, als würden jede Spalte und jeder Vorsprung noch die ganze Kälte des Winters ausstrahlen.

Sie drehte die Heizung auf die höchste Stufe und fuhr den Laptop hoch. Im ersten Absatz des Artikels schrieb die Redakteurin, dass der beliebte Kriminalkommissar Ignaz Huber aufgrund persönlicher Umstände aus dem Fall »mit dem Nackten vom Geigenbauer-Denkmal« ausgestiegen war. Und weiter hieß es:

Das kann für die laufenden Ermittlungen nur einen Rückschlag bedeuten, ebenso wie die Entscheidung, Kommissarin Hannah Meyer (36) als Vertretung zu benennen. Damit liegt die Aufklärung des Falls jetzt in den Händen einer Beamtin, die erst seit wenigen Wochen in Felchensee ist und keinerlei Kenntnis über die örtlichen Gepflogenheiten hat.

Wie soll sie unter diesen Umständen einen Fall lösen, der an Grausamkeit alles übertrifft, was in Felchensee jemals geschehen ist?

Erschwerend kommt hinzu, dass dieser Zeitung Informationen vorliegen, nach denen der bisherige Werdegang der Kommissarin einigen Anlass bietet, an ihrer Kompetenz zu zweifeln. Unter anderem soll es bei ihrer vorherigen Arbeitsstelle im ostfriesischen Oldenburg einen Vorfall gegeben haben, aufgrund dessen sie um ihre Versetzung gebeten hat. Ganz offensichtlich hat unsere Kommissarin Meyer ein Problem damit, ihre persönlichen Interessen und Neigungen klar von den Pflichten ihres Berufs zu trennen. Warum sie nun ausgerechnet zu uns gekommen ist, wagt die Verfasserin dieses Artikels bestenfalls zu mutmaßen. Dennoch wünschen wir der »Neuen« viel Glück und vor allem die nötige Beharrlichkeit bei dieser Aufgabe. Sie wird sich am Erfolg der Ermittlungen messen lassen müssen. Hoffen wir, dass der Schrecken, der mit dem Nackten vom Geigenbauer-Denkmal in Felchensee Einzug gehalten hat, ein baldiges Ende findet.

»Was soll das?«, murmelte Hannah, während sie aufstand, um sich aus der Flasche Haselnussschnaps, die ihr Uta am ersten Tag als Willkommensgruß überreicht hatte, ein Glas einzugießen. Sie leerte es noch im Stehen und schenkte sich gleich wieder nach. Was sollten diese dämlichen Andeutungen? Das war nicht nur Rufschädigung, sondern in höchstem Maße … unfair. Sie hatte Lilly Sorst nichts getan, im Gegenteil, sie hatte noch gedacht, in der Redakteurin vielleicht eine Verbündete gefunden zu haben.

Warum dieser Angriff? Hatte sie sich tatsächlich so in der Frau getäuscht, nur weil sie ebenfalls eine Fremde hier im Ort war?

Hannah suchte nach der Visitenkarte, die die Redakteurin ihr auf dem Krankenhausparkplatz gegeben hatte, in jener Nacht, in der Schulze-Raab gefunden worden war. Dann rief sie die Nummer an.

Lilly Sorst meldete sich sofort.

»Hannah Meyer hier …«

»Ah, das ging ja schnell, aber ich dachte mir schon, dass ich von Ihnen hören würde.«

Hannah kam ohne Umschweife zur Sache. »Was soll der Quatsch, den Sie da verzapft haben? Ich hatte den Eindruck, wir würden uns gegenseitig … respektieren, es gäbe da so was wie eine Gemeinsamkeit zwischen uns.«

»Warum? Weil wir beide Frauen sind? Dass wir deshalb … Freundinnen werden könnten oder sogar mehr? War das Ihre heimliche Hoffnung?«

»Wie? Jetzt verstehe ich Sie nicht …«

»Oh doch, ich denke, Sie wissen nur zu genau, was ich meine. Muss ich Sie wirklich erst daran erinnern, dass es ja wohl einen ganz bestimmten Grund gab, weshalb Sie Ihre Versetzung aus Oldenburg beantragt haben? In beiderseitigem Einvernehmen, nehme ich an, aber etwas anderes blieb Ihnen ja wohl kaum übrig, nach dem, was Sie sich da geleistet haben. Interessieren würde mich allerdings, ob es nur dieser eine Fall war oder ob Sie …«

»Es reicht«, unterbrach Hannah die Redakteurin. »Um

das zunächst mal klarzustellen: Wenn ich ein Mann wäre, hätte das Ganze kaum jemanden interessiert, das wissen Sie ebenso gut wie ich. Und ich finde es tatsächlich erbärmlich, dass Sie sich nicht schämen, allein wegen einer reißerischen Schlagzeile so einen Dreck zu schreiben!«, redete sich Hannah in Rage. »Warten Sie, ich bin noch nicht fertig. Jetzt hören Sie mir gefälligst auch bis zum Ende zu, was ich zu der Sache in Oldenburg zu sagen habe.« Hannah holte kurz Luft, bevor sie erklärte: »Mein damaliger Mann und ich lebten in Scheidung, ich hatte mich von ihm getrennt, weil ich seine ständigen Affären mit irgendwelchen Studentinnen von ihm leid war. Und jetzt gab es Streit um das Sorgerecht für Rio, unseren Sohn. Mein Mann hat behauptet, das ließe sich nicht mit meinem Beruf vereinbaren – und dann hat er mir diese Geschichte angehängt, meine angebliche Liebschaft mit einer Zeugin in einem Verfahren, in dem ich die leitende Ermittlerin war. In Wirklichkeit war die besagte Zeugin allerdings mal wieder eine Studentin von ihm, mit der er gerade etwas hatte ...«

»Interessant, wie Sie sich das zurechtbiegen, aber bemühen Sie sich nicht weiter – ich habe mit Ihrem Mann gesprochen! Ich nehme meinen Beruf nämlich ernst. Und ich recherchiere, bevor ich etwas schreibe. War nicht so schwierig, Ihren Ex ausfindig zu machen, sein Name tauchte damals im Zusammenhang mit der ganzen Sache in der Zeitung auf. Aus seinem Mund klingt das alles ein bisschen anders.«

»Ach, und das wundert Sie tatsächlich?«

»Nun ja, er hat mir unter anderem von einem Video erzählt, in dem du sehr deutlich sagst, dass du ... lesbische Neigungen hast.« Hannah registrierte den unvermittelten Wechsel zum »Du«, ohne zu wissen, was sie davon halten sollte. »Versteh mich jetzt nicht falsch«, redete Lilly weiter. »Nichts gegen Frauen, die Frauen lieben, aber wenn es um die Beeinflussung von Zeugen geht, dann ist das ... Amtsmissbrauch! Oder wie nennt ihr das in Norddeutschland? Und damit wären wir wieder bei deiner Kompetenz!«

Hannah fühlte sich mit einem Mal nur noch kraftlos und müde. Leise erwiderte sie: »Es stimmt, was er sagt, das Video gibt es. Das hat er im Übrigen auch im Verfahren vorgelegt. Und ja, ich habe da so was Ähnliches gesagt! Es war bei einem gemeinsamen Spieleabend mit Freunden, und als wir ein bisschen zu viel getrunken hatten, haben wir ganz am Schluss ›wahr oder gelogen‹ gespielt. Die Frage an mich war, ob ich mir Sex mit einer Frau vorstellen könnte. Und das habe ich mit ›ja‹ beantwortet. Und stell dir vor, in dem Video kann man auch noch sehen, wie sich meine Freundin und ich dann küssen! Wir waren betrunken und haben herumgealbert, aber mehr war nicht. Und nur falls du es ganz genau wissen willst: Meine Antwort auf die Frage war nicht gelogen. Bist du jetzt zufrieden?«

Für einen Moment kam keine Reaktion von Lilly Sorst. Erst als Hannah die Verbindung schon unterbrechen wollte, fragte die Redakteurin: »Warum bist du ausgerechnet hierhergekommen?«

»So weit weg wie möglich. Weiter weg ging nicht! Der Sorgerechtsstreit läuft, wahrscheinlich wird mir das Sorgerecht zugesprochen. Und ich ... wollte mit Rio hier ganz neu anfangen, ohne das Risiko, dass irgendjemand bei der erstbesten Gelegenheit wieder diese Geschichte ausgräbt. Aber das hat sich ja jetzt erledigt. Allerdings setzt du morgen eine Richtigstellung in dein Blatt, dass ich auf meinen Wunsch hin hierher versetzt worden bin. Denk dir selber was Überzeugendes aus, warum. Dass ich schon als Kind immer in die Berge wollte oder so etwas. Und dann schreibst du bitte auch noch, dass es aufgrund meiner nachweisbaren Ermittlungserfolge ganz sicher keinen Anlass gibt, an meiner Kompetenz zu zweifeln. Wenn nicht, hast du noch innerhalb dieser Woche eine Anzeige wegen Verleumdung am Hals. Mit Anwälten kenne ich mich inzwischen aus, glaub mir. Ach ja, und noch was: Oldenburg liegt nicht in Ostfriesland, nur dass du es weißt.«

Ohne ein weiteres Wort beendete Hannah das Gespräch. Ihr war übel, die Kopfschmerzen pochten in ihren Schläfen, vor ihren Augen tanzten wieder bunte Lichtflecken.

Nachdem sie lange geduscht hatte, war es besser. Erst als sie schon im Bett lag, kamen die Tränen. »Rio«, flüsterte sie, »Rio, Rio, Rio! Werden wir das wirklich schaffen, wir beide?«

Der Fall, den sie lösen musste, spielte plötzlich keine

Rolle mehr. Ihre Gedanken drehten sich nur um eine einzige Sache. Wie es in Zukunft weitergehen würde, mit ihr und ihrem Jungen.

✝

Er ist nicht unglücklich darüber, dass sie noch lebt. Nicht unglücklich, aber auch nicht erfreut. Natürlich nicht.

Jetzt wird sie erst recht hinter ihm her sein, so viel ist sicher. Die Frage ist, ob sie ihn erkannt hat. Ob sie jetzt weiß, wer er ist. Dann ist es ab sofort etwas verdammt Persönliches zwischen ihnen, nicht mehr nur die Polizistin, die ihren Job macht.

Das würde die ganze Sache allerdings erst richtig spannend machen. Heißt aber auch, dass er noch vorsichtiger sein muss. Nicht mehr improvisieren darf, auch wenn es verlockend ist, von einer Sekunde zur nächsten alles auf eine Karte zu setzen. Aber den Kitzel wird er sich jetzt untersagen müssen. Schade eigentlich. Er liebt es, mit so kleinen Unwägbarkeiten konfrontiert zu werden – und sie zu meistern. Das ist wie beim Kochen, wenn das Soufflé nicht fest werden will, egal was du tust, und die Bestellzettel türmen sich, und du hast schon vierzig oder fünfzig Gerichte rausgehauen und weißt, wenn jetzt auch noch ein einziger Gast seinen Fisch entgrätet haben will, fliegt dir der ganze Laden um die Ohren …

Er wird sie beobachten. Bis der richtige Zeitpunkt gekommen ist, um sie wirklich aus dem Weg zu räumen.

Er glaubt nicht, dass sie den anderen von der Sache zwischen ihnen erzählt hat. Viel zu peinlich für eine Polizistin!

Aber jetzt hat er das über sie in der Zeitung gelesen. Momo hat es ihm gezeigt. Alles nur Andeutungen, aber das reicht. Irgendwas stimmt also nicht mit ihr. Sie hat Dreck am Stecken. Und das macht sie verwundbar. Er muss daran denken, wenn er sich etwas für sie überlegt.

Und er darf nicht vergessen, dass er die Zeit auf seiner Seite hat. Alles wird gut. Die Bullen wissen nichts von seinem Motiv. Und sie werden es auch nie erfahren. Das Motiv ist die einzige Klammer, die sie auf seine Spur bringen könnte. Aber er hat darauf geachtet, dass es keinen Hinweis gibt, der ihnen helfen könnte.

4. KAPITEL

Am nächsten Morgen fühlte sich Hannah wider Erwarten ausgeruht und frisch. Vielleicht war es auch das Wetter, das alle trübseligen Gedanken für einen Moment null und nichtig erscheinen ließ. Der schneebedeckte Gipfel der Großkopfspitze lag im gleißenden Sonnenschein, auf der Wiese zwischen den Häusern sprossen die ersten lilafarbenen Krokusse – und die Amsel war wieder da! Fast schien es Hannah, als wäre der Vogel nur rasch vorbeigekommen, um sich zu vergewissern, dass mit ihr alles okay war.

Als es klopfte und Uta ihr eine Postkarte entgegenstreckte, brauchte Hannah nur die sorgfältig gemalten Großbuchstaben in der Anschrift zu sehen, und ihr Herz machte einen kleinen Luftsprung. Post von Rio!

AN KOMISARIN HANNAH MEYER,
KUHPARKWEG 8,
82804 FELCHENSEE.

Es war ein festes Ritual, sie schrieben sich jede Woche, Hannah erzählte, was sie erlebt hatte, Rio antwortete meistens mit einer Aufzählung, was er jeden Tag gegessen hatte. Und wenn sein Vater ihm dreimal die gleiche Pizza in den Ofen geschoben hatte, stand in Rios Bericht eben dreimal »Pizza Margerita«.

Natürlich wusste Rio, wie man das Wort »Kommissarin« schrieb, Hannah hatte es ihm extra aufgemalt, damit er es abschreiben konnte. Aber er hatte ihr erklärt, dass zwei m hintereinander »doof« aussehen würden, genauso wie zwei s, und hielt sich strikt an seine Version. Und das mit dem »Kuhpark« war ein Witz zwischen ihnen, über den er sich jedes Mal vor Lachen ausschütten wollte.

Im letzten Brief hatte Hannah ihm die Geschichte vom »Ötzi« erzählt, und dass der eine abgebrochene Pfeilspitze in der Schulter gehabt hatte. *Was glaubst du,* hatte sie geschrieben, *welche zwei Erklärungen könnte es für den Pfeil geben?*

Rio hatte drei Erklärungen gefunden:

1. *Ein Feind hat mit dem Feil auf Ötzi geschossen*
2. *Ötzi hat ein Feil abgekriegt weil er nicht aufgepasst hat und voll in die Flugbahn von dem Feil gerannt ist mit dem sein Kumpel einen Hirsch schießen wollte*
3. *Der Kumpel hat mit Absicht auf Ötzi gezielt weil er was haben wollte was Ötzi gehörte*

Hannah war sich nicht ganz sicher, was sie von Rios letzter Überlegung halten sollte. Manchmal fragte sie sich, woher er solche Gedanken hatte, die ihr viel zu erwachsen für sein Alter erschienen. Aber wahrscheinlich war es nur irgendeine Geschichte aus der Schule oder aus dem Hort, die ein anderer erzählt hatte.

Eine Weile betrachtete sie noch das Motiv auf der Vorderseite der Karte, Badegäste in der Brandung. Und da stand auch etwas – richtig, »Balt ist Ostern« hatte Rio mit Filzstift geschrieben. Und ein dickes Ausrufezeichen dahinter gemalt. Als wollte er sie daran erinnern, bloß nicht die gemeinsamen Ferien zu vergessen, auch wenn es bis dahin noch über drei Wochen waren.

Drei Wochen und zwei Tage, bis die Fastenzeit vorüber sein würde. Unwillkürlich musste Hannah wieder an das vermisste Ehepaar denken. Drei Wochen und zwei Tage, zu lange, um ohne Essen zu überleben!

Hannah pinnte die Karte mit einem Magneten zu den anderen Karten an die Kühlschranktür, dann warf sie einen Blick auf die Uhr. Sie musste sich beeilen!

Die Wunde auf ihrer Stirn juckte jetzt fürchterlich, vorsichtig ersetzte Hannah das Pflaster und tauschte den Kopfverband gegen ein buntes Bandana. Sie gab sich mehr Mühe als sonst mit ihrem Make-up und probierte verschiedene Kleidungsstücke, bis sie schließlich das Richtige für diesen Tag gefunden hatte. Wildlederstiefeletten, Jeans, schwarzes Hoodie und Lederjacke. Die Jeans mit einem Riss über dem rechten Knie, die Lederjacke abgeschrappt und an den typischen breiten Aufschlägen und dem schräg verlaufenden Reißverschluss sofort als von der Motorradstaffel stammend erkennbar. Allerdings eher von der Motorradstaffel aus der Zeit von Hannahs

Vater, als die Motorräder noch knatternde Ungetüme waren.

Nach kurzem Überlegen entschied sich Hannah schließlich auch noch für die silbern glänzenden Creolen, die bis ins Detail echten Handschellen nachempfunden waren, nur kleiner und zierlicher. Die Kollegen sollten ruhig ein wenig aus der Fassung gebracht werden, wenn sie ihre neue Chefin heute bei der Dienstbesprechung sahen. Vielleicht hatte sie ihnen bislang viel zu sehr die »brave« Hannah gezeigt, das würde sie jetzt ändern.

»Cool«, kommentierte sie ihr Erscheinungsbild im Spiegel, während sie das Pfefferspray einsteckte und den Teleskop-Schlagstock in die Innentasche schob. Sie musste heute unbedingt daran denken, ihre Dienstwaffe aus dem Stahlschrank im Büro mitzunehmen, ab sofort würde sie die Heckler & Koch immer bei sich tragen, auch wenn das Schulterhalfter sie nervte.

Statt Frühstück wollte sie sich unterwegs einen Kaffee mitnehmen, es gab da in der Hauptstraße einen neuen Barista-Shop, der auch heiße Schokolade mit Hafermilch im Sortiment hatte – und ein großer Becher davon ersetzte mühelos jedes Frühstück, das hatte sie bereits getestet.

Uta war nicht da, auch ihr Pick-up stand nicht vor der Tür. Aber es war ja auch der Tag, an dem Uta immer nach Österreich hinüberfuhr, um dort ehrenamtlich für eine »Tafel« zu arbeiten. Sie hatte Hannah davon erzählt, wie wichtig ihr diese Aufgabe war, für die sie jedes Mal größere Mengen Buletten und Kartoffelsalat vorbereitete.

Hannah war erleichtert, dass sie auf diese Weise drum herum kam, Uta irgendwelche Fragen nach der Postkarte beantworten zu müssen. Allerdings war sie sich fast sicher, dass Uta die Karte gelesen hatte! Und sie würde nicht nur den mit Filzstift gemalten Satz auf der Vorderseite gesehen haben, sondern auch die drei Worte, die Rio unter seinen Text gekritzelt hatte: *Dein Lieblingssohn Rio.* So viel also zu der Geschichte, dass Hannah angeblich nur Rios Tante war! Jedenfalls bewahrheitete sich wieder mal der Merksatz, den ihr Vater in sorgfältig gestickten Buchstaben über dem Schreibtisch in seinem Arbeitszimmer hängen hatte: LÜGEN HABEN KURZE BEINE.

Der Typ im Barista-Laden war freundlich, der Kakao war gut, Hannahs Kopfschmerzen hielten sich in Grenzen.

»Tits up«, machte sie sich ein letztes Mal Mut, dann betrat sie das Kommissariat.

Tatjana begrüßte sie mit der Nachricht, dass sich das Krankenhaus gemeldet hatte.

»Der Arzt hat Sie nicht erreicht. Ich soll ausrichten … Äh, was haben Sie da eigentlich an? Also ist cool, steht Ihnen. Aber sieht irgendwie ein bisschen aus, als ob Sie jetzt bei den linken Chaoten mitmachen wollten.«

»Die linken Chaoten haben mit einigem verdammt recht, was sie so sagen«, konterte Hannah. »Übrigens auch, was unseren Verein angeht, ich glaube, Sie wissen, wovon ich rede. Gilt natürlich nicht für uns beide«, setzte sie hinzu, um ihre Aussage ein wenig abzumildern. »Wir gehören zu den Guten, das ist ja klar. Also, das Krankenhaus! Ich hatte mein Handy heute Nacht auf lautlos geschaltet und noch gar nicht geguckt, ob es irgendwelche Meldungen gibt ...«

Hastig schaltete sie den Klingelton wieder ein, dann blickte sie aufs Display. »Hier ist ein Anruf, ja, das war das Krankenhaus. Was sollten Sie mir ausrichten?«

»Schulze-Raab ist heute Nacht aus dem Bett gefallen, wie das passieren konnte, weiß niemand.«

»Und? Das ist doch noch nicht alles, oder?«

Tatjana biss sich auf die Unterlippe, bevor sie sagte: »Er hatte einen Herzinfarkt, und sie haben ihn wieder ins künstliche Koma versetzt. Es sieht nicht gut aus. Tut mir leid, ich weiß, wie wichtig es für uns gewesen wäre, eine Aussage von ihm zu bekommen, aber ...« Sie hob bedauernd die Schultern.

»Gehen wir«, erwiderte Hannah. »Sind die anderen schon da?«

»Bis auf Obermayr, der hat frei. Er war ja auch noch die halbe Nacht im Krankenhaus. Jetzt ist der Gruber für ihn da, Falco, Sie wissen schon, der fehlt also auch.« Tatjana beugte sich unvermittelt vor und flüsterte: »Dein Outfit ist echt scharf! Vor allem die Ohrringe sind geil. Sehen wirklich aus wie echte Achten«, benutzte sie den üblichen Polizeijargon. »Weißt du was? Solche will ich auch! Vielleicht sollten wir überhaupt alle so was tragen, auch die

Typen, als neue Image-Kampagne, was meinst du?«, fragte sie kichernd.

Hannah nickte nur lächelnd, in Gedanken war sie bereits im Besprechungsraum und formulierte ihre ersten Sätze.

Tatjana hielt ihr die Tür auf. »Du machst das schon. Und denk dran: Du siehst nicht nur cool aus, du bist auch cool!«

Mehr noch als dieser Satz gefiel Hannah die unerwartete Herzlichkeit, mit der Tatjana plötzlich zum »Du« übergegangen war.

Beim ersten Mal noch eher aus Versehen, dann so als hätten sie sich schon immer geduzt. Oder als wären sie eben einfach ... Kolleginnen! Für Hannah hatte es eine Bedeutung, die Tatjana sicherlich kaum nachvollziehen konnte.

Kurz war Hannah versucht, der jungen Kollegin als Dankeschön einen Kuss auf die Wange zu drücken. Aber sie konnte sich gerade noch zurückhalten. Allerdings beschloss sie spontan, auch bei den anderen Kollegen jetzt auf das »Sie« zu verzichten, zumindest wenn sie sie als Team ansprach.

»Guten Morgen«, setzte sie zur Begrüßung an und ignorierte die eindeutig irritierten Blicke auf ihre Jacke, die Jeans, die Creolen. »Ihr wisst alle, worum es geht. Ich habe nicht darum gebeten, Hubers Position zu übernehmen, aber das ist nun mal so. Und ich werde eure Hilfe brauchen! Allein kriege ich das jedenfalls nicht hin, das weiß ich – und ihr wisst das auch. Wäre schön, wenn wir es uns nicht gegenseitig schwer machen, okay?«

Hinterher konnte sie nicht mehr sagen, wann sie das erste Mal das Gefühl hatte, dass die anderen sie nicht länger nur skeptisch und mit verschränkten Armen musterten, sondern merklich lockerer wurden. Aber Hannah machte sich nichts vor, es war zweifellos Tatjana, die den entscheidenden Ausschlag gab: »So, jetzt kommt mal, Leute, wollen wir dem geschleckten Madel von der Nordsee mal zeigen, was wir draufhaben, oder? Stellt euch mal vor, wir lassen sie so ins Wirtshaus gehen, wie sie gerade aussieht! Unmöglich, oder? Also braucht sie uns, sonst ist sie nämlich voll am Arsch. Scheiß drauf, was da angeblich in Ostfriesland gewesen ist, das interessiert uns nicht, wir sind hier in Bayern. Und wir sind jetzt alle in der Ermittlungseinheit, das ist doch mal was! Also, woas sagt's ihr, packen mer's und machen den alten Huber stolz auf uns?«

Hannah musste den Kollegen einiges an Abbitte leisten – und als dann sogar der Obermayr noch auftauchte und irgendetwas davon murrte, dass er noch lange genug schlafen könne, wenn er erst mal tot sei, wagte Hannah zu hoffen, dass sie hier tatsächlich ein Team hatte, auf das sie sich für die weitere Ermittlung absolut verlassen konnte!

Nach einer knappen Stunde hatten sie ihr Vorgehen abgesprochen und die anstehenden Aufgaben verteilt. Die Fahndung nach dem Mercedes-SUV aus der Samstagnacht lief weiter, ebenso die Suche nach dem schwarzen Toyota vom Tag zuvor. Unbedingte Priorität hatte die

Suche nach dem verschwundenen Ehepaar aus Pasing. Hannah erklärte unmissverständlich, dass sie von einem Zusammenhang zwischen den drei Fällen ausging. Und dass ihnen die Zeit davonlief. Wenn die beiden aus Pasing als Ersatz für Schulze-Raab dienen sollten, weil ihm die Flucht gelungen war, dann würden sie jetzt ebenfalls zum Hungern gezwungen werden. Und sicher nicht bis zum Ende der Fastenzeit überleben.

Sie hatten also die mutmaßliche Entführung von Schulze-Raab, einen Fall von Fahrerflucht mit Todesfolge, einen Mordversuch an einer Polizistin. Kein Totschlag, sondern Mord. Der Mann hatte Hannah mit der eindeutigen Absicht in die Felswand gelockt, sie dort zu beseitigen. Und sie hatten eine weitere Entführung mit dem Ziel, den Hungertod der Opfer zu riskieren. Ganz konkret: Sie verhungern zu lassen.

Natürlich war es ein Rückschlag, dass Schulze-Raab jetzt erneut nicht vernehmungsfähig war. »Und durch die Geschichte gestern mit mir an der Seilbahn haben wir einen vollen Tag verloren«, fasste Hannah noch einmal zusammen, »aber wir müssen dieses Puzzle trotzdem irgendwie zusammengesetzt bekommen! Wir teilen uns auf wie besprochen. Es wird eine endlose Telefoniererei, das ist mir klar, aber wir müssen so viel wie möglich über die vermissten Personen in Erfahrung bringen. Also noch mal, damit wir uns da vollkommen einig sind: Denkt daran, dass wir erst auf einen Zusammenhang zwischen den vermissten Personen gekommen sind, als wir genau danach gesucht haben. Jedes Jahr verschwinden zig Personen, laut Kriminalstatistik im letzten Jahr allein in Bayern über 7000. Die meisten tauchen nach wenigen Tagen wieder auf, aber wir reden von den anderen. Für sich genommen sind die Fälle keinem weiter aufgefallen. Und es war ja auch immer nur *ein* Fall pro Jahr, nur in diesem Jahr sind es zwei. Das könnte aber darin begründet sein, dass Schulze-Raab nach seiner Flucht durch das Ehepaar aus Pasing ersetzt worden ist.«

Hannah machte eine kurze Pause, bevor sie fortfuhr: »Aber wir *haben* jetzt ein Muster! Wir wissen, dass sie alle verschwunden sind, nachdem sie essen waren. Und zwar ausnahmslos in teuren Restaurants, die im Michelin oder im Gault-&-Millau verzeichnet sind. Jetzt suchen wir nach anderen Gemeinsamkeiten! Irgendetwas, das diese Personen miteinander in Verbindung bringt. Sie kamen aus völlig verschiedenen Orten, die über ganz Bayern verteilt sind. Und es war nie zweimal dasselbe Restaurant, nur im Fall von Sascha Kallmann zweimal derselbe Koch. Allerdings im Abstand von neun Jahren, deshalb können wir Kallmanns Verdacht, dass es jemand auf ihn persönlich abgesehen hat, sicher außer Acht lassen.«

»Und einer, der generell was gegen Sterneköche hat?«, meldete sich Sepp Eins zu Wort. »Vielleicht weil er selbst keinen Stern gekriegt hat, also auch ein Koch!«

»Haha!«, machte sein Partner. Sepp Zwei. »Das ist Küchenpsychologie und sonst gar nichts.« Er tippte sich an die Stirn.

Sepp Eins schien es ihm nicht weiter übel zu nehmen. »Ich dachte ja nur …«

»Wir behalten es mit im Hinterkopf«, erklärte Hannah. »Ein Koch, der seit Jahren darauf wartet, endlich einen Stern zu bekommen. Hoffentlich gibt es nicht zu viele davon. Aber zurück zu den Vermissten: Ich will alles über diese Leute wissen, ihre Berufe, ihren sozialen Status, was für Vorlieben sie außer gutem Essen hatten, ob es irgendwelche … Eigenarten gibt, an die wir anknüpfen können?«

»SM und Fesselspiele!«, schlug Obermayr vor. »Wollen wir wetten, dass es so was ist?«

»Vielleicht auch … so was, ja«, bestätigte Hannah. »Wir suchen die Nadel im Heuhaufen, aber es *muss* da etwas geben, und das müssen wir finden.«

Hannah holte tief Luft, bevor sie noch einen weiteren Gedanken formulierte, den sie bislang nur gestreift hatten. Vielleicht auch, weil sie sich damit auf ein Gebiet begaben, das Hannah ebenso fremd wie suspekt war.

»Noch was, Stichwort Religion. Unsere Leute sind während der Fastentage verschwunden oder anders gesagt: Sie haben sich nicht an die Fastenzeit gehalten. Könnten wir hier ein Motiv haben? Die alte Frage nach dem ›Warum‹? Könnte uns das weiterbringen? Was ich sagen will: Hat der Zeitpunkt ihres Verschwindens etwas mit der Fastenzeit zu tun, oder ist das reiner Zufall? Die Fastenzeit dauert über fünf Wochen – womit wir wieder bei unseren vierzig Tagen sind. Da gibt jemand die Verantwortung für seine Taten ab, indem er ... Gott entscheiden lässt, ob das Opfer vierzig Tage Hunger überlebt oder nicht. Und all unsere Vermissten sind jeweils in der ersten Woche der Fastenzeit verschwunden, das würde für die Idee mit den vierzig Tagen sprechen, oder? Schaffst du es, vierzig Tage zu hungern, dann hast du genug Buße getan und darfst weiterleben!«

»Worauf willst du hinaus?«, fragte Tatjana. »Denkst du an einen Fanatiker, der es auf Leute abgesehen hat, die sich nicht an die Regeln halten? Ein Serienmörder?«

»Das glaube ich, ja. Was sagt ihr dazu? Ich kenn mich nicht so aus mit Religion und Glaubensfragen ...«

»Ein Psychopath, der in der Gegend rumreist und sich mal hier, mal da seine Opfer sucht?«, entgegnete Sepp Eins. »Wohl eher nicht, oder? Nach welchem Prinzip wählt er die Leute aus? Es gibt doch jede Menge Typen, die in diese Wichtigtuer-Restaurants gehen, auch während der Fastenzeit.«

»Serienmörder suchen ihre Opfer häufig rein zufällig aus, weshalb die Wahrscheinlichkeit, sie innerhalb eines Jahres zu finden, bei unter zehn Prozent liegt«, erklärte Sepp Zwei. »Hab ich irgendwo gelesen.«

»Also Zufall«, meinte Obermayr. »Ist ihm völlig egal, wer sein Opfer ist, Hauptsache es hat die Fastenregeln gebrochen. Oder ...« Er legte eine leichte Kunstpause ein. »Oder das Motiv ist Quatsch. Es geht um was ganz anderes. Ein Serienmörder braucht gar nicht unbedingt ein Motiv. Er kann auch einfach einen an der Waffel haben und hört irgendwelche Stimmen, die ihm befehlen, wieder und wieder zu töten. So was wie ein innerer Drang. Hab *ich* irgendwo gelesen.«

Hannah schüttelte den Kopf. »Ich glaube ja, dass es immer ein Motiv gibt. Aber okay, wenn es sich irgendwo in den Abgründen der Psyche verbirgt, dann ... dann macht es vielleicht Sinn, nicht nur nach dem Warum zu fragen. Lasst uns genauso weitermachen, wie wir es abgesprochen haben. Aber ...« Sie suchte den Blickkontakt mit ihren Leuten. Sie brauchte dieses Team vielleicht mehr, als sie jemals zuvor die Rückendeckung ihrer Kollegen benötigt hatte ... »Wir suchen vorrangig nach einer Gemeinsamkeit, die unsere vermissten Personen miteinander verbindet. Und egal wie abwegig euch irgendetwas vorkommt, wir verfolgen jede Möglichkeit, okay? Tatjana und ich werden jetzt als Erstes noch mal mit Sascha Kallmann vom Moosgries reden. Danach nehmen wir uns einen der Köche nach dem anderen vor. Im Zweifelsfall rufen wir nicht nur an, sondern stehen plötzlich bei ihnen vor der Tür, das ist manchmal ganz wirkungsvoll. Und ja«, sie deutete auf Sepp Eins, »vielleicht ist ja was dran an deiner Idee mit der möglichen Eifersucht, wieso hat der einen Stern und ich nicht? So was.«

Sepp Eins lächelte geschmeichelt. Sepp Zwei verpasste ihm umgehend einen Stoß in die Rippen.

»Kriegen wir überhaupt genug Spesen, um auch das Essen in so einem Laden bezahlen zu können?«, rief Obermayr. »Also ich mein ja nur, wenn schon, denn schon.«

Schmidtchen hatte sich bislang nur Notizen gemacht, jetzt sagte sie völlig unerwartet: »Also wenn das rein dienstlich ist, will ich mit. Aber dann brauche ich auch dringend was Neues zum Anziehen!«

Tatjana wandte sich zu Hannah. »Da hörst du es. Und da wir gerade schon mal dabei sind: Also ich meld' mich freiwillig, um so einem Köchlein auch ganz privat auf den Löffel zu schauen ...«

Als Hannah dann ihre Waffe aus dem Schrank im Büro holte, hatte sie für eine Sekunde wieder die Bilder vor Augen, wie sie dem Mann aus dem Toyota die Felswand hinauf folgte. Der Abstand war zu groß gewesen, um sein Gesicht erkennen zu können. Und er hatte auch wieder oder immer noch die FFP2-Maske getragen. Aber sie war sich dennoch sicher. Das Problem war nur, dass es einfach keinen Sinn ergab. Nichts von alledem.

Der Mann war jetzt offiziell zur Fahndung ausgeschrieben, weil er sie gezielt in den Berg gelockt hatte, um sie mit einem vorgetäuschten Unfall aus dem Weg zu räumen. Als Grund dafür hatten die Kollegen widerspruchslos akzeptiert, dass Hannah den Mann im Krankenhaus gesehen hatte und ihm gefolgt war. Einem Mann, der sich als Pfleger ausgegeben hatte, um in Schulze-Raabs Zimmer zu gelangen. Und von dem Schulze-Raab gesagt hatte, dass er identisch mit dem Mann aus dem Moosgries war, mit seinem Entführer. Dem der Gastrokritiker dann auf irgendeine Weise entkommen war. Und der jetzt verhindern wollte, dass Schulze-Raab aus dem Koma aufwachen, seine Aussage wiederholen und ihnen noch mehr Informationen liefern konnte.

Aber dann hatte das Timing nicht gestimmt, und der angebliche Pfleger war im Krankenhaus ausgerechnet mit Hannah zusammengetroffen. Die ihn gesehen und verfolgt hatte, weshalb er sie aus dem Weg räumen wollte.

Hannah hatte den Kollegen allerdings nicht erzählt, was Schulze-Raab noch gesagt hatte. »Der Mann im Moosgries war derselbe wie der ...«

Wie der Mann, der sie fast vergewaltigt hatte. Und der nur von ihr abgelassen hatte, weil Schulze-Raab ihr unerwartet zu Hilfe gekommen war. Hannah war überzeugt davon, dass es so war.

Stephan. Angeblich ein Computer-Nerd. Was sicher genauso gelogen war wie alles andere, das er ihr erzählt hatte. Vielleicht hatte er sie nur ins Moosgries mitgenommen, weil er eine Begleitung brauchte, um Schulze-Raab möglichst unauffällig beobachten zu können. Vielleicht um sich zu vergewissern, dass der Restaurantkritiker alle Kriterien erfüllte, die seine Opfer aufweisen mussten. Dazu würden auch seine empörten Sätze passen. Hannah wusste es nicht mehr genau, aber er hatte Worte wie »Völlerei« benutzt und sich darüber aufgeregt, dass sich niemand mehr an die Regeln und Traditionen der Fastenzeit hielt.

Und der Versuch, sie auf der Toilette zu vergewaltigen? War das eine ... spontane Idee gewesen? Oder hatte er es von Anfang an geplant, sozusagen als kleines Vergnügen am Rande?

Sie würde es den Kollegen erzählen müssen, daran führte kein Weg mehr vorbei. Auch wenn der Zeitpunkt jetzt noch schlechter war als vorher. Ausgerechnet nach diesem dämlichen Zeitungsartikel würde erst recht jeder denken, dass sie vollkommen unfähig war. Sie durfte sich nichts vormachen, trotz ihres Eindrucks, dass sie ein Team bildeten, war sie doch immer noch ... die Fremde, die nicht wirklich dazugehörte. Und es würden noch viel mehr Halbwahrheiten über die Sache in Oldenburg die Runde machen! Wahrscheinlich würde es auch nicht lange dauern, bis es hinter vorgehaltener Hand hieß, dass sie ein Sexproblem hatte. Die unbefriedigte Lesbe, die dann mit dem erstbesten Kerl loszog, der sie zum Essen einlud.

Verdammt, dachte Hannah, es hilft alles nichts, ich muss trotzdem mit ihnen reden! Allein schon, um die Fahndungsmeldung zu ergänzen: Sie suchten nach einem circa vierzigjährigen Mann, der zu spontaner Gewalttätigkeit neigte. Der womöglich schon mal wegen eines Sexualdelikts auffällig geworden war. Und der mit ziemlicher Sicherheit eine Verletzung im Gesicht hatte. Eine noch kaum verheilte Narbe an der Nase.

Vielleicht würde es nachher passen. Nachdem sie mit Tatjana bei Kallmann gewesen war. Erst rede ich mit Tatjana, versuchte sie sich selbst zu überzeugen, während sie das Schulterhalfter anlegte. Tatjana ist eine Frau, das macht es einfacher, darüber zu sprechen. Ich erzähle ihr alles. Auch von der Sache mit Rio. Meinem Jungen! Und von dieser ganzen Scheiße, in der ich stecke.

†

Momo fängt an zu nerven, sie wird nervös, das ist nicht gut. Außerdem gibt es keinen Grund, um nervös zu werden. Es hat ein paar Pannen gegeben, aber er kümmert sich ja darum. Er hat alles im Griff!

Ups, gut dass sie das jetzt nicht gehört hat. Sie mag es nicht, wenn er immer nur von sich redet. Dann regt sie sich jedes Mal total auf. Okay, stimmt ja auch, sie sind zu zweit. Momo und er. Ohne Momo wäre es schwieriger. Alles! Aber das ist noch lange kein Grund, so zu tun, als würde er alleine gar nichts hinkriegen. Mal ganz davon abgesehen, dass er derjenige ist, der das meiste macht!

Zugegeben, das mit den vierzig Tagen war Momos Einfall. Genauso wie die neue Idee, die nur leider nicht funktioniert hat, weil der alte Sack ihnen einen Strich durch die Rechnung gemacht hat. Das konnte keiner ahnen. Es gibt immer solche Unwägbarkeiten! Das ist in der Küche genauso. Er hat es oft genug erlebt. Manchmal reicht es schon, wenn nur der Stapel Tücher auf deinem Posten falsch liegt, du in der Eile danebengreifst und dir am heißen Grillblech die Haut verbrennst. Blöderweise genau an derselben Stelle, an der noch die frischen Brandblasen vom Tag zuvor sind. Dumm gelaufen. Oder wenn der netteste Kellner von allen plötzlich ohne jeden Grund ausflippt, sich die Haare abrasiert und nackt ins nächste Einkaufszentrum marschiert, um wahllos irgendwelche Leute zu erschießen. Okay, DAS hat er noch nicht erlebt, aber vorstellbar ist es allemal.

Also gut, Momo, WIR haben alles im Griff, okay?

5. KAPITEL

Auf der kurzen Fahrt zum Moosgries erklärte Hannah ihrer Kollegin Tatjana, warum sie nochmals mit Sascha Kallmann reden wollte. Und warum sie Tatjana dabeihaben wollte. Tatsächlich hatte sie mittlerweile das deutliche Gefühl, dass der Sternekoch Katz und Maus mit ihr spielte. Deshalb brauchte sie Tatjanas Einschätzung, was von ihm zu halten war.

»Glaubst du denn, dass er verdächtig ist?«, fragte Tatjana.

»Nein, das kann ich mit ziemlicher Sicherheit sagen. Das passt nicht zusammen. Und der Mann gestern war jemand anders, außerdem hat Kallmann auch diesmal ein Alibi, er hatte eine Gruppe von Mönchen vom Kloster Andechs zu Gast, deren Bier er bei sich ausschenken will. Erst war er bei ihnen, jetzt waren sie bei ihm, weil sie sein Restaurant kennenlernen wollten. Die Geschichte scheint zu stimmen, aber ich habe die ganze Zeit den Verdacht, dass Kallmann mehr weiß, als er sagt. Irgendwas ist da komisch. Und vor allem kriege ich ihn nicht zu fassen, das ist mein Problem, ich kann ihn nicht einschätzen. Es kommt mir vor, als gäbe es mehrere Kallmanns: den, der mir einen Risotto macht und mich zum Essen einlädt, den, der mich am Telefon anschnauzt, als wäre ich die letzte Person, mit der er reden möchte, und dann den, der mir ein Foto von sich und den Mönchen in seinem Restaurant schickt, als wollte er mir partout ein Alibi liefern, noch bevor ich danach frage. Deshalb brauche ich dich, setz ihn ruhig unter Druck.«

»Good cop, bad cop?«, fragte Tatjana. »Du gut, ich böse?«

»Nein«, entschied Hannah. »Das würde er schnell durchschauen. Wir wechseln uns ab! Und wir bleiben nicht bei einem Thema, wir springen hin und her, wie es uns gerade einfällt. Das ist viel irritierender. Vielleicht schaffen wir es, ihn so durcheinanderzubringen, dass er etwas erzählt, was er bislang für sich behalten hat. Ich bin überzeugt, dass es da etwas gibt.«

Weil es etwas geben muss, dachte sie. Weil mich Kallmann in einem Maße verwirrt, das nicht gut ist. Weil ich unbedingt professionell bleiben muss. Weil ich sonst keine Ahnung habe, wie wir weitermachen sollen. Weil wir nach der Nadel im Heuhaufen suchen.

Als sie die Kirche passierten, sagte Tatjana unvermittelt: »Echt, da will er also das Bier vom Kloster Andechs bei sich ausschenken! Das wird der Brauerei hier im Ort aber gar nicht gefallen. Andererseits gibt es ja einiges, was den Leuten hier an ihm und seinem Restaurant nicht passt. Trotzdem, Bier ist noch mal so eine Sache für sich, das ist wie beim Fußball, da verstehen die Herren der Schöpfung keinen Spaß. Obwohl, wenn du mich fragst, also dieses Klosterbräu aus Andechs, das hat schon was. Ich war mal da!« Tatjana kicherte. »Du hättest mich sehen sollen – eine Maß und ich hatte echt Mühe, noch vom Stuhl hochzukommen!«

»Darf ich dich was fragen?«, nutzte Hannah den Moment der Privatheit zwischen ihnen.

»Du kannst mich alles fragen, solange du nicht wissen willst, was ich so nach zwei oder drei Maß anstelle! Vor allem, wenn ich ein fesches Mannsbild bei mir hab!« Sie kicherte wieder. Dann sagte sie ganz ernst: »Also los, frag!«

»Eben gerade, auf der Dienststelle – ich hab mich gewundert, dass alle so bereitwillig waren, mit mir zusammenzuarbeiten. Das … ging schneller, als ich dachte. Ich wollte dir sowieso noch für deine Unterstützung danken, aber ich hatte nicht damit gerechnet, dass die anderen …«

»Bedank dich beim Huber«, unterbrach Tatjana sie. »Deshalb hat's geklappt, sonst wär das nicht so einfach gewesen.«

»Ich verstehe nicht …«

»Der Huber hat uns alle darauf eingeschworen, dass wir mit dir arbeiten sollen. Er hat mit jedem von uns geredet, gestern noch! Und wer nicht auf der Dienststelle war, den hat er privat angerufen.«

Hannah brauchte einen Augenblick, bevor sie erwiderte: »Und … das machen dann alle einfach so?«

»Natürlich! Was glaubst du, warum sogar der Obermayr heut Morgen erschienen ist, obwohl er frei hatte!«

»Ich kapiere es nicht.«

»Es ist einfach. Der Huber hat gegen jeden was in der Hand, darum geht es. Er hat so eine Art Liste, da stehen alle kleinen und größeren Vergehen von jedem von uns drauf.«

»Ich glaub's ja wohl nicht! Und woher wisst ihr das?«

»Er hat's uns bei jeder Gelegenheit gerne unter die Nase gerieben, immer gleich mit dem einen oder anderen Beispiel dazu, oft irgendwelche Sachen, die du schon längst wieder vergessen hattest. Oder so was, wovon du gehofft hattest, dass er's nicht mitgekriegt hat. Aber denkste, der hat immer alles mitgekriegt. Hey, jetzt guck nicht so entgeistert! Sei froh, ist doch zu deinem Vorteil. Und nur dass du's weißt: Ich hätte auch so zu dir gehalten, ich find dich nämlich gut. Außerdem müssen wir zusammenhalten, um den Kerlen mal zu zeigen, dass wir auch ohne sie klarkommen! Manchmal sogar besser als mit ihnen. Nicht immer, aber immer öfter. Ganz bestimmte Sachen mal ausgenommen.«

Diesmal empfing Sascha Kallmann sie in der Gaststube. An der Bar, an der er sich sogleich ein randvolles Glas Haselnussschnaps einschenkte.

»Ihr dürft ja nicht ...«

Nach seiner Aussprache und den fahrigen Bewegungen zu urteilen, war es nicht sein erstes Glas.

»Hab nicht viel geschlafen letzte Nacht. Mann, Mann, diese Mönche haben mich glatt unter den Tisch getrunken, in meinem eigenen Laden. Wenn ich die öfter als zahlende Gäste hier hätte, käme ich allein durch den Umsatz an Getränken auf meine Kosten. Aber wenigstens habe ich die Unterschrift, ab nächster Woche geht es los, erst mal mit ihrem Weißbier und dem dunklen Doppelbock. Ich freu mich drauf! Aber das wollt ihr nicht wissen. Also, worum geht's? Ich hab doch schon alles erzählt.«

Hannah schüttelte den Kopf. »Ein paar Infos fehlen uns noch.« Sie wies auf Tatjana. »Meine Kollegin, Polizeiobermeisterin Fischer.«

Kallmann prostete Tatjana zu und leerte sein Glas.

»Wir würden gerne ...«, setzte Hannah an.

Der Koch winkte ab. »Ich hab schon verstanden, ihr seid's mehr so privat hier. Ihr wollt's nämlich ein paar Interna hören, stimmt's?«

Er ließ einen vielsagenden Blick über Hannahs Aufmachung schweifen, dann redete er weiter, bevor sie einhaken konnte.

»Also Regel Nummer eins: Kommt niemals auf die Idee, an einem Montag Fisch zu bestellen! Falls ihr ein Restaurant findet, das montags geöffnet hat – freut euch nicht zu früh. Und denkt vor allem nicht, klasse, da haben wir ja Glück gehabt! Kann sein, sage ich, aber Finger weg vom Fisch! Es ist nämlich der Fisch vom Donnerstag beziehungsweise das, was noch davon übrig ist. Der Chefkoch kauft immer so viel ein, dass er am Freitag und Samstag auch bei einem vollen Restaurant auf jeden Fall genug hat. Aus den Resten bastelt er für den Brunch am Sonntag irgend so was wie den ganz besonderen Meeresfrüchtesalat. Und jawohl, Bingo, die Reste von den Resten kommen dann am Montag auf den Tisch. Gilt übrigens auch für Mett und alles andere, montags gibt es ausschließlich das, was vom Wochenende übrig ist. Aber wartet!«

Er hob die Hand und schob seinen Kopf so weit über den Tresen, dass Hannah deutlich den Schnaps in seinem Atem riechen konnte. »Es wird noch fieser. Wo ich grade von Brunch sprach – vergesst es einfach! Vor allem die Hollandaise, die ja nicht zu heiß und nicht zu kalt sein darf, damit sich Eigelb und Butter nicht trennen. Aber dadurch ist sie sozusagen der perfekte Tummelplatz für begeistert kopulierende Bakterien! Und bitte, egal ob beim Brunch oder sonst: Besser keine Muscheln! Glaubt mir, ich weiß, wovon ich rede. Eine einzige schlechte Muschel in der Schüssel reicht, um dich auf dem Klo in hohem Bogen gleichzeitig ... okay, lassen wir das, ist nicht sehr appetitlich.«

»Lassen wir das«, stimmte Hannah ihm zu. Das Gespräch verlief vollkommen anders, als sie es sich vorgestellt hatte, vor allem musste sie schnellstens erreichen, dass sie es waren, die die Richtung vorgaben. Aber wieder hob der Koch die Hand, um ihren Einwurf zu stoppen. Inzwischen war Hannah überzeugt davon, dass er unentwegt redete, weil er Zeit schinden wollte. Und er hatte nicht einfach ein paar Gläser zu viel getrunken, sondern etwas zu verbergen! Er hatte Angst, dass sie mit einem ganz konkreten Verdacht zu ihm gekommen waren. Jetzt suchte er nach einer Möglichkeit, von dem abzulenken, was sie ihn womöglich fragen wollten …

»Noch etwas, ein bisschen allgemeiner, aber mindestens genauso wichtig: Die Toiletten! Seht euch zuerst die Toiletten an! Wenn es dem Restaurant egal ist, ob die Sanitäranlagen sauber sind oder nicht, dann brauchst du auch nicht lange zu überlegen, wie wohl die Arbeitsflächen in der Küche und die Kühlräume aussehen. Und wenn der Chefkoch unrasiert an der Bar hockt und einen Schnaps nach dem anderen in sich reinkippt, dann …« Er winkte ab und genehmigte sich ein weiteres Glas. »Dann ist sowieso alles zu spät.«

»Das sehe ich ähnlich.« Hannah griff nach der Flasche, bevor er sich erneut einschenken konnte. »Und wir beenden die Show jetzt mal, ja?«

Der Koch nickte mit glasigen Augen, um gleichzeitig zu nuscheln: »Geht bloß niemals in ein Restaurant, das den Namen des Kochs über der Tür stehen hat. Oder noch schlimmer des Eigentümers. Ganz schlecht!«

»Das Ehepaar, nach dem ich vorgestern am Telefon gefragt habe«, sagte Hannah und versuchte, seinen Blick zu fixieren. »Die mit dem Selfie …«

Tatjana schnippte mit den Fingern, um die Aufmerksamkeit des Kochs jetzt auf sich zu lenken. »Sie haben der Kommissarin erzählt, Sie hätten immer mal wieder solche Leute, die Sie nicht besonders mögen, weil sie sich … zu wichtig machen. Wir würden gerne ein bisschen mehr darüber hören. Ich kann mir vorstellen, dass das nicht immer einfach ist, da halbwegs ruhig zu bleiben und nicht auch mal auszuflippen. Wie machen Sie das?«

Von einem Moment zum nächsten schien Sascha Kallmann wieder nüchtern zu sein. Nüchtern und auf der Hut, wachsam. Auch seine Aussprache war vollkommen klar. Aber in seiner Stimme schwang etwas mit, das Hannah unwillkürlich als Resignation einordnete. *Jetzt* machte er ihnen nichts mehr vor, jetzt sagte er die Wahrheit.

»Sie waren nicht die Schlimmsten, das Pärchen mit dem Selfie, meine ich. Auf einer Skala von eins bis zehn irgendwo in der Mitte, vier oder höchstens fünf. Mit anderen Worten: Es geht noch viel schlimmer. Passt auf, am liebsten sind mir die, die sich wirklich darauf freuen, etwas Besonderes zu essen. Für die der Restaurantbesuch dann ein Erlebnis ist, das sie sich gegönnt haben, weil sie sich etwas Gutes tun wollten«, wiederholte Kallmann in etwa das, was er zu Hannah schon am Telefon gesagt hatte. Nur war er diesmal präziser in seiner Beschreibung.

»Ich habe auch nichts gegen die, die es sich leisten können, öfter in einem wirklich guten Restaurant zu essen. Die auch durchaus beurteilen können, ob der Koch nur trickst oder ob sein Essen … außergewöhnlich ist. Auch diese Leute können dankbar sein für das, was ich ihnen biete. Aber …«

Er machte eine Pause und starrte ausdruckslos auf das leere Glas vor sich.

»Aber wir reden von den anderen!«, sagte Tatjana leise. Ihre Stimme übertönte kaum die Geräusche aus der Küche, in der die Vorbereitungen für den Abendbetrieb bereits in vollem Gang zu sein schienen. »Wir reden von denen, die schlimmer sind als das Pärchen mit dem Selfie. Die nicht nur angeben wollen und in ein Sternerestaurant gehen, um sich selbst zu feiern und sich in Szene zu setzen, sondern ...?«

Sie ließ das Ende ihres Satzes offen, Kallmann reagierte prompt.

»Sondern die uns behandeln wie Dreck. Die sich aufspielen, die viel zu laut sind, die die anderen Gäste nerven, das Bedienpersonal schikanieren und den Koch an ihren Tisch zitieren, um ihn nach Sorte und Herkunft des Senfs zu fragen, den er für seine Soße verwendet. Weil ihnen der Koch in Nizza, Saint Tropez, Cannes nämlich im letzten Sommer anvertraut hat, welcher Senf wann und wozu der einzig wahre ist. Und dann haben wir noch die CEOs von den Jahreshauptversammlungen der Banken oder Automobilkonzerne. Und die werden mit genügend teurem Rotwein in der Birne erstaunlich schnell übergriffig, vor allem, wenn ihnen das Dirndl der Bedienung ein ganz klein bisschen zu viel Dekolleté präsentiert oder ihr Rock ein paar Zentimeter zu weit über dem Knie endet. Die Typen, die glauben, dass sie sich alles erlauben können – einfach nur weil sie es eben können.«

Tatjana warf Hannah einen schnellen Blick zu: Jetzt kommen wir langsam zum Punkt, oder?

»Die sind dann auf der Skala, von der Sie gesprochen haben bei ... zehn?«, fragte Hannah.

»Acht, vielleicht neun. Zehn sind solche wie der halbseidene Honorarkonsul mit dem Adelstitel, der das Trinkgeld vor meinen Kellner auf den Boden geworfen und gerufen hat: ›Da, für dich, heb's dir schön selber auf. Ein bisschen bücken tut dir mal ganz gut. Aber hinterher nicht alles auf einmal verprassen, hörst du?‹«

»Das hat tatsächlich jemand ...« Tatjana schüttelte empört den Kopf.

Hannah hatte für eine Sekunde die Szene vor Augen, die sich da abgespielt haben musste. Tatjana hat recht, dachte sie, es ist unfassbar.

»Und?«, fragte sie Kallmann.

»Und? Ich hab ihn eigenhändig vor die Tür gesetzt und ihm Prügel angedroht, falls er noch mal auftauchen sollte.«

»Sie können also im Zweifelsfall auch ... aggressiv werden? Tätlich?«, fragte Tatjana prompt.

»Keine Sorge, Schulze-Raab war nicht so, so weit wäre er nie gegangen«, erwiderte Kallmann, als wäre das die einzig logische Antwort auf Tatjanas unausgesprochenen Gedanken. »Also musste ich ihn auch nicht verhauen oder ihm sonst was antun.«

»Und Ihre Kollegen, sehen die das ähnlich wie Sie?«, kam es von Tatjana.

»Was weiß ich? Da müsst ihr sie schon selbst fragen. Aber was soll das überhaupt? Was ist mit meinem Verdacht, dass da jemand was gegen mich persönlich hat? Habt ihr da mal versucht, eure Arbeit zu machen, oder ist euch das zu mühsam und ihr stochert lieber ein bisschen im Nebel?«

Hannah gab keine Antwort. Stattdessen trommelte sie ungeduldig mit den Fingern auf dem polierten Holz der Theke. »Meine Kollegin wollte wissen, ob Sie einem der anderen Köche zutrauen würden, dass er …«

»Was?«, unterbrach Kallmann sie sofort. »Dass er sich ein paar der ganz miesen Typen schnappt und sie zwingt zu hungern?«

»Zu fasten«, ergriff Hannah die Gelegenheit. Es war ihr wichtig, dieses Motiv ins Spiel zu bringen, das zumindest eine mögliche Verbindung zwischen den vermissten Personen darzustellen schien. »Es ist Fastenzeit. Und wir haben noch weitere Vermisstenfälle aus den letzten Jahren gefunden, alles Leute, die in den Fastentagen verschwunden sind. Damit ist Ihr Verdacht vom Tisch. Es geht ganz sicher nicht um Sie persönlich. Aber alle vermissten Personen, die wir jetzt haben, waren bekannt dafür, dass sie gerne gut gegessen haben. Und das auch während der Fastenzeit. In Restaurants wie dem Moosgries.«

Der Koch wurde von einer Sekunde zur nächsten kreidebleich. »Während der Fastenzeit?«, fragte er leise.

»In Restaurants wie Ihrem«, bestätigte Hannah. Sie blickte ihn aufmerksam an, während sie darauf wartete, dass er die logische Schlussfolgerung zog.

»In Restaurants, die sich nicht an die Regeln halten und statt Brot und einer Gemüsebrühe weiterhin ihre Menüs anbieten, meinst du das?«

Hannah nickte.

»Ist doch dann aber ein Fehlschluss«, fuhr Kallmann nach kurzem Zögern fort. »Dann sucht ihr doch jemanden, der sich an den Chefköchen oder den Restaurantbesitzern rächen will! Oder sie auf den richtigen Weg führen oder was auch immer.«

Hannah blickte zu Tatjana. Tatsächlich war Kallmanns Schlussfolgerung durchaus naheliegend, brachte jedoch die einzige Hypothese ins Wanken, die sie bei diesem Motiv hatten.

»Kann sein, vielleicht«, wich Tatjana rasch einer konkreten Antwort aus. Mit einem Schulterzucken vermittelte sie den Eindruck, dass Kallmanns Überlegung ohnehin bedeutungslos war. »Wir hatten aber nach Ihren Kollegen gefragt«, machte sie stattdessen weiter. »Hat einer von denen vielleicht ...«

»Ich hab die Frage verstanden«, knurrte Kallmann. »Weiß ich nicht! Jeder von uns kann mal ausrasten. Kochen ist eine hochemotionale Angelegenheit. Hinzu kommt die zwangsläufige Nähe auf engstem Raum, der Stress, der Druck, der zu impulsiven Reaktionen führt.« Er sprach jetzt ganz gelassen, als würde er nur zusammenfassen, was ohnehin alle wussten. Und als wäre er tatsächlich bemüht, uns zu helfen, dachte Hannah. Oder er war ein besserer Schauspieler, als sie erwartet hatte, und seine Betrunkenheit zu Beginn des Gesprächs war nur vorgetäuscht, aus welchem Grund auch immer ...

Für einen kurzen Moment hatte sie nur mit halbem Ohr

zugehört, bei seinen nächsten Worten jedoch schrillten alle Alarmglocken in ihrem Kopf.

»Ich habe die Antwort doch schon gegeben, impulsive Reaktionen habe ich gesagt, impulsiv, das bedeutet, es findet sofort statt! Deshalb fliegen in einer Küche auch schon mal Töpfe und Pfannen, deshalb gibt es Schimpfkanonaden und unflätige Drohungen, bis hin zu Ohrfeigen und Faustschlägen. Aber ich sag's noch mal: Das geschieht im selben Augenblick, in dem irgendeine Kleinigkeit das Fass zum Überlaufen bringt. Spontan! Nicht mit Vorsatz, nicht geplant. Da habt ihr meine Antwort: Vergesst eure Idee, dass es einer von uns war! Wir würden sofort hingehen, wenn uns die Sicherung rausfliegt. Wir planen das nicht so wie der Balletttyp aus Hannover, der sich extra eine Tüte Hundekacke einsteckt, um dieser Kritikerin, über die er sich wahrscheinlich zu Recht aufgeregt hat, ein für alle Mal zu zeigen, was er von ihr hält. Das hatte er sich schon wer weiß wie lange vorher überlegt und dann nur den richtigen Moment abgewartet. Ein Koch würde sofort rausgehen, und zwar mit dem schärfsten Messer, das er in der Küche hat. So, und jetzt würde ich gerne zurück zu meinen Töpfen und Pfannen und …«

»Ihr Lieblingsmesser schleifen, schon klar«, Hannah nickte Tatjana zu. »Ich denke, wir haben auch genug gehört, gehen wir.«

»Sehe ich genauso«, erwiderte Tatjana in einem Ton, der an Doppeldeutigkeit kaum zu überbieten war. »Ist doch immer wieder verblüffend, wie sich manche Leute von ganz allein eine Grube schaufeln, wenn man sie nur lang genug reden lässt.«

»Wie? Was ... was soll das denn jetzt heißen?«, regte sich Kallmann auf. »Was habe ich denn gesagt? Was ...«

»Chef!« Ein verschwitzter Koch steckte den Kopf durch die Tür zur Küche. »Wir brauchen dich mal eben, es gibt ein Problem, der Scheiß-Dampfgarer hat sich gerade verabschiedet!«

»Keine Sorge, wir kommen bestimmt noch mal wieder«, konnte Tatjana es nicht lassen, noch anzubringen.

Kallmann hielt ihnen zum Abschied den ausgestreckten Mittelfinger hin, bevor er in der Küche verschwand.

»Und, was hältst du von ihm?«, fragte Hannah, als sie wieder im Auto saßen.

»Erstens, wir waren zu freundlich, viel zu freundlich«, zählte Tatjana an den Fingern auf. »Zweitens, er lügt. Und drittens hat er ja wohl den ältesten Trick versucht, den es gibt – und damit hat er sich, viertens, verdammt verdächtig gemacht!«

Hannah nahm die Hand vom Zündschlüssel zurück und zog fragend die Augenbrauen hoch. »Das musst du mir jetzt aber erklären ...«

»Er hat uns ganz bewusst erzählt, wie aggressiv alle Köche sind, damit wir denken: Ha, so blöd wird er ja wohl nicht sein, dass er sich selbst ans Messer liefert! Aber verstehst du, genau darauf hat er abgezielt. Und dann auch noch seine Behauptung, Köche würden immer nur spontan reagieren und niemals mit irgendeinem Plan! Das ist doch albern. Kann ja sein, dass das in der Küche so ist, aber das heißt noch lange nicht, dass sie nicht sehr wohl auch langfristig irgendwas planen können. Zum Beispiel, sich die Gäste vorzunehmen, die besonders schlimm waren. Immer schön einen nach dem anderen, in großen Abständen, damit es nicht zu sehr auffällt, und immer in einer anderen Stadt. Was ist, warum schüttelst du den Kopf?«

»Und du glaubst, dass Kallmann …?«

»Vielleicht nicht er alleine! Die kennen sich doch alle, vielleicht gibt es so was wie einen Geheimbund! Ich habe mal einen Film gesehen, da ging es um eine Gruppe von Richtern, die das Gesetz in ihre eigenen Hände genommen haben, wenn jemand, den sie für schuldig hielten, freigesprochen wurde! Sie hatten einen Profikiller engagiert, der dann ihr Urteil für sie vollstreckt hat.«

»Jetzt mal langsam, Tatjana, ich fürchte, du guckst zu viel Serien auf Netflix! Aber mit einer Sache hast du recht, da folge ich dir: Kallmann hat uns ein neues Motiv geliefert, keine Ahnung, ob absichtlich oder nicht, aber wir wussten bislang nichts von dieser ganz bestimmten Art von Gästen, die kein Koch gerne in seinem Restaurant hat. Weil sie sich völlig danebenbenehmen, weil sie …«

»Eben«, unterbrach Tatjana sie. »Sag ich doch.« Sie klang beleidigt. »Und damit ist doch klar, wo wir den Täter suchen müssen, oder? So wie du ja erst dachtest, es ginge vielleicht um einen Streit zwischen Sterneköchen und Restaurantkritikern. Aber inzwischen wissen wir, dass unter den möglichen Opfern nur zwei Kritiker sind, das passt also nicht. Wir müssen im Grunde nichts weiter tun, als die Kritiker durch die Gäste zu ersetzen, die auf Kallmanns Skala bei neun oder zehn zu finden sind. Und jetzt hör endlich mal auf, immerzu den Kopf zu schütteln, wenn ich was sage. Also, was passt dir denn nicht?«

Hannah zögerte, bevor sie antwortete.

»Es gab da einen Moment, in dem Kallmann uns mit ziemlicher Sicherheit nichts vorgespielt hat. Als ich von den Fastentagen geredet habe! Er ist kreidebleich geworden, bevor er sich wieder gefangen hat. So, als hätte er plötzlich Angst gehabt. Ich meine, er gehört selber zu den Köchen, die die Fastenzeit ... nicht nur ignorieren, sondern das sogar als Werbung für sich benutzen, so wie mit seinem ›Fastenmenü‹. Ich erinnere mich noch deutlich an die Empörung meiner Vermieterin, als sie darüber gesprochen hat. Und Kallmann hat das ja auch gleich als Argument gebracht, um mich zu widerlegen – dass die Opfer dann doch Köche sein müssten, wenn das Ganze tatsächlich mit den Fastentagen zu tun haben sollte. Wovon ich immer mehr überzeugt bin. Und ich glaube, das war auch Kallmanns Panik, dass unser Motiv da irgendwo zu suchen ist ...«

Hannah merkte selber, dass sie den vagen Gedanken, der ihr durch den Kopf gegangen war, nicht zu fassen bekam. Es waren nicht nur die Köche, die sich nicht an die Regeln hielten und deshalb bestraft werden sollten, sondern ... auch die Gäste! Schließlich missachteten sie ja ebenso die Gebote der Fastenzeit! Aber es ergab keinen Sinn, immerhin waren die Köche diejenigen, die das Ganze erst ins Rollen brachten. Ohne sie könnte sich auch kein Gast der Völlerei schuldig machen ...

»Pass auf, Tatjana, wir nehmen uns jetzt noch mal jede Person auf unserer Liste vor und überprüfen, ob sie zur Gruppe der Gäste gehören, die uns Kallmann als besonders unangenehm beschrieben hat. Punkt eins. Und Punkt zwei: Wir überprüfen die Köche, in deren Restaurants unsere Opfer waren – gibt es da Köche, die schon mal aktenkundig geworden sind? Oder die bekannt dafür sind, besonders aggressiv zu sein? Punkt drei: Kallmann selber. Das machst am besten du. Krieg alles über ihn raus, was irgendwie zu finden ist. Wir brauchen eine Spur, irgendeinen Ansatzpunkt. Wir haben nicht viel Zeit. Wie lange ist das Ehepaar aus Pasing jetzt vermisst? Drei Tage, vier Tage? Wir müssen sie finden, bevor es zu spät ist. Und mit jedem Tag, der vergeht, verringert sich die Chance, sie noch zu retten. Deshalb greifen wir nach jedem Strohhalm und deshalb suchen wir jetzt auch nach religiös motivierten Taten in den letzten Jahren. Egal, wie abwegig das erscheint, wir machen es trotzdem. War da mal irgendwas? Gab es schon mal einen Täter, der andere auf den rechten Weg führen wollte, sie für die Missachtung von Regeln bestrafen, so was. Gibst du das gleich jetzt an die Kollegen durch? Außerdem ...« Hannah schluckte. »Ich möchte, dass wir sowohl bei den Köchen wie auch irgendwelchen religiösen Eiferern nach jemandem suchen, der wegen Sexualdelikten auffällig geworden ist.«

»Hä? Wieso das denn jetzt?«

»Mach es einfach, bitte. Und dann lass uns ein Stück laufen. Vielleicht zum See hinauf? Ich muss dir was erzählen. Aber es kann ... länger dauern, also informier bitte erst die Kollegen, ja?«

Tatjana starrte sie mit offenem Mund an. Dann nickte sie und rief die Dienststelle übers Autotelefon an.

Hannah zog den Zündschlüssel ab und stieg im selben Moment aus, in dem die Verbindung zustande kam. Plötzlich hatte sie das Gefühl, beobachtet zu werden. Aber da war niemand. Nur eine Amsel, die hoch über ihr in der knorrigen Kastanie ihr Lied sang. Fast wollte Hannah glauben, dass es die Amsel von ihrem Balkon war.

†

Er hatte Schluss machen wollen. Acht war eine gute Zahl, um aufzuhören. Und tatsächlich hatte er Zweifel gehabt, ob es überhaupt Sinn machte, was er da tat. Was sie taten! Momo hat ihm geholfen, von Anfang an, das will er nicht leugnen.

Aber es ist ihm zu viel geworden, es hat ihn genervt, er war frustriert. Wozu das alles, wenn es niemand zur Kenntnis nimmt? Und wenn vor allem keiner begreift, worum es überhaupt geht? Wenn niemand die BOTSCHAFT versteht!

Das war auch sein ganz großer Streit mit Momo. Als sie

ihn überredet hatte weiterzumachen. Weil ihre Aufgabe noch lange nicht beendet war. Und weil sie nicht einfach aufhören konnten, wenn ihnen danach war. Aus einer Laune heraus, einer schlechten Stimmung, wie bei einem verdorbenen Magen.

Aber die ganze Sache hatte etwas Unbefriedigendes. Vor allem, weil sie nie alle kriegen würden, die es verdient hatten, bestraft zu werden. Es würden immer welche davonkommen! Und vielleicht sogar welche, die noch schlimmer waren als die, die sie für die Buße auswählten.

Immer nur eine Person pro Jahr war zu wenig, um die Aufmerksamkeit zu bekommen, die sie brauchten, wenn IRGENDJEMAND verstehen sollte, worum es ging.

Aber mehr als eine Person war zu gefährlich, da hatte Momo recht. Eine Person pro Jahr und jedes Mal aus einem anderen Ort. Daran durften sie nichts ändern, nur so würden sie nicht geschnappt werden.

Deshalb sind sie auf die Idee gekommen, ihre Opfer zu kennzeichnen. Der Gastrokritiker sollte der Erste sein, bei dem sie ein ganz deutliches Zeichen hinterließen. Und dann sollte es jedes Jahr wieder das gleiche Zeichen sein, nackt und mit Asche eingerieben. Und auf der Stirn eine fortlaufende Nummer!

Jemand mit einer Nummer auf der Stirn, der verhungert vor einem Feinschmecker-Restaurant aufgefunden wird. Damit endlich etwas passieren würde. Weil nach der »9« die »10« folgt. Und dann die »11«, die »12« und immer so weiter. Bis sie den Zusammenhang kapierten.

»Sie müssen Angst bekommen«, hatte Momo gesagt.

Und damit hatte sie verdammt recht gehabt. Deshalb konnten sie jetzt auch nicht aufhören. Sie durften es nicht. ER konnte es nicht. Nicht mehr. Das war er nicht nur Momo schuldig.

6. KAPITEL

Hannah hatte entschieden, der jüngeren Kollegin alles zu erzählen. Sie saßen an einem Tisch auf der Terrasse direkt am Seeufer und tranken heißen Kakao. Vom steilen Dach tropfte das Schmelzwasser auf die verwitterten Holzdielen, zwei Tische weiter beschwerte sich ein älteres Ehepaar darüber, dass eine Meise zwischen ihren Kuchentellern gelandet war und versucht hatte, den Stannioldeckel des Kondensmilch-Döschens mit dem Schnabel aufzuhacken. Anscheinend war das dem kleinen Vogel auch gelungen, nur hatte er dann beim Wegfliegen einen weißlichen Klecks auf dem Jackettärmel des empörten Herrn hinterlassen.

Der Kellner hatte Mühe, das Ehepaar davon zu überzeugen, dass der Vorfall ganz sicher keine böse Absicht gewesen war und das Restaurant selbstverständlich die Reinigungskosten übernehmen werde. Das Ehepaar verließ trotzdem laut schimpfend die Terrasse. Keine zwei Minuten später kehrte die Meise zurück, um sich den Rest von der Milch zu holen. Diesmal war sie nicht alleine, sondern hatte ein paar ihrer gefiederten Freunde mitgebracht.

Auch der Ornithologe war da. Er saß an einem Tisch

ganz am Rand der Terrasse. Hannah hatte ihn in Verdacht, dass er die Episode mit den neugierigen Meisen nutzte, um mit seinem Tele heimlich auch gleich ein paar Fotos von ihr und Tatjana zu schießen.

Als die Frühlingssonne hinter einer Wolkendecke verschwand und der Wind vom See her empfindlich kühl wurde, brachte der Kellner leichte Filzdecken für Hannah und ihre Kollegin. Er musterte sie neugierig, gab dann aber mit einer entschuldigenden Geste zu verstehen, dass er auf keinen Fall stören wollte.

»Rufen Sie mich, wenn Sie noch etwas brauchen.«

Tatjana unterbrach Hannah nur ein- oder zweimal mit einer kurzen Zwischenfrage. Erst am Schluss sagte sie: »Es ist erschreckend, wie weit Männer gehen, wenn ihr Stolz verletzt ist. Und das passiert immer dann, wenn die Frau diejenige ist, die die Beziehung beendet. Völlig egal, weshalb und was der Typ sich vorher alles geleistet hat, aber in dem Moment sinnt er auf Rache!«

Hannah hatte das Gefühl, dass ihre Kollegin nur allzu genau wusste, wovon sie sprach.

Sie redeten auch darüber, wie schwierig es für Hannah werden würde, ihren Alltag zu organisieren, falls Rio ihr tatsächlich zugesprochen und nach dem Sommer mit ihr in Felchensee leben würde. Tatjana war mit der Leiterin der Grundschule, in die Rio dann käme, im selben Fitnessclub und wollte auch ihre Mutter fragen, ob die womöglich einspringen konnte, falls Hannah mal wegen ihres Berufs verhindert war.

»Das haben schon andere alleinerziehende Mütter geschafft, du bist ja nicht die Erste, die das irgendwie organisieren muss. Und wir werden dich unterstützen, jeder im Revier, darum kümmere ich mich. Immer vorausgesetzt, dein Kleiner lernt ganz schnell Bayrisch! Und Skilaufen muss er natürlich auch können und klettern wie eine Gams.«

Hannah zögerte eine Sekunde, als Tatjana ihr anbot, mit den Kollegen zu reden und sie darüber zu informieren, was Hannah passiert war. Sowohl die Sache in Oldenburg als auch die Geschichte im Moosgries.

»Sie werden's verstehen, dass du nicht drüber sprechen wolltest. Aber selbst wenn's nicht in ihre Köpfe will, müssen sie kapieren, dass es jetzt noch wichtiger ist, dieses Arschloch zu kriegen.«

»Okay«, stimmte Hannah zu. »Ich danke dir für deine Unterstützung und ...«

»Freu dich lieber nicht zu früh. Irgendwann bist *du* dran, mir einen Gefallen zu tun. Mal ganz davon abgesehen, dass man sich mit seinem Chef immer gut stehen sollte, und da Huber ja im Moment nichts für mich tun kann, schleime ich mich eben bei dir ein bisschen ein.«

Hannah wusste nicht, ob das wirklich so ironisch gemeint war, wie es den Anschein hatte. Tatjana machte keinen Hehl daraus, dass sie möglichst schnell befördert werden wollte, vielleicht war das Ganze ja auch ein Wink mit dem Zaunpfahl, dass sie über kurz oder lang Hannahs Empfehlung einfordern würde.

Wie auch immer, dachte Hannah, ich werde ihr mit Sicherheit keine Steine in den Weg legen, im Gegenteil.

Noch vom See aus telefonierte Tatjana dann mit der Dienststelle. Die schlechte Nachricht war, dass die Suche nach dem Ehepaar aus Pasing weiterhin ohne jedes Ergebnis war. Hannah hatte es fast schon befürchtet.

Immerhin hatten die Kollegen bereits ein paar neue Informationen, die sich ganz allgemein auf den Kreis der vermissten Feinschmecker bezogen. Demnach konnten die Leute von der Liste nicht unbedingt als bösartig oder extrem herablassend gelten. Nach den Aussagen der bislang befragten Zeugen – Verwandte, Freunde, Nachbarn – waren es eher Leute, die vielleicht ein wenig zu stolz darauf waren, sich den regelmäßigen Besuch von Sternerestaurants leisten zu können, und die auch gerne mal mit ihren Gourmeterfahrungen prahlten.

Sie waren ohne jede Frage Snobs, im Zweifelsfall eitel und anmaßend, aber es gab niemanden unter ihnen, der sich jemals so danebenbenommen hätte wie der Honorarkonsul, der dem Kellner das Trinkgeld vor die Füße geworfen hatte. Damit war allerdings die Theorie, dass es sich um gezielte Angriffe auf besonders auffällige Gäste handelte, mehr oder weniger hinfällig.

Und noch eine Info konnte Tatjana weitergeben: »Deine Theorie von gestern kommt wahrscheinlich nicht hin – dass der Typ im Toyota oben am Kapellenberg auf dich gewartet hat, um dich dann hinter sich herzulocken. Sie wollen es mir gleich mal rüberschicken ...«

Tatjanas Handy meldete eine neue Nachricht. »Hier ist es schon. Guck selber!«

Sie hielt Hannah das Smartphone hin. Es war eine kurze Zeitungsmeldung aus dem Nachbartal in Tirol. Hannah vergrößerte den Text und überflog die Zeilen.

Gestern kam es am späten Nachmittag zu einem schweren Unfall in der Nähe des früheren Grenzübergangs am Kapellenberg. Auf österreichischer Seite geriet ein Langholztransport in der Kurve aus bislang unbekannter Ursache von der Fahrbahn ab und stürzte in die Klamm. Der Fahrer kam mit schweren Verletzungen ins Krankenhaus nach Seefeld. Wegen der Bergungsarbeiten war die Staatsstraße bis gegen 15.00 Uhr in beiden Richtungen gesperrt.

»Das heißt, der wollte nach Österreich abhauen, aber die Straße war dicht«, sagte Tatjana. »Und als er umgedreht ist ...«

»... war es nur ein dummer Zufall, dass ich immer noch an der T-Kreuzung stand«, brachte Hannah den Satz zu Ende. »Ich hatte ja warten müssen, bis mich diese Kindergartengruppe vorbeigelassen hat, aber das wusste er nicht. Er dachte wahrscheinlich, dass er mich abgehängt hätte, und wollte jetzt rüber auf die Umgehungsstraße. Der Rest war dann also nicht geplant, sondern eine spontane Entscheidung, er musste improvisieren.«

»Was nichts daran ändert, dass er dich umbringen wollte und es ihm auch fast gelungen wäre«, ergänzte Tatjana. »Denk immer dran, dass er dir vielleicht noch mal irgendwo auflauert! Solange wir ihn nicht haben, bist du auch nicht in Sicherheit.« Die Besorgnis in ihrer Stimme war nicht zu überhören.

Hannah wollte gerade erzählen, dass sie jetzt schon mehrmals das Gefühl gehabt hatte, beobachtet zu werden. Doch im selben Moment schlug sich Tatjana mit der flachen Hand vor die Stirn.

»Natürlich, auch auf der Umgehungsstraße geht es ja nach Österreich. Und auf einem Umweg in das Tal drüben, auf der anderen Seite vom Kapellenberg! Vielleicht kommt er genau daher, verstehst du, nicht *irgendwo* aus Bayern oder Tirol, sondern aus dem Tal! Sepp Eins kennt einen Kollegen da drüben, er soll ihn fragen, ob ihm die Beschreibung irgendwas sagt. Das Tal ist gut dreißig Kilometer lang, mit ein paar Seitentälern, da gibt es auch genug abgelegene Bauernhöfe, weiter oben an den Berghängen. Ich meine, wenn es wirklich ein und derselbe Typ ist, der dich vergewaltigen wollte und Schulze-Raab und womöglich auch alle anderen entführt hat, dann braucht er irgendeinen verdammt abgelegenen Ort, wo er sie hingebracht hat. So was wie einen Bauernhof am Berghang oder eine Almhütte vielleicht, wo sogar der Briefträger nicht hinkommt, weil er die Post in den Kasten neben der Straße wirft. Und das Tal drüben würde passen! Außerdem wird der Ort nicht allzu weit von hier entfernt sein ...«

»Warum nicht?«, reagierte Hannah und gab vor, skeptisch zu sein. Es war eine bewährte Methode, um nicht zu schnell zu einer möglicherweise falschen Schlussfolgerung zu gelangen.

»Weil er immer wieder hier aufgetaucht ist, deshalb. Als er mit dir im Moosgries war, als er Schulze-Raab dabeihatte und dann oben auf der Umgehungsstraße den Max Uhl überfahren hat, und schließlich am Krankenhaus, als er danach über den Kapellenberg abhauen wollte. Macht immerhin dreimal, in ziemlich kurzen Abständen …«

»Viermal«, unterbrach Hannah sie. »Bevor er mich zum Essen eingeladen hat, war er schon mal bei mir in der Straße an der Pension und hat mich vom Auto aus angesprochen. Du hättest mal meine Vermieterin sehen sollen, die das zufällig mitgekriegt und ihn beschimpft hat!«

»Warte mal! Er war schon mal bei dir in der Straße? Und jetzt wieder, nach dem Krankenhaus, meine ich, aber wieso?«

»Die Hauptstraße war gesperrt, wahrscheinlich ist er deshalb durch die Straßen am Kurpark gefahren, um zum Kapellenberg zu kommen.«

»Und beim ersten Mal?«

»Keine Ahnung.« Hannah zuckte mit den Schultern. »Es *ist* merkwürdig, du hast recht. Vielleicht hatte er mich vorher irgendwo in der Stadt gesehen und ist mir nach Hause gefolgt, um mich am nächsten Tag abzupassen.« Sie hob die Hand und krümmte zwei Finger als Anführungszeichen. »Ganz zufällig.«

»Könnte sein«, stimmte Tatjana ihr zu.

»Warum ist er überhaupt noch mal mit Schulze-Raab im Auto hierhergekommen?«, fragte Hannah unvermittelt. »Muss er doch, weil Schulze-Raab ihm da entkommen ist, oder? Aber was wollte er hier mit seinem Opfer?«

»Vielleicht wollte er ihn zum Krankenhaus bringen! Schulze-Raab sollte nicht sterben, er hat Panik gekriegt und wollte ihn da vor der Notaufnahme ablegen und dann schnell weg, damit ihn keiner sieht.«

»Nackt? Schulze-Raab, meine ich. Und mit Asche eingerieben? Mit dieser Neun auf der Stirn? Passt alles nicht, oder? Aber das Ganze war auf jeden Fall geplant! Dafür spricht auch, dass er ...«

»... ein anderes Auto genommen hat!« Tatjana nickte. »Die Disco-Grazien haben von einem Mercedes geredet. Der Typ, den du verfolgt hast, hatte einen Toyota. Und dein Angreifer vom Moosgries, weißt du das noch?«

»Schwarz, ein SUV, mehr ist nicht drin, sorry.«

Tatjana nickte erneut. »Die Abfrage bei den Vermietfirmen bis München hoch hat noch nichts gebracht, aber wir haben ja bislang nur einen Mercedes gesucht. Dann fragen wir jetzt auch mal nach einem Toyota. Und nach einem schwarzen SUV, schon klar. Kriegst du noch zusammen, wann du im Moosgries warst?«

»Samstag, 2. März«, antwortete Hannah, ohne zu zögern. »Und am Tag zuvor habe ich ihn zum ersten Mal gesehen, ich bin mir sicher, dass es der gleiche Wagen war.«

»1. und 2. März, ein schwarzes SUV.«

»Keiner von diesen gigantischen Panzern, auch da bin ich mir sicher. Mittlere Modellgröße, Volvo XC60 oder so was. Aber es war kein Volvo, mein Vater hat einen, das wäre mir aufgefallen …«

Sie waren mittlerweile auf dem schmalen Fußpfad zum Ort unterwegs, im Schatten zwischen den Felswänden war es so kalt, dass Hannah fröstelnd die Schultern hochzog. Von dem Gebirgsbach, der neben ihnen schäumend und gurgelnd über die Steine schoss, war die Luft schwer vor Feuchtigkeit, Hannah konnte die kühle Nässe spüren, die sich wie ein unsichtbarer Schleier auf ihre Haut legte.

Erst als sie die verwitterte Fußgängerbrücke am Ende der Schlucht überquert hatten und der Weg breiter wurde, nahmen sie ihr Gespräch wieder auf.

»Wir brauchen ein Profil von ihm!«, erklärte Tatjana. »Und du bist diejenige, die es erstellen muss. Du warst mit ihm essen, du hast mit ihm geredet, du hast …«

Hannah nickte. Es geht nicht anders, dachte sie, Tatjana hat recht. Auch wenn damit alles wieder hochkommt, was ich vergessen wollte.

»Wir lassen beiseite, dass wir uns trotz allem irren können und er *nicht* dieselbe Person ist?«

»Ignorieren wir. Und du setzt dich hin und …«

»Ja, mache ich.«

»Dienststelle oder zu Hause?«

»Zu Hause.«

»Gut, ich rede mit den Kollegen wegen der anderen Sache. Sie werden ohnehin genug Fragen haben. Aber ich kläre das. Und wenn wir uns morgen früh wiedersehen, dann sortieren wir alles, was wir haben, noch mal ganz neu. Wir kriegen das hin, Hannah! Und wir bringen das Schwein hinter Schloss und Riegel.«

Für einen Augenblick schien es, als wollte die junge Kollegin Hannah umarmen, zögerte dann aber und streckte ihr nur die Hand hin.

»Bis morgen. Und ... ich bin froh, dass du es mir erzählt hast. Es war richtig, glaub mir. Außerdem bist du eine tolle Kollegin, nur dass du es weißt. Ich arbeite gern mit dir!«

Tatjana hatte sich schon umgedreht, als Hannah leise rief: »Bist du dir wirklich sicher? Sollten wir nicht doch das LKA oder ... Vielleicht ist das alles eine Nummer zu groß für uns, das meine ich.«

»Ist es nicht!« Tatjana hob die Hand und winkte, ohne sich umzudrehen. »Schreib dein Profil, wir sehen uns morgen.«

Uta war nicht zu Hause, hatte aber einen Heumilch-Käse und frisches Brot für Hannah bereitgestellt.

Vorhin auf dem Markt geholt, stand auf einem Zettel dazu. *Lass es dir schmecken. Morgen koche ich dir wieder was, versprochen!*

Hannah verbrachte den Abend in ihrer Wohnküche und bemühte sich, ein brauchbares Profil von Stephan zu erstellen. Tatsächlich kam sie nicht viel weiter, als bis zu einer eher widersprüchlichen Auflistung von Adjektiven:

charmant, witzig, zuvorkommend. Dreist, jähzornig, übergriffig. Brutal.

Bevor Hannah ins Bett ging, schrieb sie noch eine kurze Nachricht an Rio, die ihm ihr Ex hoffentlich weiterleiten würde:

Lieber großer Kleiner, heute habe ich eine Gämse gesehen, die an einer fast senkrechten Wand hochgeklettert ist. Und eine Meise, die Kondensmilch getrunken hat, stell dir das mal vor! Deine Mama.

†

Er weiß nicht, warum ihm jetzt gerade wieder die Geschichte einfällt, die ihm Momo früher immer vorgelesen hat. Von dem armen Mädchen, das in dem verfallenen Theater lebt und gegen die aschgrauen Zeitdiebe kämpft. Eigentlich mochte er die Geschichte gar nicht. Aber er hat sich vorgestellt, dass das alte Gemäuer oben auf der Alm ebenso gut das verfallene Amphitheater des Mädchens mit den schwarzen Locken und den schwarzen Augen sein könnte. Und er einer ihrer Freunde, die ihr dabei helfen, die Menschen zu retten. Der Straßenkehrer Beppo vielleicht!

Niemand sieht einen Straßenkehrer. Auch eine Polizistin nicht. Er ist einfach da und kümmert sich darum, dass der Dreck aus dem Rinnstein verschwindet. Ohne ihn würden sie alle im Müll ersticken.

7. KAPITEL

In der Nacht schlief sie schlecht. Einer ihrer Träume war so erschreckend, dass sie schweißgebadet aufwachte und noch lange wach lag. Worum es in diesem Traum gegangen war, wusste sie nicht mehr.

Am Morgen wurde sie von den Mountainbikern geweckt, die durchs Treppenhaus polterten und dann ihre Räder aus dem Abstellraum im Keller holten. Was offensichtlich nur mit viel Gebrüll und Gelächter möglich war.

Als Hannah das Haus verließ, waren die Vorhänge bei Uta zugezogen, und der Stoffbeutel mit den Brötchen vom Bäcker hing noch an der Klinke der Haustür. Hannah nahm sich ein Hörnchen und aß es auf dem Weg durch die Gassen, die gerade erst zum Leben erwachten. Der Himmel über der Großkopfspitze war von einem stählernen Blau, das endlos schien. Der Schnee auf dem Gipfel war am Tag zuvor bis auf kleine weiße Streifen ins Kar hinab weggetaut, ohne dass Hannah es bemerkt hatte. Eigentlich war das Wetter viel zu schön für die Ohnmacht, die Wut, die Empörung, die ihre Gedanken bestimmten.

Kurz vor dem Kirchplatz lag ein frischer Haufen Pferdeäpfel auf dem Gehweg. Ein Schwarm Spatzen flog empört tschilpend auf, als Hannah sich näherte, nur um sich sofort wieder über den dampfenden Haufen herzumachen, kaum dass sie vorbei war.

Sie hatte die Hand schon auf der Klinke des Kirchenportals, als sie plötzlich am liebsten wieder kehrtgemacht hätte. Es war ja nur eine eher spontane Idee gewesen, noch mal mit einem Pfarrer zu reden, um sich etwas über die Fastenzeit erzählen zu lassen. Über die Regeln, die Bräuche, die religiösen Riten, von denen sie so gar nichts wusste. Kirche und sie, das passte irgendwie nicht zusammen. Wie es mit ihr und Gott stand, war alles andere als geklärt. Sie wollte gerne an so etwas wie eine höhere Macht glauben, die im Zweifelsfall Trost spenden konnte, Mut machen, Kraft geben. Für Gerechtigkeit sorgen. Nur dass es angesichts der Kriege und Katastrophen in aller Welt leider nicht so aussah, als würde es da jemanden geben, dem man sein Schicksal anvertrauen könnte.

Als sie noch zur Schule ging, hatte an ihrer Wand über dem Bett ein Zettel mit dem Spruch gehangen: *Hilf dir selbst, sonst hilft dir Gott.*

Und das brachte eigentlich bis heute ihr Verhältnis zur Religion ganz gut auf den Punkt. Sie erinnerte sich nur mit leichtem Grauen an die evangelische Inselkirche aus rotem Backstein, schmucklos und kalt, zugig, wenig Zuspruch verheißend, als würde jeder einzelne Stein die klamme Feuchtigkeit einer Gruft ausatmen. Für eine Sekunde fragte sie sich, ob es wohl als Sünde galt, dass sie gleich nach dem Abitur, als sie endlich volljährig war, aus der Kirche ausgetreten und stattdessen Fördermitglied bei Greenpeace geworden war. Sie wollte nichts mit einer Institution zu tun haben, die ihrer Meinung nach viel zu viel Elend verschuldet hatte, um das jemals wiedergutzumachen. Von der katholischen Kirche mal ganz zu schweigen, da hing der Segen noch viel schiefer. Greenpeace schien ihr bis heute eine deutlich bessere Alternative, um »Gutes« zu tun.

Und bis auf die eine Ausnahme war es ihr auch zu Weihnachten immer gelungen, ihren Ex-Mann mit Rio zum Krippenspiel zu schicken. Sie selber war stattdessen zu Hause geblieben und hatte den Baum geschmückt, das Essen vorbereitet und ein paar verräterische Spuren gelegt, die Rio davon überzeugen sollten, dass in der Zwischenzeit der Weihnachtsmann bei ihnen gewesen war. Der sich nie die Stiefel abputzte, weil er sich so beeilen musste – weshalb vom Flur bis zum Wohnzimmer immer die Abdrücke seiner schmutzigen Schuhe zu finden waren.

Fast hoffte Hannah jetzt, dass die Kirchentür verschlossen war. So kannte sie es von ihrer Insel, die Kirche war nur zum Gottesdienst geöffnet. Aber bei den Katholiken war das offensichtlich anders. Zumindest hier in Bayern stand die Tür selbst morgens um halb acht schon jedem offen, der seinem Herrgott nahe sein wollte.

Sie hatte kaum die ersten Schritte vom Vorraum ins Kirchenschiff gemacht, als sie unwillkürlich stehen blieb.

Natürlich kannte sie die Fotos berühmter Kathedralen, und die Kirche von Felchensee war ja nun wirklich nur eine kleine Kirche. Aber die stuckverzierten Säulen, die bunten Glasfenster mit den christlichen Motiven und die flackernden Kerzen vor dem Altar verschlugen Hannah für einen Moment den Atem. Es war einfach … schön. So schön, dass sie alle Vorbehalte beiseiteschob und mit ihrem Handy ein Foto von der Freskenmalerei auf den Altarblättern machte. Und dann noch eine Reihe weiterer Aufnahmen von dem imposanten Deckengemälde über ihr mit den glückseligen Putten, bei denen selbst die Speckfalten noch heilig wirkten. Oder vielleicht auch nur allzu menschlich, dachte Hannah.

Als sie das Geld für eine Opferkerze in die Spendenbüchse warf, die Kerze anzündete und in die dafür vorgesehene Messinghalterung schob, wunderte sie sich über sich selbst. Aber für was auch immer es gut sein mochte, schaden konnte es ganz sicher nicht.

Auf der hölzernen Betbank vor einer Madonnenstatue mit vergoldetem Heiligenschein kniete eine Frau und murmelte unentwegt vor sich hin, die Kugeln ihres Rosenkranzes, den sie durch ihre Finger gleiten ließ, klackten leise. Die Frau war jung, jünger als Hannah. Ihrer Kleidung nach zu urteilen, arbeitete sie in einem der Hotels, vielleicht in der »Alten Post«. Hannah meinte, sich zu erinnern, dass die Hausangestellten dort solche dunkelroten Pagenuniformen mit goldener Litze am Kragen und an den Ärmelaufschlägen trugen. Erst auf den zweiten

Blick sah sie, dass die Frau eine der drei Disco-Grazien war, die Schulze-Raab gefunden hatten. Kathi, die das Selfie gemacht hatte. Hannah wünschte ihr, dass ihre Gebete nicht vergeblich waren.

Das Nächste, was Hannah auffiel, war das mit violetten Tüchern verhangene Kruzifix. Sie kannte das bereits aus Utas Wohnung, »das macht man so während der Fastenzeit«, hatte Uta erklärt. »Wir verhüllen das Kreuz, damit das Wesentliche sichtbar wird. Um sich in den Tagen vor Ostern auf das Leiden und Sterben Jesu Christi zu konzentrieren. Zu Ostern feiern wir dann die Auferstehung und das Leben.«

Hannahs Blick fiel auf den Rollstuhl, der seitlich von den Kirchenbänken stand. Sie erkannte die Frau mit dem leeren Gesichtsausdruck im selben Moment, in dem Huber aus dem Beichtstuhl hinter ihr trat.

Hannah hatte ihn nicht als Kirchgänger eingeschätzt und auch nicht als sonderlich religiös, umgekehrt war Huber eindeutig ebenso irritiert, ihr hier zu begegnen.

Noch bevor Hannah etwas sagen konnte, kam der Pfarrer aus seinem Abteil. Er legte Hubers Frau die Hand auf den Kopf, dann schlug er ein Kreuz und eilte mit einem kurzen Nicken zu Hannah davon.

Huber schien unschlüssig, ob er Hannah begrüßen oder sie einfach ignorieren und seine Frau zum Ausgang schieben sollte. Er sah übernächtigt aus, er hatte dunkle Ringe unter den Augen und sich offensichtlich schon ein paar Tage nicht mehr rasiert. Graue Bartstoppeln bedeckten sein Kinn und seine Wangen, zusammen mit dem fleckigen Lodenanzug und den ungeputzten Schuhen gab er das Bild eines Mannes ab, dem nicht nur sein Äußeres vollkommen egal war. Seine Frau hingegen war frisch frisiert, ihre Kleidung war makellos, auch wenn Hannah fand, dass sie mit dem dunkelblauen hochgeschlossenen Dirndl ein wenig zu herausgeputzt für einen morgendlichen Kirchgang wirkte. Unwillkürlich fragte sie sich, ob sich Huber wohl selbst darum kümmerte, seine Frau anzuziehen, oder ob er eine Hilfe hatte. Jetzt kam er auf sie zu und streckte die Hand aus.

»Wie geht's? Irgendwas Neues? Dieses Ehepaar aus München? Irgendeine Spur?«

»Nichts.« Hannah sah aus den Augenwinkeln, wie Hubers Frau unablässig an der Wolldecke über ihren Knien zupfte, immer mit der gleichen Bewegung, ohne die geringste Regung im Gesicht. Wie eine mechanische Puppe, dachte Hannah, es muss furchtbar sein, sie jeden Tag so zu erleben.

»Ein vertrackter Fall«, kam es leise von Huber. Für eine Sekunde war sich Hannah nicht sicher, ob er den Fall mit Schulze-Raab oder seine Frau meinte. Seine Augen flackerten, als er hastig hinzusetzte: »Ich muss mich noch mal bei Ihnen entschuldigen, dass ich Sie damit ganz allein gelassen habe, tut mir leid. Wenn es irgendetwas gibt, womit ich vielleicht helfen kann …« Er breitete die Arme aus. »Bitte, fragen Sie!«

»Eigentlich bin ich nur hier, weil ich dachte, ich könnte

mich vielleicht …« Hannah stockte. Es war wohl kaum der richtige Zeitpunkt, jetzt hier mit Hubers dementer Frau im Rollstuhl weiter über den Fall zu diskutieren.

»Sie kommen nicht weiter«, folgerte Huber. »Und greifen nach jedem Strohhalm, der sich anbietet. Ein religiöser Eiferer? Ich würde meinen, das könnte ein Motiv sein. Die vermissten Personen haben sich nicht an die Regeln der Fastenzeit gehalten, und es waren ausnahmslos Leute, die als Gourmets zu bezeichnen sind. Man kann sie also mit einer entsprechenden … Geisteshaltung ohnehin schon der Sünde der Völlerei bezichtigen …«

»Woher wissen Sie, dass wir …«

»Eine ganze Liste von vermissten Personen haben? Schmidtchen! Sie informiert mich regelmäßig. Aber keine Bange, ich mische mich nicht ein, es sei denn, Sie fragen von sich aus.« Huber warf einen Blick auf das verhüllte Kruzifix. »Bald ist Ostern. Das Ehepaar ist als vermisst gemeldet worden, als ich den Fall an Sie abgegeben habe. Das sind jetzt … drei Tage. Die Fastenzeit endet mit Gründonnerstag, das sind noch mal fast drei Wochen. Das können sie nicht schaffen. Unmöglich. Deshalb denke ich, es wäre besser, wenn sie die Leute vorher finden. Und der Weg führt über den Täter, alles andere dürfte aussichtslos sein. Oder ein Zufall. Ein Wunder!« Er machte eine weit ausholende Armbewegung, die das gesamte Kirchenschiff umfasste. »Ist ja der richtige Platz hier für Wunder, verlassen würde ich mich trotzdem nicht darauf. Wieso glauben

Sie überhaupt, dass dieses Paar aus München ins Muster passt? Schließlich war doch der Restaurantkritiker im Krankenhaus ein Opfer. Und Schmidtchen sagt, Sie gehen davon aus, dass es jedes Jahr nur ein Opfer gibt, zumindest legen das die bisherigen Ermittlungsergebnisse nahe. Warum dann also dieses Jahr zwei?«

»Sagen Sie es mir«, gab Hannah die Frage zurück, während sie dachte: Er kennt längst die Antwort. Und er ist ein guter Ermittler. Wenn er erst mal einen Anhaltspunkt hat, weiß er, welche Fragen er stellen muss.

Huber legte seiner Frau die Hand auf die Schulter. Es war eine so unerwartete Geste der Nähe, dass Hannah schlucken musste.

»Was immer da passiert ist«, sagte Huber, »aber wenn der Restaurantkritiker das eigentliche Opfer war, dann ist die Sache leider gründlich schiefgegangen. Der Mann hätte nicht entkommen dürfen. Ist er aber! Und jetzt wird er im Krankenhaus künstlich ernährt. Damit hat sich die Idee der Bestrafung, die vielleicht hinter diesen ganzen Fällen steht, in Luft aufgelöst. Also musste unser Täter improvisieren und einen Ersatz suchen, damit er seine Aufgabe auch dieses Jahr erfüllen kann. Sein Gelübde gegenüber dem Herrn oder was auch immer das ist. Deshalb stimme ich Ihnen zu, dass das Ehepaar aus München sehr wohl ins Bild passen könnte. Und Sie müssen sie finden, bevor es zu spät ist.«

Bevor Hannah noch etwas erwidern konnte, beugte sich Hubers Frau im Rollstuhl vor und griff nach ihrem

Arm. »Da! Da!«, sagte sie mit Blick auf die leeren Bänke. »All die kleinen Leute da, was machen die da? So viele kleine Leute ...«

In ihrer Stimme war nichts als Verwunderung, als würde sie etwas sehen, das ihr durchaus gut gefiel.

»Alles Freunde«, erklärte Huber. »Du musst dir keine Sorgen machen.«

»Das ist gut«, erwiderte seine Frau.

Huber wandte sich zu Hannah. Alles Leben schien aus seinem Blick verschwunden zu sein, als er leise sagte: »Wir müssen los, es wird Zeit.«

Zeit für was, dachte Hannah noch, als er den Rollstuhl umdrehte und zu der großen Flügeltür schob.

»All die kleinen Leute!«, rief seine Frau. »Das ist gut. Wir brauchen keine Angst zu haben!«

Hannahs Handy schrillte. Hastig drückte sie den Anruf weg, ohne auf das Display zu blicken, trotzdem hatte sie den Eindruck, dass die Madonna auf ihrem Sockel den Kopf über so viel Respektlosigkeit schüttelte.

Der Pfarrer kam aus einer Seitentür. Als er an Hannah vorbeieilte, lächelte er ihr wieder entschuldigend zu, bevor er im Beichtstuhl verschwand. Es war klar, dass er dachte, Hannah hätte auf ihn gewartet. Und jetzt saß er in seinem Abteil und wartete darauf, sich ihre Sünden anzuhören und ihr Absolution zu erteilen.

Für einen Moment fragte sich Hannah, ob Kathi, die noch immer auf der Betbank kniete, wohl manchmal auch zur Beichte ging. Die Kathi oder die anderen beiden. Und was die Frauen dem Pfarrer dann so erzählten. Oder was sie über den halb erfrorenen und mit Asche eingeriebenen nackten Mann im Schnee gesagt hatten.

†

Was hatte sie jetzt in der Kirche gewollt? So langsam ging ihm die Polizistin gewaltig auf die Nerven. Nur wegen ihr lief das gerade alles aus dem Ruder.

War sie wegen ihm in der Kirche gewesen? Gläubig war sie jedenfalls ganz bestimmt nicht! Also ging es um ihn. Aber er war sich sicher, dass ihn niemand gesehen hatte. Und er hatte das Auto in einer Seitengasse geparkt, nicht vorne auf dem Kirchplatz.

Aber vielleicht hatte ihn doch jemand beobachtet. Obwohl er sich beeilt hatte. Er hatte auch ein Hoodie getragen, sein Gesicht konnte niemand gesehen haben.

Jetzt steht sie da und telefoniert.

Aber das ist noch lange kein Grund zur Panik. Selbst wenn sie das Kennzeichen des Autos hätten, würde ihnen das gar nichts nützen. Wenn! Haben sie ja aber sowieso nicht. Obwohl das fast schade ist. Das wird eine schöne Überraschung für sie, falls sie rauskriegen, wer die Karre gemietet hat!

8. KAPITEL

Als Hannah auf die Stufen vor der Kirche trat, hatte sie für eine Sekunde wieder das Gefühl, beobachtet zu werden. Aber vielleicht fürchtete sie auch nur den Pfarrer, der tatsächlich aus seinem Abteil gekommen war, als sie an dem Beichtstuhl vorbei zum Kirchenportal gehastet war. Er musste durch das Fensterchen mit dem geschnitzten Gitterwerk ihre Flucht bemerkt haben, und als sie dann an dem marmornen Weihwasserbecken noch einmal den Kopf gewandt hatte, hatte er mit weit ausgebreiteten Armen dagestanden und ihr hinterhergeschaut.

Hannah war aufrichtig froh, als jetzt die schwere Eichentür hinter ihr ins Schloss fiel. Und nicht im nächsten Moment schon wieder von dem Pfarrer geöffnet wurde, der um ihr Seelenheil bangte!

Es waren mehr Menschen auf der Straße als vorher, eine Gruppe Schulkinder zog lärmend vorüber, gefolgt von zwei aufgeregt miteinander redenden Frauen, die ihre Hunde spazieren führten. Einen Dackel und einen Berner Sennenhund. Der Dackel kläffte Hannah wütend an, sein großer Freund begnügte sich damit, an der Mauer neben den Stufen das Bein zu heben.

Ein Mann im Anzug und mit einem Aktenköfferchen

lief mit einen »Grüß Gott« an ihr vorüber und verschwand in der Kirche. Hannah wünschte dem Pfarrer, dass die Beichte des Geschäftsmannes ihn voll und ganz für ihre Flucht entschädigen würde. Irgendwie kam sie sich vor, als wäre sie einer unbekannten Bedrohung entronnen. Und da war jetzt auch niemand, der sie beobachtete, sie fing langsam an, paranoid zu werden.

Sie nickte kurz dem Straßenkehrer zu, der gerade eine leere Coladose in seinen Müllsack steckte, dann zog sie ihr Handy aus der Tasche. Noch einmal ließ sie den Blick über die Häuser mit den Lüftlmalereien wandern, die den Platz umgaben. Felchensee war ein schöner Ort, ohne jede Frage, ein mit Asche eingeriebener nackter Mann hatte in dieser Idylle nichts zu suchen. Auch der Geigenbauer auf seinem Denkmal hatte es ganz sicher nicht verdient, mit einem solchen Verbrechen konfrontiert zu werden. Wenn er doch nur reden könnte, dachte Hannah! Aber sie sah ihn vor sich, wie er unbeweglich und stumm blieb, den Bogen erhoben, als wollte er ihn jeden Moment auf die Saiten setzen, um ein Lied zu spielen. Eher noch würde die Taube, die auf seiner Schulter saß, von der Melodie getragen in den blauen Himmel aufsteigen, als dass der Geigenbauer seine Geheimnisse preisgab …

Hannah drückte die Rückruftaste. Das Display zeigte *Dienststelle Tatjana* an, die Kollegin meldete sich schon nach dem zweiten Klingelton.

»Ist alles okay bei dir? Warum hast du mich weggedrückt? Wo bist du?«

»Was ist los?«, fragte Hannah anstelle einer Antwort. »Ganz ruhig, Tatjana, sag mir, was passiert ist!«

»Ich hab eine Spur!« Tatjana redete so schnell, dass die einzelnen Worte fast ineinander übergingen. »Einer der Köche von der Liste, die wir gerade abtelefonieren, der weiß vielleicht was. Vom Restaurant ›Zum Ludwig‹ in Gammelsdorf, das heißt wirklich so, ist irgendwo bei Freising. Es gibt nur zwei Drei-Sterne-Restaurants in Bayern, das eine ist am Tegernsee, den Koch da haben wir noch nicht erreicht, weil er Urlaub hat, aber mit dem anderen aus Gammelsdorf habe ich eben gesprochen. Und da gab es mal einen Koch, der bei ihm gelernt hat und der dann verschwunden ist, bis heute. Einfach weg, ohne irgendeinen Hinweis, der Koch, also der Chef jetzt, der mit den drei Sternen, hat nie wieder was von ihm gehört, aber pass auf, es kommt noch besser ...«

»Langsam, Tatjana! Also ein Koch von dem Restaurant bei Freising ...«

»Gammelsdorf, und das Restaurant heißt ›Zum Ludwig‹, wahrscheinlich nach Ludwig IV. von Bayern, der hat da 1313 die Habsburger besiegt, Bayern gegen Österreich, die Schlacht von Gammelsdorf, habe ich schnell mal gegoogelt ...«

»Tatjana!«

»Jaja, schon klar, also der Koch, warte, ich hab seinen Namen, hier, Leò Klaus, Leò ist der Nachname, mit einem Accent grave über dem o, also von rechts unten nach links oben. Und vielleicht ist es am besten, wenn du selber mit ihm redest. Er ist jetzt da, ich hab dich auch schon angekündigt, aber er sagt, er spricht nur über FaceTime mit jemandem, er will das Gesicht sehen. Er selber sieht übrigens ein bisschen gewöhnungsbedürftig aus, also erschrick nicht. Am besten rufst du ihn gleich an, ich glaube, es ist wichtig, was er zu sagen hat. Ich schick dir seine Nummer, kommt gleich.«

Hannah suchte sich eine windgeschützte Stelle zwischen den Strebepfeilern der Kirche. In der Sonne war es so warm, dass sie ihren Schal abband und die Lederjacke öffnete.

»Gewöhnungsbedürftig« war nicht übertrieben, dachte sie, als das Bild des Kochs aufpoppte. Dem mächtigen Brustkorb und den breiten Schultern zufolge musste der Mann ein echter Hüne sein. Ein sorgfältig gestutzter Hipsterbart bedeckte Kinn und Wangen, der Schädel war kahl geschoren und seitlich bis hoch über die Ohren tätowiert, Hannah konnte verschlungene Muster ausmachen, die keltisch wirkten.

Dwayne Johnson aus Gammelsdorf, dachte sie unwillkürlich, nur seine Augen passen nicht, braune Hundeaugen, viel zu freundlich für das ansonsten eher machomäßige Erscheinungsbild.

Im Hintergrund war eine Restaurantküche zu erkennen, ähnlich wie im Moosgries, vielleicht ein bisschen größer.

»Und Sie sind wirklich Kommissarin?«, war das Erste, was Leò fragte, nachdem sie sich vorgestellt hatte. »Sie sehen nicht aus wie eine Polizistin.«

»Und Sie sehen nicht aus wie jemand, der kochen kann«, konterte Hannah. »Haben Sie tatsächlich drei Sterne?«

»Touché«, reagierte er grinsend, als hätte Hannah genau den richtigen Ton getroffen, um ihn zu überzeugen, dass ein Gespräch mit ihr keine verlorene Zeit war.

»Ich komme gleich zur Sache«, setzte Hannah nach. »Meine Kollegin sagt, Sie hatten einen Koch, der dann Knall auf Fall verschwunden ist. Wann war das genau, wissen Sie das noch?«

»Vielleicht zwölf, dreizehn Jahre her, war gerade achtzehn, als er angefangen hat bei mir, kleines Bürschlein, noch grün hinter den Ohren. Ich hatte damals einen Laden in Sommerhausen bei Würzburg, und er kam auch von da irgendwo aus der Ecke. Thomas, so hieß er, wir haben ihn ›Thomy‹ genannt, nach dem Tubensenf, und weil er nämlich aus einer Gastwirtschaft stammte, Sie wissen schon, warmes Würstchen mit einer dreieckigen Scheibe labbrigem Toastbrot und einem Klecks Senf daneben. Hat man gleich gemerkt, das mit der Gastwirtschaft. Aber er wusste zumindest ansatzweise, was in einer Küche los ist, und hat sich nie beschwert, egal, was ich ihm zugemutet habe. Hat schnell gelernt, hätte mal ein verdammt guter Koch werden können. Hat es bei mir in kurzer Zeit immerhin bis zum Gardemanger gebracht, obwohl er eigentlich mit dem Posten des Patissiers geliebäugelt hat. Habe ich ihm aber ganz schnell wieder ausgeredet, die Zuckerbäcker braucht keiner!«

»Aber dann ist etwas passiert …?«

»Das kann man so sagen, ja. Wir hatten einen … Zwischenfall, werde ich nie vergessen, die Geschichte, so was passiert auch nur einmal im Leben …«

Es gab eine Art Stammgast, erzählte Leò weiter, einen Milliardär, der sein Geld mit einem »Finanzdienstleistungs-Unternehmen« verdient hatte. Der Mann lebte die meiste Zeit auf seiner Yacht im Mittelmeer, kam aber drei-, viermal im Jahr von St. Tropez oder Nizza mit dem Privatjet nach Nürnberg und dann immer auch mit einem Helikopter nach Sommerhausen.

»Na ja, tatsächlich ein Angeber, wie er im Buche steht. – Wissen Sie, was ›Fettammern‹ sind? Eher nicht, richtig?« Leò redete weiter, ohne eine Antwort abzuwarten. »Auch Gartenammer genannt, kleiner Singvogel, so groß wie ein Sperling. Wird in Frankreich zu Tausenden gefangen, gemästet und für teures Geld an Sterne-Restaurants verkauft. Um sie zu mästen, sticht man den Vögeln die Augen aus, die Dunkelheit bringt den Tag- und Nachtrhythmus der Tiere durcheinander, so dass sie ständig fressen. Feigen, Hirse, Hafer, vierzehn Tage lang, dann ist der Vogel fett genug und hat ungefähr das Dreifache seines normalen Gewichts erreicht. Kann natürlich auch nicht mehr stehen, geschweige denn fliegen. Jetzt wird er in Armagnac ertränkt, gerupft und in einem besonderen Topf gegart. Und jetzt kommt's …«

Leò zog die Augenbrauen hoch, als wollte er sich Hannahs unbedingter Aufmerksamkeit versichern. »Soll ich noch weitermachen? Ist nicht unbedingt was für schwache Nerven, aber wichtig für die Geschichte mit Thomy. Also, Ihre Entscheidung!«

Hannah nickte, während sie merkte, wie sich ein Kloß in ihrem Hals bildete und ihr Magen sich zusammenzog.

»Zum Essen nimmt man den Vogel komplett in den Mund, mit Kopf, Schnabel, Füßen, Knochen, Innereien und allem. So heiß, wie es nur möglich ist. Dazu legen sich alle Gäste gleichzeitig eine Serviette über den Kopf – angeblich, um ihr Gesicht vor Gott zu verbergen! Vor allem aber, um nicht die Nachbarn mit dem Knacken der Knöchelchen zu nerven und um zu vermeiden, dass sie was von den heißen Fettspritzern abbekommen. Gilt als Delikatesse schlechthin, schon seit der Römerzeit. Soll wie ein guter Fick sein, ich hab's nie probiert, das war mir immer eine Nummer zu viel. Die Vögel zu fangen und zu mästen ist auch seit Jahrzehnten in ganz Europa verboten, vor allem weil es immer weniger von ihnen gibt. Wird aber trotzdem weiterhin gemacht, und in einer bestimmten Szene nach wie vor zu horrenden Preisen gehandelt. Und mein spezieller Freund damals, der mit der Yacht im Mittelmeer, hat uns eine stattliche Anzahl dieser Vögelchen aus Frankreich mitgebracht und auch gleich den richtigen Armagnac dazu, damit wir ihm dieses Festessen aus brühheißen Vogelinnereien und Knöchelchen zubereiten und servieren. Ihm und seinen geladenen Gästen, die üblichen Verdächtigen, ein Star-Anwalt, ein Banker, zwei oder drei Politiker, CDU und FDP, ein Baulöwe, ein Schlagersänger vom Ballermann. Alles persönliche Freunde und wahre Feinschmecker mit ausgemachter Gaumenerfahrung, denen nur noch dieses *eine* Gericht fehlte, um als echte Weltbürger zu gelten, die vom Heiligen Gral gekostet haben.«

Seine Stimme triefte vor Sarkasmus.

»Und das haben Sie getan?«, fragte Hannah, obwohl sie die Antwort bereits kannte.

»Ich würde es heute nicht mehr machen, glauben Sie mir.«

Der Hundeblick war jetzt ganz deutlich. Hannah meinte, das schlechte Gewissen fast körperlich spüren zu können. Das schlechte Gewissen und den Ekel vor sich selbst.

»Aber ja, wir haben ihm seinen Wunsch erfüllt. Ich hatte vielleicht auch Angst, einen Gast zu verlieren, der durchaus dazu beitrug, dass mein Name immer bekannter wurde. Von dem kleinen Vermögen, das er bei jedem Besuch bei mir ließ, mal ganz zu schweigen.«

»Und was hat das jetzt …?«

»Mit Thomy zu tun? Ganz einfach, er ist ausgeflippt! Vielleicht hat er auch einfach nur völlig normal reagiert, wie wir es alle hätten tun sollen, aber ich konnte ihm das nicht durchgehen lassen. Man beschimpft keine Gäste als widerliche Hurenböcke, Blutsauger, Leuteschinder und noch Schlimmeres, und man schlägt ihnen schon gar nicht mit dem Silbertablett auf die Köpfe unter den weißen Servietten. Man übergibt sich auch nicht quasi zum Nachtisch mitten auf die eingedeckte Tafel, das tut man nicht. Ich habe ihn fristlos entlassen. Musste ich. Und er ist Mönch geworden statt Koch.«

Hannah musste mehrmals nachfragen, bis sie auch diese unerwartete Wendung der Geschichte verstand.

Thomy war entsetzt gewesen über die widerliche Szene, die er bei dem Besuch des Milliardärs miterlebt hatte. Er fand das Ganze so abartig, dass er nicht nur die Gäste angegriffen, sondern auch Leò und der Küchenmannschaft bittere Vorwürfe gemacht hatte. Dass sie sich zu so etwas hergegeben hatten, konnte und wollte er nicht verstehen und verurteilte es ohne jede Nachsicht. Seine Empörung gipfelte in der Aussage: »Solche Typen gehören in Käfige gesperrt, wo man ihnen die Augen aussticht und sie selber mästet.«

Leò konnte sich noch exakt an den Wortlaut erinnern. Und auch daran, wie er Thomas noch in derselben Nacht vor die Tür gesetzt hatte. Und wie der daraufhin angekündigt hatte, ihn und sein Restaurant im Auge zu behalten und notfalls selber aktiv zu werden, falls Leò dieser Art von Gästen nicht Einhalt gebieten würde.

»Genau so hat er es formuliert«, erzählte Leò. »›Wenn du solches Pack noch mal einlädst, kümmere ich mich persönlich darum, dass es das letzte Mal für die Schweine war.‹ Ich glaube, dass er es genau so meinte«, setzte Leò hinzu, »er wollte nicht *mir* oder meinen Leuten was antun, sondern seine Drohung galt den Gästen, also jedenfalls einer bestimmten Klientel. Ich denke, er gab denen die Schuld, dass wir als Köche keinerlei Tabus mehr achten.«

Hannah merkte, wie ihr schwindlig wurde. Sie musste sich mit dem Rücken gegen die Kirchenwand lehnen, um nicht das Gleichgewicht zu verlieren. Für einen kurzen Moment schloss sie die Augen, bis die Welt um sie herum nicht mehr in lauter Scherben zerspringen wollte. »Drehschwindel«, hatte die HNO-Ärztin gesagt, bei der sie noch in Oldenburg gewesen war. »Sollte eigentlich von alleine wieder weggehen, aber ich fürchte, Ihr ganzes Leben ist gerade gehörig aus dem Gleichgewicht, es ist also kein Wunder, wenn Ihnen schwindlig wird.«

»Ist alles in Ordnung mit Ihnen?« Leòs Stimme klang wie aus weiter Ferne. »Ich hab sie ja gewarnt, ist ganz schön starker Tobak mit dem kleinen Thomy, was?«

»Und wieso ist er dann Mönch geworden?«, schaffte es Hannah nur mit Mühe zu fragen.

»Weil er Buße tun wollte für die Sünden von uns allen, seine eigenen eingeschlossen. Hat er mir auf einer Ansichtskarte geschrieben, paar Wochen später. Aus dem Kloster in Benediktbeuern, wo er inzwischen als Novize war. Ich kann Ihnen ein Foto von der Karte machen und rüberschicken. Und wenn Sie wollen, auch gleich noch den Artikel aus der Zeitung damals, ein Jahr später oder so. Ich hab's ausgeschnitten, nachdem ich ihn auf dem Foto wiedererkannt hatte. War eine ganze Gruppe von Mönchen, fünf oder sechs, um die es da ging. Große Aufregung, weil sie mitten in der Fastenzeit so was wie das ›Zürcher Wurstessen‹ veranstaltet hatten, also sich ganz bewusst gegen die Fastenregeln gestellt und alles aufgefahren haben, was die Küche so hergab. Und das war's dann auch mit Thomys Karriere als Mönch, ich schicke Ihnen den Artikel, steht alles drin.«

»Und danach?«

»Nie wieder was von ihm gehört. Schräge Geschichte, das Ganze. Passt ja auch nicht, erst den Moralapostel zu geben und dann selber …« Leò zuckte mit den Schultern. »Hab da sogar mal angerufen im Kloster, weil ich's wissen wollte und mich ja doch irgendwie verantwortlich gefühlt habe. Aber nichts, niente, nada. Ist verschwunden.«

»Seine Eltern? Mit dem Gasthaus?«

»Keine Ahnung, so sehr hat's mich dann auch wieder nicht geschert. Und warum sind Sie jetzt so interessiert an ihm? Jetzt sagen Sie bloß nicht, er hat irgendwas ausgefressen und jemanden mit der gusseisernen Pfanne erschlagen oder so was! Sorry, sollte ein Witz sein, war nicht so gut. Aber Sie haben meine Frage noch nicht beantwortet – was ist mit Thomy? Ist er wieder aufgetaucht?«

»Wir wissen es nicht«, wich Hannah aus. »Wir sind noch dabei, alle möglichen Puzzleteile zusammenzutragen, aber es ist eine laufende Ermittlung, ich darf Ihnen wirklich nichts weiter sagen, tut mir leid. Sie haben mir dennoch sehr geholfen mit Ihrer Aussage, danke dafür. Eine letzte Frage habe ich noch …«

»Ist ein bisschen unbefriedigend für mich«, stelle Leò fest. »Ungefähr so wie eine Phô nach Hanoi-Art, nur leider ohne die unentbehrlichen zwei Tupfer Chilipaste, wenn Ihnen das was sagt. Aber fragen Sie, bitte!«

»Wie sah er aus, Thomy, meine ich? Statur, Haarfarbe ...«

»Kleiner als ich. Aber kein Zwerg! Zwischen eins fünfundsiebzig und eins achtzig vielleicht. Und dünn, so wie alle, die in einer echten Küche stehen, windhunddünn und so knochig, als kämen sie direkt aus einem japanischen Strafgefangenenlager. Und er war blond. Kaum Bartwuchs, Babyface. Aber war ja auch noch jung.«

Die Beschreibung passte nicht wirklich, bis auf die Größe, aber die traf auf die Hälfte der männlichen Bevölkerung zu. Haare konnte man allerdings färben. Und in zehn Jahren oder mehr auch ein bisschen zunehmen. Ebenso wie man sich einen anderen Gang angewöhnen konnte, andere Bewegungen, andere Gesten ...

»Eine allerletzte Frage ...«

Leò zog nur die Augenbrauen hoch.

»Dieses Essen damals, mit den Fettammern, wissen Sie noch, wann das war? Ich meine nicht das Jahr, sondern den Monat, ungefähr wenigstens ...«

»Frühjahr«, antwortete Leò, ohne zu zögern. »Um Ostern rum, ich hatte eigentlich Lamm auf der Karte und Hasenpfeffer mit Blut, habe ich beides wegen der Vögel wieder zurück in die Kühlkammer gebracht.«

»Es könnte also noch während der Fastenzeit gewesen sein, kurz *vor* Ostern?«

»Warten Sie, ich habe mich um so was nie geschert, aber ... doch, ich erinnere mich, dass es da irgendwelche Probleme gab, mit dem Heli möglichst nahe am Schloss

Schönbrunn landen zu können, wohin der Milliardär ein oder zwei Tage später zum …« Leò schnippte mit den Fingern, »bingo, you name it, zum Osterkonzert der Wiener Philharmoniker wollte – es war also *vor* Ostern, in der Fastenzeit, wie Sie sagen.«

Es passte. Auch Stephan hatte von diesem berühmt-berüchtigten Zürcher Wurstessen geredet. Und seine Empörung im Moosgries über Schulze-Raab hatte extrem aggressiv gewirkt. Hannah hatte da schon gedacht, dass er irgendetwas erlebt haben musste, was eine solche Reaktion bei ihm hervorrief …

Hatten sie jetzt tatsächlich eine Spur? Konnte es sein, dass dieser »Thomy«, der Koch, der bei Leò gearbeitet hatte, identisch mit Stephan war? Hannah war sich nicht sicher, ob sie sich das wirklich wünschte.

✝

Er hat ewig nicht mehr an diese Geschichte gedacht. Er muss Momo mal fragen, ob sie sich noch daran erinnert, wie sie ihm zum ersten Mal aus dem Buch vorgelesen hat. In dem Sommer, in dem sie in die halb verfallene Almhütte auf der anderen Seite der Grenze gefahren sind. Die jetzt ihnen gehörte!

»Um etwas Eigenes zu haben«, hat der Vater gesagt. Als Ferienhaus. Damit sie nicht immer bei Freunden wohnen müssen, wenn sie in die Berge wollen.

Aber es ist nie wirklich ein Ferienhaus geworden. Sie waren auch nur ein einziges Mal da. In diesem Sommer, in dem Momo ihm aus dem Buch vorlas, das sie selber gerade geschenkt bekommen hatte. Die Geschichte war noch viel zu schwierig für ihn, das meiste hat er gar nicht verstanden.

Nach diesem Sommer sind sie nie wieder auf die Alm gefahren. Jedenfalls nicht als Familie. Es war nie genug Zeit, mit dem Gasthaus lief es nicht gut, sie mussten alle mitarbeiten, weil sie sich keine Angestellten mehr leisten konnten.

Das Beste an der Almhütte war die Ruine weiter oben im Wald. Eine alte Grenzfeste, noch aus dem Dreißigjährigen Krieg. Um Tirol gegen die Bayern und Franzosen zu schützen.

Jetzt sind es nur noch ein paar Mauern zwischen den dunklen Tannen. Ein Turm. Eine halb verfallene Kapelle. Und die Zellen mit den vergitterten Fenstern und den schweren Eichentüren. Die noch völlig intakt sind, was aber keiner ahnt, der die Ruine sieht.

Es kommt sowieso niemand dort hinauf. Es stehen ja auch überall Warnschilder: Vorsicht! Einsturzgefahr! Betreten strengstens verboten!

Der Platz ist perfekt. Und die Leute aus dem Dorf unten kennen ihn und wissen, dass er niemanden sehen will. Sie lassen ihn in Ruhe. Sie haben auch keine Ahnung, wer er ist. Erinnert's ihr euch an den Spinner, der damals die Almhütte gekauft hat und dann nie da war? Das ist sein Sohn, der jetzt da oben haust. Ein komischer Kauz, ein Eigenbrötler, aber was soll's, er tut ja keinem was zuleide.

Manchmal ist es gut, wenn sie glauben, dass man nicht ganz richtig im Oberstübchen ist. Es hat Vorteile! Man muss nur wissen, wie man die Dinge für sich am besten nutzt.

9. KAPITEL

Hannah brauchte nur wenige Minuten auf der Dienststelle, um mitzubekommen, dass die Kollegen über sie Bescheid wussten. Tatjana hatte also mit ihnen geredet und weitergegeben, was Hannah ihr erzählt hatte. Die Reaktion spiegelte sich in den Blicken, die sie sich hinter Hannahs Rücken heimlich zuwarfen – und mehr noch in dem allzu auffälligen Bemühen, sich *nichts* anmerken zu lassen. Aber das war keine Basis für die weitere Zusammenarbeit, Hannah musste wissen, woran sie war.

Sie setzte den Becher Kaffee, den Schmidtchen ihr eben in die Hand gedrückt hatte, auf den nächsten Schreibtisch und bat um Ruhe.

»Könnt ihr bitte mal alle herhören? Bevor ich euch jetzt informiere, wo wir stehen, möchte ich erst etwas anderes geklärt haben. Ich mache es kurz, Tatjana hat euch informiert, was da in Oldenburg los war. Also wisst ihr auch, warum ich jetzt hier bin, so weit weg von allem wie möglich. Aber ich hatte nicht damit gerechnet und mir ganz sicher nicht gewünscht, dass ... mir hier schon in den ersten Tagen etwas passiert, was nie passieren sollte. Und dass ... diese Scheiße anscheinend auch noch eine Verbindung zu dem Fall hat, an dem wir arbeiten.« Sie musste tief Luft holen, um weiterzureden. »Ich frage euch jetzt ganz konkret: Traut ihr mir immer noch zu, diesen Fall zu verfolgen, obwohl ihr inzwischen wisst, dass ich vielleicht selber involviert bin, falls die Person, die wir suchen, tatsächlich der Mann ist, der mich im Moosgries angegriffen hat? Und? Wollt ihr überhaupt noch weiter mit mir arbeiten?«

Sie sah, wie die Kollegen Blicke austauschten, aber niemand antwortete ihr.

»Kommt, Leute, sagt mir was dazu!«

»Soll ich?«, fragte der lange Dünne die anderen. Alois Gruber. »Falco«. Erst als sie alle nickten, drehte er sich zu Hannah: »Ich mach's auch kurz – schnappen wir uns das Schwein! Jetzt erst recht. Reicht dir das als Antwort?«

Die Kollegen klopften mit den Fingerknöcheln auf die Tische.

»Also los«, sagte Tatjana. »Was hat der Koch erzählt? Wir sind auf der richtigen Spur, oder? Wir haben endlich was, womit wir weitermachen können, stimmt's?«

Hannah nutzte das große White Board an der Stirnseite des Raums, um ein paar Stichworte zu notieren, während sie ihr Gespräch mit Leò wiedergab. Und sie war kaum fertig, als Tatjana aufsprang und in die Hände klatschte: »Okay, Leute, damit ist klar, was wir zu tun haben! Wir sind schließlich alle in unserer inoffiziellen kleinen Soko hier, mitgefangen, mitgehangen, so einfach ist das. Alles andere muss warten, bis wir ein paar brauchbare Ergebnisse haben. Dann kümmern wir uns wieder um Falschparker und Zechpreller und verlorene Haustürschlüssel oder entlaufene Hunde und Katzen. Aber bis dahin zeigen wir mal, was wir wirklich draufhaben!«

Noch am Nachmittag hatten sie dann im Netz und mit Hilfe von zig Telefonanrufen bereits so viele Informationen zusammengetragen, dass sich ein halbwegs überzeugendes Bild abzeichnete. In einigen Punkten entsprach es nicht ganz der Darstellung von Leò, aber das änderte nichts daran, dass sein früherer Koch »Thomy« tatsächlich als derjenige in Frage kam, bei dem alle Fäden zusammenliefen. Mit anderen Worten: Aller Wahrscheinlichkeit nach hatten sie ihren Täter gefunden!

Das White Board war mit Hannahs sorgfältig gemalten Stichworten bedeckt, die Verbindungslinien und Pfeile verdeutlichten die Chronologie der Ereignisse, wie sie sich jetzt für Hannah und ihr Team darstellten:

Thomas Neumetzler kam aus einer Gastwirtsfamilie in einem Dorf namens Ewigleben, nicht weit von Würzburg. Vater und Mutter führten das Gasthaus mit dem Namen »Zum krummen Großvater«, sowohl Thomas als auch die vier Jahre ältere Schwester standen bereits während der Schulzeit mit hinter dem Tresen oder bedienten die Gäste.

Nach dem Realschulabschluss begann Thomas eine Ausbildung zum Koch im Maritim Hotel Würzburg. Danach bewarb er sich im Restaurant von Leò in Sommerhausen, wo er auf verschiedenen Posten arbeitete und innerhalb von zwei Jahren zum Gardemanger aufstieg, der zuständig für die Vorspeisen und kalt servierten Gerichte war.

Nach der Geschichte mit den Fettammern und der Kündigung machte er sein Abitur auf dem Zweiten Bildungsweg und schrieb sich dann für ein Studium der katholischen Theologie an der Ludwig-Maximilians-Universität in München ein. In seinem dritten Semester kam es auf dem Fakultätsgelände zu einem Vorfall, über den fast alle größeren Tageszeitungen berichtet hatten – die Studenten hatten während der Fastenzeit ein sogenanntes »Fastenessen« veranstaltet, eine Spendenaktion zugunsten der Welthungerhilfe, bei der die Gäste üblicherweise eine einfache Suppe oder einen Eintopf serviert bekommen. Hier hatte Thomas allerdings eine ganze Reihe deutlich üppigerer Gerichte zubereitet. Fisch, Muscheln, Krustentiere, Wild und Wildgeflügel. Und das Ganze war in ein Gelage ausgeartet, bei dem sich die angehenden Theologen nicht zurückhielten, sondern im Gegenteil tonangebend waren. Es war auch nicht nur die Rede von Alkohol, sondern Drogen und mehreren eigens auf das Gelände geschmuggelten Prostituierten beiderlei Geschlechts.

Auf den Fotos war Thomas als einer der Hauptverantwortlichen für den Eklat gekennzeichnet, damals hatte er noch blonde Locken und war »dünn wie ein Windhund«, wie Leò ihn ja auch beschrieben hatte. Aber die Gesichtszüge entsprachen unverkennbar dem dunkelhaarigen Mann mit dem Hipster-Vollbart, der sich Hannah gegenüber als »Stephan« ausgegeben hatte.

Damit schied auch Sascha Kallmann endgültig als Verdächtiger aus. Für einen Augenblick war sich Hannah nicht sicher, ob sie darüber wirklich froh sein sollte. Obwohl Kallmann ihr sogar einen Risotto gekocht und sie zum Essen in seine Küche eingeladen hatte, wäre es doch einfacher für sie gewesen, *ihn* als Täter verfolgen zu müssen. Einfacher, weil sie sich zumindest hätte einreden können, dass dieses kleine Intermezzo rein beruflicher Natur gewesen war. Ganz im Gegensatz zu dem Abend mit Stephan. Thomas Neumetzler, dessen Zeitungsfoto ihr unwillkürlich eine Gänsehaut über den Rücken jagte.

Nein, es war gut, dass er es war. Und sie würde ihn drankriegen für das, was er getan hatte. Für *alles*, was er getan hatte …

Nachdem sich die Medien auf den Skandal mit dem Fastenessen gestürzt hatten, reagierte die Fakultätsleitung prompt mit der Exmatrikulation der beteiligten Studenten. In einem Interview behauptete Thomas Neumetzler, er hätte nur deshalb diese Vielzahl an erlesenen Pasteten und Terrinen für das Fastenessen zubereitet, um die geladenen Gäste zu höheren Spenden zu animieren. Schließlich käme er aus einer Gastwirtschaft und würde wissen, wie die Gäste »ticken«. Im selben Interview sprach er auch davon, dass die »Völlerei« der Gäste, die er und seine Schwester schon als Jugendliche im elterlichen Gasthaus mitansehen mussten, zu seinem Entschluss geführt hatte, katholische Theologie zu studieren. Außerdem hätte er an dem fraglichen Abend als Einziger versucht, seine Kommilitonen von dem Gelage abzuhalten und ihnen am folgenden Tag bittere Vorwürfe gemacht, wofür es auch genügend Zeugen geben würde.

Die Universität nahm ihre Entscheidung jedoch nicht zurück: Es blieb bei Thomas' Exmatrikulation.

Ein weiterer Zeitungsartikel berichtete wenige Wochen später darüber, dass er als Mönch ins Kloster Benediktbeuern gehen wollte, um dort Buße für seine Verfehlungen zu tun. Offensichtlich aber war ihm die Aufnahme verweigert worden, über die Gründe fanden Hannah und ihre Kollegen nichts heraus. Der Abt des Klosters gab vor, sich an kein Gespräch mit einem Thomas Neumetzler erinnern zu können.

Danach verlor sich jede Spur von Thomas. Nach zwei Monaten wurde er offiziell als vermisst gemeldet. Die Anzeige bei der Polizei war von seiner Schwester aufgegeben worden. Silvia Neumetzler hatte das Gasthaus in Ewigleben seit dem Tod der Eltern einige Jahre zuvor alleine weitergeführt. Kurze Zeit nach der Anzeige verkaufte sie den »Krummen Großvater« und verließ das Dorf. Nach Aussage der Nachbarn war sie »ins Ausland« gezogen, wohin genau, wusste niemand.

»Puh!« Tatjana stieß die Luft aus, als Hannah die Stichworte vom White Board noch mal Punkt für Punkt durchgegangen war. »Will vielleicht einer von euch das Fazit ziehen?«, wandte sie sich an die Kollegen. »Ja, Sepp Eins, los, fang an!«

»Es gibt den Typen noch. Er hat sich irgendwo versteckt und …«

»… sucht sich jedes Jahr ein neues Opfer, das er entführt und gewaltsam zum Fasten zwingt«, ergänzte Sepp Zwei.

»Und da keiner der Vermissten in den letzten Jahren wieder aufgetaucht ist, müssen wir davon ausgehen, dass keiner von ihnen mehr lebt«, erklärte Falco. »Auf welche Weise Schulze-Raab auch entkommen ist, er hat verdammt viel Schwein gehabt. Immer vorausgesetzt natürlich, sie bringen ihn im Krankenhaus durch.«

»Wir müssen ihn finden.« Schmidtchen hieb mit der Faust auf den Tisch, um ihren Worten Nachdruck zu verleihen. »Und zwar schnell! Denkt dran, dass er ja auch noch das Ehepaar aus Pasing in seiner Gewalt hat. Wenn wir die vor dem Hungertod retten wollen, dann …«

»Sollten wir uns beeilen«, stimmte ihr Obermayr zu. »Wo der Typ ist, sind auch seine Opfer, ganz klar. Ist ein Wettlauf mit der Zeit. Und den dürfen wir nicht verlieren.«

Hannah hob die Hand. »Tatjana hatte als Erste die Idee – und ich glaube, sie hat recht. Thomas Neumetzler versteckt sich hier irgendwo ganz in der Nähe. Entweder immer schon oder zumindest seit Schulze-Raab. Nicht nur, weil ich ihn im Krankenhaus gesehen habe und …« Sie schloss kurz die Augen. »Er ist identisch mit dem Mann, der mich im Moosgries vergewaltigen wollte. Er kommt nicht aus München, sondern von hier aus der

Nähe. Zwei Gründe sprechen dafür.« Hannah hielt den Daumen hoch. »Erstens, als Schulze-Raab ihm entkommen ist, muss Thomas aka Stephan ihn ja hierhergebracht haben. Wahrscheinlich mit dem Mercedes, nach dem wir wegen Fahrerflucht suchen. Er wird vorher mit Schulze-Raab im Auto nicht erst endlos durch die Gegend gefahren sein, also ...«

»Warum ist er mit ihm überhaupt hierhergekommen?«, unterbrach Schmidtchen Hannahs Überlegungen. »Ich weiß, wir haben schon drüber geredet, aber ... ich will es immer noch nicht ganz glauben. Ich meine, dass es wirklich Leute gibt, die ... die so was tun!«

Hannah nickte. »Geht mir kaum anders, aber ich fürchte, es ist trotzdem so. Warum hat er Schulze-Raab diese Neun in die Stirn geritzt und ihn am ganzen Körper mit Asche eingerieben? Ich weiß wirklich nur eine Erklärung – Schulze-Raab sollte gefunden werden! Als Warnung, als Symbol, als abschreckendes Beispiel, was mit allen passiert, die sich nicht an die Regeln halten. Vielleicht hat er sich gar nicht selbst befreit, sondern ist einfach aus dem Auto geworfen worden. Aber er wurde zu früh gefunden, mit den drei Frauen, die aus dem Tanzlokal kamen, hat unser Täter nicht gerechnet. Wenn die Schulze-Raab nicht zufällig entdeckt hätten, weil ihnen der Hase aufgefallen war, der da ums Denkmal gehoppelt ist, dann ...!«

»Es hat geschneit in der Nacht«, ergänzte Tatjana. »Bis zum Morgen zur Frühmesse wäre Schulze-Raab erfroren gewesen.«

Für einen Moment sagte niemand mehr etwas. Sie versuchten, sich wieder die Situation in der fraglichen Nacht vom Samstag auf Sonntag vorzustellen. Schmidtchens weit aufgerissene Augen drückten aus, was alle dachten – es schien immer noch ebenso erschreckend wie naheliegend.

»Wird so sein«, meinte Falco schließlich. »Und der Typ ist hier noch irgendwo. Hannah hat ihn im Krankenhaus gesehen, dann hat er sie in den Berg gelockt, auch wenn das improvisiert war, er kennt sich hier aus. Aber du hattest noch einen zweiten Punkt, weshalb du das glaubst?« Er blickte fragend zu Hannah.

»Ich ... ich bin mir fast sicher, dass ich jetzt schon ein paar Mal beobachtet wurde. Ich habe nie jemanden gesehen, aber gerade heute Morgen wieder, als ich draußen vor der Kirche stand und mit Tatjana telefoniert habe, war das Gefühl ganz deutlich. Er ist hier irgendwo.«

Diesmal nickten alle, keiner zweifelte an Hannahs Eindruck. Sie war ihnen dankbar dafür, dass sie ihr Gefühl nicht als bloße Spinnerei abtaten. Oder versuchten, das Ganze zu verharmlosen.

»Die Kollegen in Österreich haben sich noch nicht gemeldet«, sagte Sepp Eins. »Aber das muss nichts bedeuten, sie lassen es da drüben manchmal ein bisschen zu ›kommod‹ angehen, wenn ihr wisst, was ich meine. Ich hake da noch mal nach. Trotzdem kann es sein, dass unser Typ da irgendwo steckt, ohne jemandem aufzufallen. Er hat es ja auch die ganzen Jahre geschafft, immer schön unter dem Radar zu bleiben.«

»War auch nicht so schwierig«, meinte Sepp Zwei. »Essen für seine Opfer brauchte er ja nicht einzukaufen.«

»Nicht witzig«, sagte Schmidtchen.

»Aber wahr«, erwiderte Sepp Zwei unbeeindruckt.

»Gut.« Tatjana stand auf. »Wir müssen ihn jedenfalls finden. Hausaufgabe für jeden von uns: Eine brauchbare Idee, wie wir ihn kriegen. Hannah, was ist mit …«

»Mit dem Profil von ihm? Keine Chance, ich hab's versucht, ich krieg's nicht hin. Es ist, als ob er nicht zu fassen wäre, einerseits durchaus charmant und … vielleicht ein bisschen draufgängerisch, andererseits ein eiskaltes, brutales … Arschloch.«

»Klingt nach einem waschechten Soziopathen«, meinte Sepp Eins.

»*Ist* ein waschechter Soziopath«, bekräftigte Sepp Zwei.

»Was die Sache nicht besser macht«, erklärte Falco. »Im Gegenteil sogar! Das heißt nämlich, er hat es drauf, sich zu verstellen. Im Zweifelsfall verkauft er sich als den netten, sympathischen Typen, der vielleicht nur irgendwas Schlimmes erlebt hat und deshalb ein bisschen sonderbar ist, spinnert. Er lässt keinen so richtig an sich ran, aber er tut auch keinem was. Und genau das ist die Falle!«

Tatjana meldete sich zu Wort. »Und wie wäre es …, Also apropos Falle, meine ich …?«

»Ja, was?«, fragte Hannah. Sie sah, wie Tatjana zögerte, bevor sie erwiderte: »Wenn wir dich beobachten, falls er noch mal versucht, dir was anzutun …«

»Ich komme klar«, sagte Hannah schnell.

»Glauben wir dir, aber darum geht es gar nicht.« Tatjana blickte zu den beiden Sepps, die bereits nickten und die Daumen hochhielten. »Macht ihr den Anfang? Gut. Also pass auf, Hannah! Damit bist du jetzt unser Lockvogel, ohne dass du dich anders verhalten musst als bisher, alles klar? Sollte er dir noch mal zu nahe kommen, haben wir ihn.«

†

Eigentlich ist es ja nichts als die Frage, was zuerst da war: Das Ei oder das Huhn?

Womit hat es angefangen? Wer trägt die Schuld daran, dass alles so gekommen ist?

Die Eltern mit der Gastwirtschaft?

Die Gäste, deren Wünsche dem Vater immer Befehl waren?

Der Vater? Die Mutter?

Die große Schwester, die immer für ihn da war, wenn die Mutter nichts von ihm wissen wollte?

Oder erst der verdammte Scheißkoch in Sommerhausen, den er so bewundert und der ihn dann so schmählich verraten hat?

Alles, was danach passiert ist, reiht sich an einer Schnur auf wie die Perlen eines Rosenkranzes. Das Fastenessen am Theologischen Seminar, die Exmatrikulation, die Weigerung, ihn als Novizen aufzunehmen. Der Plan, der ebenso logisch wie zwingend erschien. Die Suche nach den richtigen

Opfern. Das Spiel mit der göttlichen Entscheidung, von der ja immer klar war, wie sie ausfallen würde.

Und dann dieser eine Fehler, der ihm nie hätte passieren dürfen.

Die Polizistin, die ja auch nichts weiter gewesen war als ein Spiel. Der Kitzel zu sehen, wie weit er es treiben konnte. Der Zufall, der sie ihm gewissermaßen auf dem Silbertablett serviert hatte.

Schulze-Raab, der zur falschen Zeit am falschen Ort gewesen war. Der sich eingemischt hatte, statt weiter Notizen in sein dämliches Moleskin-Büchlein zu kritzeln. Und der es ihm dann so einfach gemacht hatte, als er wie ein Pawlowscher Hund in Augsburg zum Bahnhof gekommen und sogar zu Momo ins Auto gestiegen war. Nur weil ihm Momo angeblich etwas über Schuhbeck und die Steuerfahndung zu erzählen hatte.

Nein, es spielt keine Rolle. Nicht mehr. Es ist egal, wer die Schuld an allem trägt. Sogar wenn es die Köche sind, weil sie zugelassen haben, dass man sie BENUTZT. Es gehören immer zwei zu so einer Entscheidung. Und es gibt immer die Möglichkeit, abzulehnen oder zuzustimmen.

Das gilt auch für ihn. Für alles, was er jetzt vorhat. Er kann es immer noch bleiben lassen.

Aber er weiß, dass er es trotzdem tun wird.

10. KAPITEL

Als Hannah aus der Dienststelle kam, war die Sonne eben dabei, hinter den Baumwipfeln des Kappellenbergs zu versinken. Die schroffen Felswände der Großkopfspitze strahlten wieder diese Kälte aus, die keinen Zweifel daran ließ, dass das Amselgezwitscher und die Krokusse auf den Wiesen bislang nur zögerliche Vorboten des Frühlings waren. Wahrscheinlich würde es in der Nacht auch wieder Frost geben, die Magnolienblüten am Baum zur Straße hin hatten sich zu früh hervorgewagt, selbst in dem spärlichen Licht konnte Hannah deutlich die braun verfärbten Blütenränder erkennen.

Es schien ihr ein Zeichen zu sein, sich niemals zu früh auf etwas zu freuen, das womöglich zum Scheitern verurteilt war. So wie ihr geplantes Wochenende mit Rio, das plötzlich in eine unerreichbare Ferne gerückt zu sein schien. Es war mehr als unfair, ihm schon wieder abzusagen, aber Hannah war klar, dass die Entwicklung des Falls es jetzt einfach unmöglich machte, für zwei Tage aus den Ermittlungen auszusteigen. Gerade hatten auch die Kollegen noch übereinstimmend erklärt, dass sie rund um die Uhr arbeiten würden, bis sie endlich ein Ergebnis hätten – das freie Wochenende war für alle gestrichen, Hannah eingeschlossen. Und das galt natürlich auch für den Montag, den sie sich selbst bewilligt hatte.

Im Stillen hatte sie die ganze Zeit schon überlegt, wie sie es Rio beibringen sollte, dass sie nicht kommen würde. Wohl wissend, dass ihr Ex sich das wahrscheinlich zunutze machen würde, um seine Position in dem Sorgerechtsverfahren für Rio zu stärken.

Sie hätte gerne geraucht. Sie hatte damit aufgehört, als sie mit Rio schwanger gewesen war. Und sie hatte eigentlich auch nicht vorgehabt, wieder anzufangen. Vielleicht wenn sie achtzig war, dann ja. Dann würde es auch nichts mehr schaden. Aber nicht jetzt. Und doch wünschte sie sich im Moment nichts sehnlicher, als den plötzlichen Nikotinschwindel zu spüren und alle Sorgen und Ängste zum Himmel hinaufblasen zu können. John Lennon hatte so was mal gesungen: Blow my worries to the sky.

Hannah stand schon vor dem Zeitschriftenladen mit der blinkenden Zigarettenschachtel als Reklame im Schaufenster, als sie die zwei Radfahrer bemerkte, die sich auf der Hauptstraße ein kleines Rennen lieferten. Irgendetwas an den beiden Männern in ihren grellbunten Klamotten kam ihr merkwürdig vor. Hannah beobachtete, wie sie ungefähr in Höhe des Geigenbauerdenkmals wendeten und in gemächlicherem Tempo zurückkamen. Erst als sie ihr im Vorbeifahren grüßend zuwinkten, begriff sie, wen sie da vor sich hatte. Die Radrennfahrer waren die beiden Sepps, ihre Kollegen von der Dienststelle, die auf sie »aufpassen« sollten!

Fast war Hannah versucht, laut aufzulachen, die Verkleidung der beiden Männer, die sie sonst nur in Uniform kannte, war einfach zu komisch. Aber sie musste zugeben, dass die Idee nicht schlecht war, an manchen Tagen wimmelte es im Ort regelrecht von Urlaubern mit Fahrrädern. Sie hoffte jetzt nur, dass Sepp Eins und Sepp Zwei die Räder und die Biker-Klamotten nicht einfach irgendwo konfisziert hatten! Zuzutrauen wäre es ihnen, dachte sie noch, während sie einen letzten sehnsüchtigen Blick auf die Zigarettenreklame warf und rasch weiterlief. Bevor sie es sich anders überlegen konnte und doch noch schwach würde.

Uta stand auf einer Leiter vor dem Haus und reparierte das Rankgerüst für den wilden Wein, der sich im Sommer bis zum Balkon von Hannahs Dachwohnung emporwinden würde.

Als sie Hannah sah, sprang sie auf den Boden und rief: »Du siehst fertig aus! Komm, ich mach dir eine heiße Schokolade, und du erzählst mir, was dich bedrückt.«

Sie tranken den Kakao im Stehen in Utas Küche, auf den Stühlen um den Holztisch herum stapelte sich die frischgewaschene Wäsche, die Uta zum Bügeln bereitgelegt hatte. Hannah konnte ihre Vermieterin gerade noch davon abhalten, Platz für sie beide zu schaffen: »Es ist wirklich nicht nötig, Uta, lass alles, wie es ist! Ich trink nur rasch die Schokolade mit dir und geh hoch in meine Wohnung.« Sie schluckte. »Ich muss telefonieren. Und dann will ich nur noch meine Ruhe, es war ein … Scheißtag, das kannst du mir glauben.«

Aber dann verquatschten sie sich doch, und keine Viertelstunde später ertappte sich Hannah dabei, wie sie eine Geschichte nach der anderen von Rio erzählte. Als wollte sie ihn mit ihren Erinnerungen herbeibeschwören, damit auch Uta sehen konnte, was für ein ganz besonderer Junge er war. Sie zeigte Uta sogar Fotos von Rio, was sie sonst nie tat, weil sie selber es meistens als Zumutung empfand, wenn andere ihr mit irgendwelchen Handybildern von ihrem Nachwuchs vorschwärmten. Mal ganz davon abgesehen, dass die Aufnahmen oft auch noch unscharf waren oder die Kinder alles andere als »süß«, wusste sie nie, wie sie halbwegs natürlich reagieren sollte. Und sie war überzeugt, dass es anderen ähnlich gehen musste!

Aber Uta schien tatsächlich begeistert zu sein und sagte immer wieder: »Was für ein großartiger Junge! Du kannst so stolz auf ihn sein. Ich kann mir gut vorstellen, wie sehr du ihn vermisst. Das würde doch jeder Mutter so gehen, aber bei einem so schmucken Buben wie deinem …«

»Aber wie kommst du darauf, ich bin nicht die Mutter, ich bin … seine Tante, mehr nicht«, brachte Hannah halbherzig an.

Utas Blick sagte ihr genug. Die Vermieterin glaubte ihr kein Wort! Vielleicht hatte sie Rios Postkarte tatsächlich gelesen.

»Seit wann weißt du es?«

»Seit du dich eben verraten hast. Na, würde ich mich

gut machen bei der Kripo, was meinst du? Nein, komm jetzt schau nicht so entgeistert! Ich habe es schon länger geahnt, deine Augen verändern sich jedes Mal, wenn du von Rio sprichst, und dein Gesicht wird ... weicher, als würde dich der Gedanke an ihn glücklich machen. Außerdem sieht er aus wie du, du hättest mir die Fotos nicht zeigen dürfen!«

»Es soll eigentlich niemand hier wissen«, stammelte Hannah. »Ich bin ... mitten in einem Sorgerechtsstreit und ...« Sie zuckte hilflos mit den Achseln.

»Keine Sorge, Hannah! Dein Geheimnis ist bei mir sicher. Und du musst mir auch gar nichts weiter erzählen, aber ich bin für dich da, wenn du eine Schulter zum Anlehnen brauchst, okay?«

»Okay, danke. Du bist echt klasse! Und du hast was gut bei mir.«

Uta lachte. »Na, das will ich doch hoffen! Vor allem will ich jetzt auch deinen Buben kennenlernen. Er *muss* dich einfach besuchen kommen, zu Ostern vielleicht, das wär doch was! Und dann freue ich mich schon darauf, deinem Rio eine ordentliche bayerische Schokocreme zu machen, so was kennt er ja gar nicht, der Ärmste. Aber apropos Schokolade – dir packe ich jetzt erst mal eine kleine Tüte zum Naschen zusammen, ist gut für die Seele. Und mit dem Fasten nimmst du es ja ohnehin nicht so ganz ernst, aber das ist schon in Ordnung«, setzte sie beruhigend hinzu, als sie sah, dass Hannah sich verteidigen wollte. »Ich darf sowieso nichts sagen, ich hab gerade einen ganzen Becher Kakao mit dir getrunken, das ist auch nicht gerade das, was man gottesfürchtig nennt. Aber manchmal muss man die Regeln brechen, und in deinem Fall erklären wir es jetzt einfach zur Notlage.«

Während sie noch redete, zog Uta eine altertümliche Blechkiste vom Küchenbuffet. Als sie den Deckel anhob, erkannte Hannah verschiedene Pralinen, manche mit Kakaopulver, andere mit getrockneten Früchten, Mandelsplittern, Nüssen, jede einzelne sorgfältig in eine weiße Papierform gebettet.

»Hast du die etwa alle selbst gemacht?«, fragte sie bewundernd. »Unglaublich! Ich hab schon Mühe, ein paar einfache Butterkekse zustande zu bringen ...«

Im selben Augenblick klingelte ihr Handy. Das Display zeigte die Nummer der Dienststelle.

»Da muss ich rangehen, Uta, sorry.«

Es war wieder Tatjana. Und wie schon am Morgen redete sie so schnell, dass Hannah zunächst kaum verstand, worum es ging. Irgendetwas war mit dem verschwundenen Ehepaar aus Pasing passiert!

»Warte mal bitte eine Sekunde, Tatjana. Ich sag nur rasch meiner Vermieterin auf Wiedersehen, dann ...«

»Schon gut«, meinte Uta beruhigend, »wieder die Arbeit, oder?« Sie drückte Hannah eine Tüte mit Pralinen in die Hand. »Geh nur, aber denk daran, es gibt noch ein Leben jenseits von Beruf und Arbeit! Und das weiß auch der Herrgott oben im Himmel und nimmt's dir nicht krumm, solange du nur das rechte Maß im Auge behältst.«

Sie strich Hannah noch einmal freundschaftlich über den Arm, bevor sie ihr die Tür zum Treppenhaus aufhielt. Allerdings hatte Hannah das Gefühl, dass Uta dann nicht wieder zurück in die Wohnung ging, sondern neugierig lauschte …

»Gleich«, sagte Hannah ins Telefon, »nur noch ein paar Stufen. So, jetzt, ich bin oben bei mir. Fang noch mal von vorne an, was ist passiert?«

»Die sind gar nicht entführt, dieses Ehepaar aus Pasing, meine ich. Die Tochter hat gerade angerufen, du weißt schon, die sie ja auch als vermisst gemeldet hat. Aber alles Quatsch!«

»Sie sind wieder aufgetaucht?«

»Ja und nein. Zumindest hat sie eine Nachricht von ihnen, zwei Nachrichten, um genau zu sein – beides Postkarten! Nur dass die erste, die sie von hier abgeschickt haben, nachdem sie im Moosgries waren, also dass die nicht angekommen ist. Oder erst jetzt, mit Verspätung. Weil die Postleitzahl nicht stimmte, da hatten sie ihre eigene hingeschrieben und nicht die von der Adresse ihrer Tochter. Deshalb ist die Karte erst jetzt gekommen, und zwar zeitgleich mit der zweiten, die sie ihrer Tochter aus Venedig geschickt haben! Wo sie gerade sind, verstehst du?«

»Nicht wirklich, Tatjana, nur dass sie … offensichtlich am Leben sind? Und das ist sicher? Diese Karten sind echt, die stammen wirklich von ihnen?«

»Die Tochter hat gerade mit ihnen telefoniert. Sie sind

im Hotel ... Warte, hier hab ich's, Belmond Hotel Cipriani, ist ein Fünfsterne-Schuppen mit Gourmet-Restaurant, passt! Willst du wissen, was die Nacht da kostet?«

»Lieber nicht.«

»Ich sag's dir trotzdem: 1.300 Euro! Sag mal, was sind das für Leute? Das ist doch nicht normal! Ich meine, ich habe letztes Jahr im Urlaub in einem Airbnb gewohnt, da hat die ganze Woche nicht so viel gekostet ...«

Erst nachdem Hannah noch mehrmals nachgefragt hatte, wurde die Geschichte langsam klar. Das Ehepaar hatte seiner Tochter aus Felchensee eine Ansichtskarte geschickt, auf der sie ihr mitteilten, dass sie sich kurzfristig entschieden hätten, noch am Abend in ein Hotel in Innsbruck zu fahren und am nächsten Tag dann weiter nach Venedig. Genauso, wie sie es auch auf ihrer Hochzeitsreise getan hatten. Und sie würden das Handy ausgeschaltet lassen und auch nicht ihre E-Mails ansehen. Sie wollten nur für sich sein »wie so zwei alte Turteltauben, die es noch einmal wissen wollen«. Die Tochter solle sich keine Sorgen machen, sie würden sich aus Venedig wieder melden.

Was sie ja dann mit einer weiteren Ansichtskarte auch getan hatten, diesmal mit dem Motiv der Tauben auf dem Markusplatz anstelle des Geigenbauers vom Felchensee. Und die Tochter hatte sie auch auf dem Handy erreicht, ihre Eltern waren gesund und munter.

»Zumindest müssen wir jetzt keine Angst mehr haben, dass wir sie nicht rechtzeitig finden«, fasste Tatjana zusammen. »Und wenn ihnen nicht das Geld ausgeht, werden sie auch nicht verhungern, höchstens an einer zu heißen Fettammer ersticken, oder was immer sie da in ihrem Luxushotel serviert bekommen.«

Es ist gut, dass das Ehepaar am Leben ist, dachte Hannah, nachdem sie das Gespräch beendet hatten. Sie sind nicht in Gefahr, sie sind in Venedig, wir müssen sie nicht so schnell wie möglich finden. Sie sind nicht die Nummer »10« auf der Liste! Es gibt gar keine Nummer »10«! Oder doch? Vielleicht wissen wir es nur noch nicht oder ...

Verdammt! Wir haben gerade eine mögliche Spur verloren, die uns zu Stephan hätte führen können. Stephan aka Thomas. Thomas Neumetzler ...

Und Thomas Neumetzler würde seinen Plan dieses Jahr nicht erfüllen! Falls Schulze-Raab überlebte, hatte der frühere Koch sein Ziel in diesem Jahr nicht erreicht. Und selbst wenn der Gastrokritiker es nicht schaffen sollte, war doch das ganze Muster in Unordnung geraten. Schulze-Raab war seinem Peiniger entkommen, Thomas Neumetzler stand wortwörtlich mit leeren Händen da, was immer sein Ziel gewesen sein mochte, als er sein Opfer nach Felchensee gebracht hatte – er hatte es nicht erreicht.

Wieder klingelte Hannahs Handy. Diesmal war es ihr Vater. Kaum dass sie ein paar Worte zur Begrüßung gewechselt hatten, sagte Hannah: »Pass auf, Papa, ich erzähl dir jetzt was. Vielleicht hätte ich das längst tun sollen, aber ... egal. Es wird dir nicht unbedingt gefallen, aber ich brauche deinen Rat. Ich komme nicht weiter, weiß nicht mehr, was ich tun soll.«

»Schieß los, ich höre!«

Er hörte ihr tatsächlich bis zum Schluss zu, ohne einen einzigen Kommentar abzugeben. Hannah ahnte, welche Anstrengung ihn das kosten musste. Er war eigentlich niemand, der mit seiner Meinung hinter dem Berg hielt. Und schon gar nicht, wenn es um seine Tochter ging!

Nachdem sie geendet hatte, dauerte es einen Moment, bis er leise sagte: »Okay, gib mir eine Minute, ich muss nachdenken.«

Abwesend schob sich Hannah eine von Utas Pralinen in den Mund. Der Geschmack nach Johannisbeere und Lavendel war so überwältigend, dass sie sich für einen Augenblick durchaus vorstellen konnte, wie sich ein Gourmet fühlen musste, der mit einem gänzlich neuen Gericht überrascht wurde. Und vielleicht war es dieser Wunsch nach Überraschung, die ihn immer weiter machen ließ, wie eine Sucht, dachte Hannah, während sie eine zweite Praline kostete. Wenn sie sich nicht täuschte, schmeckte sie diesmal Himbeere und bitteren Kakao.

Ein Schatten flog dicht vor ihrem Fenster vorbei und ließ sich auf der Balkonbrüstung nieder. Es war mittlerweile fast dunkel, Hannah konnte die Amsel nur undeutlich erkennen. Aber sie war sich sicher, dass es ihre Freundin war, die nach ihr sehen wollte.

»Ich sag dir, was wir tun.« Die Stimme ihres Vaters war tiefer als zuvor, jetzt war er ganz der Inselpolizist, der seine Autorität geltend machte. Oder auch der Vater, der sich nicht anmerken lassen wollte, dass er Angst um seine Tochter hatte und alles tun würde, um sie zu schützen. Und um ihr zu helfen, egal in was für einer Patsche sie steckte.

»Und jetzt hörst *du* mir zu und sparst dir jeden Kommentar, ja?«

Je konkreter Hannahs Vater mit seinem Vorschlag wurde, umso mehr schrie alles in ihr danach, einfach »nein« zu sagen. Nein, unmöglich, das machen wir nicht. Das bringt uns in Teufels Küche. Das ist viel zu gefährlich, das ... das ... das geht nicht, Papa, das dürfen wir nicht. Dazu gebe ich nie meine Zustimmung. Vergiss es einfach.

Aber dann sagte sie nur: »Es war immer zu Beginn der Fastenzeit, Papa. Es hat etwas mit diesen vierzig Tagen zu tun. Und die sind schon zur Hälfte rum, in drei Wochen ist Ostern, Karfreitag ist endgültig Schluss mit der Fastenzeit. Wir sind zu spät dran, deine Idee wird nicht mehr funktionieren!«

»Wir versuchen es. An diesem Wochenende. Ich kann morgen schon da sein. Morgen Abend. Du musst dich nur darum kümmern, alles zu arrangieren.«

»Aber was ist mit Rio?«, brachte Hannah als letzten Einwand an. »Ich wollte ihn doch an diesem Wochenende besuchen, aber ich kann hier nicht weg. Und ich hatte eigentlich gehofft, dass du ... ihn vielleicht auf die Insel holen könntest. Das wäre wenigstes ein kleiner Trost für ihn.«

Sie hörte, wie ihr Vater tief Luft holte. »Ich rede mit meinem Herrn Schwiegersohn und kläre das«, sagte er schließlich. »Ex-Schwiegersohn! Überlass das einfach mir! Ich spreche auch mit Rio, ist besser, wenn ich das mache …«

»Er ist *mein* Sohn, Papa, denk daran!«

»Und ich bin der Opa! Manchmal können Opas viel überzeugender sein, glaub mir. Du kannst morgen mit ihm über FaceTime reden, dann wirst du hören, dass alles okay ist. Ich hab schon so eine Idee, womit ich ihn ködern kann. Aber das ist eine Sache nur zwischen Opa und Enkel. Alles wird gut, Hannah, wichtig ist, dass du dich jetzt ganz darauf konzentrierst, unsere kleine Farce vorzubereiten. Jetzt kommt es auf das Timing an! Ich bin morgen Abend da, und wir kriegen das Arschloch!«

Als Hannah vor dem Redaktionsgebäude des ›Felchensee Anzeigers‹ parkte, erwartete Lilly sie bereits unten an der Tür. Hannah hatte ihr am Telefon unmissverständlich erklärt: »Du bist mir noch was schuldig, Lilly! Und du hast genau zehn Minuten, um dich zu entscheiden.«

Jetzt sagte die junge Journalistin anstelle irgendeiner Begrüßung: »Es ist okay, ich mache das. Du kannst froh sein, dass ich heute die Blattmacherin bin, aber es muss ein verdammt guter Aufmacher werden, sonst kriege ich echt Ärger, dass ich die Seite eins für irgendwas Belangloses verschwendet habe. Und wir müssen uns beeilen, die Druckmaschinen laufen in einer Stunde an, bis dahin muss das Layout stehen. Hast du das Foto, von dem du geredet hast?«

†

Diesmal machen sie es anders. Sie dürfen sich keinen Fehler mehr erlauben. Und das Risiko, dass ihn doch jemand erkennt, ist zu groß. Eine Ärztin ist unauffälliger. Bei einer Ärztin wird auch der Polizist vor der Tür zum Krankenzimmer keinen Verdacht schöpfen, wenn sie ihm einen Teller mit Pralinen hinstellt.

Frauen sind nun mal so. Immer bemüht, es anderen leichter zu machen. Vor allem so einem armen Schwein in Uniform, das da Stunde um Stunde auf dem unbequemen Stuhl hocken muss und nichts anderes machen kann, als die Wand anzustarren.

Auf der ganzen Station gibt es nur eine Schwester, die die Nachtwache hat. Und die bequatscht er ein bisschen am Telefon. Ihre Nummer hat er, sie hat sie ihm gestern gegeben, als er sie auf dem Parkplatz angesprochen hat. Wieder mit derselben Masche. Irgendwie scheint es, als würden bei den Frauen ein paar Synapsen im Kopf Karussell fahren, wenn man sich vor ihnen hinkniet und genug Süßholz raspelt.

Jedenfalls haben sie schon gestern Abend miteinander telefoniert. Und vorhin noch mal. Sie hat gesagt, sie freut sich drauf, wenn er sie später wieder anruft.

Für den Polizisten wird wahrscheinlich schon die erste Praline reichen, um ihn außer Gefecht zu setzen. Er hat genau auf die Dosierung des Schlafmittels geachtet. Nicht zu viel, aber auch nicht zu wenig.

Und der Lavendelgeschmack ist stark genug, um alles andere zu überdecken.

3. BUCH

TÄTER

Ein Kind zu haben, bedeutet, dem Schicksal eine Geisel an die Hand zu geben.

(John F. Kennedy)

1. KAPITEL

Hannah hatte noch in der Nacht Rio geschrieben. Eigentlich wollte sie ihm eine Geschichte erzählen, die sie sich ausgedacht hatte. Von einem regenbogenbunt-gestreiften Dinosaurier, der ungefähr so groß wie ein Dackel war und einem kleinen Jungen überallhin folgte. Einem Jungen wie Rio. Das Besondere sollte sein, dass der Dino für Erwachsene unsichtbar war, allerdings konnten sie ihn riechen, was natürlich ein Problem für den Jungen und seinen neuen Freund war – zumal der Dino nicht sonderlich gut roch.

Aber dann war Hannah so müde gewesen, dass sie die Geschichte schon nach den ersten Sätzen beendet hatte. Und auch von den Pralinen hatte sie nur zwei gegessen.

Als sie jetzt aufwachte, war es kurz vor sieben. Und da siebenjährige Jungen selten länger als bis sieben schliefen, riskierte sie es, ihn über FaceTime anzurufen. Ihr Ex war nicht begeistert, Rio dafür umso mehr.

Er erzählte ihr freudestrahlend, dass sein Opa nachher kommen würde. Und dass sie sich keine Sorgen machen und auch nicht traurig sein sollte, weil er mit Opa etwas ganz Besonderes »ausgeheckt« hatte. Aber das sei ein Geheimnis, deshalb dürfe er nichts verraten. Nur, dass sie es bestimmt »echt krass« finden würde.

Hannahs Vater ging nicht ans Telefon, als sie versuchte, ihn zu erreichen.

Dafür sprang ihr gleich sein Foto ins Auge, als sie die Zeitung vom Treppenabsatz holte, die Uta jeden Samstag für sie bereitlegte. Als »kleines Schmankerl zum Wochenende«, wie sie sagte. Zusammen mit einer Salzbrezel und einem süßen Hefezopf.

Lilly Sorst hatte Wort gehalten. Reißerischer konnte der Aufmacher kaum sein, Hannah fürchtete fast, dass es zu viel war, zu übertrieben, so dass jedem der Verdacht kommen musste, dass hier etwas nicht stimmte. Dass das Ganze ein Fake war!

Aber vielleicht waren die Leser mittlerweile auch so abgestumpft durch die vielen, an krawalliger Beliebigkeit kaum zu überbietenden Zeitungsmeldungen, dass sie selbst Formulierungen wie den »Feinschmecker-Star«, als der Hannahs Vater bezeichnet wurde, für nicht weiter bedenklich hielten:

Berühmter Gast in Felchensee
FEINSCHMECKER-STAR kommt ins Moosgries
Gourmet hält nichts von Fastenregeln

Es folgte ein angebliches Interview mit »Onno Ulrichs«, der schon nahezu überall auf der Welt bei den besten Köchen zu Gast gewesen war und keinen Hehl daraus machte, dass Starkoch Sascha Kallmann es nicht leicht haben würde, ihn zu überzeugen:

»Da muss er sich schon was ganz Besonderes einfallen lassen, wenn ich glauben soll, dass sein Laden wirklich einen Besuch wert ist.«

Und auf die Frage, ob ihn denn die Regeln der Fastenzeit gar nicht interessieren würden, lautete die Antwort: »Fastenzeit? Existiert für mich nicht. Wenn das Essen gut ist, ist mir der Herrgott mit seinen Regeln völlig egal. Wahrscheinlich hat er da oben im Himmel einfach keinen vernünftigen Koch, das ist der einzige Grund für solche unsinnigen Verbote.«

Der Artikel endete mit der Information, dass Onno Ulrichs für »den heutigen Samstagabend« einen Tisch im Moosgries bestellt habe und dass er im Hotel zur Alten Post übernachtete. Zuletzt wurde noch erwähnt, dass er die Redakteurin gefragt hatte, ob sie ihm einen besonders pittoresken Weg für einen kleinen Spaziergang am frühen Sonntagmorgen empfehlen könnte, »sozusagen als meinen ganz persönlichen Kirchgang«. Und dass Lilly Sorst ihm daraufhin den Weg durch die Klamm zum See hinauf ans Herz gelegt habe.

Hannah hoffte jetzt nur, niemand anders als Thomas Neumetzler würde über diese Sätze mit dem Herrgott, der keinen vernünftigen Koch kannte, so empört sein, dass er Onno Ulrichs dafür zur Rechenschaft ziehen wollte. Und dass der ganze Plan überhaupt aufging. Dass Thomas Neumetzler tatsächlich so reagieren würde, wie sie es erwarteten. Dass er die Chance nutzen würde, ganz unerwartet doch noch einen Ersatz für Schulze-

Raab »serviert« zu bekommen. Im wahrsten Sinne des Wortes.

Bevor sich Hannah auf den Weg zur Dienststelle machte, telefonierte sie mit Tatjana. Die Kollegin hatte den Artikel bereits gelesen. »Ein Typ aus Ostfriesland, wie du«, sagte sie. »Kennst du ihn vielleicht?«

»Ich kenne nicht jeden, der zufällig aus Ostfriesland kommt«, wich Hannah aus. »Aber wir reden gleich noch drüber, wenn ich da bin. Ich wollte vorweg nur schnell sagen, dass wir jemanden abstellen sollten, der ihn im Auge behält. Am besten von dem Moment an, in dem er heute Abend bei Kallmann auftaucht. Wolltest du nicht sowieso mal gut essen gehen? Nimm einen der Kollegen mit und genieß es. Und kannst du oder Schmidtchen auch jetzt gleich die weitere Observation organisieren? Falls Neumetzler nicht heute Abend schon reagiert, meine ich, sondern erst später, in der Nacht oder morgen früh. Kümmerst du dich darum?«

»Mal ganz ehrlich?«, kam es mit einer kleinen Verzögerung von Tatjana. »Da stimmt doch irgendwas nicht! Alles ein bisschen viel Zufall, oder? Dass ausgerechnet jetzt hier einer auftaucht, der perfekt ins Muster passt, meine ich. Komm, jetzt sag schon – das ist ein Fake! Und du hast das irgendwie arrangiert, gib's zu! Ohne uns was davon zu sagen! Echt, du, so viel zum Thema ›Wir sind ein Team‹ und so, ich fasse es ja wohl nicht!«

Hannah freute sich fast über den Wutausbruch ihrer Kollegin. Sie hatte Tatjana richtig eingeschätzt. Sie wird ganz sicher mal eine gute Ermittlerin werden, dachte Hannah, eigentlich ist sie es jetzt schon! Sie erkennt intuitiv, wo irgendetwas nicht stimmig ist. Und sie lässt sich nicht bluffen, zwei wesentliche Eigenschaften, um der Wahrheit auf den Grund zu gehen.

»Hey, langsam, Tatjana, lass es mich doch erst mal erklären. Ich hätte euch noch informiert. Aber ich wollte das nicht am Telefon machen und ... Ich musste das gestern Abend entscheiden. Es war keine Zeit, es musste schnell gehen, auch damit ich das noch rechtzeitig in die Zeitung kriege. Es ist allerdings eine ganz und gar inoffizielle Aktion, ich allein übernehme die Verantwortung dafür. Es ist euch überlassen, ob ihr mitmachen wollt oder nicht. Und niemand außerhalb des Teams darf davon erfahren, es reicht schon eine unbedachte Bemerkung zur falschen Zeit, und das Ganze fliegt uns um die Ohren. Nur Kallmann habe ich gestern noch eingeweiht, anders ging es nicht, ich brauchte die Reservierungen für heute Abend. Sowohl für Onno Ulrichs als auch für zwei unserer Leute, falls ihr mitmacht.«

»Haha, die Antwort kennst du doch längst. Wetten, dass alle mitmachen? *Wir* wollen Thomas Neumetzler schließlich genauso kriegen wie du! Aber wer ist jetzt dieser Typ, der sich Onno Ulrichs nennt, kann man das vielleicht auch mal erfahren?«, bohrte Tatjana nach.

»Es ist besser, wenn das niemand von euch weiß. Es muss reichen, wenn ich sage, dass es jemand ist, dem ich vertraue.«

»Okay, *das* glaube ich dir sogar.« Tatjanas schnippischer Ton verriet, dass sie mit Hannahs Antwort nicht zufrieden war. Nicht zufrieden und nicht einverstanden. Natürlich nicht!

Hannah spürte jetzt deutlich, wie unruhig sie war. Nach dem Gespräch mit ihrem Vater war sie den Ablauf wieder und wieder im Kopf durchgegangen. Es schien alles zu passen. Dass es in der Zeitung hieß, Onno Ulrichs würde nur an diesem Abend und am nächsten Morgen in Felchensee sein, setzte Thomas Neumetzler zwangsläufig unter Druck. Der Termin war so knapp, dass er keine Zeit für größere Vorbereitungen mehr hatte, er musste also improvisieren – und würde hoffentlich einen Fehler machen.

Trotzdem hatte Hannah ein ungutes Gefühl, als würde sie ahnen, dass es nicht gutgehen konnte. Dass sie etwas übersehen hatten. Dass ein Puzzleteil am falschen Platz lag, ohne dass sie es merkten.

Für eine Sekunde musste sie noch einmal an ihr Telefongespräch mit Kallmann denken. Sie hatte ihn mitten in der hektischsten Phase des Abendbetriebs erwischt, im Hintergrund hörte sie mehrmals die gereizten Zurufe unter den Köchen. Sie hatte Kallmann nur gesagt, dass sie dringend seine Hilfe brauchte, weil dieser Gast, für den sie kurzfristig eine Tischreservierung brauchte, etwas mit den polizeilichen Ermittlungen zu tun hätte. Und sie war überrascht gewesen, wie schnell Kallmann zustimmte, ohne irgendwelche Fragen zu stellen. Es war ihr fast zu einfach vorgekommen, sie hatte mit einer längeren Diskussion gerechnet.

Als sie jetzt Uta im Flur traf, hatte sie den Eindruck, dass ihre Vermieterin sie abgepasst hatte. Fast rechnete sie mit einer Frage nach dem Zeitungsartikel, aber Uta wünschte ihr nur einen schönen Tag. Und bedauerte Hannah aufrichtig, weil sie auch am Wochenende arbeiten musste: »Ich hoffe, dass ihr euren Fall bald gelöst habt. Was ist denn jetzt eigentlich mit diesem Restaurant-Kritiker im Krankenhaus? Habt ihr ihn schon vernommen? Er muss doch die Antworten kennen, nach denen ihr sucht.«

»Das stimmt, aber er ist immer noch im künstlichen Koma. Und die Ärzte haben bisher nicht entschieden, wann sie ihn aufwecken wollen. Vielleicht heute, wenn seine Werte entsprechend sind.«

Hannah nahm den kleinen Fiat, um zur Dienststelle zu fahren. Es war albern, das wusste sie, wenn sie joggen würde, wäre sie genauso schnell, vielleicht sogar schneller. Aber wenn sie später doch noch ins Krankenhaus oder woandershin müsste, wollte sie ihr eigenes Auto haben, ohne dass sie einen Grund dafür nennen konnte. Sie hatte neulich erst gedacht, dass ihr kleines Auto wie ein schützender Kokon war, der alles Unheil von ihr fernhielt. Vielleicht hatte es etwas damit zu tun. Sie hatte Angst!

Und als sich jetzt Tatjana wieder meldete, kaum dass sie eingestiegen war, spürte sie schon ein Kribbeln im Rücken, noch bevor ihre Kollegin sagte: »Kein guter Tag heute! Ich habe schlechte Nachrichten. Das Krankenhaus hat sich gerade gemeldet. Schulze-Raab ist tot. Irgendwann gegen Morgen. Offensichtlich Herzstillstand. Mehr wissen sie noch nicht, also ob da jemand nachgeholfen hat, meine ich, oder ...«

Hannah schloss kurz die Augen. »Wer von uns war da?«, fragte sie dann.

»Falco! Scheint so, als ob er mal kurz eingeschlafen wäre, Viertelstunde vielleicht, sagt er. Aber die Schwester, die die Nachtwache hatte, schwört, dass niemand weiter auf der Station war. Und Falco meint auch, da ist nichts, was irgendwie auffällig wäre. Die Geräte waren alle eingeschaltet, kein Schlauch abgezogen oder so was, keine Einstichstellen von einer Spritze. Er hat die Ärzte extra gebeten, das noch mal zu checken, auch Fußsohlen oder zwischen den Zehen und Fingern, aber da ist nichts. Genau können sie das natürlich erst nach einer Obduktion sagen.«

Hannah nickte, bevor ihr klarwurde, dass Tatjana sie ja nicht sehen konnte. »Der Gruber soll auf jeden Fall bleiben, ich fahre sofort hin.«

»Dachte ich mir schon. Deshalb habe ich dir auch gleich Bescheid gesagt. Aber ich habe noch zwei Neuigkeiten für dich! Soll ich erzählen, während du fährst? Geht das?«

Hannah schob das Handy in die Halterung am Armaturenbrett und ließ den Motor an. »Noch mehr schlechte Nachrichten?«, fragte sie, während sie die Einfahrt zur Straße hinabrollte.

»Leider ja. Die KTU aus Augsburg hat ihren Bericht geschickt, gestern schon, war aber im Spam gelandet, deshalb hab ich's erst jetzt gesehen. Also kurz zusammengefasst: Sie haben Schulze-Raabs Skoda durchgecheckt, aber tatsächlich nur seine eigenen Fingerabdrücke gefunden, auch keine Haare von jemand anderem, nichts. Und es ist nichts irgendwie abgewischt oder so, anscheinend ist er wohl immer nur alleine in seinem Auto gewesen. Das bedeutet konkret, wir müssen davon ausgehen, dass er von seinem Haus zum Bahnhof gefahren ist, sein Auto da auf den Parkplatz gestellt und einen Zug genommen hat. Dass er weder online ein Ticket gekauft oder am Automaten mit Karte gezahlt hat, wissen wir ja bereits, also wird er bar bezahlt haben. Oder ...«

»Oder jemand wollte, dass wir genau das glauben. Oder zumindest keine Spur finden können. Er könnte zum Beispiel auch in ein anderes Auto gestiegen sein.«

»Jemand hat ihn da am Bahnhof abgeholt!«, überlegte Tatjana laut. »Vielleicht ist er direkt von da ...« Sie zögerte, als wäre sie sich nicht sicher.

»Entführt worden, ja«, brachte Hannah den Satz ihrer Kollegin zu Ende. »Das scheint mir jetzt sogar ziemlich naheliegend. Jemand bestellt ihn zum Bahnhof und lockt ihn dann zu sich ins Auto. Versuch bitte, da in Augsburg irgendeinen Kollegen zu erreichen. Und überzeug ihn, dass es wichtig ist, Wochenende hin oder her. Ein Parkplatz am Bahnhof wird Überwachungskameras haben! Sie sollen eine Streife hinschicken, um die Aufnahmen zu überprüfen. Und ... warte mal einen Moment!«

Hannah stoppte kurz hinter der Einfahrt zum Hotel »Zur Alten Post«, um sich nach dem Mann umzudrehen, der soeben aus der verglasten Lobby gekommen war. Sie hatte ihn richtig erkannt: Es war tatsächlich der Ornithologe aus der Wohnung im Stockwerk unter ihr. Nur dass er diesmal keine Kamera dabeihatte und weder Gummistiefel noch die olivgrüne Jacke mit den unzähligen Taschen trug, sondern einen Anzug, der viel zu schick für die frühe Morgenstunde war. Nervös blickte er nach links und rechts, als er Hannahs Fiat erspähte, wandte er sich abrupt ab und lief eilig davon.

Hannah fragte sich, ob die Frau in dem langen Pelzmantel, die jetzt durch die Drehtür kam und sich ebenso nervös umblickte, wohl etwas mit ihm zu tun hatte. Oder er mit ihr. »Trau niemals einem Vogelkundler«, murmelte sie vor sich hin.

»Was sagst du?«, fragte Tatjana. »Ich hab dich nicht verstanden.«

»Nichts weiter. Vergiss es.« Hannah lenkte den Fiat zurück auf die Straße. »Du wolltest mir zwei Sachen erzählen …«

»Ja, der Kollege drüben aus dem Tal in Österreich hat sich auch gemeldet. Er sagt, er kennt keinen abgeschiedenen Hof oder irgendwas, was auf unsere Beschreibung passen könnte. Und das Fahndungsbild von dem Neumetzler sagt ihm auch nichts. Das war also ein Schuss in den Ofen! Warum schicken wir das Bild jetzt eigentlich nicht an die Presse?«

»Wir warten damit noch, bis das Wochenende vorüber ist! Ich möchte jedenfalls nicht riskieren, dass wir Neumetzler verschrecken, er soll versuchen, sich unseren ... Gourmet zu schnappen, das ist unsere Chance, ihn zu kriegen.«

»Verstehe, kapiert. Wo bist du jetzt?«

»Schon aus dem Ort raus, in zwei Minuten bin ich am Krankenhaus. Ich melde mich wieder, wenn ... Was ist los, Tatjana? Ist das Schmidtchen, die ich da höre? Was will sie? Gib sie mir!«

Schmidtchen redete sofort los. »Ich hab das Auto, das wir suchen! Den Mercedes, meine ich. Also die Autovermietung, wo er herkommt. Der Wagen ist am MUC gemietet worden, an dem betreffenden Samstag. Und am Montag wieder abgeliefert ...«

»MUC?«, fragte Hannah irritiert.

»München Airport, am Flughafen. Ein Mercedes ... G ... G ... warte, ich hab's mir aufgeschrieben, GLB! Schwarz, Sonderausführung, mit verstärkter Stoßstange vorne, was der Huber als Känguru-Fänger bezeichnet hätte, so ein verchromtes Gestell halt. Weshalb die in der Vermietung sich auch daran erinnern konnten, der Wagen war nämlich total verdreckt, als er wieder abgegeben wurde, nur das Teil da vorne nicht, als hätte das jemand sorgfältig geputzt! Keine Schäden wie Beulen oder irgendwas, aber so ein Ding ist wie ein Panzer, das hält so einiges aus, sagen sie, und der Max Uhl war ja auch auf Skiern unterwegs, also praktisch wie ein Fußgänger ...«

»Und wer hat den Wagen gemietet?«

»Das ist es ja, da kommst du nie drauf!«

Hannah lenkte den Fiat auf den Krankenhausparkplatz. »Jetzt sag schon!«

»Eine Frau!«

»Was? Nein, wieso …« Hannahs Gedanken rasten. Während sie das Lenkrad so fest umklammerte, dass ihre Fingerknöchel weiß hervortraten. Es gab nur eine Erklärung! Aber konnte das wirklich sein? Doch, es musste so sein. Alles andere ergab keinen Sinn.

»Ich wusste, dass dir da die Luft wegbleibt! Das wusste ich!« Schmidtchen klang triumphierend. »Eine Frau«, wiederholte sie. »Aber es kommt noch besser, der Name ist nämlich …«

»Lass mich raten – Silvia Neumetzler? Die Schwester, die angeblich ins Ausland gegangen ist.«

Jetzt war es Schmidtchen, die nach Luft schnappte. »Wie … wie kommst du darauf?«

»Stimmt es?«, fragte Hannah anstelle einer Antwort.

»Silvia Neumetzler, stimmt. Adresse ist die alte Anschrift von dem Gasthof, den die Eltern mal hatten …«

»Sie hat alte Papiere benutzt. Und sie lebt unter einem anderen Namen, jede Wette. Genau wie er, wie ihr Bruder. Wie hat sie ausgesehen? Wusste das noch jemand bei der Autovermietung?«

»Ganz sicher waren sie sich nicht. Beanie und Sonnenbrille. Und ziemlich groß. Um die vierzig. Sportlich gekleidet. Sie ist ihnen aufgefallen, weil das Modell normalerweise nur von Männern gemietet wird. Zum Gesicht konnte aber niemand was sagen, sie trug ja die Sonnenbrille, beide Male, die sie da war.«

»Natürlich«, flüsterte Hannah. »Besser ist das. Aber ich glaube, du hast einen Fehler gemacht, Silvia! Wir kriegen dich. Und deinen verdammten Bruder gleich mit dazu.«

†

Als er die Zeitung gesehen hat, war sein erster Gedanke: Das muss ein Zeichen sein. Alles wird gut. Alles fügt sich.

Ein Zeichen, direkt von oben. Dass alles richtig war, was er bisher getan hat. Und dass er noch eine Chance bekommt, um die paar Fehler aus der letzten Zeit zu korrigieren. Eine Chance, die er nutzen muss, ohne lange zu überlegen. SEINE Chance!

Als Momo angerufen hat, um ihn zu warnen, hat er erst nicht glauben wollen, was sie behauptet hat.

Aber es scheint wahr zu sein. Die Polizistin versucht, ihn reinzulegen.

Und dafür wird sie büßen müssen!

2. KAPITEL

Hannah war sich nicht ganz sicher, ob Alois Gruber aka Falco noch irgendetwas hatte, was er verschwieg. Auf jeden Fall war er das leibhaftige schlechte Gewissen! Immerhin *hatte* er ja eine Viertelstunde geschlafen, vielleicht sogar länger.

Aber auch die Nachtschwester beteuerte, dass nichts Ungewöhnliches vorgefallen war und dass außer den Kranken nur sie und eben Falco auf der Station gewesen waren, kein Pfleger, kein Arzt, kein Fremder. Als dann das Überwachungssystem den Notfallalarm ausgelöst hatte, war die Schwester als Erste bei Schulze-Raab gewesen. Schulze-Raab hatte keine Vitalfunktionen mehr gezeigt. Es gab aber keinerlei Anzeichen dafür, dass irgendetwas manipuliert worden oder er auf andere Weise durch Fremdeinwirkung gestorben war. Das bestätigten sowohl Falco wie auch der Arzt, der Nachtdienst gehabt und vergeblich versucht hatte, Schulze-Raab ins Leben zurückzuholen.

»Die Organe waren zu sehr geschädigt, der Mann war ja tatsächlich so gut wie verhungert und halb erfroren, als er zu uns kam. Aber das letzte Wort hat der Gerichtsmediziner, wir werden sehen, ob er noch irgendetwas findet.«

Hannah schickte Falco nach Hause, damit er sich erst

mal beruhigte, sie würde ihn vom Abend bis zum folgenden Tag brauchen, um die lückenlose Überwachung ihres Vaters zu gewährleisten.

Hinterher konnte sie nicht mehr sagen, warum sie statt des Fahrstuhls das Treppenhaus genommen hatte. Aber der weiße Arztkittel mit dem Stethoskop, das aus der rechten Tasche hing, gehörte ganz sicher nicht über das Geländer neben der Tür zur Feuertreppe.

Hannah ließ beides zusammen mit Schulze-Raabs Leichnam in die Rechtsmedizin nach München bringen. Die diensthabende Pathologin versprach ihr, die Untersuchungsergebnisse »so schnell wie möglich« zu schicken. Was immer das heißen mochte – Hannah machte sich da keine falschen Hoffnungen.

Die Feuertreppe endete direkt neben der Rampe zur Notaufnahme, über der automatischen Tür für die Liegendvorfahrt gab es auch eine Kamera. Die war allerdings seit Wochen außer Betrieb, wie ihr der Haustechniker mitteilte, »is hi, tot, de-fekt. Kaan Zoid, um's zu richten. Nix re-pa-rie-ren. Hosd mi?«

Hannah war gerade erst wieder auf der Dienststelle, als sich ihr Vater meldete.

»Nur ganz kurz, Hannah! Ich bin schon unterwegs, das klappt alles, aber es wäre gut, wenn wir uns nachher am Bahnhof sprechen könnten. Es ist wichtig, geht nicht übers Telefon. Achte nur darauf, dass möglichst keiner mitkriegt, wo du hinwillst. Um kurz nach fünf bin ich da, 17.08 Uhr, um genau zu sein.«

Bevor Hannah noch eine Frage stellen konnte, hatte er die Verbindung schon wieder unterbrochen.

Sie hatten entschieden, dass die Suche nach Silvia Neumetzler absolute Priorität hatte. Wie immer sie jetzt wohl heißen mochte, aber es war zumindest eine neue Möglichkeit, über sie an ihren Bruder heranzukommen. Und keiner aus dem Team zweifelte daran, dass Silvia Neumetzler nicht nur wusste, wo sich ihr Bruder aufhielt, sondern auch, was er tat beziehungsweise getan hatte.

»Sie unterstützt ihn, vielleicht schon die ganze Zeit, seit er von der Bildfläche verschwunden ist«, fasste Tatjana ihre Überlegungen zusammen. »Womöglich haben sie das sogar alles gemeinsam geplant und durchgezogen! Immer schon, versteht ihr? Bei der Auswahl der Opfer, zum Beispiel! Wie in diesem Film mit den Richtern, den ich mal gesehen habe. Auf jeden Fall könnte es passen, dass sie das immer zusammen machen. Und sie hat ja auch das Auto gemietet!«

»Und der Arztkittel im Krankenhaus hatte Größe 38«, warf Hannah ein. »Also eher eine Frauengröße.«

»Moment!« Sepp Eins hob die Hand. »Die von der Autovermietung haben aber gesagt, die Frau wäre ziemlich groß gewesen, ›hochgewachsen‹, oder? Da passt ihr so ein Kittel in 38 nicht unbedingt, richtig?«

»Mann, den hat sie sich doch nicht gekauft!« Sepp Zwei schüttelte den Kopf, als wollte er nicht glauben, wie begriffsstutzig sein Kollege war. »Der kommt aus irgendeinem Arztschrank, den hat sie sich einfach so im Vorbeigehen gegriffen. Klar?«

»Außerdem wissen wir, wie es mit Zeugenaussagen ist!« Obermayr breitete die Arme aus, um zu demonstrieren, wie kompliziert es mit solchen Aussagen oftmals war. »Da ist dieselbe Person bei dem einen dick und dunkelhaarig, während der Nächste behauptet, sie wäre dünn und garantiert blond. ›Oder eben so mittel wie die meisten‹«, fügte er hinzu – eine beliebte Formulierung, die sie alle schon von irgendwelchen Zeugen gehört hatten.

»Wenn sie die Schwester von Thomas Neumetzler ist, ist sie wahrscheinlich blond«, erklärte Hannah. »Erinnert euch an die Beschreibung, die Leò von seinem ehemaligen Koch gegeben hat. Blonde Locken! Aber ich kenne ihn nur dunkelhaarig. Genauso kann sich seine Schwester die Haare gefärbt haben. Oder eben nicht, und sie hat deshalb bei der Autovermietung die Mütze getragen. Wir brauchen andere Kennzeichen! Beide kamen aus einem Gasthaus, er hat Koch gelernt, von ihr wissen wir nur, dass sie die Gaststätte nach dem Tod der Eltern alleine weitergeführt hat …«

»Wir müssten also nach einer Frau suchen, die wieder eine Wirtschaft hat«, nahm Tatjana den Hinweis auf. »Und wir glauben, dass es vielleicht irgendwo hier sein muss, nicht weit weg jedenfalls.«

»Super!«, rief Obermayr dazwischen. »Da klappern wir jetzt alle Wirtschaften ab, oder was? In Felchensee jedenfalls gibt's keine, die von einer Frau alleine geführt wird, weder von einer Blonden noch von einer Dunkelhaarigen. Wenn, dann sind's immer Mann und Frau, also ein Ehepaar als Wirtsleute.«

»Haha!«, machte Sepp Zwei. »Und auf die Idee, dass sie vielleicht geheiratet hat, kommst du nicht, oder?«

»Da hat er recht«, stimmte Sepp Eins zu. »Allerdings glaube ich das nicht! Dass sie verheiratet ist, meine ich. Dann hätten wir ja noch einen Dritten, der mit drinhängt.«

»Nicht unbedingt«, sagte Tatjana. »Es gibt genug Männer, die gar nicht mitkriegen, was ihre Frauen so treiben. Wenn sie es geschickt anstellt, kann sie auch ihren Bruder treffen und alles Mögliche für ihn oder mit ihm organisieren, ohne dass der Mann die leiseste Ahnung hat, worum es eigentlich geht.«

»Und wenn der Thomas Neumetzler ...« Schmidtchen biss sich auf die Lippen und schüttelte den Kopf. »Ach nix, ist eine dumme Idee.«

»Sag es trotzdem«, forderte Hannah sie auf.

»Na ja, er war doch Koch, das verlernt man ja nicht. Ich meine, vielleicht hat gar nicht seine Schwester eine Wirtschaft ...«

»Sondern er selber!«, ergänzte Obermayr. »Nicht schlecht. Und die Leute, die er entführt, um sie verhungern zu lassen, steckt er bei sich in den Keller, gleich neben die Bierfässer für die Zapfanlage.«

Es war nicht klar, ob er sich über Schmidtchen lustig machte, aber Tatjana reagierte sofort: »Irgendwelche Sprüche bringen uns nicht weiter, Franz. Ich finde, wir sollten ...«

Im selben Moment klingelte das Telefon.

Schmidtchen nahm das Gespräch an, deckte aber gleich darauf die Sprechmuschel ab und drehte sich zu Hannah: »Das ist der Koch vom Moosgries.«

»Gib ihn mir!«

»Ich habe nachgedacht«, sagte Kallmann, kaum dass Hannah sich gemeldet und das Gespräch auf laut gestellt hatte. »Dass das Ganze ein Fake ist, ist klar, hast du mir ja gestern erklärt. Ich spiele mit, auch klar, obwohl das Timing mehr als ungünstig ist. Was meinst du, wie viele Reservierungen ich an einem Samstag habe! Scheiß-Timing. Aber okay, euer Tisch ist reserviert und so weiter, auch der Tisch für die anderen beiden. Die Liste mit den Namen der übrigen Gäste schicke ich euch gleich noch rüber, damit ihr die Leute checken könnt. Und ich kann auch noch einen weiteren Kollegen von dir an den Spültisch stellen, da richtet er keinen Schaden an, ist aber schnell zur Stelle, wenn's sein muss. Trotzdem, eine Sache gefällt mir nicht ...«

»Nämlich?«

»Dass das ausgerechnet bei mir im Moosgries sein soll! Wieso überhaupt? Dann bin ich doch hinterher wieder nur der Dumme, wenn es heißt, ›erst war er beim Kallmann, danach war's das dann für ihn‹. Ich weiß nicht, ob ich das gut finde. Ich glaube, ich möchte das lieber nicht.«

»Aber wir haben das doch schon besprochen. Vielleicht habe ich mich nicht klar genug ausgedrückt, ich ... ich weiß sehr wohl, dass ich da einiges von Ihnen verlange, aber ich kann Sie nur bitten, uns jetzt nicht hängen zu lassen ...«

Sepp Eins und Sepp Zwei hoben in einer identischen Geste die Faust, um deutlich zu machen, was sie mit Kallmann anstellen würden, falls er nicht mitspielen sollte. Aber Tatjana schnippte mit den Fingern, bis Hannah zu ihr blickte. Dann hauchte sie mehrere Küsse in Richtung des Telefonhörers.

Hannah verstand sofort.

»Herr Kallmann? Sascha?«

»Ja?« Seine Stimme klang verblüfft, er wunderte sich, dass sie seinen Vornamen benutzt hatte.

»Ich bitte ... *dich*, okay? Mir zuliebe. Und ich mach's auch wieder gut.«

»Ha! Das wollte ich doch nur hören! Endlich! Also ein Abendessen nur für uns beide. Dienstag, wenn ich Ruhetag habe. Und ich sperr auch den Dackel weg, damit uns wirklich keiner stört. Abgemacht?«

»Abgemacht. Und ...«

»Ja?«

»Ich danke dir und ich freu mich drauf!«

»Puh!«, machte Tatjana, als Hannah aufgelegt hatte.

»Sausack, geleckter«, war Obermayrs Kommentar.

Die beiden Sepps verdrehten nur die Augen.

Schmidtchen starrte auf eine Meldung, die noch während des Telefonats auf ihrem Bildschirm aufgepoppt war. Gleich darauf kreischte sie triumphierend. »Ich bin drin! Das war so eine Idee, die ich gestern hatte, und ich hab gedacht, ich probier's einfach mal! Hab ein bisschen geflunkert, wo ich schon überall war, die Liste der ganzen wichtigen Restaurants haben wir ja ...«

»Hä?«, machte Obermayr.

»Es gibt so ein Forum im Netz«, erklärte Schmidtchen, »wo sich die Gäste von Sterne-Restaurants darüber austauschen, wer wo was gegessen hat! Und ob's gut war oder nicht. Und ich bin jetzt dabei! Versteht ihr, was ich meine?«

»Wer wo was gegessen hat, habe ich verstanden«, brummte Obermayr. »Ist ja nicht so schwierig.«

Schmidtchen ignorierte seine Bemerkung und blickte Hannah an. »Nicht klar?«

»Du bist in der Gruppe? Das heißt, du kannst lesen, was sie schreiben? Und die Gäste reden Klartext?«

»Aber hallo! Willst du was hören? Hier, gleich der erste Beitrag: ›Ein erbärmlicher Fraß, alles nur Show, die Seeigel mit Erbsenranken und Melone haben wie Gummi geschmeckt! Dieser schlitzäugige Fuzzi von Koch sollte mal am besten in die stinkende Garküche zurückgehen, wo er herkommt.‹ Und noch mehr solche Sachen ...«

»Ich kapiere es nicht«, sagte Tatjana leise. »Helft mir.«

»Wir haben doch immer überlegt, wie Neumetzler seine Opfer findet!« Hannah biss sich kurz auf die Unterlippe. Schmidtchens Idee war gut gewesen. Verdammt gut! Sie zeigte auf den Bildschirm. »Über so ein Forum! Wo deutlich wird, welche Mitglieder am bösartigsten über die Köche reden, welche sich am meisten aufspielen …«

»Du meinst …« Tatjana sprang auf. »Um das lesen zu können, muss man im Forum sein«, sagte sie eher zu sich selbst, als wollte sie sich den Zusammenhang nochmals verdeutlichen. »Und wenn Thomas oder Silvia ihre Opfer da ausgesucht haben, dann … Gibt es eine Liste mit Namen der Gruppenmitglieder?«

»Hier«, sagte Schmidtchen und drehte den Bildschirm zu ihr. »Frau Schmidt bin ich, aber guck mal, bei den Top-Mitgliedern, die dauernd irgendwelche Kommentare hinterlassen!«

Während Tatjana die Namen halblaut ablas, beugten sich alle zum Bildschirm.

»Da! Ich hab sie!« Tatjana tippte auf einen Namen. »Silvia Amuse-Bouche. Silvia Appetithäppchen, ›Gruß aus der Küche‹, haha! Wetten, das ist sie?«

Um kurz vor fünf machte sich Hannah zu Fuß auf den Weg zum Bahnhof. Einen Klarnamen für »Silvia Amuse-Bouche« hatten sie nicht finden können, aber »Frau Schmidt« hatte ihr eine persönliche Nachricht geschickt, in der sie darum bat, Silvia einmal persönlich kennenlernen zu dürfen: »Ich glaube, zwischen uns besteht so etwas wie eine Seelenverwandtschaft, und ich würde gerne mehr über dich erfahren.«

Hannah bezweifelte, dass es funktionieren würde, aber es war einen Versuch wert. Mehr konnten sie ohnehin nicht tun, sie klammerten sich immer noch an jeden Strohhalm. Auch die Posts von Silvia im Forum gaben nicht viel her, meist begnügte sie sich mit kurzen Kommentaren, vor allem bei den Threads, die auf besonders bösartige Anwürfe folgten – was Hannah und ihr Team darin bestärkte, mit ihrer Theorie richtig zu liegen.

Sie hatten die Fahndung nach Thomas Neumetzler um seine Schwester ergänzt, mit dem Hinweis, dass beide Personen zumindest häufiger gemeinsam in Erscheinung treten könnten, möglicherweise sogar zusammen leben würden. Und dass sie ganz sicher andere Namen benutzten!

Gleichzeitig durchforsteten sie jetzt die Einträge in den Grundbuchämtern sowohl im bayerischen Grenzgebiet wie auch auf österreichischer Seite – in der Hoffnung, vielleicht doch die Nadel im Heuhaufen zu finden.

Kurz vor dem Bahnhof drückte sich Hannah in den Torbogen einer Trachten-Boutique und wartete, bis sie sich sicher sein konnte, dass ihr niemand folgte. Dennoch betrat sie die Boutique und bat darum, zur Hintertür wieder hinausgelassen zu werden: »Da ist jemand hinter mir her, den ich gerne loswerden möchte.« Die Bedienung war voller Verständnis und zeigte ihr den schmalen Durchgang vom Hof zur nächsten Gasse.

Fünf Minuten nach fünf war Hannah auf dem Bahnsteig. Als der Zug einfuhr, konnte sie ihren Vater bereits durch das Abteilfenster hindurch sehen, wie er seinen Koffer von der Gepäckablage hob.

Eine Sekunde später hatte sie das Gefühl, ihr Herzschlag würde aussetzen. Das konnte nicht sein, dachte sie und presste die Faust vor den Mund, das war unmöglich, das ... ergab keinen Sinn!

Der Zug kam zum Stehen, mit einem Zischen öffneten sich die Türen, eine Frau mit einem weißen Pudel auf dem Arm stieg vorsichtig die beiden Stufen hinunter. Hannahs Vater half ihr, den pinkfarbenen Rollkoffer auf den Bahnsteig zu wuchten und den Koffergriff auszuziehen. Dann sah er sich suchend um. Im gleichen Moment, in dem er Hannah erblickte, drängte sich hinter ihm ein kleiner Blondschopf auf den Bahnsteig. Kreischend vor Glückseligkeit kam er mit ausgebreiteten Armen auf Hannah zugerannt: »Mama! Hier bin ich! Freust du dich?«

†

Er weiß jetzt, wie er es machen wird.

3. KAPITEL

Es war nichts passiert. Gar nichts. Keiner der anderen Gäste im Restaurant hatte sich in irgendeiner Weise auffällig verhalten, auf dem Weg zurück zum Hotel hatte es niemanden gegeben, der Hannahs Vater folgte. Auch Obermayr, der die Nacht im Auto auf dem Hotelparkplatz verbrachte, hatte nichts bemerkt, was darauf hindeutete, dass irgendjemand in das Zimmer von »Onno Ulrichs« gelangen wollte.

»Ein Schuss in den Ofen«, wie es Schmidtchen formulierte. »Aber wenigstens war das Essen gut! Tatjana und ich haben jeden Bissen genossen, und der Falco an der Spüle hat jedes Mal fast Stielaugen gekriegt, wenn er durch das runde Türfenster zu uns rübergeguckt hat. Ha, wer hätte das gedacht, dass *ich* noch mal ein neungängiges Menü essen würde! Ich brauche nur an die mit Mozzarella gefüllten Kroketten zu denken und will sofort noch mal welche. Oder diese Waffeltütchen mit dem Lachstatar – unglaublich, dass ein Mann sich so was ausdenken kann. Ich will mir lieber gar nicht vorstellen, auf was für Ideen der Typ sonst noch so kommt, wenn es mal nicht ums Kochen geht.«

Hannahs Vater war bei weitem nicht so begeistert. Als

sie am Morgen kurz miteinander telefoniert hatten, behauptete er, er hätte vor Sodbrennen kaum schlafen können. »Außerdem hat der Kellner genervt, der da die ganze Zeit um mich rumscharwenzelt ist. Und ich muss immer noch …« Hannah hörte, wie er aufstieß. »'tschuldigung, das meine ich – rülpsen und … na, du weißt schon, wie so ein mittelalterlicher Burgherr, der sich nicht benehmen kann. Was macht der Junge?«

»Alles gut, Papa. Er findet es aufregend, es ist ein großes Abenteuer für ihn.«

»Und er ist glücklich, weil er bei dir ist«, stellte Hannahs Vater fest.

»Wahrscheinlich schon, ja. Aber das heißt noch lange nicht, dass die ganze Aktion …«

»Hör auf, Hannah! Ich hab's dir erklärt, es ging nicht anders. Und wir halten uns weiter an den Plan? Ich lauf jetzt zu diesem See da hoch und hoffe, dass das Ganze doch noch irgendwie in die Gänge kommt.«

»Meine Leute sind so weit. Und wir halten Funkkontakt.«

»Na denn, komm raus, Bürschchen, damit ich dir persönlich den Hals umdrehen kann.«

»Denk dran, dass es auch eine Frau sein kann. Oder dass sie vielleicht als Pärchen auftreten!«

»Ich weiß Bescheid. Grüß Rio! Bis später.«

Hannah hatte Rio schon gleich nach dem Frühstück mit auf die Dienststelle genommen. Und nachdem Falco ihm den Streifenwagen gezeigt und sogar kurz die Sirene eingeschaltet hatte, versorgte Schmidtchen ihn jetzt mit Limonade und Gummibärchen, während er an einem leeren Schreibtisch hockte und Seite für Seite des großformatigen Papierkalenders vollkritzelte. Mit immer demselben Motiv – einem Polizeiwagen mit Blaulicht! Wobei der Wagen mal größer, mal kleiner ausfiel, mal ein Polizist mit Mütze hinter dem Lenkrad saß, mal Hannah mit im Fahrtwind wehenden Haaren. In einer anderen Version hatte der Wagen mehrere Stockwerke und logischerweise mehr Räder, um das größere Gewicht zu tragen.

Während Hannah beobachtete, wie ihr Sohn bei jedem Strich, den er zeichnete, die Zunge zwischen die Lippen schob, sah sie sich wieder auf dem Bahnsteig stehen, wie Rio mit ausgebreiteten Armen auf sie zustürmte. Und sich gar nicht genug an sie pressen konnte, ihr seine dünnen Arme um den Hals schlang und vor Aufregung ganz vergaß, dass er noch den Lutscher in der Hand hielt, den er von seinem Großvater bekommen hatte, und der jetzt Hannahs Haare hoffnungslos verklebte.

Die nächsten Minuten waren von dem fast schon absurden Gespräch zwischen Hannah und ihrem Vater geprägt gewesen, immer über Rios Kopf hinweg und in dem Versuch, ihn möglichst nicht mitbekommen zu lassen, dass gerade etwas so ganz und gar nicht nach Plan lief.

»Was ist passiert, Papa?«

»Ich hab erklärt, dass du arbeiten musst, aber dass wir dafür Ostern zusammen hierherfahren, richtig lange! Nur ist ein gewisser Ex da leider völlig ausgeflippt, weil er fürs

Wochenende bis einschließlich Montag schon ein Hotelzimmer in Amsterdam gebucht hatte. Und zwar ›kinderfrei‹, wie er extra betont hat. Natürlich kam dann auch noch der Satz: ›Da sieht man es ja wieder, für sie steht die Arbeit immer an erster Stelle und die anderen sollen sich danach richten. Aber diesmal sage ich nein!‹ Na ja, was sollte ich machen? Also sind wir jetzt hier!«

»Du freust dich doch, Mama, oder? Ich freu mich!«, hatte Rio dazwischengerufen. »Können wir irgendwas Tolles machen? Opa hat gesagt, wir können vielleicht Gämsen angucken. Oder Murmeltiere, wie in dem Tierpark bei Oldenburg, nur in echt, also nicht im Käfig und so, meine ich. Können wir?«

»Vielleicht, Rio, ich muss das mit Opa besprechen. Ich hab furchtbar viel zu tun und Opa auch, aber ich überleg mir was. Guck mal, siehst du die große Tafel da vorne am Bahnsteig? Das ist eine Karte von den Bergen hier und unten sind alle möglichen Tiere abgebildet. Wenn du auf ein Tier drückst, leuchtet auf der Karte ein Lämpchen, wo du es finden kannst.«

»Cool! Auch Adler?«

»Bestimmt. Probier es aus!«

»Cool, echte Adler, da gucke ich gleich nach …«

Rio war bereitwillig abgezogen. Und Hannah hatte verzweifelt hervorgestoßen: »Das ist unmöglich, Papa, wie soll das gehen? Ich muss arbeiten, und du … du …«

»Keine Panik, Mädchen, wird schon. Du nimmst ihn mit ins Büro, das wird er gut finden. Und bestimmt gibt es irgendeinen Kollegen, der sich kümmern kann. Oder die Frau von ihm oder …«

»Papa, wir sind hier nicht auf deiner Insel! Ich kann nicht einfach irgendwelche Leute …«

»Was ist mit deiner Vermieterin? Du hast doch am Telefon gesagt, dass ihr euch gut versteht, also frag sie einfach. Es ist ja nur für ein paar Stunden, wenn alles läuft, sitzt der Typ morgen schon mit Handschellen im Streifenwagen Richtung München …«

»Mama, Opa! Hier gibt's sogar Geier!«, hatte Rio von seiner Schautafel aus begeistert gerufen. »Bartgeier und … Gänsegeier und Mönch … Mönchsgeier! Riesig sind die! Die müssen wir uns unbedingt angucken, okay?«

Uta hatte ihm dann sofort eine heiße Schokolade gemacht und eine Brezel geschmiert. Noch bevor sie Hannah zuflüsterte: »Wie ist er überhaupt hergekommen, der arme Junge? Er kann doch unmöglich den ganzen Weg von da oben alleine mit der Eisenbahn …«

»Ein Bekannter hat ihn mitgenommen, jemand, der Urlaub in Seefeld macht. Aber es war alles nicht abgesprochen, mein Ex hat …«

»Schon gut, reg dich nicht auf.«

»Ich muss arbeiten, Uta! Auch morgen, und ich kann ihn nicht die ganze Zeit bei mir behalten.«

»Ich sag doch, reg dich nicht auf. Ich hab Zeit, ich kann gut mit ihm …«

»Au ja! Kannst du mit mir Geier angucken gehen? Gleich

morgen früh? Mama kann ja nachkommen, wenn sie fertig ist mit Arbeiten!«

Sie hatten vereinbart, dass Hannah ihren Sohn am Vormittag erst mal mit auf die Dienststelle nehmen würde, um ihm zu zeigen, wo sie arbeitet. Und mittags sollte er dann mit Uta losziehen. Den Rucksack hatten sie gleich morgens gepackt. Eine Flasche Wasser, eine Packung Zwieback. Ein Hoodie, falls es am Berg kalt werden würde. Schal und Mütze. Und Hannah hatte sich noch mal vergewissert, dass Uta auch wirklich ihre Handynummer gespeichert hatte.

Außerdem hatte sie ihren Sohn daran erinnert, Uta kein Wort davon zu sagen, dass er mit seinem Opa nach Felchensee gekommen war. Sie hoffte, dass die Begründung für einen Siebenjährigen einleuchtend war und er sich an die Geschichte mit dem Bekannten halten würde, der ihn mitgenommen hatte.

»Du weißt ja, dass Opa Polizist ist, genau wie ich auch. Aber manchmal gibt es Fälle, da darf keiner mitkriegen, dass wir bei der Polizei sind. Damit ein Typ, der was Böses gemacht hat, nicht einfach abhaut. Und genau wegen so einem Fall ist dein Opa jetzt hier. Aber es darf eben keiner wissen, dass er Polizist ist und jemanden verhaften will, klar? Deshalb sagen wir jetzt auch niemandem, dass er dein Opa ist. Weil dann nämlich jeder ganz schnell rauskriegen könnte, was für einen Beruf er hat!«

»Aha«, war Rios Antwort gewesen. »Also ist Opa unterkower.«

»Was?«

»Unterkower! Das sagt Theo immer, wenn wir was spielen, was keiner wissen soll.«

Jetzt war es später Nachmittag und Hannah saß mit dem Unterkower-Agenten Onno Ulrichs auf einer Bank ziemlich weit oben am Kapellenberg, neben einer der Stationen des Kreuzwegs, der in Serpentinen zum Gipfel führte. Das Bildnis des gekreuzigten Jesus in dem gemauerten, weiß getünchten Heiligenhäuschen wirkte mit seinen kräftigen Farben und den sorgfältig ausgeführten Schatten erstaunlich plastisch, fast dreidimensional.

Von weiter unten war der Platz kaum einzusehen, bot aber einen phantastischen Blick auf die in der Nachmittagssonne glänzende Wasserfläche des Sees und die Ortschaft im Tal mit dem Zwiebelturm der rosa gestrichenen Kirche und der schroffen Felswand der Großkopfspitze dahinter. Wie eine Postkartenaufnahme, dachte Hannah, oder als wäre die Zeit stehengeblieben. Eigentlich müsste man nur die Autos auf der Hauptstraße durch ein Pferdefuhrwerk oder einen Ochsenkarren ersetzen, und es wäre perfekt!

Hannah und ihr Vater waren von verschiedenen Seiten zu ihrem Treffpunkt aufgestiegen, unten auf dem Fahrweg konnte Hannah auch die beiden Sepps mit ihren Mountainbikes ausmachen. Einer von ihnen hatte offensichtlich eine Panne, sein Rad war auf den Kopf gestellt, sie reparierten irgendwas.

»Sie sind gut«, stellte Hannahs Vater fest. »Ich hab vorhin tatsächlich erst gedacht, sie wären genau solche Spinner wie die Typen bei uns, die die Dünen zerpflügen und alles platt machen. Rio möchte übrigens auch ein Mountainbike! Irgendeiner aus seiner Schule hat wohl so ein Teil, in der ersten Klasse, das ist doch völlig irre!«

»Theo heißt der Junge, ich weiß, hat er mir auch schon erzählt. Er bewundert Theo, manchmal denke ich, fast ein bisschen zu sehr, aber das kann sich schnell wieder ändern. Letztes Jahr war es Jonne, jetzt ist es Theo, so ist das eben. Was machen wir jetzt, Papa? Blasen wir alles ab?«

Ihr Vater zog die Augenbrauen zusammen und rieb sich mit dem Handrücken über die Stoppeln am Kinn. »Noch nicht«, sagte er dann. »Ich laufe jetzt durch diese Klamm zum Hotel zurück, auch wenn mir der Weg da tatsächlich ein bisschen Angst macht mit dem Getöse und der Kälte zwischen den Felswänden. Ist Unsinn, ist mir klar, aber heute Morgen dachte ich, es ist wie bei Wilhelm Tell, ›durch diese hohle Gasse muss er kommen‹, du weißt schon, ein perfekter Ort für einen Überfall. Nur dass er mich von da kaum wegkriegen würde, ohne dass ihn jemand sieht. Können wir also streichen, da wird er sich nicht an mich rantrauen. Ich schlage vor, wir warten mal bis heute Abend. Ich habe gedacht, dass ich vielleicht einen Spaziergang durch den Kurpark mache, wenn es dunkel ist. Diese Chance sollten wir ihm noch geben! Ihm oder ihnen, wie immer sie bei ihren Entführungen vorgehen. Kannst du deine Leute informieren? Vielleicht nicht unbedingt die beiden Mountainbiker, falls ich doch beobachtet worden bin.«

Hannah nickte. »Versuchen wir es. Aber ich fürchte, unser Plan hat nicht funktioniert. Es kommt mir fast so vor, als wäre dieses Arschloch gewarnt worden. Ganz sicher nicht von einem Kollegen aus der Dienststelle, auch nicht von der Journalistin, sie würde nichts tun, was ihr die Möglichkeit für eine reißerische Story nimmt.«

»Bleibt noch der Koch. Was ist mit dem?«

Hannah schüttelte erst den Kopf, um dann aber doch laut zu überlegen: »Könnte sein. Weil er seinen Laden nicht in Verruf bringen will. Seine größte Angst ist, dass irgendwas seinem Image schadet. Könnte sein«, wiederholte sie.

Ihr Vater legte ihr die Hand aufs Knie. »Oder sie gehen es langsamer an, als wir vermutet haben. Sie könnten mich immer noch aus dem Hotel holen. Sozusagen auf die letzte Minute, bevor ich wieder abreise.«

»Ich stelle auch für heute Nacht jemanden ab, der dich beobachtet. Am liebsten würde ich es ja selbst machen, aber ich muss bei Rio bleiben, er war ja schon den halben Tag mit Uta unterwegs, das reicht dann auch.«

»Gib ihm nachher einen Gute-Nacht-Kuss von mir, denk daran!«

Rio war mehr als aufgeregt, als er mit Uta erst in der Dämmerung wieder nach Hause kam. Und er hatte eine Liste mit Tieren, die sie bei ihrem Ausflug beobachtet hatten:

»Fünf Gämsen, aber keine Murmeltiere, denn die machen noch Winterschlaf, wusstest du das, Mama, dass die so lange schlafen? Dann einen Steinadler oder Bartgeier, das wissen wir nicht genau, weil er sooo hoch war, dass man ihn kaum sehen konnte! Und zwei Rehe und auch noch einen Hirsch mit einem riesigen Geweih und … und …«

»Einen Auerhahn«, half ihm Uta.

»Genau, einen Auerhahn, der echt ganz schön Lärm gemacht hat. Wie heißt das Geräusch?«

»Kollern!«

»Kollern! So ungefähr!« Er baute sich mitten in der Küche auf und gab eine ganze Reihe merkwürdiger und sehr lauter Geräusche von sich.

Bis Hannah sich die Ohren zuhielt und rief: »Es reicht! Komm mit nach oben, wir essen noch was und dann geht's ab ins Bett!«

Uta umarmte Rio noch einmal und bedankte sich bei ihm für den schönen Nachmittag.

»Da nicht für«, erwiderte Rio.

»Ich danke *dir*«, sagte Hannah. »Wir danken dir.«

Rio war so müde, dass er kaum etwas von den Spaghetti aß, die Hannah schnell gekocht hatte. Spaghetti mit gerösteten Erdnüssen, eins von Rios Lieblingsessen, gleich nach Lasagne und natürlich Pizza.

Aber jetzt fielen ihm fast die Augen zu! Und als er dann schon im Bett lag und unbedingt noch was von Robin Hood hören wollte, dauerte es keine fünf Minuten, bis er tief und fest schlief.

Hannah aß noch ein paar Gabeln kalter Spaghetti, bis sie den Teller wegschob und nach ihrem Handy griff. Ihr Vater hatte sich noch nicht gemeldet, sie nahm aber an, dass er mittlerweile wieder im Hotel war. Im selben Moment kam eine Kurznachricht von Tatjana, die das bestätigte.

Nichts passiert. Er ist zurück und sitzt an der Hotelbar.
Obermayr übernimmt ab 22.00 Uhr.

Hannah schickte einen hochgereckten Daumen als Antwort. Es ist vorbei, dachte sie, wir haben verloren. Da kommt nichts mehr.

Aber vielleicht ist es auch besser so. Das Risiko, dass irgendwas schiefgeht und ... Papa verletzt wird, ist viel zu groß. Es war eine idiotische Aktion, wir hätten das gar nicht erst versuchen sollen.

Ihre Gedanken schweiften ab. Hatten sie wirklich alles getan, um eine Spur zu Thomas Neumetzler zu finden? Zu ihm oder zu seiner Schwester? Der Name tauchte nirgends auf. Natürlich nicht, die beiden lebten mit einer neuen Identität. Wenn man die richtigen Leute kannte, war es kein Problem, sich falsche Papiere zu beschaffen. Und als Gastwirtsfamilie kannten die Neumetzlers viele Leute!

Irgendwas übersahen sie, davon war Hannah überzeugt. Es gab Ermittlungen, die trotz aller Mühe in einer Sackgasse landeten. Und nur selten mal stellte sich erst durch einen Zufall heraus, dass die Lösung die ganze

Zeit vor ihnen gelegen hatte. Sie hatten es nur nicht gesehen.

Aber sollte das jetzt das Ende sein? Dass sie nur noch auf einen Zufall hoffen konnten?

Ihr Handy klingelte. Unwillkürlich blickte sie zu Rio, aber er schlief so tief und fest, dass es mehr als einen schrillen Klingelton brauchte, um ihn zu wecken.

Anonymer Anrufer, meldete das Display. Hannah hatte das Gespräch kaum angenommen, als ihr eine aufgeregte Männerstimme entgegenschallte: »Hier ist das Hotel Zur Alten Post! Ich hab die Nummer von Ihrem Vater, er bittet Sie, ganz schnell zu kommen, es ist etwas passiert, es geht ihm gar nicht gut. Wir haben schon den Notarzt alarmiert!«

Hannahs Herzschlag stockte. Aber sie versuchte, so ruhig wie möglich zu reagieren: »Noch mal bitte, mit wem spreche ich?«

»Hotel Zur Alten Post, ich bin von der Rezeption. Ihr Vater … hatte einen Herzanfall, glaube ich. Warten Sie, der Notarzt kommt gerade …«

Dann brach das Gespräch ab. Als Hannah die Rückruftaste drückte, kam keine Verbindung zustande.

Sie warf noch einen Blick zu Rio, dann griff sie sich ihren Parka und die Autoschlüssel und zerrte sich die Stiefel über die Füße. Während sie die Stufen hinuntereilte, hatte sie das Bild des leblosen Schulze-Raab in seinem Krankenhausbett vor Augen.

»Und jetzt hat es Papa erwischt.«, murmelte sie noch, als Uta die Tür öffnete. »Kannst du bitte nach Rio sehen?

Er schläft, aber ich muss ganz schnell los, es ist was passiert. Bitte, Uta, ja? Du bist die Beste.«

»Alles gut, keine Angst. Ich kümmere mich um den Jungen!«

Während sie zu ihrem Auto hastete, versuchte Hannah mit zittrigen Fingern, Obermayr zu erreichen, der ja am Hotel sein sollte. Doch noch bevor sie seine Nummer angewählt hatte, wurde sie von zwei Scheinwerfern erfasst, die sich die Auffahrt hinauftasteten. Der Wagen hielt direkt neben ihr, das Fenster an der Beifahrertür wurde heruntergelassen.

»Ich bin vom Hotel und soll Sie abholen! Kommen Sie, machen Sie, steigen Sie ein, ich fahre Sie!«

Irgendetwas an der Stimme ließ Hannah stutzen. Sie streckte den Kopf durch die Öffnung des Beifahrerfensters, im selben Augenblick realisierte sie, dass das Auto ein SUV war. Ein schwarzes SUV. Unwillkürlich wich sie zurück, richtete sich aber zu früh auf und knallte mit dem Hinterkopf gegen den oberen Türholm. Es war wie ein Schlag, der sie wieder nach vorne warf. Im Licht der Armaturenbeleuchtung sah sie gerade noch die Hand, die ihr entgegenschnellte. Gleich darauf spürte sie den Einstich am Hals, als die Nadel in die Haut drang.

†

Er wird mit ihr all das machen, was er auch mit dem Gastrokritiker gemacht hat. Und mit den anderen davor. All das und noch mehr.

Es ist egal, dass die Fastenzeit schon bald zu Ende ist. Er wird es trotzdem tun. 40 Tage lang!

4. KAPITEL

Hannah erreichte die Gitterstäbe gerade so eben mit ihren Händen, so dass sie die Finger um das rostige Eisen schließen und sich hochziehen konnte. Aber es war eine Kraftanstrengung, die sie nicht lange durchhielt. Und sie kam nicht hoch genug, um mehr zu sehen als ein langgestrecktes Tal weit unter ihr.

Die Gipfel im Hintergrund sagten ihr nichts, aber wenn sie ehrlich war, würde sie wahrscheinlich auch weder die Zugspitze noch den Mont Blanc oder einen anderen berühmten Berg in den Alpen erkennen. Vielleicht am ehesten noch das Matterhorn, das sie von den Toblerone-Packungen mit den dreieckigen Stücken kannte.

Aber das da am Ende des Tals war ganz bestimmt nicht das Matterhorn! Sie waren auch nicht lange unterwegs gewesen. Als sie in dem Verlies wieder zu sich kam, zeigte die kleine Mido gerade mal kurz nach zehn. Und ziemlich genau zehn Minuten nach neun hatte sie den angeblichen Notruf aus dem Krankenhaus bekommen, sie hatte automatisch den Zeitpunkt auf dem Handydisplay registriert.

Wenn sie ab dem Anruf fünf Minuten für Anziehen und das kurze Gespräch mit Uta bis zu dem Moment rechnete, in dem sie betäubt worden war, konnte die Fahrt also kaum länger als vierzig, fünfundvierzig Minuten gedauert haben, wahrscheinlich eher nur dreißig. Der Steinboden unter ihr war von ihrem Körper warm gewesen, sie musste schon eine Weile an derselben Stelle gelegen haben.

Eine halbe Stunde! Dann war das Tal unter ihrem Fenster vielleicht tatsächlich nur das Tal auf der anderen Seite der Grenze nach Österreich, auf der Westseite des Kapellenbergs. Dazu passte auch der gewundene Fluss mit den Kiesbänken, den sie zwischen den Wiesen ausmachen konnte. Sie war noch nie dort gewesen, hatte aber das Tal mit den Almwiesen und den wie zufällig hingestreut wirkenden Gehöften in einer Werbung für Busreisen gesehen. Sie war sich fast sicher, dass das entsprechende Bild aus einem ähnlichen Blickwinkel aufgenommen war, von einer der Almen an den Berghängen. Von einem Hang, auf dem es nicht nur eine Alm, sondern auch die Ruine irgendeiner alten Festung gab.

An der Umgehungsstraße in Richtung Seefeld und Innsbruck gab es in dem kleinen Ort, in dem der Grenzübergang war, eine solche Festungsanlage aus dem Dreißigjährigen Krieg. Warum also nicht auch hier oben auf dem Kapellenberg? Das würde das Verlies erklären, in dem sie eingesperrt war, und auch zu ihrer Theorie passen, die sie auf der Dienststelle diskutiert hatten – ein Versteck, das abgeschieden genug war, um möglichst wenig unliebsame

Besucher anzulocken. Eine Ruine auf dem Gelände einer Alm, irgendwo kurz vor der Baumgrenze, war perfekt dafür!

Hannah hatte den Großteil der Nacht damit zugebracht, auf die Geräusche um sie herum zu horchen. Bis sie überzeugt war, dass außer ihr niemand in der Nähe war. Keine Menschen jedenfalls.

Dafür hatte sie immer wieder ein Käuzchen gehört, und einmal einen Schrei, ein Gebrüll, wie der Ruf eines wilden Tieres, das sein Revier gegen einen Rivalen verteidigt. Vielleicht ein Hirsch, hatte sie gedacht, ohne dass es ihr als Erklärung reichte und verhindern konnte, dass sich die Härchen in ihrem Nacken aufstellten.

Als der Mond zwischen den Wolken hervorkroch, konnte sie die dunklen Schatten sehen, die vor dem vergitterten Fenster vorbeihuschten. Oder kurz anhielten, um schnuppernd die Luft zu prüfen, die ihnen aus Hannahs Verlies in die Nase stieg, während die langen, dünnen Schwänze sich zitternd aufrichteten und nervös hin und herpeitschten.

Das Fenster war nicht verglast, die Gitterstäbe standen weit genug auseinander, um eine der neugierigen Ratten hindurchzulassen. Hannah hoffte nur, dass die Innenseite der Mauer ihnen keinen Halt zum Klettern bot – und dass sie vor dem Sprung in die unbekannte Tiefe zurückschreckten!

Dennoch brachte sie kein Auge zu, als sie im fahlen

Licht des Morgens auf der schmalen Pritsche an der Wand lag, mit ihrem Parka und einer kratzigen Wolldecke, die nach Nässe und Moder roch, als einzigem Schutz gegen die nächtliche Kälte.

Natürlich hatte sie jeden Zentimeter ihrer Zelle untersucht, zumindest soweit das bei dem schwachen Lichtschein möglich war. Die Wände schienen frisch getüncht, die Pritsche war aus dunkelgebeiztem Holz gezimmert und fest am Boden verschraubt, die Tür bestand aus schweren Eichenbalken mit eisernen Beschlägen, von innen gab es kein Schloss, von außen wahrscheinlich einen oder sogar mehrere Riegel.

Über der Tür hing ein Kruzifix, zu hoch, um es zu erreichen und womöglich als Waffe zu benutzen. Soweit Hannah erkennen konnte, war die Jesusfigur ein bis auf die Knochen abgemagertes Gerippe, auch der Kopf unter der Dornenkrone schien nur noch ein Totenschädel zu sein. Schlimmer aber noch war die in sorgfältigen Buchstaben gemalte Inschrift unter dem Kruzifix:

WAS IHR SEID, BIN ICH GEWESEN;
WAS ICH BIN, WERDET IHR SEIN.

Der Fußboden bestand aus grob behauenen Steinplatten, die Ritzen dazwischen waren mit getrockneter Erde gefüllt, hart wie Zement.

In der ganzen Kammer gab es nichts, was sich als Waffe geeignet hätte. Und Hannahs Parka war sorgfältig geleert worden, das Pfefferspray war ebenso verschwunden wie der Teleskop-Schlagstock. Das Handy hatte er ihr natürlich sowieso abgenommen, auch das Schulterhalfter mit der Heckler & Koch, das sie extra noch angelegt hatte, bevor sie aus der Wohnung gestürmt war.

Erst als sie schon vor Kälte und Verzweiflung zitternd auf der Pritsche lag, wurde ihr bewusst, dass sie keinen BH mehr trug. Mit den Händen tastete sie ihren Körper ab. Erleichtert stellte sie fest, dass sie keine schmerzenden Stellen oder Schürfwunden fühlte, auch ihr Slip schien ohne verräterische Spuren. Dass er ihr den BH ausgezogen hatte, war ein Zeichen, eine Botschaft. Er wollte ihr Angst machen, ihr drohen: Ich kann mit dir tun, was ich will. Und niemand wird kommen und dich retten.

Auch das Kruzifix über der Tür und die Inschrift waren ohne Frage eine Botschaft. Hannah war überzeugt, dass Schulze-Raab und all die anderen ebenfalls schon auf den skelettierten Jesus gestarrt hatten. Ohne jede Hoffnung auf Erlösung.

Sie brauchte einen Plan, wie sie diesem Gefängnis entkommen konnte, aber ihr Verstand schien wie blockiert. Als gäbe es nur ihre Wut auf sich selbst, wie dumm sie gewesen war. Und die Sorge um Rio, egal wie oft sie sich sagte, dass Rio in Sicherheit war, dass Uta sich um ihn kümmerte, dass ja auch ihr Vater da war! Sie glaubte schon längst nicht mehr daran, dass ihr Vater einen Herzanfall oder etwas Ähnliches gehabt hatte, das war ein Fake gewesen, eine Falle! Und sie war blindlings hineingetappt ...

Sie musste es irgendwie schaffen, ihrem Vater eine Botschaft zu schicken. Vielleicht über Rio, vielleicht war das ein Ansatzpunkt, die verzweifelte Mutter, die ihrem Sohn wenigstens ein paar tröstliche Worte sagen wollte.

Es würde schwierig werden, Thomas Neumetzler davon zu überzeugen. Und bislang wusste sie ja noch nicht mal, was er wollte. Was sein Ziel war. Rache? Vielleicht. Weil sie ihm schon mal entkommen war. Und weil sie versucht hatte, *ihn* in eine Falle zu locken. Er hatte also den Spieß nur umgedreht und jetzt sie in seine Gewalt gebracht. Um sie zu quälen. Um ...

Sie wusste es nicht, sie konnte nicht einschätzen, wie er wirklich tickte.

Aber es war durchaus möglich, dass er mit ihr jetzt zu Ende bringen wollte, was bei Schulze-Raab nicht so funktioniert hatte wie geplant. Das »Gottesurteil«! Seine Nummer zehn, die ihm noch fehlte. Nur wenn du es schaffst, vierzig Tage ohne Nahrung zu überleben, wirst du frei sein. Das Bild des präparierten Jesus an seinem Kruzifix war deutlich genug.

Es gab allerdings noch eine andere Möglichkeit. Sie musste ihn davon überzeugen, dass sie ihm näher gekommen waren, als er ahnte. Dass es nicht mehr lange dauern würde, bis sie ihn hatten. Dass seine einzige Chance darin bestand, Hannah als Geisel einzusetzen. Ihr Leben im Tausch für seine Freiheit. Wenn er sie wieder laufen ließ, würde die Polizei die Ermittlungen gegen ihn einstellen. Hannah würde es so arrangieren, dass er davonkam.

Blieb die Frage, ob er diese Freiheit überhaupt wollte. Oder ob ihm seine »Botschaft« nicht viel wichtiger war. Was immer diese Botschaft genau beinhaltete, aber er sah sich ja zweifellos als eine Art ... Messias! Und das machte ihn erst recht gefährlich.

Hannah merkte, dass sie es möglichst vermied, an ihn mit seinem Namen zu denken. Das machte es einfacher. Er war nur noch ein ... Neutrum, etwas, das kein anderes Gefühl mehr in ihr hervorrufen durfte als kalt berechnende Wut.

Sie hörte den Riegel an der Tür im selben Moment, in dem sie ihre Entscheidung getroffen hatte.

Aber er war vorsichtig. Er hatte noch nicht vergessen, wie es beim letzten Mal ausgegangen war, als sie ihn unvorbereitet erwischt hatte.

Die Tür ging nach innen auf. Er öffnete sie gerade weit genug, dass er sie jederzeit wieder zuziehen konnte. Es gab nichts außer den glatt gehobelten Bohlen, um sich ihm entgegenzustemmen. Und das würde so sinnlos wie vergeblich sein, er war stärker als sie, das wusste sie.

Hannah ließ ihre Arme locker an den Seiten hängen und verlagerte ihr Gewicht von einem Fuß auf den anderen, während sie seinem Blick standhielt.

Diesmal hatte er keine Maske auf. Er trug eine Mönchskutte. Sein Gesicht unter der dunkelbraunen Kapuze sah schlimm aus. Die Nase war fast bis zur Wurzel hinauf gespalten, die Narbe hatte sich entzündet, die linke Wange war blaugrün und aufgequollen.

Er hielt Hannahs Heckler & Koch in der Hand und zielte auf ihre Knie.

»Ich kann dir sehr weh tun«, war das Erste, was er sagte.

†

Er hat es immer geliebt, die Büßer in aller Herrgottsfrühe aus ihrer Zelle zu holen. Zur Frühmesse. Um 5.45 Uhr. Und sie dann zu zwingen, vor ihm her durch den langen Gang zu laufen, dessen geborstener Boden an manchen Stellen steil nach unten abfällt, mit Rissen und Spalten, aus denen Brombeerranken wachsen. Bis selbst die genügsamste aller Pflanzen verkümmert, weil ihr das Tageslicht fehlt und ihre Wurzeln nicht tief genug reichen, um sich mit Wasser zu versorgen.

Nach ein paar Tagen hatten die Büßer sich immer an die frühe Zeit gewöhnt und warteten schon auf ihn. Dann änderte er die Zeit. Kam mal erst bei Sonnenaufgang. Oder spät am Abend, um zwei Uhr in der Nacht, manchmal auch einen Tag lang gar nicht. Einen Tag oder zwei. Bis sie so weit waren, dass sie ihn anflehten, ihre Tortur zu beenden. Und ihm Geld anboten, nur für einen Teller Suppe oder ein Stück trocken Brot. Geld. Autos. Eine Yacht. Einen Flug mit dem Privatjet zu einem Ziel seiner Wahl, egal wohin, und ein fürstliches Gehalt für den Rest seines Lebens. Money for nothing.

Geld! Das war das Einzige, was sie in ihrer maßlosen Arroganz für die Lösung hielten. Keiner von ihnen hatte verstanden, dass sie ihn damit nur noch wütender machten. Weil sie tatsächlich glaubten, mit ihrem Geld ALLES bekommen zu können.

Nur bei dem Kritiker war es anders. Aber der Kritiker entsprach ja auch nicht dem Muster, nach dem er normalerweise seine Opfer auswählte. Der Kritiker war die Ausnahme von der Regel, weil er zur falschen Zeit am falschen Ort gewesen war. Und weil er sich eingemischt hatte.

Er weiß noch, wie der Mann dann vor ihm auf der Betbank kniete und heiser flüsterte: »Ich glaube, ich habe jetzt verstanden, worum es geht. Und vielleicht haben Sie ja recht. Vielleicht wäre es wichtig, dass wir uns wieder mehr an bestimmte Regeln halten. Ganz sicher sogar. Und verstehen Sie mich jetzt nicht falsch, aber trotzdem gibt es doch Fälle, in denen Fasten nicht zu empfehlen ist …«

Als würden sie eine sachliche Diskussion führen, ein Pro-und-Contra-Gespräch in einer Talkrunde, die sich nach Kräften bemüht, es trotz gegensätzlicher Meinungen nicht zu einer Eskalation kommen zu lassen.

»Bei Herz- oder Nierenerkrankungen«, hat der Typ an den Fingern aufgezählt, als würde er mit einem unverständigen Kind reden. »Krebs. Gicht. Gallenproblemen. Auch Schwangere und Stillende sollten nicht fasten. Das ist Ihnen doch bekannt, oder? Ebenso wie Sie wahrscheinlich auch

wissen, dass Fasten nicht zum Abnehmen taugt. Der Körper reagiert mit Stress und zapft nicht nur die Fettreserven an, sondern auch die Muskelmasse. Und sowie du wieder etwas isst, folgt eine Art Gegenregulation, der sogenannte Jojo-Effekt. Glauben Sie mir, ich weiß, wovon ich rede.«

Natürlich hat er gemerkt, dass der Mann versuchte, so etwas wie eine persönliche Beziehung zwischen ihnen herzustellen: Ich erzähle dir etwas von mir, und dafür sagst du mir endlich, wie wir das hier beenden können …

Er erinnert sich noch genau, was er erwidert hat: »Du verstehst es nicht. Das Fasten, von dem du redest, hat nichts mit einem wahrhaftigen Fasten zu tun. Wahres Fasten ist ein Hilfeschrei in der Hilflosigkeit. Ein symbolischer Akt des Mitgefühls mit den Toten – dein ganz persönlicher Eintritt in den Bereich von Krankheit und Tod. Nur so kannst du … begreifen.«

Es ist ärgerlich, dass es so ganz anders kommen musste.

Bei der Polizistin ist es ohnehin kein symbolischer Akt. Jetzt IST es eine persönliche Rache. Sie einfach nur fasten zu lassen, wäre zu billig.

Er hat sich schon gestern Abend zusammenreißen müssen, als sie wehrlos vor ihm lag und er ihr den BH abgestreift hat. Aber er darf nichts übereilen. Er hat Zeit, viel Zeit! Und er muss vorsichtig bei ihr sein. Er darf sie nicht noch mal zu dicht an sich herankommen lassen. Selbst wenn er die Waffe auf sie gerichtet hält, sieht er an ihren Augen, dass sie jede Chance wahrnehmen würde, ihn anzugreifen.

Aber als er von ihrem Sohn gesprochen hat, hat sich ihre

Haltung sofort verändert. Da war sie nicht länger das lauernde Raubtier, sondern hatte Angst. Und solange sie Angst hat, wird sie alles tun, was er von ihr verlangt.

5. KAPITEL

Als Rio in ihre Zelle gestoßen wurde, dachte Hannah im ersten Augenblick, sie wäre in irgendeinem Albtraum gefangen. Sie hatte sich auf ihrer Pritsche hin und her geworfen und auf die vergitterte Fensteröffnung gestarrt, bis es allmählich hell wurde. Dann waren ihr vor Erschöpfung die Augen zugefallen, und jetzt weigerte sich ihr Verstand für ein paar Sekunden, das zu akzeptieren, was ganz offensichtlich war: Rio war nicht in Sicherheit. Thomas Neumetzler hatte es geschafft, ihn ebenfalls in seine Gewalt zu bringen. Ihren kleinen Rio, der nicht wusste, wie ihm geschah, der doch zu allem nichts konnte, der überhaupt nichts damit zu tun hatte – außer dass er nun mal Hannahs Sohn war. Und somit ein Druckmittel, das Neumetzler ohne zu zögern benutzen würde, um sein Ziel zu erreichen.

Wie auch immer dieses Ziel aussehen mochte, aber der Mann war absolut skrupellos, das wurde Hannah erst jetzt richtig bewusst, als die schwere Eichentür nur Sekunden später wieder von außen verriegelt wurde und Rio sich schluchzend in ihre Arme flüchtete. Er wollte sich gar nicht mehr beruhigen, egal wie fest sie ihn auch an sich drückte, welche Versprechungen sie ihm ins Ohr flüsterte, wie oft sie mit dem Zipfel ihres Hoodies die Tränen aus seinen verquollenen Augen tupfte und seine nassen Wangen mit Küssen bedeckte.

Ihre Gedanken rasten. »Wir wissen, wo dein Sohn ist«, war einer der Sätze, mit denen Thomas Neumetzler ihr am frühen Morgen gedroht hatte. In diesem nasskalten Raum, in den er sie gebracht und wo er sie gezwungen hatte, den Rosenkranz mit ihm zu beten: »Wir wissen, wo dein Sohn ist. Er heißt Rio, richtig? Und er ist in der ersten Klasse! Ein schlaues Kerlchen, das stolz darauf ist, eine Polizistin zur Mutter zu haben, die die bösen Leute jagt und hinter Gitter bringt. Aber wenn die Mama selber eingesperrt ist, kann sie gar nichts tun. Dann kann sie auch dem kleinen Jungen nicht helfen, der weinend darauf wartet, dass sie zurückkommt und ihn holt. Doch das wird nicht passieren. Sie wird nicht kommen. Stattdessen kommt vielleicht jemand anders. Jemand, der ihm weh tut! Sehr weh!«

Hannah hatte versucht, sich einzureden, dass diese Drohungen ihr nur Angst machen sollten. Sie in Panik versetzen, sie dazu bringen, sich auf alles einzulassen, was er von ihr wollte. Er hatte einen Plan, davon war sie überzeugt, und sie war ein fester Bestandteil dieses Plans. Jetzt wollte er ihren Willen so weit brechen, dass sie sich nicht widersetzen würde.

Gleichzeitig hatte sie fieberhaft überlegt, woher er wissen konnte, wie Rio hieß. Und dass Rio in der ersten Klasse war. Dass sie überhaupt einen Sohn hatte!

Sie hatte nur Tatjana davon erzählt. Und natürlich wusste Uta Bescheid! Hatte sich eine der beiden verquatscht und etwas ausgeplaudert, das auf irgendeinem Weg bis zu Thomas Neumetzler gelangt war? Oder hatte Neumetzler ihren Vater ebenfalls in seine Gewalt gebracht? War ihr Vater vielleicht im selben Verlies wie sie, hinter den gleichen dicken Mauern, nur in einer anderen Zelle?

Sie zweifelte nicht daran, dass Thomas Neumetzler den Täuschungsversuch durchschaut hatte. Hatte er sich jetzt auch ihren Vater geschnappt und ihm so lange gedroht, bis er von Rio erzählt hatte? Ihn vielleicht … gefoltert?

Vor allem das »wir« in der Drohung hatte ihr keine Ruhe gelassen: »Wir wissen, wo dein Sohn ist.« Thomas Neumetzler und … seine Schwester? Das war zumindest naheliegend. Silvia Neumetzler, die irgendwo unter falschem Namen lebte, womöglich ganz in der Nähe. Hannahs Polizistinnengehirn war darauf trainiert, auch die unwahrscheinlichste Möglichkeit in Betracht zu ziehen. Aber der Verdacht, auf den ihre Überlegungen hinausliefen, war so ungeheuerlich, dass sie es nicht wagte, ihn in all seinen Konsequenzen zu Ende zu denken. Es durfte einfach nicht wahr sein. Und deshalb konnte es auch nicht wahr sein.

Sie hatte vergeblich versucht, Thomas Neumetzler so zu provozieren, dass er sich mit einer Antwort verriet. Es hatte nicht funktioniert, er hatte sie bei ihren Fragen nur mitleidig angelächelt, als würde der Moment erst noch kommen, in dem er seine Trumpfkarte ausspielte. Jetzt wusste sie, welches Ass er im Ärmel gehabt hatte!

Rio schluchzte nur noch leise. Vorsichtig versuchte Hannah, ihn dazu zu bringen, dass er ihr erzählte, was passiert war. Und er hatte kaum die ersten Sätze gesagt, als sie ahnte, was gleich kommen würde. Nein, falsch, sie ahnte es nicht, sie wusste es!

»Ich hab die ganze Nacht geschlafen, und als ich aufgewacht bin, war Uta da, und dann sind wir runter in ihre Küche, und ich hab Frühstück von ihr gekriegt. Aber das hat nicht geschmeckt, weil es so eine Pampe war, die ich nicht mochte. Haferflocken mit Salz und Wasser. Porridge wie in England, hat sie gesagt. Und dass das gut für den Körper ist. Hat aber nicht geschmeckt. Dann hat sie noch gesagt, dass du arbeiten bist und sie mich zu Opa ins Hotel bringen soll. Wenn ich fertig bin mit meinem Porridge. Und dann sind wir losgefahren, sie hat einen Pick-up, und ich durfte vorne sitzen, das war cool. Sie musste aber erst noch schnell woanders hin, und wir sind auf einen Berg hoch, mit ganz viel Wald, bis zu einem Parkplatz. Da hat Uta mit einem Mann geredet, der da schon war. Dann ist sie wiedergekommen und hat gesagt, dass wir nicht zu Opa fahren, und dass der Mann mich deshalb zu dir bringt. Dahin, wo du gerade arbeitest. Aber der Mann war nicht freundlich und er hatte eine kaputte Nase, das sah fies aus! Und das stimmt auch alles gar nicht, oder?« Er blickte sich um. »Da sind Gitter am Fenster. Ist das hier ein Gefängnis? Und wo ist Opa? Ist er tot oder so was?«

Rio fing wieder an zu schluchzen. Hannah zog ihn an sich und strich ihm über die nassgeschwitzten Haare.

»Nein«, flüsterte sie dicht an seinem Ohr. »Opa ist nicht tot. Und er holt uns hier raus, ganz bestimmt! Alles wird gut, mein Junge.«

»Weiß Opa denn, wo wir sind?« Rio starrte sie mit weit aufgerissenen Augen an.

»Noch nicht. Aber ich überleg mir was, und wir kriegen das hin. Alles wird gut«, wiederholte sie, während eine vage Idee in ihrem Kopf Gestalt annahm.

Es war klar, dass Hannahs Kollegen aus der Dienststelle mittlerweile Bescheid wussten, Hannah war verschwunden und auch über ihr Handy nicht erreichbar. Und ihr Vater hatte sicher längst Kontakt mit ihnen aufgenommen, als sich seine Tochter nicht bei ihm gemeldet hatte. Wahrscheinlich war er bei Uta gewesen, er kannte ja die Adresse. Und hatte weder Uta noch Rio angetroffen. Damit gab es für ihn und die Kollegen nur eine logische Schlussfolgerung! Und damit stand auch fest, dass die Kollegen zurzeit schon mit allen Mitteln versuchten, eine Spur zu Rio und ihr zu finden. Ihre Leute würden alle Hebel in Bewegung gesetzt haben, wahrscheinlich war jeder Polizist im Umkreis von Felchensee auf der Suche nach ihnen, sowohl in Bayern als auch in Tirol. Dennoch stand für Hannah fest, dass sie nicht einfach nur abwarten konnte. Sie musste etwas tun – und sie hatte keine Zeit zu verlieren. Niemand konnte vorhersehen, was sich die beiden Geschwister in ihren kranken Köpfen ausdenken würden. Oder schon längst ausgedacht hatten. Und dass ausgerechnet Uta die Schwester von Thomas Neumetzler war, machte die ganze Sache nicht besser. Im Gegenteil. Hannah war inzwischen überzeugt, dass Uta die Gefährlichere der beiden war.

»Rio, pass auf, wir müssen Opa helfen, damit er uns findet. Ich erkläre dir gleich, was ich vorhabe. Aber erst möchte ich, dass du genau tust, was ich sage. Und wir müssen uns beeilen, bevor dieser Mann zurückkommt. Oder Uta!«

»Sie sind beide böse, oder?«

»Sie sind beide böse. Und deshalb müssen wir schlauer sein! Ich mache jetzt eine Räuberleiter für dich und hebe dich an der Wand unter dem Fenster so weit hoch, wie ich es schaffe. Und du versuchst, mir möglichst genau zu sagen, was du da draußen siehst, okay?«

Rio nickte nur. Hannah konnte deutlich sehen, wie viel Mühe er sich geben musste, um vor Angst nicht wieder zu weinen.

Sie faltete die Hände und bückte sich, Rio legte ihr die Arme um den Hals und stieg auf den provisorischen Tritt, um sich dann am Fenstergitter bis auf den Sims hochzuziehen.

»Alles gut da oben? Dann beschreib mir jetzt, was du siehst, wenn du genau nach unten guckst. Also nicht das Tal mit dem Fluss und den Bauernhöfen, sondern direkt vor der Burg. Wie sieht es da aus?«

»Ist das echt eine Burg, Mama?«

»Ich glaube schon, ja.«

»Cool! Und wir sind eingesperrt und der böse Ritter will uns töten. Deshalb müssen wir fliehen, oder, Mama?«

»Genau. Und wir müssen uns beeilen! Also, was siehst du?«

Rio drehte den Kopf so, dass er an der Mauer nach unten blicken konnte, und presste sein Gesicht an die Eisenstäbe. Das war der tote Winkel, den Hannah am Morgen nicht hatte einsehen können, weil sie nicht hoch genug gekommen war.

»Wow! Das geht voll steil runter hier, bestimmt hundert Meter oder so! Vielleicht tausend.«

Hannah war es gewohnt, dass auf die Längen- oder Höhenangaben ihres Sohnes wenig Verlass war, wie bei den meisten Erstklässlern. Aber sie hatte schon erwartet, dass die Ruine der Grenzfeste hoch oben auf einem Felsen liegen würde.

»Okay. Und dann, was kommt dann?«

»So Bäume und eine Wiese mit kleinen Ställen.«

Almhütten, übersetzte Hannah automatisch die Beschreibung von Rio. »Weiter, was noch? Siehst du irgendwo einen Fahrweg? Oder ein Auto?«

»Nur einen Weg. Nee, da ist doch ein Auto, ganz dicht an der Mauer geparkt und mit Tannenzweigen drüber, wie so ein Jeep, ein bisschen eckig und so ...«

Der Land Cruiser, dachte Hannah. Mit Zweigen getarnt, damit man ihn vom Hubschrauber aus nicht sehen kann. »Ein schwarzer Jeep?«

»Ja, schwarz. Und ich glaube, dahinter steht noch ein anderes Auto, aber ich kann nur die Lampen vorne sehen. Ist aber auch schwarz! Das ist das Auto, mit dem der Mann mich hergebracht hat, Mama!«

Und mich ebenfalls, dachte Hannah. Der Wagen, mit dem er mir ganz zu Anfang in der Einfahrt aufgelauert hat. Der dritte Wagen, der uns noch fehlte.

»Aber jetzt ...«

»Ja, was?«

»Auf dem Weg an den komischen Wasserlöchern vorbei kommt gerade ein Auto angefahren. Und ich glaube, das ... das ist das Auto von Uta! So silbern, und ein Pick-up! Das ist Utas Auto, bestimmt. Meinst du, dass sie jetzt Opa ...« Rio drehte sich so entsetzt zu Hannah, dass er fast den Halt auf dem schmalen Sims verlor. Hannah konnte ihn gerade noch mit den Händen zurückschieben. »Hat sie Opa auch entführt?«, flüsterte er.

»Opa zu entführen schafft niemand«, versicherte Hannah eilig, obwohl sich ihr Magen bei dem Gedanken verkrampfte, dass Rio vielleicht recht haben könnte. Sie unterdrückte ihre Panik, um ihn nicht noch mehr zu ängstigen. »Du hast was von Wasserlöchern gesagt. Was meinst du damit? Wie sehen die Löcher aus?«

»Eckig, und mehr lang als breit und ... es sind fünf Stück, und dazwischen ist immer nur eine kleine Mauer. Komisch, oder? Sind das Swimmingpools oder ...«

»Forellenteiche«, sagte Hannah. Das ist gut, dachte sie, das ist ein Hinweis, mit dem die Kollegen den Ort, an dem sie und Rio sich befanden, leicht ausfindig machen konnten! Das Wort »Ruine« oder »Festung« verbot sich von selbst, aber eine Alm und Forellenteiche waren Stichworte, die nicht ganz so offensichtlich waren, wenn sie sie nur geschickt genug verpackte. Es musste ihr irgendwie gelingen, ihrem Vater eine versteckte Nachricht zu übermitteln. Und dazu brauchte sie ein Handy. Sie musste die Geschwister überzeugen, ihr zu erlauben, eine Nachricht …

»Sie ist alleine«, meldete sich Rio von seinem Ausguck. »Opa ist nicht dabei. Du hattest recht. Opa zu entführen schafft keiner. Weil er nämlich der coolste Opa auf der Welt ist!«

»Komm runter! Warte, ich halte dich …« Hannah half Rio über die Kante und hob ihn vom Sims auf den Boden. »Gut gemacht, Rio. Und wenn Uta jetzt kommt, lässt du mich reden. Du sagst gar nichts, klar?«

»Klar. Du hast einen Plan, wie wir fliehen können, oder?«

»Ich hoffe es.«

Uta war kaum wiederzuerkennen. Als sie ihre Beanie abnahm, hatte sie schwarze Haare, so kurz, dass die Frisur wie ein Helm wirkte.

»Selbst geschnitten und selbst gefärbt?«, mutmaßte Hannah, als wäre das die naheliegendste Frage in ihrer Situation. »Ist zu schwarz, sieht unnatürlich aus, steht dir auch nicht.«

Sie durfte auf keinen Fall den Eindruck erwecken, dass sie verzweifelt war und aus Angst um ihren Sohn zu jedem Zugeständnis bereit wäre. Im Gegenteil! Sie wollte Uta aus der Reserve locken, nur so würde sie eine realistische Chance haben. Und Uta sollte von vornherein wissen, dass sie einer ebenbürtigen Gegnerin gegenüberstand. Es ging im Moment nicht darum, Uta zu verurteilen, sondern zu akzeptieren, wie und was sie war, um sie dazu zu bringen, sich auf einen Deal einzulassen, bei dem Hannah unbemerkt die Fäden in der Hand hielt …

»Steht dir wirklich nicht«, wiederholte sie. »Ist aber häufig so bei Frauen, die eigentlich blond sind. Gilt übrigens auch für deinen Bruder! Die blonden Locken von früher standen ihm deutlich besser.«

Falls Uta irritiert über diese Eröffnung war, hatte sie sich erstaunlich gut unter Kontrolle. Für den Bruchteil einer Sekunde zog sie die Augenbrauen zusammen, gleich darauf hatte sie sich wieder gefangen. Dennoch mussten Hannahs Worte etwas bei ihr ausgelöst haben, das sie jetzt erwidern ließ: »Der blonde Engel, ja, der süße Kleine, um den sich immer alles gedreht hat! Auch das Trinkgeld hat immer der Kleine gekriegt, weil er halt so süß gelächelt hat, wenn er auf seiner Fußbank hinter der Theke stand und die Biergläser gespült hat.« Ihre Stimme bekam plötzlich einen bitteren Unterton. »Nur zum Bedienen, da musste ich an die Tische! Damit die geilen Böcke dem Kleinen bloß nicht den Hintern tätscheln, bei mir war's den Eltern ganz egal. Aber vielleicht wär's umgekehrt besser gewesen, dann hätte er wenigstens früh genug gelernt, dass die Gäste alles dürfen. Ganz so, wie es der Vater immer gesagt hat: Der Gast ist König, was der Gast wünscht, ist dem Wirt Befehl!«

Das Gespräch hatte eine völlig unerwartete Wendung genommen, Hannah überlegte eben noch, wie sie reagieren sollte, als sie ein Geräusch hinter der nur halb geschlossenen Eichentür hörte.

»Ist er da draußen, dein Bruder?«

»Natürlich. Oder glaubst du etwa, ich biete dir im Ernst irgendeine Chance, mich allein zu erwischen? Ich hab ja gesehen, was du mit ihm gemacht hast.« Sie nickte mit dem Kopf in Richtung Tür. »Und ich kann mir vorstellen, wozu eine Mutter imstande ist, die ihr Kind retten will. Ich weiß ja, wozu *ich* imstande bin, wenn es um meinen Bruder geht.«

»Den du die ganze Zeit über geschützt hast, war es nicht so?«

»Frag nicht so blöd, du kennst die Antwort doch. Wie ich gesagt hab, es wäre gut gewesen, wenn er ein bisschen eher begriffen hätte, worum es in der Welt geht. Wer das Geld hat, hat die Macht, nichts anderes spielt eine Rolle – das hat er dann bei der Geschichte mit den Fettammern ja auch auf die ganz harte Tour lernen müssen.«

»Wessen Idee war es, sich für ... all das an irgendwelchen Gästen zu rächen? Deine?«

Uta reagierte mit einem Schulterzucken. »Meine Idee, seine Idee, egal. Ich werde immer die große Schwester sein, die auf ihn aufpassen muss, und deshalb bin ich es auch, die sich jetzt um das Problem kümmert, das wir mit dir haben ...«

»Aber ihr habt Scheiße gebaut«, unterbrach Hannah sie. »Das ist dir doch klar, oder? Ihr hättet weder mich noch Rio entführen dürfen.« Sie warf einen kurzen Blick zu Rio, der sich in eine Ecke gekauert hatte und mit dem Finger die Fugen zwischen den Steinplatten nachzeichnete. Hannah war sich sicher, dass er jedes Wort von ihnen hörte. Auch wenn er manches nicht verstand, hätte sie es ihm gerne erspart.

Uta schüttelte den Kopf. »Du hättest nicht bei mir einziehen dürfen. Mein Fehler. Ich dachte, es wäre schlau, die Polizistin im Haus zu haben, die uns ... gefährlich werden kann. Aber damit hat es angefangen. Und ist dann irgendwann außer Kontrolle geraten. Und ja, stimmt, dich zu entführen, war ... unüberlegt. Dämlich. Vollkommen deppert. Wenn er bloß erst mit mir geredet hätte! Hat er aber nicht, er wollte sich nur noch an dir rächen, als ich ihm gesagt hab, wer dieser angebliche Gourmet aus der Zeitung ist. Du hattest mir ja grad erst die Fotos gezeigt, von deinem Sohn und seinem Opa, ich hab ihn gleich wiedererkannt. Dein Fehler, Frau Polizistin! Und was sollte *ich* denn tun? Mir deinen Rio zu holen war doch die einzige Möglichkeit, die ...«

»Mein Opa findet uns!«, kam es im selben Moment leise aus Rios Ecke. Leise und trotzig, als könnte er allein durch seinen Willen erreichen, dass es wahr würde.

Noch bevor Uta sich zu ihm drehte und sich hinkniete, um auf Augenhöhe mit ihm zu sein, wusste Hannah, was sie sagen würde. Aber sie war nicht schnell genug, um ihn vor den nächsten Sätzen zu schützen.

»Kann sein«, erwiderte Uta ebenso leise, als würde sie Rio ein Geheimnis anvertrauen. »Aber dann wird es zu spät sein.«

†

Er mag Momo nicht, wenn sie so ist wie jetzt. »Bossy« ist das richtige Wort dafür. Unfair ihm gegenüber. Ziemlich fies. Als ob er alleine gar nichts auf die Reihe kriegen würde.

Dabei stimmt das überhaupt nicht! Und er wird es ihr auch noch beweisen. Vielleicht schon eher, als sie glaubt. Er ist nicht der kleine, dumme Bruder, der immer alles falsch macht. Sie soll sich bloß nicht so aufspielen!

Er weiß nicht, warum ihm ausgerechnet jetzt das Problem mit den Ratten wieder einfällt. Er hat keine Ahnung, wo sie herkommen. Aber gerade vorhin hat er wieder eine gesehen, die sich unter der Holztür durchgequetscht hat und direkt vor ihm durch den Raum gerannt ist. Durch seine Sakristei, sein Allerheiligstes, sein ... Refugium, das ihm ganz alleine gehört.

Wenn der Kopf durchpasst, reicht der Spalt auch für den Körper, daran erinnert er sich noch von früher. Nicht nur vom »Krummen Großvater«, auch von den Restaurantküchen, in denen er gearbeitet hat. Und ganz besonders, wenn die Häuser mit ihren Gewölbekellern noch aus dem Mittelalter stammten. Was für die Gäste von außen so pittoresk und verheißungsvoll wirkt, hat immer auch eine Kehrseite. Die Vorratsräume, der feuchtkalte Innenhof mit den Containern für die Küchenabfälle, im schlimmsten Fall die Küche selber.

Es gibt nicht viel, was wirklich gegen die Ratten hilft. Er hat Köche erlebt, die auf Fleisch geschworen haben, das mit zerstoßenem Glas präpariert war. Sein Vater hat immer behauptet, die einzige Möglichkeit, der Plage Herr zu werden, bestünde darin, eine Ratte zu fangen, sie in einen Sack zu stecken und sie bei lebendigem Leib zu verbrennen. Weil ihre Todesschreie die übrige Population zumindest für einige Wochen vertreiben würde. Aber das stimmte nicht. Er erinnert sich, dass die Viecher schon am nächsten Tag wieder da waren.

Auch Rattenköder helfen nicht. Die Ratten sind viel zu schlau! Schlau und dreist. Angeblich können sie sich sogar durch Beton fressen. Durch Holz, altes Mauerwerk und Strohdecken sowieso. Und wo der Kopf durchpasst, reicht es eben auch für den Rest ...

Vielleicht sollte er doch versuchen, sie zu fangen. Lebendig! Aber nicht, um sie zu verbrennen, sondern um sie an die Wildschweine zu verfüttern.

Die Wildschweine fressen alles. Wirklich ALLES! Sogar Schuhe und Ledergürtel, nur keine Metallteile. Ringe, Armreifen, Gürtelschnallen. Aber Ratten tragen keine Ringe.

Die Polizistin übrigens auch nicht, er hat gleich bei ihrem ersten Treffen schon darauf geachtet. Keine Ringe und nicht mal eine Halskette. Nur die Armbanduhr sollte er ihr vorher noch abnehmen!

6. KAPITEL

Hannah musste ihren ganzen Willen aufbringen, um sich nicht auf Uta zu stürzen, als sie vor Rio kniete und ihr den Rücken zuwandte. Aber ihr war klar, dass Thomas Neumetzler vor der Tür stand. Und sie wusste nur zu gut, zu welcher Brutalität er fähig war. Wäre sie alleine gewesen, hätte sie es wahrscheinlich dennoch riskiert, aber nicht mit Rio. Die Gefahr, dass ihm etwas passierte, war zu groß.

Also trat sie nur an Uta vorbei und stellte sich schützend vor ihren Jungen. »Was willst du von mir?«, schleuderte sie Uta entgegen.

»Du pfeifst deine Leute zurück. Zumindest so lange, dass Thomas genug Zeit hat, um sich abzusetzen.«

»Wie stellst du dir das vor? Das geht nicht! Die Ermittlung hat längst viel zu große Dimensionen angenommen, ihr seid beide zur Fahndung ausgeschrieben, auch in Österreich. Jeder Polizist da draußen ist auf der Suche nach euch.«

»Das ist mir egal, lass dir was einfallen. Du weißt, was sonst passiert. Und du brauchst gar nicht erst darauf zu hoffen, dass du uns lange genug hinhalten kannst, bis sie euch finden. Wenn du nicht machst, was ich dir sage, dann ... gibt's euch morgen schon nicht mehr, so einfach ist das. Dann können sie lange suchen, es wird ihnen nichts nützen. Ihr werdet verschwunden sein, genau wie alle anderen, die als vermisst gemeldet und nie gefunden worden sind. Es ist ganz alleine deine Entscheidung, wie die Sache hier ausgeht.«

Hannah schluckte. Sie musste sich mehrmals räuspern, bevor sie etwas erwidern konnte. »Mal angenommen, mir fällt tatsächlich eine Möglichkeit ein, wie willst *du* dann entkommen?«

»Zerbrich dir darüber nicht den Kopf, das lass mal schön meine Sorge sein. Stopp die Fahndung nach Thomas und mir, und alles wird gut. Wie gesagt, deine Entscheidung.«

Im selben Moment wusste Hannah, was Utas Plan war. Unwillkürlich zog sie Rio dichter an sich, seine kleine Hand war schweißnass, als sie sich in ihre schob. Hannah drückte seine Finger in dem stillen Versprechen, dass er keine Angst zu haben brauchte. Jetzt kommt es darauf an, dachte sie, die nächsten Minuten entscheiden, wie das hier ausgeht ...

»Mal Klartext, Uta – ich habe dich richtig verstanden, du lässt mich laufen, aber behältst Rio bei dir?«

»Kluges Mädchen! Ja, bis Thomas sich gemeldet hat, dass er in Sicherheit ist.«

»Und du glaubst ernsthaft, darauf würde ich mich einlassen?« Hannah schüttelte den Kopf. Sie spürte deutlich, wie sich Rios Hand in ihrer verkrampfte. »Verdammt, Uta, was soll das? Du weißt, dass ich das nicht tue. Aber warte, lass mich zu Ende reden. Ich mache dir einen anderen Vorschlag. Vielleicht habe ich eine Lösung, sowohl für euch wie auch für mich.«

»Ich höre.«

»Du behältst uns beide als Geiseln hier. Und wir benutzen meinen Vater, um …« Sie senkte die Stimme, um ihren nächsten Sätzen den Anschein größerer Vertraulichkeit zu geben. »Überleg doch mal: Er ist Polizist, er weiß, wie der Apparat funktioniert. Er weiß also auch, was er tun muss, um eben nicht den normalen Dienstweg zu gehen. Und er wird keine Bedenken haben, sich über irgendwelche Vorschriften hinwegzusetzen – es geht schließlich um seine Tochter und seinen Enkel! Er wird alles tun, um uns zu retten. Und ich meine wirklich *alles!*«

Sie sah, wie Uta versuchte, sich klar darüber zu werden, ob sie sich auf Hannahs Vorschlag einlassen sollte. Ihr Bruder hatte bislang breitbeinig und mit verschränkten Armen in der Tür gestanden, jetzt trat er einen Schritt vor. Uta stoppte ihn mit einer schnellen Handbewegung.

»Weiter«, forderte sie Hannah auf. »Wie willst du das anstellen?«

»Lass mich ihm eine Nachricht schicken. Gib mir mein Handy oder deins oder das von Thomas, und ich schicke ihm eine Video-Botschaft. Er muss uns sehen, damit er weiß, dass wir am Leben sind. Und ich erkläre ihm, was er tun muss.«

»Haha«, machte Uta nur. »Willst du mich gerade für vollkommen deppert verkaufen? Du schickst ein schönes Filmchen, ja? Damit sie unbedingt genug Zeit haben, das Handy zu orten, und eine Stunde später mit dem Hubschrauber hier sind? Glaubst du wirklich, dass ich darauf reinfalle? Nein, meine Liebe, es läuft entweder so, wie ich …«

»Warte! Dein Einwand ist berechtigt, aber wenn er uns nicht sieht, wird er sich nicht darauf einlassen. – Wir nehmen die Botschaft auf, und du fährst mit dem Handy nach Seefeld oder sonst wohin, und schickst es von da.«

Hannah hatte das Gefühl, dass Utas Augen sie durchbohrten, aber sie hielt dem Blick stand, ohne zu blinzeln oder wegzusehen. Bis Uta erwiderte: »Woher wissen wir, dass dein Vater mitspielt?«

»Er soll morgen früh eine Anzeige in die Zeitung setzen.«

»Und wenn er lügt?«

»Das Risiko musst du eingehen. Aber der Deal ist klar: Er erfährt erst, wo Rio und ich sind, wenn ihr in Sicherheit seid. Das sollte reichen. Er weiß, dass keiner der anderen Vermissten wieder aufgetaucht ist. Also kann er sich ausrechnen, dass ohne eure Hilfe so gut wie keine Chance besteht, uns jemals zu finden. Und er wird unser Leben nicht gefährden, niemals.«

Zehn Minuten später saß Hannah auf einem Stuhl, den Thomas Neumetzler gebracht hatte. Ein Holzstuhl mit gerader Rückenlehne und Korbgeflecht als Sitz.

Rio hockte auf ihrem rechten Knie und hielt die Zeitung so, dass die Titelseite mit dem Aufmacher des Tages zu Uta zeigte, die das Smartphone auf sie gerichtet hatte.

»Ein bisschen mehr nach links«, wies sie Rio an. »Ich will, dass man dein Gesicht sieht. Und du darfst ruhig weinen. Es wäre sogar gut, wenn du weinst!«

Als Rio ihr die Zunge rausstreckte, presste sie die Lippen zusammen. »Dummer Bub, dann eben nicht.«

»Es wird auch so reichen«, sagte Hannah leise, während sie Rio beruhigend über den Rücken strich. »Alles gut, mein Kleiner. Können wir?«

Uta nickte. »Und versuch keine dummen Tricks, hörst du!«

»Ich sage nur, was wichtig ist, um ihn zu überzeugen. Und ich werde ein bisschen schauspielern dafür, nur dass du vorbereitet bist. Aber ich kenne meinen Vater, ich weiß, welche Knöpfe ich bei ihm drücken muss, damit er so reagiert, wie wir es wollen.«

»Okay, los geht's. Und ... Video läuft!«

Hannah blickte in die Kamera.

»Hallo, Papa. Es geht uns beiden gut. Aber wenn du uns ...« Sie schluckte. »... gesund wiedersehen willst, dann musst du tun, was ich dir jetzt sage. Ich habe das mit unseren Entführern so vereinbart, sie werden uns nichts zuleide tun, wenn wir uns an die Abmachungen halten. Hör mir gut zu, ich erkläre es dir …«

In wenigen Sätzen fasste sie die wesentlichen Punkte zusammen: Ende der Fahndung nach Silvia und Thomas Neumetzler, Einstellung jeglicher Suche nach Hannah und Rio, eine Zeitungsannonce mit dem kurzen Text:

Alles erledigt, warte jetzt auf die Nachricht,
wo ich euch finde. Vater.

Die beiden Geschwister würden die Information schicken, sowie sie unbehelligt an ihrem Zielort eingetroffen waren. Hannah und Rio würden für den Zeitraum mit genügend Essen und Trinken versorgt sein, es würde ihnen nichts passieren.

»Du musst das machen, Opa!«, rief Rio. »Ich hab nämlich Angst, und Mama hat auch Angst, das weiß ich. Und hier gibt's noch nicht mal ein richtiges Klo, nur einen Eimer! Ich will hier nicht bleiben!«

Sein Zwischenruf war nicht abgesprochen gewesen, aber Hannah sah, wie Uta zufrieden nickte. Und es war das nahezu perfekte Stichwort für sie selber, um völlig unerwartet in Tränen auszubrechen und ihrer Nachricht die Sätze hinzuzufügen, auf die es wirklich ankam. »Ich weiß nicht warum, aber ich muss dauernd an Mama denken«, stieß sie hervor. »Als schon klar war, dass sie sterben wird! Als sie nur noch einen Wunsch hatte, einmal noch Forelle blau zu essen, auf die norddeutsche Art, so wie sie sie immer zubereitet hat, mit Bratkartoffeln und Meerrettich. Und sie wollte noch ein letztes Mal ins Kino! Sie war immer so gerne im Kino. Und ›Heidi‹ war ihr Lieblingsfilm! Weißt du auch noch, wie sie für Mario Adorf geschwärmt hat? Und wie enttäuscht sie war, als in der Neuverfilmung von ›Heidi‹ Bruno Ganz den Almöhi gespielt hat und nicht Mario Adorf?«

Als sie sah, wie Uta unwillig den Kopf schüttelte, setzte sie schnell hinzu: »Verstehst du, Papa, du hast schon Mama viel zu früh verloren, und da konntest du nichts tun, aber uns kannst du retten, mach, was sie von dir wollen!«

»Gut, Schluss, reicht.« Uta schaltete das Handy aus. »Was sollte das mit deiner Mutter und dem ganzen Quatsch?«, fragte sie misstrauisch.

»Ich habe dir doch gesagt, dass ich weiß, wie ich ihn am besten überzeugen kann. Er hat den Tod meiner Mutter bis heute nicht verwunden und …«

»Schon gut, spar dir deine Rührseligkeiten. Aber mit Mario Adorf hatte deine Mutter recht, er konnte alles spielen, und immer so, dass man es ihm geglaubt hat. Wie in ›Rossini‹, da war Adorf als Restaurant-Besitzer einfach großartig, als würde er genau wissen, wie solche Leute ticken. Und die Gäste waren … realistisch, oder?« Sie warf einen fragenden Blick zu ihrem Bruder. »Was sagst du?«

»Das interessiert doch sowieso keinen, was ich dazu meine. Aber stimmt schon, arrogantes Pack, das glaubt, sich alles rausnehmen zu können! Genau so sind sie.«

»Da bin ich mir mit meinem Bruder ausnahmsweise

mal einig.« Uta drehte sich mit einem spöttischen Lächeln wieder zu Hannah.

Hannah war die Zweideutigkeit des Satzes nur zu bewusst – eigentlich hatte Uta gerade indirekt nichts anderes bestätigt als das Motiv für die abscheulichen Taten, die sie mit ihrem Bruder begangen hatte …

»Ich fahre jetzt«, sagte Uta. »Dann drückt mal die Daumen, dass dein lieber Papa so reagiert, wie wir es gerne hätten. Sonst wird es unangenehm, fürchte ich.«

Ohne einen weiteren Blick zu Hannah oder Rio verließ sie den Raum. Als sie an ihrem Bruder vorbeiging, flüsterte sie kaum hörbar: »Pass gut auf sie auf! Und versuch dieses eine Mal, möglichst keinen Scheiß zu bauen. Du hast uns schon tief genug reingeritten.«

Thomas schloss die Tür hinter seiner Schwester und schob den Riegel vor. Hannah hörte, dass er irgendetwas brüllte, seine Worte konnte sie nicht verstehen, ebenso wenig wie Utas Antwort. Dann war Stille. Von draußen war nur der Gesang einer Amsel zu hören. Diesmal war es ganz sicher nicht *ihre* Amsel, dachte Hannah. Trotzdem hatte ihr Lied etwas Tröstliches.

Sie drückte ihr Kinn auf Rios Scheitel und zog ihn an sich, bis er sich von ihr löste und flüsternd wissen wollte: »Das mit der Forelle hast du gesagt, weil ich da unten vorhin diese Teiche gesehen habe, oder?«

Hannah spürte, wie ihr die Tränen in die Augen schossen. Dieser kleine Kerl, dachte sie, da hat er das tatsächlich mitgekriegt!

Sie liebte ihn so sehr! Aber sie durfte ihm jetzt auf keinen Fall zeigen, wie viel Angst sie in Wirklichkeit um ihn hatte. Sie musste ... cool bleiben. Und sie konnte nur inständig hoffen, dass Uta jetzt nicht doch noch auf die gleiche Idee wie Rio kam, wenn sie ins Auto stieg und direkt an den Teichen vorüberfuhr ...

Leise erzählte sie ihrem Sohn davon, wie sie ungefähr in seinem Alter gewesen war und mit ihrem Vater ein Spiel gespielt hatte. »Immer wenn irgendwelche Leute zu Besuch waren, die uns genervt haben, Opas Schwester zum Beispiel, Tante Alma. ›Geheime Botschaft‹ haben wir das Spiel genannt. Es ging darum, in unseren Sätzen ganz bestimmte Wörter unterzubringen, bei denen niemand sonst merkt, dass sie eine versteckte Nachricht sind. Und bei jedem wichtigen Wort haben wir eine bestimmte Handbewegung gemacht ...«

»Hast du deshalb vorhin bei dem Film so komisch an deinen Haaren rumgezupft?«

»Das hast du auch bemerkt?«

»Klar, so affig bist du sonst nie!«

»Danke schön!« Hannah musste fast lachen, während ihr gleichzeitig wieder die Tränen kamen.

Für eine Weile sagte keiner von ihnen mehr ein Wort. Rio hatte den Kopf an Hannahs Schulter gelehnt und starrte auf die vergitterte Fensteröffnung. Als Hannah spürte, wie er leicht zitterte, zog sie ihn dichter an sich und strich ihm über die Haare.

»Opa schafft das, oder?«, fragte Rio, ohne den Blick

vom Fenster zu wenden. »Er kapiert doch unsere geheime Botschaft?«

»Bestimmt.« Hannah stellte sich die Szene im Kommissariat vor, wenn ihr Vater den Kollegen die Handy-Nachricht vorspielte und jeden entscheidenden Moment für die anderen kommentierte. Fast meinte sie, seine Stimme zu hören: »Jetzt fängt sie völlig übergangslos an zu schluchzen und fragt, ob ich mich an die letzten Stunden mit ihrer Mutter erinnere. Aber ihre Mutter ist bei der Geburt gestorben! Hannah kann also gar nichts davon wissen. Außerdem gab es so einen letzten Wunsch gar nicht – und ganz bestimmt wollte Hannahs Mutter keine Forelle. Sie mochte überhaupt keinen Fisch, obwohl sie von der Insel kam. Sie mochte übrigens auch den Film mit Heidi nicht. Aber jetzt seht mal hier, bei dem Wort ›Forelle‹ dreht sich Hannah ihre Locken um den Finger, und dasselbe macht sie noch mal, als sie vom Almöhi spricht. Damit hat sie uns zwei Hinweise geliefert, wo sie sich befindet!«

Vielleicht würde Obermayr jetzt sagen: »Kapier ich nicht. In der Schweiz, oder was? Dieses Heidi spielt doch in der Schweiz!«

Aber wahrscheinlich würde es Tatjana sein, die aufspringt und ruft: »Alm! Darum geht es. Sie ist in irgendeiner Almhütte. Und da gibt es in der Nähe …«

»Eine Forellenzucht. Ich weiß auch, wo«, würde Schmidtchen sagen. »Da ist unten, wo die Straße vom Berg runterkommt, ein Restaurant, die haben immer frische Forellen.«

»Und die Teiche sind weiter oben am Berg, stimmt«, würde Sepp Eins sagen.

»Redet ihr vom Kapellenberg?«, würde Sepp Zwei fragen.

»Auf der Tiroler Seite. Direkt vor unserer Nase. Passt!«

Und Tatjana würde Hannahs Vater zu der Karte an der Wand ziehen und ihm die Forellenteiche zwischen den Almwiesen zeigen.

Vielleicht wäre es dann Hannahs Vater, der mit dem Finger auf das Symbol für die Ruine zeigt und fragt: »Und was ist das hier?«

Hoffentlich, dachte Hannah und sandte ein Stoßgebet an den Herrgott, an den sie doch nicht glaubte. Aber von dem sie sich jetzt wünschte, dass er tatsächlich existierte! Der Herrgott oder irgendeine andere höhere Macht, die in der Lage war, das Schicksal zu beeinflussen.

Gleich darauf schoss ihr wieder der Satz durch den Kopf, den sie als Jugendliche an der Wand über ihrem Bett hängen gehabt hatte: HILF DIR SELBST, SONST HILFT DIR GOTT. Das war besser, als den Herrgott anzurufen. Es war ja ohnehin kein Verlass auf ihn, das zeigten das Elend und der Hunger auf der Welt nur allzu deutlich.

»Rio!« Sie beugte sich vor und fasste nach Rios Kinn, um sein Gesicht zu sich zu drehen. »Pass auf, wir müssen Opa und meinen Kollegen vielleicht doch noch ein bisschen mehr helfen. Du machst ganz genau, was ich dir sage, egal was passiert! Ich werde versuchen, diesen Thomas dazu zu bringen, dass er uns aus diesem Loch hier rauslässt, bevor Uta zurückkommt. Ich erfinde eine Geschichte für ihn, und wenn wir draußen sind und ich dir zurufe: ›Lauf!‹, dann läufst du. Kümmere dich nicht um mich, renn so schnell du kannst den Berg runter. Nimm den Fahrweg neben den Teichen, unten an der Straße wird ein Bauernhof sein oder so, da bittest du um Hilfe und erzählst ihnen alles. Sie sollen sofort die Polizei holen! Hast du mich verstanden?«

»Und … du ..?«

»Hab keine Angst um mich. Mir passiert nichts. Aber wichtig ist, dass du wegläufst, damit dir keiner mehr was tun kann.«

»Okay«, antwortete Rio mit einem so dünnen Stimmchen, dass Hannah am liebsten alles rückgängig gemacht hätte. Aber sie wusste, dass ihre Entscheidung richtig war, sie mussten es zumindest versuchen.

»Ich verlass mich auf dich. – Los geht's!«

Mit beiden Händen hämmerte sie gegen die Eichenbohlen der Tür.

»Hilfe! Wir brauchen Hilfe! Mach auf, bitte!«

†

Er hört sie rufen. Aber er lässt sie erst mal schmoren. Sie soll bloß nicht denken, er würde sofort springen, nur weil sie in der Gegend rumbrüllt.

Außerdem darf er nicht vergessen, dass sie gefährlich ist. Ein verlogenes, hinterhältiges Stück Dreck. Es ist besser, ihr nicht zu trauen. Er versteht Momo nicht, er hätte sich nie auf diesen Deal eingelassen.

Sie brauchen keinen Deal! Nicht mit den Bullen! Und auch mit sonst niemandem. Außerdem hat nicht er den letzten großen Fehler gemacht, sondern Momo. Sie hätte einfach nur ihre Rolle weiterspielen müssen, er wäre schon alleine klargekommen.

Der Junge macht die ganze Sache verdammt kompliziert. JETZT ist es wirklich schwierig, da mit heiler Haut wieder rauszukommen.

Überhaupt ist ihm die Polizistin viel zu cool gewesen. Fast so, als ob sie alles im Voraus geplant hätte. Und genau wusste, wie Momo reagieren würde! Als wäre Momo nichts als eine Puppe, die exakt das macht, was der Puppenspieler will. Weil er ja das Theaterstück geschrieben hat!

Er ist sich jetzt sicher, dass da vorhin irgendwas gewaltig schiefgegangen ist, ohne dass sie es bemerkt haben. Sie sind ausgetrickst worden. MOMO ist ausgetrickst worden. Und er muss versuchen, das Ganze wieder in Ordnung zu bringen. Bevor irgendetwas passiert, was sich nicht mehr korrigieren lässt. Es liegt jetzt an ihm, ihr Problem endgültig zu lösen. Und ER wird sich nicht verarschen lassen. Nicht noch mal. Er kennt die Schlange besser als seine Schwester. Und deshalb wird er jetzt der Puppenspieler sein, der bestimmt, wie es weitergeht.

7. KAPITEL

Es war leichter, als Hannah erwartet hatte. Allerdings nahm das Ganze von Anfang an eine Wendung, auf die sie sich erst einstellen musste. Ihr ursprünglicher Plan, die beiden Geschwister gegeneinander auszuspielen, würde immer noch funktionieren, aber Thomas Neumetzler lieferte ihr einen besseren Ausgangspunkt. Wenn alles glatt lief, würde er von sich aus auf die Idee kommen, die sie aus ihrem Verlies ins Freie brachte.

Er hatte etwas Lauerndes in seiner Stimme, als er vorsichtig die Tür einen Spalt weit öffnete und sie mit der Heckler & Koch in der Hand aufforderte: »Da drüben an die Wand, beide! Versucht gar nicht erst, mich auszutricksen. Immer schön Abstand halten, klar?«

Etwas Lauerndes, als wollte er eigentlich sagen: Ich weiß, dass ihr etwas plant. Und ich werde auch rauskriegen, was es ist, zur Not mit Gewalt …

Er fragt noch nicht mal, warum wir um Hilfe gerufen haben, dachte Hannah. Er nimmt es als selbstverständlich, dass wir ihn nur herlocken wollten! Als er die Waffe zwischen ihnen hin und her schwenkte, sagte sie: »Könntest du das bitte bleiben lassen! Das macht mich nervös. Und es macht meinem Jungen unnötig Angst.«

»Soll es auch.« Als er grinste, verzog die kaum verheilte Narbe sein Gesicht zu einer hässlichen Fratze. Zusammen mit der Mönchskutte wirkte er wie eine Figur aus einem Horrorfilm. Ein Statist, der sich seiner Rolle noch nicht ganz klar ist. Und der eigentlich Anspruch auf die Hauptrolle haben sollte.

»Vorhin, bei diesem Video an deinen Vater«, setzte er an. »Da war irgendwas faul. Ich hab's gemerkt.«

Er blufft!, schoss es Hannah durch den Kopf. Er weiß nichts, hat aber einen Verdacht.

»Ich hab keine Ahnung, wovon du redest.« Sie hoffte, dass ihre Miene nichts als Verständnislosigkeit ausdrückte.

Er schüttelte den Kopf. »Tu nicht so doof. Los, sag es mir! Sonst ...« Er fuchtelte wieder mit der Heckler & Koch herum.

Im selben Augenblick wusste Hannah, was sie zu sagen hatte. »Okay, du hast es gemerkt. Deine Schwester nicht. Sie wird die Nachricht schon abgeschickt haben, nehme ich an, oder?«

Sie sah, wie er einen Blick auf seine Uhr warf und unwillig die Augenbrauen zusammenzog.

»Na ja.« Hannah bemühte sich, möglichst unbeteiligt zu klingen. Als würde sie nur den reinen Sachverhalt schildern. »Dann wird jetzt Folgendes passieren – das SEK ist spätestens auf Stand-by, seit du mich entführt hast. Sowie die Kollegen die Nachricht entschlüsselt haben, steigt der Hubschrauber auf. Und sie werden hier sein, noch bevor deine Schwester zurück ist.« Als er nicht reagierte, setzte sie hinzu: »Wenn sie merkt, was los ist, wird sie umkehren und sich alleine absetzen. So weit geht ihre Schwesterliebe dann doch nicht, dass sie sich selbst ans Messer liefert, das ist dir auch klar, oder? Außerdem ist sie ohnehin ... sauer. Wütend. Weil sie glaubt, dass alles deine Schuld ist, weil du es verbockt hast. Dumm gelaufen, das war's dann für dich.«

»Ich hab immer noch die Waffe und euch als Geiseln«, stieß Neumetzler hervor. »Die können mir gar nichts!«

»Du hast noch nie einen SEK-Einsatz erlebt! Die zögern nicht lange. Und schon gar nicht, wenn es um eine Kollegin und ihr Kind geht.«

»Das ist eine alte Festung hier, ich brauche mich bloß zu verbarrikadieren und ...«

»Und dann?«

Er antwortete nicht mehr. Er suchte verzweifelt nach irgendeiner Lösung, so viel war klar. Vielleicht war es Rio, der den Ausschlag gab, als er Hannah am Arm fasste und aufgeregt sagte: »Sie springen mit Fallschirmen ab und sprühen Gas durch das Fenster, damit wir alle ohnmächtig werden! Ich hab bei Theo mal einen Film gesehen, wo sie das so gemacht haben. Wetten, dass sie das hier auch machen?«

»Ist gut, Rio, hör auf.« Hannah tat so, als wollte sie ihm den Mund zuhalten.

»Wie lange?«, fragte Neumetzler. »Bis der Hubschrauber hier ist, wie lange?«

»Viertelstunde. Höchstens.«

»Gut. Wir hauen ab. Wir nehmen mein Auto und ... Ich kenne ein paar Forstwege, über die wir ungesehen wegkommen. Nach Schloss Elmau rüber, da suchen sie uns garantiert nicht. Und dann wechseln wir das Auto und ... ihr bleibt immer schön bei mir! Als meine Lebensversicherung, bis ich mir was ausgedacht habe. Los geht's, beeilt euch, immer schön vor mir her!«

»Mama?«, fragte Rio mit einer so kläglichen Stimme, dass Hannah unwillkürlich dachte, dieses Trauma würde ihr Sohn nie wieder loswerden.

»Mach, was er sagt, Rio. Los!«

Neumetzler achtete darauf, dass Hannah ihm auf dem Gang durch das Verlies niemals zu nahe kam, auch als sie die Ruine verlassen hatten, hielt er immer genug Abstand. Aber sie waren draußen, im Freien, genau, wie es Hannah gewollt hatte. Jetzt ging es nur noch darum, den richtigen Zeitpunkt abzupassen, um ihn abzulenken, ein paar Sekunden würden reichen ...

»Bleibt stehen!«, herrschte er sie an, als sie den Land Cruiser erreicht hatten. Der Wagen war nicht abgeschlossen. Neumetzler zog die Tannenzweige vom Dach und riss die hintere Tür auf. »Rein da! Nein, halt, wartet! Nur der Junge! Du kommst hinten rein!« Er hielt Hannah weiter mit der Waffe in Schach, während er die Heckklappe öffnete. Im Kofferraum lagen kreuz und quer Kisten, Kartons, Wasserkanister, Kleidungsstücke, auch ein Spaten.

Neumetzler hielt die Waffe in der linken Hand, während er wahllos irgendwelche Gegenstände griff und neben sich auf den Boden warf, um Platz für Hannah zu schaffen.

Rio stand immer noch an der geöffneten Tür, im selben Moment, in dem Hannah ihm zunickte, fing er an zu schreien. So schrill und durchdringend, wie nur kleine Jungen schreien können, wenn sie wollen, dass man sie quer über den ganzen Pausenhof hört. Oder dass jemand für eine Sekunde alles andere außer Acht lässt, weil der Schrei nur bedeuten kann, dass etwas passiert ist ...

Neumetzler hob ruckartig den Kopf und beugte sich an der offenen Klappe vorbei, um Rio sehen zu können. Als er die Waffe hochnahm, sprang Hannah vor und trat sie ihm aus der Hand. Die Heckler & Koch flog im hohen Bogen durch die Luft. Nahezu gleichzeitig warf sich Hannah mit ihrem ganzen Gewicht in seinen Rücken. Als er nach vorn sackte, griff sie die Heckklappe und riss sie mit aller Kraft nach unten, die Kante erwischte Neumetzler unter den Schulterblättern, Hannah stemmte sich von oben auf das Blech, um ihn zu fixieren.

»Lauf, Rio, jetzt!«

Neumetzler wimmerte laut vor Schmerzen, Hannah hatte keine Zeit, um nach Rio zu sehen, hörte aber seine Schritte auf dem Fahrweg, als er davonrannte.

Die Waffe war im Gras neben dem Weg gelandet, es war unmöglich, sie zu erreichen, ohne Neumetzler loszulassen. Und Hannah spürte, wie ihre Kraft nachließ, während er trotz der Mönchskutte wild mit den Füßen um sich trat und immer wieder seine Schultern und Arme anspannte, um sich hochzuwuchten.

Mit einem Sprung ließ sie ihn los, trat ihm aber noch die Beine weg, so dass er in den Knien zusammensackte. Trotzdem hatte sie keine Chance, an ihm vorbeizukommen, um sich die Waffe zu holen.

Sie musste Neumetzler hinter sich herlocken, damit er auf keinen Fall Rio folgen würde! Keuchend stolperte sie auf die Mauerreste zu, an deren rechter Seite sich die Stufen einer ehemaligen Treppe befanden. Mit einem Blick zurück sah sie, wie Neumetzler sich aufrappelte und vor Wut brüllend hinter ihr herrannte.

Die Erleichterung, dass er die Heckler & Koch im Gras liegen ließ, währte nur wenige Sekunden. Bis Hannah begriff, was sie erwartete!

Die Treppe war die falsche Entscheidung gewesen. Hannah hatte sich geirrt, als sie annahm, die frühere Außenwand würde zur Ruine hinüberführen. Stattdessen endete die Mauer abrupt über dem Abgrund. Es war eine Sackgasse – und selbst ihre Erfahrung vom Parcours-Laufen würde ihr hier gar nichts nützen. Sie machte sich nichts vor, ein erneuter Zweikampf mit Neumetzler war unvermeidlich.

Als sie herumwirbelte, hatte er bereits die letzten Stufen hinter sich und kam auf dem schmalen Sims auf sie zu. Ein Windstoß zerrte an seiner Kutte, die nur von einem fingerdicken Hanfstrick zusammengehalten wurde, und ließ ihn kurz stoppen. Auch Hannah spürte die plötzliche Kälte, die aus der Tiefe emporgewirbelt wurde.

Noch einmal suchte sie nach einem Ausweg. Die Geröllhalde drei, vier Meter unterhalb des Simses zu ihrer Linken war unpassierbar, zwischen den Mauerresten stachen rostige Armiereisen wie Dornen aus den Trümmern, nur eine einsame Birke hatte genug Erde gefunden, um sich mit ihren Wurzeln festzukrallen. Links gähnte der Abgrund.

»Beantworte mir noch eine Frage!«, rief sie Neumetzler zu, während sie bemüht war, ihre Muskeln abwechselnd zu lockern und anzuspannen, um sich bereit zu machen. »Warum ich? Warum musstest du ausgerechnet mich ... anbaggern? Du hast doch gewusst, wer ich bin!«

»Eben deshalb. Das hat mich gereizt. Ich wollte sehen, wie weit ich gehen kann. Das war fast, als müsste ich das tun, verstehst du?« Er sprach jetzt ganz ruhig mit Hannah, als würden sie sich in einem Café gegenübersitzen, zwei Leute, die sich lange nicht gesehen hatten und jetzt darüber sprachen, wie es ihnen in der Zwischenzeit ergangen war. »Als wäre es irgendwie vorherbestimmt gewesen, dass du bei meiner Schwester einziehst. Damit ich gar nicht anders kann, als mein Schicksal herauszufordern.«

»Und die Vergewaltigung? Gehörte die auch dazu?«, schleuderte Hannah ihm entgegen. »Willst du mir jetzt noch erzählen, dass du gar nicht anders konntest, weil es ... vorherbestimmt war?«

»Ich hab das nicht geplant gehabt, das musst du mir glauben. Es war die ganze Situation, dass du dich auf das Spiel mit mir eingelassen hast! Außerdem läuft es immer so, das habe ich als Koch oft genug gesehen. Wenn dich jemand zu einem Neun-Gänge-Menü einlädt, bist du ihm was schuldig, so ist das eben. Deshalb haben die meisten Sterne-Restaurants auch Toilettenräume, die … sehr großzügig sind. Damit die Schuld sofort beglichen werden kann. Bei sechzehn Gängen klappt das meistens nicht mehr, da muss das eben auf den nächsten Tag im Hotel verschoben werden …«

»Behauptest du gerade, ich wäre dir etwas ›schuldig‹ gewesen? Dafür, dass du mich zum Essen eingeladen hast?«

Neumetzler musterte Hannah mit einem Blick, der fast mitleidig wirkte – als müsste sie die Antwort doch längst kennen.

Sie hatten sich einander während der letzten Sätze unmerklich genähert, als würde die Situation es erforderlich machen, nicht zu brüllen, um sich die Wahrheit zu sagen.

Jetzt lagen vielleicht noch zwei oder drei Meter zwischen ihnen, Hannah wippte leicht auf den Fußballen, als sie ihn aufforderte: »Los, sag es mir! Ich will es aus deinem Mund hören!«

»Vielleicht hätte ich es nicht getan, wenn du … Ich war sauer! Du wolltest dich davonmachen, ohne die Rechnung zu begleichen. So was tut man nicht.«

»So was … tut man nicht«, stammelte Hannah, als

müsste sie seine Worte wiederholen, um ihre Bedeutung wirklich zu erfassen.

»Aber das scheint ja deine Art zu sein, du verdammte Schlange!«, flüsterte er heiser. »Und jetzt musst du dafür bezahlen! Du allein bist schuld daran, dass es so gekommen ist …«

Als er einen Schritt auf sie zumachte, hob Hannah unwillkürlich die Hände, um seinen Angriff abzuwehren.

Er senkte den Kopf und stürmte mit geballten Fäusten vorwärts, seine Arme waren wie Dreschflegel. Hannah machte eine schnelle Drehung, um aus seiner Reichweite zu gelangen. Gleichzeitig spürte sie, wie sich die Steine der Mauerkante unter ihren Füßen lösten, und warf sich wieder nach vorne, ihm entgegen. Ohne nachzudenken, griff sie nach dem Strick um seinen Bauch. Neumetzler wollte sie packen, um sie über die Kante zu stoßen, als sich der Knoten löste und er sich mit dem rechten Fuß in der langen Kutte verfing.

Hannah rührte sich nicht. Sie sah, wie er hilflos mit den Armen ruderte, um nicht das Gleichgewicht zu verlieren, aber es war zu spät. Er drehte sich noch einmal um die eigene Achse, seine Augen waren vor Panik weit aufgerissenen, dann stürzte er mit einem entsetzlichen Schrei rückwärts in den Abgrund.

Hannah zwang sich, nicht hinter ihm herzublicken. Ein Steinchen rutschte von der Kante und sprang von einem Felsen zum nächsten, bis das leise Klacken irgendwo in der Tiefe verstummte. Neumetzlers Aufprall klang dumpf, wie ein nasser Sack, der aus großer Höhe auf den Boden klatscht. Zu spät hielt sich Hannah die Ohren zu, das Geräusch würde sie für immer in ihrem Gedächtnis behalten.

Und ich habe noch nicht mal mehr nach dem Motiv für die Morde gefragt, die er begangen hat. Oder was damals im Gasthaus wirklich passiert ist. Mit ihm. Mit seiner Schwester. Ich habe nichts von alledem gefragt, aber ich weiß es auch so. Nur nicht, wo sie die Leichen hingeschafft haben. Das weiß ich nicht.

Das Tal mit den hohen Bergen im Hintergrund und dem Fluss wirkte so friedlich, als könnte es gar nichts Böses auf der Welt geben. Nicht hier. Doch das täuschte.

Und sie musste zu Rio. So schnell wie möglich. Hannah kniff die Augen zusammen, um im blendenden Licht der Nachmittagssonne etwas sehen zu können. Da kam ein Auto den Berg hoch. Ein Pick-up. Uta war zurück!

†

Er hätte schon lange nicht mehr auf Momo hören sollen. Jetzt ist es zu spät. Und er wird sein Werk nicht zu Ende bringen können. Sein Werk. Seine Rache. Niemand wird es jetzt noch kümmern, was er zu sagen hatte.

Und das größte Dreckschwein von allen macht einfach so weiter, das ist das Schlimmste. Er hat es Momo doch zigmal gesagt. Dass er weiß, wann die Yacht in Saint Tropez vor Anker geht. Dass es kein Problem ist, sich den Typen zu holen. Aber Momo wollte nicht. Und er hat auf sie gehört. Wie immer. Weil er ohne sie gar nichts ist.

Sie weiß das ganz genau. Deshalb hätte sie ihm auch ruhig diesen einen Wunsch noch erfüllen können.

Er hat sich oft genug vorgestellt, wie er es anstellen wird. Alle Regeln brechen und Gleiches mit Gleichem vergelten. Ihn nicht zwingen zu fasten, sondern ihn zu mästen. Bis er so fett geworden ist, dass er sich nicht mehr bewegen kann und die Fettmassen ihm die Luft abschnüren. Ihn dann mit Armagnac übergießen und anzünden. Genau wie sie es damals auf seine Anweisung hin mit den Fettammern getan haben. Und ihn servieren, so lange er noch heiß ist.

8. KAPITEL

Uta stieß Rio vor sich her über die Wiese. Als sie Hannah erblickte, packte sie Rio und hielt ihn wie einen Schild vor sich: »Wo ist er? Wo ist mein Bruder? Was hat der verdammte Idiot jetzt wieder angestellt?«

»Lass den Jungen los!« Hannah lief mit ruhigen Schritten weiter auf Uta zu. Sie hatte keine Angst, sie handelte wie in Trance, als wäre sie nicht wirklich beteiligt, eine Fremde, die nur zufällig da war und diesem Jungen helfen wollte. Dem Jungen, der um sich trat und lauthals die Frau beschimpfte, die ihm von hinten den Arm um den Hals gelegt hatte und ihn festhielt: »Lass mich los, du blöde Kuh! Ich will zu meiner Mutter! Ich beiße dich, pass auf, du!«

Er biss sie tatsächlich! In die Hand, mit der sie ihn gepackt hatte.

Uta schrie auf und verpasste ihm einen Stoß, dass er zu Boden stürzte.

Das Bild, wie sich Rio schluchzend wieder aufrichtete, ließ Hannah zu sich kommen. »Rio!«

Im selben Moment bückte sich Uta und hob die Waffe aus dem Gras auf. Noch bevor Hannah bei ihr war, hatte sie Rio wieder gepackt und hielt ihm die Mündung an die Schläfe.

»Bleib, wo du bist! Komm nicht näher!«, herrschte sie Hannah an. »Sonst ...«

Rios Augen flackerten. »Tut mir leid, Mama, aber da unten in dem Bauernhof war keiner, und dann bin ich auf der Straße langgelaufen und wollte irgendein Auto anhalten. Zwei sind einfach weitergefahren und das nächste war ... Uta. Ich wollte wegrennen, aber sie hat ... sie hat gesagt, dass ihr Bruder dir dann was Schlimmes antut. Was ganz Schlimmes! Deshalb bin ich mit. Ist dir was passiert, Mama?«

Hannah schüttelte den Kopf. »Nein, mit mir ist alles gut.«

Uta hatte noch nichts wieder gesagt, jetzt biss sie sich auf die Unterlippe, ein Blutstropfen färbte ihre Zähne rot, als sie fragte: »Wo ist Thomas?«

»Nimm die Waffe runter, es ist vorbei, Uta, lass Rio los, bitte!«

Utas Blick irrte über die Wiese und die Ruine und folgte dann den Treppenstufen an der halb zerstörten Außenmauer nach oben. Hannah sah deutlich, wie sich ihre Schultern verkrampften, als sie auf dem Sims den Strick von der Kutte ihres Bruders erkannte.

Als sie sich wieder zu Hannah wandte, schienen ihre Augen gänzlich leer vor Entsetzen, ihr Mund öffnete sich zu einem stummen Schrei, einer Frage, deren Antwort sie längst kannte.

Hannah nickte.

Für einen Moment schien es, als würde sie Rio loslassen

wollen, doch dann riss sie ihn mit sich zu den Stufen hinüber, die Waffe so fest an seiner Schläfe, dass er vor Schmerzen aufschluchzte.

Hannah war wie gelähmt, vor ihren Augen tanzten grelle Lichtflecke, sie konnte Uta nur noch schemenhaft erkennen. Mit sich überschlagender Stimme rief sie: »Bitte, Uta, nicht! Nimm mich, Rio kann nichts dazu, ich war es doch, die deinen Bruder ...«

Sie brach mitten im Satz ab, als sie sah, wie Uta stoppte und zu ihr zurückblickte.

»Nimm mich«, flüsterte Hannah, während sie den Fuß auf die erste Stufe setzte. »Ich komme jetzt hoch zu euch. Und dann lässt du Rio gehen, ja? Ich werde mich nicht wehren, aber lass ihn gehen ...«

»Keinen Schritt weiter, bleib da. Es ist zu spät. Du kannst ihn nicht mehr retten. Sag ihm auf Wiedersehen und dann ...« Uta deutete mit dem Kopf zum Abgrund.

»Hab keine Angst, Mama!«, rief Rio. »Ich vertrau dir, alles wird gut!«

Seine Stimme war ohne jede Panik. Als würde sie nur am Zaun vom Schulhof stehen und ihm sein Pausenbrot bringen, das er vergessen hatte.

Unvermittelt schrie Uta auf, voller Schmerz und Qual. Sie ließ die Waffe fallen und griff sich mit beiden Händen in die Haare. Langsam sackte sie auf die Knie, wimmernd wiegte sie den Oberkörper vor und zurück.

»Rio!«, rief Hannah und stürmte die Stufen hinauf, riss ihren Jungen an sich, bedeckte sein Gesicht noch mit Küssen, während sie ihn schon zur Wiese drehte: »Lauf runter, sofort! Versteck dich beim Auto und bleib da! Jetzt. Lauf los!«

Kaum dass Rio die Stufen nach unten stolperte, hetzte Hannah zum Sims hinauf. Vorsichtig näherte sie sich Uta, die ihr wie blind entgegenstarrte, ohne das unentwegte Vor und Zurück ihres Körpers zu stoppen. Hannah musste sich zu ihr beugen, um die Worte zu verstehen, die sie heiser flüsterte: »Das hat er immer gesagt, genau das: ›Hab keine Angst, ich vertrau dir, alles wird gut!‹ Genau so! Immer wenn … wenn es ganz schlimm war und wir nicht mehr wussten, was wir tun sollten. ›Hab keine Angst, ich vertrau dir …‹

Aus der Ferne war jetzt der Motorenlärm eines Hubschraubers zu hören, der schnell näher kam. Als Uta irritiert zur Bergkuppe hinüberblickte, nutzte Hannah den Moment, um die Heckler & Koch mit einem einzigen Tritt in den Abgrund zu befördern. Sie würde sie nicht mehr brauchen, nie wieder.

»Ganz ruhig, Uta«, sagte sie leise. »Steh auf und komm ganz langsam mit mir mit.«

Uta ließ durch nichts erkennen, ob sie Hannah überhaupt gehört hatte.

Das Flappen der Rotorblätter war jetzt so laut, dass es wie eine Mauer aus Lärm war. Hannah sah die Panik in Utas Gesicht, als sich der Schatten des Hubschraubers über die Wiese schob.

Uta richtete sich auf.

»Vergiss es!«, brüllte Hannah gegen den Lärm an. »Du hast keine Chance! Es ist vorbei!«

Uta zögerte, dann nickte sie und stieg wie willenlos vor Hannah die Stufen hinunter.

Der Sog der Rotorblätter riss an Hannahs Haaren, als der Hubschrauber zur Landung ansetzte.

Am Waldrand konnte sie eine Bewegung ausmachen, gleich darauf traten ihre Kollegen aus dem Schatten der Bäume hervor. Sie waren alle da, und sie trugen Schutzwesten, nur ihren Vater konnte Hannah nicht sehen.

Gleich darauf verstummte der Motorenlärm, unten auf der Zufahrt bremste scharf ein Polizeiwagen, am Steuer saß Huber. Als Hannahs Vater die Tür öffnete, rief Rio: »Opa! Opa! Wir sind hier! Ich wusste, dass du kommst …«

Hannahs Vater breitete die Arme aus, Huber lief mit langen Schritten auf Uta zu, von der anderen Seite schob sich Tatjana an den Kollegen des SEK vorbei und zog schon die Handschellen vom Gürtel.

Fast gleichzeitig fing Uta wieder an zu jammern. Immer lauter und lauter, bis ein einziger durchdringender Schrei, ihren ganzen Körper wie im Krampf schüttelte: »Thooomas …!«

EPILOG

Sechs Monate später

Hannah hatte den Dienst quittiert. Die Entscheidung war ihr nicht schwergefallen, es war, als hätten die Ereignisse in Felchensee ihr unwiderruflich klargemacht, dass sie nie wieder in eine ähnliche Situation kommen wollte. Und vor allem durfte sie Rio nicht noch einmal einer solchen Gefahr aussetzen. Insgeheim gab sie sich die Schuld an dem, was passiert war – sich und ihrem Beruf.

Wahrscheinlich war es dann auch ihre Konsequenz aus diesen dramatischen Stunden am Kapellenberg gewesen, die das Gericht bewog, ihr das Sorgerecht für Rio zuzusprechen.

Und so waren sie also wieder auf der Insel gelandet, Rio besuchte die zweite Klasse der Inselschule unten am Hafen und kurvte mit seinem neuen Mountainbike so oft wie möglich hinter seinem Opa her über die Strandpromenade.

Hannah führte eine Pension im alten Stil, keine Apartments, sondern Gästezimmer, wahlweise mit Halb- oder Vollpension. Das Essen kam nicht vom Buffet, stattdessen gab es ein jeweils wechselndes Tagesgericht mit Vor- und

Nachspeise, alle Mahlzeiten waren vegetarisch, die Ausnahme bildeten die Fischgerichte am Samstag. Die meisten Rezepte stammten aus den handschriftlichen Kochbüchern von Hannahs Oma, die bis ins hohe Alter »ihre« Pension geführt hatte.

Jetzt war das Haus mit den zehn Zimmern frisch renoviert, nur den Namen hatte Hannah beibehalten, »Haus Seepferdchen«, ein entsprechender Fisch war in leuchtendem Blau als Logo auf der Speisekarte abgebildet.

Die Insulaner hatten zunächst nur den Kopf geschüttelt und Hannah prophezeit, dass das Ganze ein einziger Misserfolg werden würde, mittlerweile war ihre Skepsis allerdings einer Art vorsichtiger Anerkennung gewichen. Das Seepferdchen war bis weit in den Spätherbst hinein ausgebucht, auch für das nächste Jahr gab es bereits kaum noch Reservierungslücken.

Hannah war glücklich, und ihre Gäste wurden jeden Morgen vom Duft nach frischen Brötchen aus der Bäckerei gleich gegenüber geweckt, über die Sonnenterrasse stolzierten die Fasane, an der Hintertür zur Küche stellte sich rechtzeitig zum Abendessen eine Fähe mit ihren beiden bereits halbwüchsigen Jungen ein.

Und wenn Hannahs Vater sagte: »Na ja, wenn es irgendwann doch den Bach runtergeht, kannst du ja immer noch meinen Posten als Inselbulle übernehmen«, erwiderte Hannah nur lachend: »Vielleicht, Papa, vielleicht auch nicht. Eher nicht, fürchte ich. Oder falls doch, dann nur, wenn ich statt des Fahrrads ein Dienstpferd bekomme, mit dem ich jeden Morgen am Flutsaum entlanggaloppieren kann …«

Mit Tatjana hatte Hannah regelmäßigen Kontakt, sie telefonierten öfter miteinander. Huber war in seine alte Position zurückgekehrt, nachdem seine Frau in einem Pflegeheim untergekommen war. Tatjana hatte nach bestandener Prüfung zur Kriminalkommissarin Hannahs Stelle übernommen.

Hannah hatte Tatjana und die anderen Kollegen das letzte Mal gesehen, als sie zur Gerichtsverhandlung nach München gefahren war. Uta war wegen Beihilfe zu heimtückischem Mord in elf Fällen zu einer Gefängnisstrafe ohne Bewährung verurteilt worden, sie hatte das Urteil widerspruchslos akzeptiert. Während der Verhandlung hatte sie jeden Blickkontakt mit Hannah vermieden, ihr aber hinterher über ihren Anwalt ausrichten lassen, dass sie hoffte, es würde Rio gutgehen. Hannah hatte nicht darauf reagiert, träumte aber in derselben Nacht noch davon, dass Uta von der Mauer der Ruine sprang und Rio mit sich riss.

Nach wie vor gab es keinerlei Hinweise darauf, wo und auf welche Weise Thomas Neumetzler und seine Schwester die Leichen ihrer Opfer entsorgt hatten. Das Gelände um die alte Grenzfeste herum war mehrfach ohne Ergebnis abgesucht worden. Und Uta verweigerte jede Aussage dazu.

»Vielleicht werden wir das Rätsel nie lösen«, hatte Hannahs Vater gesagt. »Ebenso wenig wie ihr euch bei dem Motiv sicher sein könnt. Ihr wisst zu wenig. Und es gibt nun mal nicht die eine ganze Wahrheit, sondern immer nur Facetten davon. Der Fall ist das beste Beispiel dafür.«

Immerhin wussten sie inzwischen, wieso die Kollegen auf österreichischer Seite die Alm bei ihrer Fahndung nicht eher Thomas Neumetzler zugeordnet hatten – Neumetzlers Vater hatte die Almhütte auf dem Gelände vor fast vierzig Jahren als Ferienhaus gepachtet, nicht gekauft, deshalb gab es auch keinen Grundbucheintrag auf seinen Namen.

»Fast perfekt«, war Hubers Fazit gewesen. »Aber dann letzten Endes eben doch nicht perfekt genug. Es ist immer der Zufall, der den besten Plan zunichtemacht. Ein einziger Fehler reicht, um eine Kettenreaktion auszulösen, die niemand mehr stoppen kann.«

Hannah warf einen Blick aus dem Fenster. Auf den Hellerwiesen grasten die Pferde, das Wattenmeer lag im spiegelnden Licht der Herbstsonne. Bald würden die Gänse auf ihrem Flug in den Süden die Wiesen bevölkern. Und die Möwen würden im Morgennebel mit den Krähen um die Wette ihren Kommentar zur Welt über die Dünen rufen, während schon die erste Sturmflut des nahenden Winters gegen die Strandmauer anrollte. Dann würde es für ein paar Tage ruhiger auf der Insel werden, bis die Weihnachts- und Silvestergäste anrückten …

»Aber jetzt«, sagte Hannah laut in die Stille der Küche

hinein, »jetzt kommt erst mal ein ganz besonderer Gast, der sogar an meinen Herd darf. Nur heute noch nicht, da werde ich ihn nämlich überraschen, und ich weiß auch schon, welches von Omas Rezepten ich dafür nehme …«

Während Hannah die Zutaten für das Abendessen bereitstellte, sang sie lauthals das erstbeste Lied, das ihr in den Kopf kam, ausgerechnet Bob Dylan, »Blowin' in the Wind«, aber irgendwie schien es sogar zu passen – man wusste nie, wie viele Wege man gehen musste, um schließlich irgendwo anzukommen.

Und ja, sie war … aufgeregt! Aufgeregt und fröhlich. Vor zwei Tagen hatte sich Kallmann bei ihr gemeldet, aus heiterem Himmel und als hätten sie sich erst gestern noch gesehen.

»Ich bin auf dem Weg nach Skandinavien«, hatte er ihr mitgeteilt. »Und ich dachte, da könnte ich einen kleinen Umweg riskieren und mal eben bei dir reinschauen. Weißt, ich hab die Tatjana getroffen, sie hat erzählt, dass du eine Pension auf der Insel da führst. Wie sieht es aus, hast du ein Zimmer für eine Nacht? Dann komme ich!«

»Ein … ein Dachzimmer habe ich«, hatte Hannah völlig überrascht gestammelt. »Das ist nicht gerade sehr feudal, und das Fenster klappert, wenn es Wind gibt, aber das Bett ist okay, und das Zimmer steht leer.«

»Abgemacht. Übermorgen bin ich da!«

»Aber kannst du denn überhaupt für länger weg? Ich meine, was ist mit deinem Restaurant?«

Wie selbstverständlich hatte Hannah ihn geduzt, und

wie selbstverständlich hatte sie auch die für ihn typische Erklärung akzeptiert: »Wenn so ein Laden erst mal läuft, dann muss der Chef nicht mehr unbedingt da sein, nicht immer jedenfalls. In jedem erstklassigen Restaurant ist das Essen immer gleich gut, egal ob der Küchenchef nun selber am Herd steht oder nicht – sonst wäre es kein erstklassiges Restaurant. Und die Gäste sind vollauf zufrieden, wenn sie wissen, dass das, was sie essen, vom berühmten Chef kreiert worden ist. Wenn der Kellner ihnen dann noch ganz im Vertrauen mitteilt, dass der Küchenchef gerade irgendwo höchstpersönlich auf der Jagd nach neuen Rezepten ist, sind sie sogar glücklich. Willst du wissen, was meine Kellner ihnen in den nächsten Tagen als »top secret« ins Ohr flüstern? Ich sag's dir: ›Der Chef ist an der Küste, im Norden. Er will seine neueste Idee umsetzen, und das geht nur dort – ein Meerwasser-Sorbet! Das hat vor ihm noch keiner gemacht!‹ Alles klar? Also *muss* ich ja wohl zu dir, Meerwasser habt ihr doch wohl genug auf eurer Insel, hoffe ich!«

Dann hatte er ihr noch versprochen, »einen ganzen Koffer voll« mit Spezialitäten aus seiner Küche mitzubringen, damit sie ihre Gäste mal richtig verwöhnen könne. »Ich hab da auch eine Wildschwein-Salami von einem Schlachter hier um die Ecke, so was hast du noch nicht gegessen, dafür lässt du die beste französische Paté sofort zurückgehen!«

Hannahs Erwiderung, dass sie für sich und ihre Gäste nur vegetarisch kochen würde, hatte er mit einem Lachen abgetan: »Das sagst du jetzt, aber das hältst du nicht durch. Außerdem kriegst du einen Buckel, wenn du dich nur vegetarisch ernährst, also lass es lieber gleich.«

Und jetzt würde er also mit der Nachmittagsfähre vom Festland kommen. Rio sollte ihn am Hafen abholen, mit einem großen Schild: WILLKOMMEN IM HAUS SEEPFERDCHEN.

Hannah blickte auf die Uhr. Sie musste sich ein wenig beeilen, um Omas Rezept noch rechtzeitig in den Ofen zu bekommen.

Als sie gerade dabei war, das in dünne Streifen geschnittene Gemüse auf dem Backblech aufzuschichten, klingelte ihr Handy.

»Tatjana?«, fragte Hannah überrascht. Sie hatten erst gestern miteinander gesprochen, Hannah hatte erzählt, dass Sascha Kallmann sich angekündigt hatte, und dass sie, Tatjana, mehr oder weniger schuld daran war.

»Bleib mal ganz ruhig jetzt«, sagte Tatjana anstelle irgendeiner Begrüßung. »Er ist noch nicht da, oder?«

»Noch nicht, aber gleich. Die Fähre kommt um Viertel nach fünf. Rio ist schon zum Hafen, um ihn abzuholen. Was ist los?«

»Okay, pass auf! Du musst deinen Vater informieren, aber ihr dürft euch nichts anmerken lassen. Tut so, als ob alles in bester Ordnung wäre. Ich warte noch darauf, dass der Richter mir den Haftbefehl abzeichnet, aber das sollte bis spätestens morgen früh erledigt sein. Wichtig ist jetzt, dass er erst kapiert, was los ist, wenn die Kollegen schon da sind und ihm die Achten anlegen – was ist besser, Hubschrauber oder Polizeiboot? Also unauffälliger, meine ich, Boot wahrscheinlich, oder?«

»Verdammt, Tatjana, wovon redest du überhaupt?«

»Ich habe was rausgefunden, gerade erst, und eigentlich auch nur durch Zufall, weil ich wegen einer ganz anderen Sache ein paar Infos brauchte. Aber jetzt pass auf, in Kurzform: Bevor Kallmann nach Felchensee gegangen ist und das Moosgries aufgemacht hat, hatte er ein Restaurant am Wörthsee. Das ist nicht weit von München, und es scheint, als wäre das sehr gut gelaufen, viel Presse und so, auch überregional, und Kallmann immer als der Liebling der Münchner Schickeria. Einmal auch ganz groß in der Abendzeitung als der ›heißbegehrteste Junggeselle Münchens‹. Aber dann ist er Schlag auf Fall da weg, und keiner wusste, warum. Und jetzt halt dich fest: Ein paar Wochen später haben sie im See eine Leiche gefunden, die da angespült war. Nicht das erste Mal an den Wochenenden, dass so was passiert. Nur war das Opfer schon tot, bevor es im Wasser gelandet ist. Und zwar von einem Messerstich ins Jenseits befördert, sah nach spontaner Tat aus, haben die Kollegen gesagt. Auch nicht das erste Mal, wenn das Partyvolk da genug getrunken hat, gibt's immer mal wieder Streit mit Schlägereien und so. Die Leiche war in keinem sonderlich guten Zustand mehr, der Pathologe war sich deshalb nicht ganz sicher, meinte aber, dass die tödliche Wunde auf ein wesentlich größeres Messer hindeuten würde als das übliche Butterfly, eher ein

Küchenmesser. Und sehr präzise zwischen die Rippen gerammt, genau da, wo das Herz ist …«

»Okay, kapiert. Und?«

»Wie okay? Hast du mir überhaupt zugehört? Aber pass auf, jetzt wird es nämlich erst richtig interessant: Das Opfer war kein Mann, sondern eine Frau. Journalistin, eigentlich Berlinerin, hat aber in Paris gelebt. Und hatte zuletzt für verschiedene große Zeitungen Gastro-Kritiken geschrieben, meistens ziemliche Verrisse, ich habe ein paar gelesen, echt bösartig.«

»Und sie war auch bei Kallmann im Restaurant …«

»Yep. Und der Verriss, den er kassiert hat, ist noch mal eine Nummer härter als das, was sie sonst geschrieben hat. Die Kollegen vom LKA haben da keinen Zusammenhang gesehen, wahrscheinlich weil Kallmann schon zu lange weg war, und wir haben ja immer nur nach Personen gesucht, die als vermisst gemeldet waren! Aber ich hab jetzt noch ein bisschen weiter recherchiert und …«

»Das Interview mit Kallmann gefunden, in dem er sagt: ›Ich hasse es, wenn jemand nicht zu würdigen weiß, was ich leiste!‹ Schon klar, Tatjana, ich kenne das Interview.«

»Wie jetzt? Heißt das … Du hast das alles schon gewusst? Auch das mit der Toten im See, mit der Journalistin? Hannah?«

Hannah atmete tief ein und aus, bevor sie erwiderte: »Ich habe auch recherchiert. Gleich im Sommer noch. Ich wollte … mehr über Kallmann wissen, das war alles.«

»Aha. Und das sagst du mir erst jetzt, ja?«

»Ich glaube nicht, dass er es war.«

»Wie? Was?« Jetzt klang Tatjana aufrichtig empört. »Sag das noch mal! Du ... du *glaubst* nicht, dass ... Ist das dein Ernst?«

»Ich bin mir sicher, okay?«

»Bauchgefühl, oder was? Oder noch ein bisschen weiter unten? Nein, Hannah, sorry, da ziehe ich nicht mit. Ich will ihn hier haben und mit Huber in die Mangel nehmen! Du weißt Bescheid, wenn die Kollegen kommen, aber von mir hast du das nicht, bitte, ja, halt dich dran!«

Mit dem Handy am Ohr trat Hannah ans Fenster. »Er kommt gerade mit Rio den Weg zum Haus hoch. Ich muss Schluss machen, Tatjana. Bis bald!«

Im nächsten Moment stürmte Rio schon durch die Tür.

»Hallo, Mama! Wir sind da. Der Sascha ist jetzt mein neuer Freund. Er hat mir auf dem Weg hierher versprochen, dass er mir den besten Risotto kocht, den ich je gegessen habe! Es heißt nämlich *der* Risotto, nicht das, wie du immer sagst. Aber man sagt ja auch nicht *das* Reis ...«

Das Polizeiboot kam um kurz vor neun am nächsten Tag.

»Sie haben ihn verpasst«, informierte Hannah die Kollegen vom LKA, als sie nach Kallmann fragten. »Er ist gleich heute Morgen mit dem Frühschiff wieder zurück aufs Festland. Und er hat mir nicht gesagt, wo er von da aus hinwollte.«

Auch mit der Antwort auf die nächste Frage musste Hannah die Kollegen enttäuschen.

»Mein Vater? Nein, den erreichen Sie auch nicht. Er hat sich einen Tag frei genommen, um mal wieder zu segeln. Das macht er manchmal, wenn ihm der Rummel auf der Insel zu viel wird.«

Nachdem die Polizisten unverrichteter Dinge wieder abgezogen waren, stieg Hannah die schmale Treppe zum Dachboden hinauf. Das Fenster klemmte ein wenig, der Rahmen war leicht verzogen, auch etwas, worum sie sich bei Gelegenheit kümmern musste.

Sie hatte gerade das Segelboot am Horizont ausgemacht, als Rio neben sie trat. »Die Typen sind weg. Ich war am Hafen und hab gewartet, bis sie abgelegt haben. Gut, dass heute keine Schule ist!« Er zog sich einen Stuhl heran, um ebenfalls aus dem Fenster sehen zu können. »Ist das Opas Boot da draußen? Sieht aus, als wären sie schon an den Sandbänken vorbei. Was glaubst du, wann sie in Dänemark sind?«

»Wenn das Wetter so bleibt, vielleicht schon heute Nachmittag.«

»Schade, ich wäre gerne mitgesegelt.«

»Wenn die letzten Gäste aus dem Haus sind, fahren wir beide hin, versprochen!«

»Ich freu mich! Ich mag den Sascha nämlich. Du auch, oder?«

ENDE

NACHBEMERKUNG

Dieser Thriller ist reine Fiktion. Wir haben uns beim Schreiben aller Freiheiten bedient, die in einer fiktiven Geschichte möglich sind.

Der Ort Felchensee ist ebenso wie die Menschen dort frei erfunden, das gilt auch für alle erwähnten Restaurants und Sterneköche, kurz: Es gibt sie nicht!

Grundsätzlich gilt: Wir haben nichts gegen Leute, die gerne gut essen, das tun wir selbst ja auch. Wir haben auch nichts gegen Sterneköche, obwohl wir uns eigentlich lieber von einer Küche überraschen lassen, die ohne großes Brimborium auskommt. Und wo der Risotto einfach genau so schmeckt wie eben bei Mamma Raffaele zu Hause.

Es gibt allerdings sehr wohl eine bestimmte Art von Leuten, die in Armagnac ertränkte Fettammern als ganz besondere Delikatesse ansehen. Und die auch ihren Heli oder ihr Privatflugzeug benutzen, um mal eben zu irgendeinem Restaurant zu jetten. Oder zu einer Party. Gegen die haben wir tatsächlich etwas.

DANKSAGUNG

Wie immer danken wir den Freunden, die auch diesmal wieder geduldig unsere wechselnden Launen ertragen haben, während wir im Kopf irgendwo in unserer Geschichte waren. Wir wissen, dass es dann manchmal anstrengend ist, mit uns zu reden. Weil wir nur halb zuhören und Antworten geben, die nicht unbedingt zur Frage passen. Sorry dafür!

Wir danken bei dieser Geschichte auch einem ganz bestimmten kleinen Jungen, der uns als Vorbild für die Figur von »Rio« gedient hat. Danke, Rio!

Und wie immer danken wir natürlich unserem Agenten Bastian Schlück und seinem Team.

Unser ganz besonderer Dank gilt diesmal dem Fischer Verlag für das in uns gesetzte Vertrauen. Und hier natürlich vor allem unseren Lektoren Teresa Moser und Ruggero Leò für die großartige Zusammenarbeit, die wir hoffentlich fortsetzen können. Der nächste Titel wartet ja schon!

Ulrike Gerold und Wolfram Hänel